Un
signo de
interrogación
es
medio
corazón

Un signo de interrogación es medio corazón

Sofia Lundberg

Editado por HarperCollins Ibérica, S.A.
Núñez de Balboa, 56
28001 Madrid

Un signo de interrogación es medio corazón,
Título original: Ett Gragetecken Är Ett Halvt Hjärta
© Sofia Lundberg, 2018
© 2022, para esta edición HarperCollins Ibérica, S.A.
© De la traducción, María Maestro Cuadrado

Diseño de cubierta: Raquel Cañas

ISBN: 978-84-9139-728-1
Depósito legal: M-37043-2021

Todos estamos en el fango, pero algunos miramos las estrellas
Oscar Wilde

AHORA

NUEVA YORK, 2017

Anochece. Al otro lado de los ventanales industriales, el sol se está poniendo tras los altos edificios. Unos obstinados rayos se abren camino por entre las fachadas; como doradas puntas de lanza, penetran la apremiante oscuridad. Vuelve a ser de noche. Elin lleva varias semanas sin cenar en casa. Hoy tampoco lo hará. Se vuelve para mirar el edificio del que apenas la separan unas manzanas, donde acierta a ver la frondosa vegetación de su propia azotea, la sombrilla roja y la barbacoa que ya está encendida. Una estrecha columna de humo se eleva hacia el cielo. Consigue divisar a alguien, probablemente Sam o Alice. O tal vez alguien que ha venido de visita. Solo distingue una silueta que se desplaza deliberadamente entre las plantas.

No cabe duda de que, una vez más, en casa la están esperando. En vano. A sus espaldas, hay gente moviéndose por el estudio.

Un telón gris azulado cuelga de una estructura de acero y cae en picado desde la pared hasta el suelo. Una tumbona tapizada de brocado dorado está colocada en el centro. En ella se recuesta una hermosa mujer que lleva un collar de perlas de varias vueltas. Va vestida con una falda de tul blanco amplia y suelta que se extiende por el suelo. Su torso aceitado reluce y los tupidos hilos de perlas cubren sus pechos desnudos. Sus labios son rojos; las capas de maquillaje le dejan una piel perfectamente lisa.

Dos asistentes corrigen la iluminación: suben y bajan las

grandes cajas de luz, accionan el obturador de la cámara, leen los parámetros, vuelven a empezar. Detrás de estos ayudantes se sitúa un equipo de estilistas y maquilladores. Observan atentamente cada detalle de la imagen que está en proceso de creación. Visten de negro. Todo el mundo viste de negro menos Elin. Ella lleva puesto un vestido rojo. Rojo como la sangre, rojo como la vida. Rojo como el sol del atardecer al otro lado de la ventana.

Elin ve interrumpido el hilo de sus pensamientos cuando la irritación de la hermosa mujer se convierte en la expresión sonora de su insatisfacción.

—¿Qué pasa que estamos tardando tanto? No voy a poder mantener esta pose mucho tiempo más. ¡Eeeh! ¿Podemos empezar ya o qué?

Suspira y gira el cuerpo para adoptar una postura más cómoda. El collar cae hacia el lado dejando a la vista un pezón, duro y azul. Dos estilistas aparecen inmediatamente y, con esmero y paciencia, vuelven a colocar el collar para cubrírselo. Algunos hilos de perlas están fijados con cinta adhesiva de doble cara y a la mujer se le pone la piel de gallina a su contacto. Suspira ostensiblemente y pone en blanco los ojos, la única parte del cuerpo que le permiten mover.

Un hombre trajeado, el agente de la mujer, se acerca a Elin. Sonríe educadamente, se inclina hacia ella y susurra:

—Más vale que empecemos, se está impacientando y las cosas no van a acabar bien.

Elin sacude ligeramente la cabeza y vuelve a mirar hacia la ventana. Suspira.

—Podemos parar ahora si ella quiere. Estoy segura de que ya tenemos suficientes tomas, esta vez no es más que una doble página, no es una portada.

El agente alza las manos y la mira con dureza.

—No, para nada. Haremos esta también.

Elin se aleja de la vista de su casa y camina hacia la cámara. El móvil le vibra en el bolsillo; sabe quién está tratando de localizarla, pero no contesta. Sabe que el mensaje le creará mala conciencia.

Sabe que en casa todos estarán decepcionados. En cuanto Elin se coloca detrás de la cámara, un millar de estrellitas se enciende en sus pupilas, tensa la espalda y aprieta los labios. Menea suavemente la cabeza y la melena le cae hacia atrás y ondea con la suave brisa del ventilador. La modelo es una estrella, y Elin también lo es. Enseguida solo existen ellas dos, están absortas la una en la otra. Elin dispara el obturador y da instrucciones, la mujer ríe y coquetea con ella. El equipo a sus espaldas aplaude. Una inyección de creatividad le corre a Elin por las venas.

Han pasado varias horas cuando Elin al fin se obliga a abandonar el estudio y todas las nuevas tomas que requerían su atención en el ordenador. Tiene el móvil saturado de llamadas perdidas y de mensajes de texto en tono irritado. De Sam, de Alice.
¿Cuándo llegarás?
Mamá, ¿dónde estás?
Va recorriéndolos por la pantalla, pero no lee todas las palabras. No tiene fuerzas para hacerlo. Deja pasar varios taxis en la vibrante noche de Manhattan. Al cruzar la calle, nota cómo el asfalto todavía desprende calor del sol. Camina despacio, cruzándose con jóvenes guapos y colocados que ríen con estruendo. Ve a otras personas sentadas en la calle, sucias, vulnerables. Hacía mucho tiempo que no volvía andando a casa, a pesar de lo cerca que está. Mucho tiempo que no iba más allá de las cuatro paredes del gimnasio, de su estudio, de su casa. Nota la irregularidad de los adoquines bajo sus tacones y camina despacio, atenta a cada detalle del trayecto. Su propia calle, Orchard Street, está desierta en la noche, sin gente, sin coches. Es una calle mugrienta y dura, como todas las del Lower East Side. Eso le encanta, el contraste entre el interior y el exterior, entre la miseria y el lujo. Entra en el portal, pasa por delante del adormecido conserje sin que este se dé cuenta y pulsa el botón del ascensor. Pero cuando la puerta se abre, vacila y da media vuelta. Quiere quedarse fuera de casa, vagar por la palpitante

noche. De todos modos, en casa probablemente se hayan ido todos a la cama.

Abre el buzón y se lleva el montón de cartas al restaurante que hay unos cuantos portales más abajo, un local al que suele ir después de las sesiones de fotos que terminan tarde. Al llegar pide una copa de vino de Burdeos de 1982. El camarero niega con la cabeza.

—No servimos el de 1982 por copas. Solo tenemos unas pocas botellas. Esa bazofia es exclusiva. Una gran añada.

Elin se agita incómoda.

—Depende de cómo te lo plantees. Pero no me importa pagar la botella entera. Tráeme el vino, gracias…, me lo merezco. Tiene que ser el de 1982.

—Claro que sí, se lo merece.

El camarero pone los ojos en blanco.

—Por cierto, no tardaremos en cerrar.

Elin asiente con la cabeza.

—No te preocupes, bebo deprisa.

Toquetea las cartas, apartando los sobres sin abrirlos hasta que uno de ellos capta su atención. El matasellos es de Visby, el sello sueco. Su nombre está escrito a mano en mayúsculas, cuidadosamente trazado a tinta azul. Lo abre y desdobla la hoja de papel que contiene. Es una especie de mapa de las estrellas en el que figura impreso su nombre con un tipo de letra amplio y elaborado. Contiene la respiración cuando lee las palabras en sueco que figuran por encima del nombre.

En este día, a una estrella se la llamó Elin.

Vuelve a leer el renglón una y otra vez en esa lengua que le resulta poco familiar. Una larga serie de coordenadas define su precisa localización en los cielos.

Una estrella que alguien ha comprado para ella. Su propia estrella, que ahora lleva su nombre. Debe de ser de…, ¿de verdad será… él… quien la manda? Pone freno a sus pensamientos, no quiere pronunciar su nombre, ni siquiera para sus adentros. Pero puede visualizar mentalmente su rostro con claridad, y también su sonrisa.

Siente su corazón desbocado en el pecho. Aleja el mapa. Lo mira fijamente. Luego se levanta y sale corriendo a la calle a mirar el cielo, pero solo acierta a ver una masa azul y uniforme coronando los edificios. En Nueva York nunca hay una oscuridad total, nunca la suficiente como para alcanzar a ver el serpenteante revoltijo de estrellas. Los rascacielos de Manhattan casi tocan el cielo, pero ahí abajo, en las calles, da la sensación de que está muy lejos. Vuelve a entrar en el bar. El camarero está de pie junto a su silla, esperando con la botella en la mano. Vierte el vino en la copa y ella toma un trago sin saborearlo. Le indica que le rellene la copa con un impaciente ademán de la mano y bebe dos sorbos más largos. Luego vuelve a levantar el mapa y gira la lustrosa hoja en todas las direcciones unas cuantas veces. En un ángulo inferior, sobre el oscuro fondo, alguien ha escrito con un rotulador dorado:

Vi tu fotografía en una revista. Estás igual que siempre.
Cuánto tiempo sin verte. ¡Ponte en contacto!
F

Y debajo, una dirección. Elin siente que se le encoge el estómago cuando lee el lugar de origen. No puede dejar de mirarlo, y los ojos se le empañan de lágrimas. Sigue con el índice los contornos de la letra F y pronuncia su nombre con voz queda. Fredrik.

Siente la boca seca. Se lleva la copa de vino a los labios y la vacía. Luego llama al camarero a voz en cuello.

—¡Oye! ¿Me puedes traer un vaso de leche bien grande? De repente me ha dado una sed que me muero.

ENTONCES

HEIVIDE, GOTLAND, SUECIA, 1979

—Una taza cada uno. Y venga ya, sin discutir.

Unas manitas agarraron el cartón de leche de color rojo y blanco que Elin acababa de colocar sobre la mesa de madera de pino. Dos pares de manitas infantiles con las uñas sucias. Elin trató de quitarles el cartón de leche, pero los hermanos la apartaron a codazos. Los dos hablaban a la vez.

—Yo primero.

—Te estás poniendo demasiado. ¡Dámelo a mí!

Una voz severa se alzó por encima de la disputa.

—Ya está bien de pelearse. No lo aguanto más. El mayor primero, ya conocéis las reglas. Una taza cada uno. ¡Obedeced a Elin!

Marianne seguía dándoles la espalda, inclinada sobre el fregadero.

—¿Lo veis? Ahora a hacer lo que dice mamá.

Elin empujó con brusquedad a Erik y a Edvin hacia un lado. Los niños se cayeron del banco de la cocina sin soltar el cartón de leche. El silencio invadió la habitación cuando en su caída arrastraron un plato de loza marrón. Como si el aire se hubiera espesado de repente y el tiempo se hubiese detenido. Cuando todo aquel revoltijo cayó al suelo, el estrépito y las salpicaduras despertaron un rugido.

A continuación, silencio y ojos como platos.

Un charco blanco de leche se fue desparramando por el hule; goteaba desde el tablero y unos regueritos blancos se abrían camino por las toscas patas de la mesa. Y luego otro rugido. La ira de aquel grito cortó el aire de la habitación.

—¡Malditos mocosos! ¡Fuera! ¡Fuera de mi cocina!

Elin y sus hermanos se largaron sin pensárselo dos veces; salieron raudos por la puerta al exterior y atravesaron el patio, perseguidos por las palabrotas que todavía resonaban en todos los rincones de la cocina. Se arrebujaron juntos para esconderse tras un montón de trastos que había junto al muro del establo.

—Elin, ¿ahora ya no nos van a dar más de comer?—, le susurró su hermano pequeño con un hilo de voz apenas audible.

—Enseguida se le pasará, Edvin, ya lo sabes. No te preocupes. El plato se rompió por mi culpa.

Elin le acarició el pelo con ternura, lo abrazó y lo acunó.

Al cabo de un rato se separó de sus hermanos, se levantó y caminó con prudencia de vuelta hacia la casa. Dentro acertó a ver la forma encorvada de su madre recogiendo del suelo los trozos de loza sucios. Observó cómo los agarraba entre el pulgar y el índice y cómo iba creciendo el montón de fragmentos en la palma de su otra mano.

La puerta de la cocina estaba abierta de par en par y crujía ruidosamente con la fuerza del viento. Del canalón cayeron unas cuantas gotas de agua de lluvia. Plof, plof. Elin escuchó atentamente. La casa estaba en silencio. Marianne permaneció agachada, con la cabeza colgando, incluso después de haber recogido todos los trozos rotos. Sunny husmeaba el suelo frente a ella y lamía la leche derramada. No le prestó atención a la perra.

Elin estaba armándose de valor para entrar cuando, de repente, la figura encorvada se irguió. El corazón le dio un vuelco, se volvió y se fue corriendo hacia donde estaban sus hermanos. Atravesó la gravilla a toda prisa perseguida por nuevos gritos. Se agachó junto al montón de trastos. Marianne se abalanzó sobre la puerta y lanzó los trozos rotos, como punzantes proyectiles.

—¡No os mováis de ahí, estéis donde estéis, no quiero veros más! ¿Me oís? ¡No quiero veros más!

Cuando no quedaron más fragmentos de porcelana, Marianne se puso a dar vueltas, buscando a las criaturas. Elin se hizo una bola, colocando los brazos alrededor de sus hermanos y dejando que enterraran la cabeza en su regazo. Estaban tan asustados que ni respiraban, atentos al menor movimiento.

—Se acabó la comida este mes. ¿Me oís? ¡Malditos mocosos! ¡Malditos mocosos de mierda!

Y agitó los brazos, aunque ya no había más trozos rotos que lanzar. Elin la contempló con tristeza a través de los huecos que se abrían en el montón de trastos. Muebles viejos, tablas, palés y otros objetos que hacía tiempo debían haber ido a la basura, pero que en cambio se habían apilado allí. Al final, Marianne se dio la vuelta y volvió a entrar en casa, con la mano en el pecho, como si se le estuviera encogiendo el corazón. A través de la ventana de la cocina, Elin acertó a ver cómo rebuscaba algo con impaciencia en su bolso y en los cajones de la cocina, hasta que lo encontró. Un cigarrillo. Lo encendió, inhaló una profunda calada y soltó anillos de humo hacia el techo. Unos anillos perfectamente redondos que se volvían ovalados y se disolvían luego en una nube y desaparecían. Cuando no le quedara más que la colilla, la tiraría al fregadero y todo terminaría.

Los hermanos permanecieron un buen rato donde estaban, muy juntos, Edvin con la cabeza inclinada. Arrastraba un palo por el suelo, trazando líneas y círculos, mientras Elin permanecía con la vista clavada en la casa. Cuando por fin, tras una larga y silenciosa pausa, Marianne abrió la mugrienta ventana de la cocina, Elin salió de su escondite y sus miradas se cruzaron. La niña sonrió con cautela y levantó la mano en ademán de saludo. Marianne le respondió con una media sonrisa, manteniendo la boca cerrada y tensa.

Todo había vuelto a la normalidad. Ya se había terminado.

En el alféizar de la ventana había dos prímulas secas con florecillas arrugadas. Marianne pellizcó algunas de las más marchitas y tiró los restos a la tierra del tiesto.

—Podéis volver. Perdonadme, me enfadé un poco —los llamó.

16

Cuando volvió a darles la espalda, Elin vio cómo se sentaba a la mesa de la cocina. Se agachó y se puso a jugar con unas piedrecitas en el suelo, tirándolas al aire y probando a cogerlas con el dorso de la mano. Una de las piedras aguantó allí un momento, pero luego rodó y cayó con las otras al suelo.

—No vas a tener hijos —se burló Edvin.

Elin lo miró fijamente.

—Cállate.

—Puede que tengas uno: una de las piedras se ha quedado un poco —la consoló Erik.

—Vamos a ver, ¿de verdad os creéis que un montón de piedras puede predecir el futuro?

Elin suspiró y echó a andar hacia la casa. A mitad de camino se detuvo y les hizo una seña con la mano a sus hermanos.

—Venga, los dos, vamos a comer. Tengo hambre.

Cuando volvieron a la cocina, Marianne estaba sentada junto a la ventana, ensimismada. Tenía un cigarrillo en la mano, con la ceniza colgando, a la espera de que un golpecito del dedo la hiciera caer. El cenicero que había sobre la mesa estaba lleno, con una colilla tras otra aplastadas en la arena del fondo. Marianne tenía el rostro pálido y los ojos fijos y sin expresión. No se inmutó cuando las criaturas volvieron a ocupar sus sitios en el banco de la cocina.

Elin, Erik y Edvin comían en silencio. Salchicha de Bolonia, dos gruesas lonchas cada uno, y macarrones fríos en grandes pegotes. Una buena ración de kétchup ayudaba a separarlos. Tenían los vasos vacíos, por lo que Elin se levantó a por agua. Marianne la siguió con la mirada mientras llenaba los vasos y los colocaba sobre la mesa.

—¿Os vais a portar bien ya? —preguntó con una voz pastosa, como si se acabara de despertar.

Elin suspiró cuando sus hermanos la emprendieron a empellones para hacerse hueco en el banco a sus espaldas.

—Se nos cayó sin darnos cuenta, mamá, no lo hicimos aposta.

—¿Aún te atreves a llevarme la contraria?

Meneó la cabeza.

—No, no quería hacerlo, pero…

—Cállate. A callar. Ni una palabra más. Comeos lo que tenéis en el plato.

—Lo siento, mamá, no lo hicimos aposta. Solo se nos cayó un poco. El plato se rompió por mi culpa. No te enfades con Erik y Edvin.

—Siempre os estáis peleando. ¿Por qué os tenéis que pelear? Todo el rato. Ya no lo soporto más —gruñó Marianne en voz alta.

—No necesitamos leche hoy. Nos arreglamos con el agua.

—Estoy tan terriblemente cansada…

—Lo siento, mamá. Lo sentimos. ¿A que sí, Erik? ¿A que sí, Edvin?

Los hermanos asintieron con la cabeza. Marianne se inclinó sobre la cacerola, rascó un poco y se llevó una cucharada de pasta a la boca.

—Mamá, ¿quieres un plato? —le preguntó Elin levantándose y dirigiéndose al armario, pero Marianne la detuvo.

—No es necesario. Tú come. Solo prometedme que vais a dejar de pelearos. Tendréis que beber agua el resto del mes, se nos ha acabado el dinero.

Erik y Edvin empujaban la comida hacia el borde del plato y hacían chirriar los tenedores sobre el esmalte marrón.

—Comed bien.

—Pero, mamá, tienen que esparcir la comida. Los macarrones están fríos y pegados.

—No os pasaría eso si no os hubierais dedicado a pelearos. Comed como es debido, he dicho.

Edvin dejó de comer. Erik inclinó la cabeza y, con cuidado y tranquilidad, pinchó en el tenedor unos pedazos de pasta. Uno en cada diente del tenedor.

—¿Por qué siempre estás tan enfadada? —murmuró Erik, volviendo la mirada hacia Marianne.

—Quiero que seáis capaces de sentaros a la mesa del rey. ¿Me entendéis? Cualquier hijo o hija mía debe tener suficiente educación como para comer con el rey cualquier día.

—Mamá, para. Eso lo decía Papá cuando estaba borracho. Nunca comeremos a la mesa del rey. ¿Cómo imaginas que pueda pasar algo así? —dijo Elin suspirando. Luego miró hacia otro lado.

Marianne agarró los cubiertos de Elin y los lanzó con todas sus fuerzas sobre la mesa, donde rebotaron y cayeron al suelo.

—No puedo. No puedo más. ¿Me oyes?

Marianne cogió el plato de Elin y lo dejó en el fregadero. Golpeaba con estruendo las cacerolas y las sartenes al lavarlas. Solo se enfadaba de aquel modo cuando tenía hambre, Elin lo sabía. Detuvo a sus hermanos cuando se disponían a pedir más pasta.

—Ya hemos terminado, mamá. Ahí queda un poco para ti.

Elin les lanzó una mirada a sus hermanos, que estaban sentados a la mesa en abatido silencio, con los platos perfectamente rebañados ante ellos. Edvin, con sus gruesos bucles rubios que todavía no le habían cortado, aunque ya tenía siete años de edad y acababa de empezar a ir a la escuela. Le caían en cascada sobre las orejas y la nuca, como un torrente de oro. Y Erik, que apenas era un año mayor que él, aunque mucho más grande, mucho más maduro. En su melena nunca había asomado el menor atisbo de rizo. Marianne se lo afeitaba regularmente con una maquinilla y el cuero cabelludo desnudo resaltaba sus orejas de soplillo.

—Estamos llenos.

Elin los miró con expresión suplicante y ellos asintieron de mala gana y se dejaron resbalar hasta el suelo.

—¿Podemos levantarnos de la mesa? —le preguntaron.

Elin asintió. Los hermanos se largaron al piso de arriba. Ella permaneció donde estaba y se concentró en el estrépito de los platos al tiempo que observaba la espalda encorvada inclinándose sobre un fregadero demasiado bajo. De repente los movimientos se detuvieron.

—Vamos tirando, ¿verdad? A pesar de todo.

Elin no contestó. Marianne no se volvió. Sus miradas no se cruzaron. Volvió a empezar el ruido de cacharros.

—¿Qué haría yo sin ti y sin tus hermanos? Sois mis tres ases.

—A lo mejor estarías un poco menos enfadada.

Marianne se giró. El sol penetraba por la ventana de la cocina, resaltando la suciedad de las lentes de sus gafas. Encontró la mirada de Elin, tragó saliva con esfuerzo y luego caminó hasta la sartén y se llevó una cucharada de macarrones fríos a la boca.

—¿Habéis comido bastante? ¿Seguro?

Marianne se sentó junto a Elin en el banco de la cocina y le acarició la cabeza con suavidad.

—Me ayudas tanto. No sería capaz de nada sin ti.

—¿De verdad no tenemos dinero? ¿Ni para comprar leche? Tú te compras tus cigarrillos.

Elin clavó la mirada en la mesa al pronunciar la última frase.

—No. Este mes no. Mis cigarrillos no tardarán en terminarse, no puedo comprar más. Llevé el coche a reparar, lo necesitamos. Tendréis que comer lo que tenemos en la despensa, hay unas cuantas latas ahí dentro. Y del grifo sale agua, bebed si tenéis hambre.

—Pues entonces llama a la abuela. Pídele ayuda —Elin miró a su madre con expresión de súplica.

—Jamás de los jamases —contestó, negando con la cabeza—. ¿Cómo nos iba ayudar? Es tan pobre como nosotros. No voy a ir a quejarme a ella.

Elin se puso de pie y rebuscó en el bolsillo de sus ajustados vaqueros. Sacó dos tapones de botella, un trocito amarillo de un lápiz, dos monedas sucias de una corona y dos monedas de cincuenta öre.

—Esto es lo que tengo.

Las apiló delante de Marianne.

—Con esto compraremos un litro. Ve mañana a la tienda si quieres. Gracias. Te daré cuatro coronas a cambio cuando tenga dinero, te lo prometo.

* * *

Elin salió a hurtadillas de la casa al frío del anochecer. Marianne permaneció sentada a la mesa de la cocina, con un cigarrillo nuevo en la mano.

Elin contó las gotas que caían del desagüe. Se colaban lentamente por entre las agujas de pino que obstruían la cañería. Al aterrizar en el barril azul que Marianne había traído a rastras hasta casa desde alguna granja vecina, producían un «plof» sofocado. El barril había contenido un pesticida llamado Resistencia. Resistencia. A Elin le gustaba esa palabra y su significado. Habría querido que en el barril quedara un resto de Resistencia para que ella pudiera utilizarla cuando la necesitara. Murmuró un conjuro invisible sobre el barril:

—Resiste ahora. Vamos, resístelo todo. Todo lo malo.

Allí, a la vuelta de una esquina de la casa, tenía su lugar secreto. En la parte de atrás, donde a nadie le interesaba aventurarse, donde los enebros crecían contra la fachada y donde las agujas de los pinos se le clavaban en las plantas de los pies cuando iba descalza. Llevaba ya media vida escondiéndose allí, desde los cinco años. Cuando necesitaba estar a solas. O cuando alguien se había enfadado con ella. Cuando papá hablaba sin que se le entendiera. Cuando mamá lloraba.

Con ramas del bosque se había hecho un asiento que siempre estaba esperándola allí, apoyado contra la pared. En él podía sentarse a pensar; escuchaba mucho mejor sus pensamientos cuando estaba sola. El tejado de plástico y el canalón protegían su cabeza de la lluvia, pero solo si se arrimaba a la pared. Echó la cabeza hacia atrás, cerrando los ojos, y dejó que las gotas empaparan sus desgastados vaqueros. Se iban moteando de manchas oscuras y el frío se extendía por sus muslos como una manta de hielo. Permaneció así, con las piernas expuestas al aguacero cada vez más intenso, dejando que los pantalones se empaparan cada vez más, se enfriaran cada vez más. Las gotas que caían en el barril tamborileaban cada vez más aprisa. Se concentró en el sonido, contando los impactos y manteniendo la cuenta. En la escuela era más difícil. Allí los sonidos nunca eran limpios, no como ahí. En la escuela siempre había otros ruidos que la molestaban; gritos, conversaciones, susurros, ruidos corporales. El cerebro de Elin lo registraba todo, lo oía todo. Los números en su cabeza se fusionaban en uno solo, perdía la cuenta y no podía concentrarse. «Es un caso perdido», había oído que le decía la profe a Marianne en una reunión de padres. Un caso perdido en matemáticas. Un caso perdido en escritura, para que la profe pudiera leer lo que había escrito. Un caso perdido en la mayoría de las cosas. Y, lo peor, era la hija de un delincuente. Hablaban de eso todos los niños en la escuela, y también los profesores, cuando pensaban que ella no los oía. Murmuraban a su paso. Ni siquiera sabía lo que significaba aquella palabra.

El único que siempre la defendía era Fredrik. Era el chico más fuerte y más listo de la escuela. Solía agarrarla por el brazo y llevársela con él, mientras regañaba a los demás por ser tan mezquinos. En cierta ocasión ella le preguntó lo que significaba aquella palabra, pero él se limitó a reír y le dijo que pensara en otra cosa. Algo que la hiciera ponerse contenta.

Pensó que tendría algo que ver con el hecho de que la policía viniera a llevárselo y de que ya no viviera en casa. Lo echaba de menos a diario. Él nunca creyó que ella fuera un caso perdido, no veía para qué tenía que ser buena estudiante. Elin solía ayudarle en el taller, y en eso siempre era buena. O eso decía él al menos. Pero ahora probablemente ya no podría ayudarle más. Nunca más.

Se encontraba bien sentada en la parte de atrás de la casa. Donde lo único que se oía era el sonido sofocado de las gotas de lluvia en el agua del barril y el susurro del viento al colarse entre las copas de los pinos. Donde podía escuchar sus propios pensamientos.

Necesitaba tiempo. Tiempo de silencio. Para pensar. Para comprender.

Principalmente pensaba en cómo serían las cosas en la cárcel, donde vivía papá. Pensaba en cómo serían los sonidos en aquel lugar. Si él estaría completamente a solas con sus pensamientos tras los barrotes que lo separaban del mundo. Si serían barrotes o si eran, simplemente, puertas normales. Tal vez fueran impenetrables, hechas de grueso hierro. De esas que ninguna bomba en el mundo es capaz de reventar. Puertas que se mantuvieran firmes aun cuando el resto del mundo se estuviera desmoronando a su alrededor.

Se preguntaba qué pasaría cuando papá se enfadara y se pusiera a golpear la puerta a puñetazos. Si le dolería, si le haría agujeros, como a la de casa.

El domingo era el día de las visitas, lo había leído en una carta que le habían mandado a Marianne. Así que todos los domingos esperaba ir hasta el barco. Que este los llevaría a tierra firme y, luego, a la cárcel al otro lado del mar. Que los guardias sacarían sus grandes llaveros y abrirían la pesada puerta de metal y dejarían salir a papá al exterior. Para que ella pudiera correr a sus brazos y sentir el calor de sus grandes manos cuando le acariciaba la espalda y le susurraba: «Hola, Número Uno», con una voz que resultaba áspera por culpa de tantos cigarrillos.

Pero esperaba en vano.

Nunca fueron. Marianne se había hartado, es lo que le decía a todo el que le preguntaba. Decía que no lo echaba de menos, ni lo más mínimo. En cierta ocasión, un vecino le preguntó y ella llegó a decir que estaría bien que lo dejaran pudrirse allí, en la cárcel, para que no tuviera que volver a verlo nunca más. Eso le llenó a Elin la cabeza de imágenes terribles que se negaban a borrarse. Veía el cuerpo de su padre ponerse verde de moho, descomponerse lentamente en un charco sobre un frío suelo de cemento gris.

Fue una suerte que pudiera contar con su lugar mágico. Iba a sentarse allí, día tras día, en compañía de las gotas de agua, el viento, el sol, las nubes, los árboles y las hormigas que le mordían los pies. A menudo se preguntaba qué sería aquello tan horrible que había hecho él para que lo encerraran. Y si no sería verdad que era una mala persona.

Plaf, plof, plaf, plof. Cuatrocientas siete, cuatrocientas ocho, cuatrocientas nueve. Elin contaba y pensaba. El tiempo se ralentizaba un poco. Tal vez las cosas fueran así también para papá, allá en la cárcel. Se preguntaba qué haría con todo aquel tiempo. Si también él contaría las gotas que caían del tejado.

AHORA

NUEVA YORK, 2017

El líquido blanco y frío resulta áspero combinado con el vino que ha estado bebiendo. Chasquea la lengua contra el paladar. Una capa pegajosa recubre el interior de su boca. La leche del restaurante es tan grasa, tan diferente. Nada que ver con la leche fresca que recuerda y anhela. Aparta el vaso medio lleno y agarra el pie de la copa de vino, deslizándola hacia ella sin levantarla de la mesa. Enfrente tiene el sobre, donde ha vuelto a meter el mapa doblado. Pasa la palma de la mano por encima del sobre y de la dirección manuscrita.

Toma aire. Lo suelta.

Él está ahí, en las líneas del bolígrafo, sus dedos han dado forma a las letras que componen su nombre. No la ha olvidado. Respira cada vez más aprisa. El corazón le late debajo del vestido rojo. De repente tiene frío, se le pone la piel de gallina.

—No tardaremos en cerrar.

Ha vuelto a aparecer el camarero requiriendo su atención. Hace un gesto indicando la botella, que sigue llena más de la mitad.

—¡Venga, que esto es Nueva York! Y me conoces. Déjame estar un rato más aquí sentada, no tengo ganas de volver a casa todavía —masculla ella.

Vacía el contenido de la copa de dos tragos y la rellena. La mano que sostiene la botella tiembla y derrama unas cuantas gotas rojas sobre el mantel blanco de papel. El líquido se extiende, empapa el papel. Sigue con la mirada el dibujo que traza.

—Un día duro en el trabajo, supongo.

El camarero ríe tranquilo y recoge los platos de la mesa de al lado.

Elin asiente con la cabeza y le da la vuelta al sobre. A la vista queda el nombre que lleva tantos años sin pronunciar, ni en sus pensamientos casi. Fredrik Grinde. Fredrik. Repite el nombre una y otra vez y siente cómo su labio inferior choca con los dientes.

—Vale, puede quedarse mientras acabo de recoger. No la voy a echar. Pero solo porque es usted.

El camarero desaparece detrás de la barra. Cambia la música. Suena un saxofón solitario acompañado por el repiqueteo de los platos en la cocina. Se encienden las luces del techo y el restaurante se llena de una luz intensa. Elin esconde el rostro tras las palmas de sus manos. Una lágrima cae a la mesa y aterriza sobre la mancha roja, que se agranda más aún.

El móvil vibra contra su pierna y lo saca del bolsillo del vestido. Otro mensaje más. Es de Sam, apenas dos palabras.

Buenas noches.

Se hicieron esa promesa al casarse: que siempre se darían las buenas noches, que nunca se irían a dormir sin arreglar las cosas. Ella ha incumplido esa promesa muchas veces. Él, nunca. Él nunca la defrauda, siempre es al revés. Siempre es el trabajo de ella el que ocupa todo el tiempo.

Esta vez también incumple la promesa. Sería tan fácil contestar... *Buenas noches.* Pero no lo hace. Arrastra el dedo para ocultar sus palabras y abre el buscador, sus pensamientos ocupados en otra persona. Teclea el nombre de pila de Fredrik, casi esperando que aparezca su cara pecosa y su sonrisa, tal como lo recuerda. Pero la pantalla se llena de otros tocayos suyos vestidos con traje.

Sonríe ante su propia estupidez, pero todavía no se atreve a buscarlo por su nombre completo. Busca otras cosas, invoca imágenes del lugar del que ella se marchó. Donde tenía un amigo que sería suyo para siempre. «Fredrik, ¿dónde has estado todos estos años?».

Se lleva la carta al pecho.

El camarero está nuevamente de pie ante su mesa. Levanta la botella y la escudriña. Se la tiende.

—No está permitido —dice—, pero llévesela a casa si quiere. Es demasiado caro para tirarlo. Pero ahora tiene que marcharse.

Elin menea la cabeza, se levanta y se aleja un poco de él. Luego da media vuelta y echa a andar hacia la puerta.

—¡Eh, oiga, que tiene que pagar antes de irse!

La agarra por el brazo y tira de ella hacia dentro. Elin asiente ansiosamente.

—Lo siento, me…

Rebusca en el bolso la tarjeta.

—¿Se encuentra bien? ¿Le pasa algo? ¿Sam está bien?

—Sí, creo que sí. No es más que… un pequeño lío. Probablemente lo que necesito es dormir.

El camarero asiente con la cabeza y suelta una carcajada.

—Eso necesitamos todos. Incluso aquí. Váyase a casa, mañana será otro día. El sol saldrá de todos modos, así que «tienes que resistir hasta mañana». La última frase la dice cantando.

Elin se esfuerza por sonreír y asiente con la cabeza. Sale a la calle, pero se detiene en la puerta, paralizada por todos los pensamientos que se agolpan en su mente. Vuelve a sacar el móvil. Escribe unas palabras en el buscador con dedos temblorosos y, acto seguido, pulsa *Intro*.

Ley de prescripción de homicidios Suecia

ENTONCES

HEIVIDE, GOTLAND, 1979

—Estuvo aquí ayer también.

Gerd, la cajera de la tienda, se levantó cuando vio a Marianne y Elin asomando por la puerta de cristal. Elin se puso tensa y se paró en el umbral, pero Marianne entró.

—¿Y qué pasa? Yo la mandé venir, casi es la primera vez que ha bajado hasta aquí ella sola—, dijo entre dientes mientras cogía una cesta del montón.

Gerd se acercó a Elin y la agarró suavemente por los hombros.

—¿Vas a contárselo tú o se lo digo yo? —le susurró al oído, echándole un aliento que olía a café.

Elin sacudió la cabeza y la miró implorante, pero Gerd la ignoró.

—Aquí la señorita intentó robar un litro de leche.

—¿Elin? Ella nunca robaría nada, llevaba dinero para pagar la leche.

—Sí, claro, pagó un litro. Pero no el que llevaba escondido debajo del jersey.

Elin vio cómo Marianne apretaba la mandíbula. Caminaba por la tienda eligiendo con cuidado los productos que iba colocando en la cesta. Se le notaba en los labios que estaba calculando mentalmente el total de la cuenta. Los movía cada vez que añadía un importe. Gerd seguía apresando entre los brazos a Elin. Tenía el cuerpo blando y cálido y respiraba pesada y lentamente. Olía a laca

28

y unos bucles grises le cubrían la cabeza con un peinado perfectamente ondulante. Ambas seguían a Marianne con la mirada. Al cabo, esta volvió y puso la cesta en el suelo. Contenía un paquete de macarrones, pan, zanahorias y cebolla.

—¡Maldita mocosa! —dijo entre dientes clavando los ojos en Elin—. Puede que seamos pobres, pero no robamos. Y punto.

—¿Y cómo os van las cosas? ¿Es muy duro ahora que estáis solos? ¿Os llega el dinero para la comida?

Gerd le acariciaba la larga melena a Elin.

Marianne miró para otro lado.

—No ha sido más que una travesura, ¿verdad, Elin? Necesitas un buen escondite y lo vas a conseguir.

Elin asintió y fijó una mirada insegura en el suelo. Las dos mujeres siguieron hablando por encima de su cabeza.

—¿Estás cuidando bien de la niña para que no acabe siendo como él?

—¿Como él? ¿A qué te refieres?

—Pues a que es un delincuente. Eso se hereda.

—Elin no es ninguna delincuente. ¿De qué estás hablando? Ha cometido un error, pero no tienes por qué preocuparte, no es ninguna delincuente.

Gerd pasó la compra de Marianne por la caja registradora en silencio. Marianne fue observando cómo subía la cuenta y toqueteó las monedas que llevaba en el monedero. Quitó el pan, apurada.

—Me acabo de acordar de que queda pan en casa que hemos de acabar primero. Puedes quitarlo.

—Tu dirás —replicó Gerd con una sonrisa, corrigiendo el importe en la caja.

Marianne le tendió un montón de monedas.

—Si vuelve a suceder, si Elin comete otra estupidez, asegúrate de avisarme directamente. Para estar al tanto.

—Sí, debí llamarte. No se me ocurrió, eso es todo. No era más que un cartón de leche. Pero, por supuesto, no debería andar por ahí robando.

Elin cogió la compra y la metió en la bolsa de tela. Bajó la cabeza. Gerd le tendió una piruleta. Elin vaciló hasta que vio a Marianne asentir con la cabeza.

—¿Y cómo vas de amores, por cierto? Me imagino que estarás tratando de encontrar a alguien, ahora que te has librado de Lasse, ¿no? No es bueno vivir sola.

—¿Encontrar a alguien? ¿Y dónde habría de buscarlo?

—Alguien aparecerá, ya lo verás. Porque si no tendrás que volver con Lasse cuando salga.

—¿Volver con Lasse? ¿Cómo? Pero si no...

Marianne se interrumpió en seco y señaló la puerta con la cabeza.

—Elin, adelántate. Yo salgo enseguida.

Elin se dirigió a la calle. Mientras la puerta se cerraba, alcanzó a oír a las mujeres que seguían hablando acaloradamente en voz baja.

—Él no está bien de la cabeza, no es más que un vil ladrón capaz de aterrar a la gente. Casi la mata, por eso está en la cárcel. Por mí que se quede donde está.

Marianne parecía furiosa.

—Sí, tienes razón. Seguramente estaría borracho, los hombres hacen cosas así de estúpidas cuando han bebido —dijo Gerd tratando de calmarla.

—Acuérdate bien de esto que te digo: estamos mejor ahora que no tenemos a nadie alrededor dando tumbos y metiéndonos miedo tontamente.

La puerta resonó al cerrarse de golpe cuando Elin salió, y las voces se acallaron. La niña se sentó en la escalera que conducía a la entrada principal de la casa, cuya planta baja ocupaba la tienda de alimentación. Parte del mortero se había desprendido, dejando al descubierto los rojos fragmentos de ladrillo holandés de la cimentación, el mismo pavimento que cubría el suelo de la fría tienda. Pellizcó el material, del que sacó pequeños trozos que lanzó al charco de la carretera. Más allá de los charcos estaban los campos y el bosque, y más lejos aún la mayor granja del lugar. Aquella gente era tan rica que hasta tenían una piscina cubierta en una de las alas de la casa.

Finos hilos de niebla flotaban sobre el campo más próximo a Elin. La cosechadora combinada había dejado rastrojos en el mismo lugar en el que, una semana antes, crecía el centeno que ondeaba con gran belleza. Casi parecía que unas nubecillas se hubieran desprendido del cielo gris. La luz del sol todavía conseguía atravesarlas haciendo que la vegetación brillara ante sus ojos. Se concentró en la belleza de la escena.

A su espalda se acercaban unas pisadas que hicieron que el corazón se le acelerara. Oyó el crujido del suelo a pesar de que la puerta estaba cerrada. Corrió a toda prisa escaleras abajo y desapareció tras la esquina del edificio. Desde allí vio a Marianne salir y caminar hacia la carretera principal que conducía hasta su casa. Llevaba la bolsa de tela medio llena echada sobre un hombro y la mirada clavada en el suelo.

Gerd estaba agachada frente al expositor del pan cuando Elin volvió a entrar en la tienda. Estaba apilando hogazas de pan metidas en bolsas y todo un montón se desmoronó al tintinear la puerta. Sonrió cuando se volvió y vio quién había entrado.

—Hola, nena. ¿Qué estás haciendo aquí otra vez? ¿Se enfadó mucho mamá contigo? Lo siento. No te pegaría, como amenazó con hacer, ¿verdad? No tuve más remedio que contárselo, lo comprendes, ¿no?

Elin se encogió de hombros. El palito de la piruleta sobresalía del bolsillo de sus vaqueros. Lo sacó y le quitó el celofán. Luego se sentó en el suelo junto a Gerd con la piruleta en la boca. Le fue pasando las bolsas de pan y Gerd las recolocó en su sitio.

—Qué suerte tener una joven ayudante hoy, justo cuando necesitaba una. Aquí está el pan de centeno para los Grindes y el pan de molde Skogaholm* para los Lindkvists y los Petterssons.

---

* Pan sueco típico a base de harina de trigo y centeno, y jarabe, entre otros ingredientes. (N. de la T.)

—¿Cómo sabes quién compra cada cosa?

Gerd soltó una risita.

—Sé muchas cosas. El pan de molde con jarabe era el favorito de tu padre. A lo mejor también es el que prefieres tú, ¿verdad?

Elin asintió, Gerd le tendió un pan.

—Llévate este a casa, caduca hoy. Yo siempre me llevo hogazas a casa y las congelo el día que caducan. Así se mantienen frescas. Puedo darte pan todas las semanas, si lo estáis pasando mal.

—¡Pero mamá se va a pensar que lo he robado!

Gerd le acarició la mejilla.

—No si yo le digo que es pan que de otro modo tiraríamos a la basura. Puedes congelarlo en bolsitas de cuatro rebanadas cada una, y sacarlo cuando lo necesitéis.

Elin abrazó el pan de molde bajo su barbilla. Inhaló el suave aroma del pan con una única respiración profunda.

—Entiendo que estáis pasando por un momento duro ahora que papá se ha ido. Pronto volverá a casa, ya verás —prosiguió Gerd.

—Mamá dice que nunca más volverá a poner los pies en casa —replicó Elin apretando tristemente los labios.

—¿Eso dice? Pues entonces tal vez sea eso lo que ocurra. Pero estoy segura de que él tendrá su propia casa. Y tú podrás poner los pies en ella.

Elin asintió con la cabeza.

—¿Quieres que hablemos un poco de eso?

Sacudió la cabeza. Gerd la abrazó y no la soltó hasta que Elin empezó a retorcerse para liberarse.

—Dicen que papá es un asesino y que nunca volverá —comentó en voz baja.

—¿Quién lo dice?

—En la escuela. Dicen que lo han encerrado y que han tirado la llave. Que es un delincuente o como se llame eso.

Gerd sacudió la cabeza y le puso la mano en la mejilla. Elin la sintió cálida y áspera.

—Y tú, ¿qué es lo que crees? —le preguntó.

Elin se encogió de hombros. La piruleta casi se había acabado. Se la sacó de la boca.

—¿Qué es lo que hizo que fue tan terrible? ¿Por qué nadie me lo cuenta?

—Bueno, pues desde luego no mató a nadie, eso tenlo por seguro.

Gerd rio y volvió los ojos hacia la puerta. Un Volvo azul frenó en seco justo delante de la tienda y del coche salió un hombre alto con una camisa de cuadros rojos y un sombrero de vaquero. Subió las escaleras de dos grandes zancadas y abrió la puerta de golpe.

Elin se inclinó hacia Gerd y murmuró:

—¿Es verdad que en casa de los Grinde comen filete todos los sábados?

—Eso se lo tendrás que preguntar a Micke. O a Fredrik.

Elin sacudió la cabeza.

—No, no digas nada, lo he oído por ahí. No puede ser verdad.

—No deberías hacer tanto caso a lo que dice la gente. Que eso sea tu lección de hoy.

A Gerd se le iluminó el rostro cuando Micke entró por la puerta. Lo siguió por los pasillos de la tienda, sin parar de hablar. Elin se quedó donde estaba, jugando con las bolsas de pan. Cuando él llegó a su altura, le tendió a Micke una hogaza de pan de centeno.

—Hola, nena. ¿Cómo sabes lo que quiero?

Se puso en cuclillas a su lado, apoyando el brazo en la estantería. En la axila se le veía una gran mancha oscura de sudor de la que emanaba un olor agrio. Elin alzó la mirada hacia Gerd, que dijo riendo:

—A esta pequeña se le da bien adivinar.

—Desde luego que sí.

El hombre se llevó la mano al bolsillo y sacó una moneda de cinco coronas. Jugueteó con ella y luego la lanzó al aire. Elin la vio girar y centellear bajo la luz de los tubos de neón. Cayó hacia ella, que extendió el brazo y la recogió.

—Quédatela y cómprate algo chulo.

Micke dio media vuelta, le sonrió a Gerd y caminó hacia la caja registradora con la cesta de la compra llena. Gerd se mostraba muy solícita con él y escuchaba atentamente lo que decía. Elin no se movió de su sitio hasta que oyó que salía de la tienda y se subía al Volvo azul. Cuando el motor arrancó, volvió a la sección de la leche y cogió un cartón rojo. Se lo llevó a Gerd y lo colocó sobre el mostrador.

—Me gustaría comprar esto. ¿Podrías escribirle una nota a mamá y decirle que no lo he robado? ¿Y comentarle lo del pan?

AHORA

NUEVA YORK, 2017

El ascensor cruje al subir por las plantas del edificio, como si los cables que lo sostienen estuvieran a punto de romperse. Los espejos reflejan todas las partes de su cuerpo. Ve su propia imagen por doquier. Pasa la palma de la mano por un bultito que tiene en la espalda y que se le marca en el vestido, justo por encima de la cintura. Apareció después de que cumpliera los cuarenta y se niega a desaparecer. Se inclina hacia delante y estudia su rostro, en busca de la belleza que antes tenía, pero solo acierta a ver oscuras sombras debajo de sus ojos y unas líneas que surcan la piel de sus mejillas. La puerta del ascensor se abre y ante ella se extiende el suelo blanco resplandeciente que significa hogar. Elin da un paso hacia el interior y enciende la luz. En el sofá está sentado Sam, reclinado sobre el respaldo y con las manos cruzadas sobre el regazo. Tiene los ojos cerrados y el rostro relajado. Las comisuras de sus labios apuntan ligeramente hacia arriba, incluso cuando está dormido. Siempre da la sensación de estar feliz, alegre en cierto modo. Es lo que la enamoró de él. La felicidad, la confianza.

Pasa a hurtadillas por delante de él con el montón de cartas en las manos. Avanza a pequeños pasos hasta el escritorio, guarda la carta de Suecia en el cajón superior y posa las demás apiladas sobre la mesa. Luego regresa sigilosamente y se arrebuja a su lado. Él gime suavemente, como si acabara de despertar.

—Lo siento, nos llevó mucho tiempo —susurra mientras le da

un beso en la mejilla. Sam se sobresalta, como si el beso fuera eléctrico.

—¿Dónde has estado? ¿Qué hora es? —masculla.

—¿A qué te refieres?

—Te huele el aliento a vino. Te has perdido la cena con mis padres. Probablemente se estén empezando a preguntar en qué andas metida.

Elin se encoge de hombros.

—Me fui a tomar una copa de vino cuando regresaba del estudio a casa. Estaba sola. La sesión fotográfica duró un montón, la modelo era terrible. No te imaginas lo que son las actrices egocéntricas.

Suspira profundamente y apoya la cabeza en el respaldo del sofá mientras coloca los pies sobre una mesita auxiliar.

—Casi te cruzas con ellos. Se acaban de marchar.

—¿Quiénes?

—¿Es que no me escuchas? Mis padres. ¿No te acuerdas? Los invitamos a cenar para celebrar lo de Alice y su danza, la admisión en la escuela. Incluso hablamos de ello en terapia, que aquello era importante para nosotros.

Elin, que de repente se ha acordado, se lleva la mano a la boca.

—Lo siento —balbucea.

—Siempre dices lo mismo. Pero ¿de verdad lo sientes?

Sam sacude la cabeza preocupado y suspira.

—Claro que lo siento de verdad. Lo siento. Se me olvidó. Están pasando tantas cosas en este momento, ya sabes. El equipo, no puedo marcharme sin más…, todo depende de mí. Sin mí no hay fotos. No es como un trabajo normal.

Sam se aparta de su mano, se levanta y se dirige arrastrando los pies hacia el dormitorio.

—Te estaba esperando para darte las buenas noches. Por lo menos eso. Para que hablases conmigo, me tuvieras en cuenta —añade Sam agitando su móvil ante ella.

—Lo siento. Estoy aquí ahora. Vine corriendo a casa en

cuanto me mandaste el mensaje. Quería darte las buenas noches desde aquí. ¿Alice está todavía en casa? ¿Se queda aquí esta noche? Por favor, dime que sí.

Sam se detiene, pero no se vuelve a mirarla.

—Se marchó hacia las nueve, dijo que mañana tenía una clase temprano. Pero creo que estaba decepcionada, supongo que deberías llamarla.

Elin no contesta. Ya está saliendo a la azotea. Se deja caer en una silla y se quita los zapatos con los pies. Saca el móvil y escribe un mensaje a Alice.

Lo siento, corazón, llegué tarde a casa del trabajo. Lo siento.

Observa las palabras que acaba de escribir. Añade unos cuantos corazones rojos, se los manda también y luego posa el teléfono boca abajo sobre la silla que tiene al lado.

El parquet sobre el que apoya las plantas de los pies resulta cálido. Del horno de leña que Sam insistió en construir cuando se mudaron sigue saliendo humo. Se estremece cuando ve el humo, se levanta y tira de los reguladores para que queden perfectamente cerrados y las brasas del interior se apaguen.

—¿Y esto qué es?

Sam sale a la azotea. Sostiene en la mano el mapa de las estrellas, que agita delante del rostro de Elin.

—Pensé que dormías cuando entré.

—¿Qué pone ahí? ¿En qué idioma está escrito?

—No lo sé —contesta Elin encogiéndose de hombros levemente.

—No lo sabes, ¿y aun así lo escondiste?

Sam tiene una expresión tensa, incrédula. Elin traga saliva con dificultad.

—No lo estaba escondiendo. Simplemente lo puse allí.

—¿Y no tienes ni idea de quién te lo ha enviado? —pregunta Sam suspirando profundamente.

—De verdad que no lo sé. Debe de ser algún admirador chiflado. Un fan. Ni siquiera sé en qué idioma está. ¿Lo sabes tú?

Sam se acerca a la barandilla de la azotea y sostiene la carta por encima.

—¿Y aun así lo escondiste? No te creo. ¡Dime quién te lo ha mandado!

Elin sacude la cabeza.

—No lo sé.

—O sea que te da igual si lo tiro.

Sam clava los ojos en los de Elin. Se miran fijamente. Y como ella no contesta, él suelta la carta y deja que el viento se la lleve.

Elin extiende el brazo para tratar de atraparla, pero vuela demasiado aprisa. La ve desaparecer en dirección hacia la calle, la sigue con la mirada, con las manos agarradas a la barandilla de la azotea. El papel se balancea, se retuerce, como una balsa en un mar de tormenta. Lo sigue en su caída hasta que desaparece de su vista. Entonces Sam se vuelve hacia ella.

—¿O sea que no significa nada para ti?

Ella trata de mantener la calma. Sam no cede.

—Pues a mí me parece que estás enfadada.

Elin sacude la cabeza y le tiende unos brazos abiertos.

—No sé de qué estás hablando. Por favor, he tenido un día largo y ahora necesito dormir. Mañana yo también tengo que levantarme temprano.

Sam retrocede y aparta los brazos de ella.

—Es sábado.

—Por favor.

—Esas palabras me habrían gustado más.

—¿Qué quieres decir?

Sam no le contesta. Le vuelve la espalda y desaparece en el dormitorio. Sus pisadas resuenan sobre el suelo.

Elin no le sigue, sino que sale a hurtadillas al recibidor y baja en el ascensor. Está descalza y el asfalto le raspa las plantas de los pies cuando recorre la calle de arriba abajo en busca de la carta. No la ve por ningún lado. Tal vez haya caído a algún balcón. Busca por todos los rincones y portales, en vano.

Estira el cuello para mirar el edificio desde abajo, tratando de localizar el lugar exacto desde el que Sam la soltó y siguiendo la posible trayectoria con la mirada. Tal vez haya volado por detrás de la esquina, hasta otra calle. Corre hacia Broome Street. Al llegar a la esquina, casi atropella a una anciana. Tiene el pelo gris y grasiento, viste un chándal verde demasiado amplio con grandes manchas en la pechera. En una mano lleva el mapa de las estrellas, en otra una manta enrollada que está atada con un cinturón de cuero. Elin trata de quitarle el mapa, pero la mujer le chilla, muestra los dientes, colocada con algo que no es alcohol. Elin retrocede.

—Eso es mío. Por favor, ¿me lo puede devolver? Se me cayó.

La mujer sacude la cabeza. Elin busca en sus bolsillos algo de dinero, pero están vacíos. Le muestra sus manos vacías.

—Por favor, es de una persona que significa mucho para mí. No tengo dinero para darle. Puedo ir a casa y traer algo, si me espera. Pero, por favor, démelo —implora desamparada.

La mujer sacude la cabeza y aprieta el papel contra su pecho. Una esquina se ha doblado. Elin sacude la cabeza.

—Por favor, tenga cuidado. Es de alguien…, de alguien que significa mucho para mí. Por favor.

La mujer la mira con expresión de lástima y asiente con la cabeza.

—Ya, comprendo, comprendo. El amor, el amor, el amor —murmura tirando el papel, que cae al suelo ante los pies desnudos de Elin.

ENTONCES

HEIVIDE, GOTLAND, 1979

La carretera principal estaba desierta. El borde del asfalto se veía irregular y roto, resquebrajado por la helada de primavera. Grandes grietas serpenteaban por la calzada y algunos tramos de las líneas de pintura blanca de la carretera se habían desgastado y borrado. Elin saltaba de una marca a la siguiente. La bolsa de tela vacía que llevaba colgando del brazo ondeaba al viento a sus espaldas. Saltaba con gran concentración, aterrizando sobre los dedos de los pies en sus finos zapatos.

De repente, alguien apareció frente a ella soltando una risotada. Saltaba más que ella, abarcando dos marcas de una sola zancada, con los brazos alzados. Llevaba unos pantalones azules de mahón y unas pesadas botas, e iba cubierto de barro de los pies a la cabeza. Se detuvo y le sonrió. Costaba distinguir en su rostro las salpicaduras de barro de las pecas. Elin hizo acopio de todas sus fuerzas y de un salto lo adelantó, abarcando esta vez dos tramos. Casi.

—¡Vamos, no seas floja!

Espoleada por su tono burlón, se esforzó todavía más, volvió a saltar, pero aterrizó un poco antes del segundo tramo.

Lo miró mientras él se desternillaba de risa.

—Nunca serás más fuerte que yo. Date por vencida. Yo soy un chico, ya sabes.

—Ya lo verás algún día —masculló Elin sacándole la lengua. Luego atravesó la carretera y echó a correr hacia la tienda.

Delante de la puerta había un tractor con un remolque lleno de cajones de madera: patatas, zanahorias y colinabos recién sacados de la tierra. Micke salió entonces de la tienda y miró severamente hacia ella y el chico.

—Hola, Elin. Fredrik, estás trabajando, vamos, nada de juegos —le advirtió, con una voz que retumbaba como si las palabras le salieran de muy dentro de la barriga.

Fredrik tiró suavemente a Elin del pelo cuando pasó corriendo a su lado. Sacó dos grandes cajones del remolque, que le llegaban por encima de la nariz y le hacían doblarse bajo su peso. Elin agarró la parte superior de uno de ellos, tratando de aligerarle la carga.

—Pesa demasiado, déjame que te ayude. No tengo prisa.

Fredrik sacudió la cabeza.

—Papá se pondría furioso. Suelta. Puedo hacerlo, tengo que hacerlo solo.

Elin le obedeció y soltó el cajón justo cuando Micke volvía a salir por la puerta. Se puso a hablar sin dejar de trabajar, levantando tres cajones a la vez; la camisa le ceñía el pecho al tensársele los músculos. Elin le veía la piel entre los huecos de los botones, cubierta de vello negro y rizado.

—¡Yo ya he hecho tres viajes y tú sigues ahí parado, tonteando. El hijo de un granjero tiene que dar el callo, lo sabes muy bien. Las cosas no se hacen solas! —le gritó.

Fredrik subió los escalones tambaleándose bajo el peso de los cajones, sin llegar a ver dónde ponía los pies. Elin corrió junto a él y le sostuvo la puerta abierta. Cuando él pasó por delante de ella, le susurró:

—Ahora corre antes de que se enfade contigo por estar en medio. Luego te veo. Atenta a la canción.

Un viaje más y se marcharon. Elin oyó el tractor arrancar y ponerse en movimiento. Los cajones que habían cargado estaban apilados en una torre junto a los estantes de las verduras. Unas huellas de barro habían dejado marcado un camino hasta la puerta, como recordando el origen de los alimentos.

Alguien que silbaba una suave melodía despertó a Elin. Saltó inmediatamente de la cama y se puso los pantalones, unos vaqueros desgastados y acampanados que había heredado de una vecina que vivía un poco más abajo en la carretera, y una camiseta verde ajustada con un trébol de cuatro hojas en la parte delantera. Echó una rápida mirada a su imagen en el espejo y se alisó el pelo que le caía por los hombros en gruesos mechones revueltos. Se hizo una raya en medio, muy marcada. Abrió la puerta sigilosamente, mirando a ambos lados del pasillo antes de salir de su cuarto. No había nadie. La puerta de la habitación de sus hermanos estaba cerrada, la luz apagada. Bajó las escaleras sin encender la luz y miró por entre los barrotes de la barandilla hacia donde Marianne estaba sentada, inclinada sobre la mesa de la cocina, envuelta toda ella en una manta de lana gris. Había un olor en el aire, pero Elin no alcanzaba a ver ni un cigarrillo encendido ni una nube de humo. Marianne estaba perfectamente inmóvil, tan quieta como el final de la tarde.

Elin bajó muy despacio, con cuidado de plantar los dos pies en cada peldaño antes de pisar el siguiente. Marianne no se inmutó, el único movimiento de su cuerpo encorvado era el de su pesada respiración. Elin podía oír el aire que silbaba sonoramente a través de su nariz. Aparte de eso, la casa estaba sumida en el silencio. Elin bajó de puntillas los últimos peldaños hasta la puerta de entrada, con las piernas bien separadas para que las perneras del pantalón no rozaran una con otra e hicieran ruido.

Un frío viento procedente del mar se coló en la casa cuando ella abrió la puerta. La sujetó y la cerró con sumo cuidado, milímetro a milímetro. Luego, corrió a toda prisa por el patio hacia el sendero del bosque. El silbido había parado y lo único que oía era el bramido de las olas. Se detuvo en medio de la profunda oscuridad de la noche y aguzó el oído. Se puso a silbar a su vez. No hubo respuesta, pero le pareció que alguien se acercaba, que oía unos pasos que hacían crujir la gravilla. Se le aceleró el pulso.

—Fredrik, ¿eres tú? —llamó Elin.

No hubo respuesta, y las pisadas habían cesado de sonar.

Se puso a silbar de nuevo la misma melodía una y otra vez. Al final, recibió por respuesta el sonido de una única nota aguda que lentamente se desvaneció.

—No te asustes, ¡sal de ahí!

Elin miró en derredor, los arbustos de enebro y el árbol proyectaban sombras amenazadoras que se cernían sobre ella. Se dio la vuelta y estiró el cuello, ansiosa. De repente, él apareció de un salto frente a ella, con los brazos levantados, y Elin gritó y le asestó un buen golpe en el hombro.

—¡Ya vale, me has asustado!

—Miedica, ¿te asusta la oscuridad?

Fredrik soltó una risotada y echó a correr por la carretera. Ella fue tras él. Se conocían el paraje de memoria, no necesitaban ojos que los guiaran en la oscuridad.

De pronto, él se paró en seco y la cogió de la mano, tiró de ella hasta que entraron en uno de los jardines que acababan de pasar de largo.

—¿Qué estás haciendo? ¿No vamos a la playa? —protestó Elin intentando soltarse.

—Shhh —susurró él—. Mira: Aina acaba de encender una luz. Vamos a gastarle una broma.

Corrieron hacia la caseta del retrete exterior. Acertaron a ver una débil luz que salía del ventanuco en forma de corazón recortado en la puerta. Un cable eléctrico suspendido de las ramas de los árboles llevaba la electricidad al exterior de la casa. Fredrik se deslizó por detrás de la letrina y abrió la escotilla donde estaba el cubo. Elin se mantuvo a distancia, arrugando la nariz y agitando la mano para ahuyentar el olor del retrete. Fredrik le tendió un palo largo.

—Shhhh, que viene, ni un solo ruido —susurró con una risita.

Aina era la persona más anciana del pueblo y utilizaba un andador. Oyeron el chirrido de sus ruedas cuando la mujer lo empujaba por el sendero pavimentado del jardín, y cómo esta gruñó al conseguir subirse al pequeño escalón. Todo se tambaleó un poco cuando se dejó caer sobre el asiento, emitiendo un ruido sordo. Luego hubo un sonoro estrépito. Elin y Fredrik se miraron y contuvieron la risa que les subía de la barriga.

—Ahora —susurró Fredrik alargando el palo hacia el agujero.

Elin lo agarró del brazo y meneó la cabeza.

—No lo hagas, no tiene gracia. ¿Y si se enfada? —murmuró.

Pero Fredrik hizo oídos sordos. Pinchó suavemente el trasero de Aina con el palo y cuando el grito de terror de la mujer llenó el silencio de la noche ya no pudo contener la risa. Se echó a reír a carcajada limpia hasta que casi se le saltaron las lágrimas, mientras desaparecían, rápidos como sombras, por el oscuro bosque.

—¡Malditos diablillos! —les gritó Aina.

Elin miró atrás de soslayo y vio cómo a Aina le temblaba el mollete del brazo cuando agitaba el puño.

—Eso ha sido muy mezquino, Fredrik. ¿Y si ahora ya no me permiten volver a su casa, y si no quiere leerme más cuentos? —lo reprendió Elin.

—Pero ha sido divertido. Nunca pensará que has sido tú, te quiere mucho —contestó Fredrik riéndose por lo bajo mientras se enjugaba las lágrimas que se le habían saltado de tanto reír.

Elin no pudo contenerse al oír su contagiosa risa. Fueron riendo todo el camino hasta que llegaron al mar y a su lugar secreto entre las rocas, el lugar donde encendían su fogata. Fredrik recogió unos palos y algo de hierba seca del suelo y los colocó sobre los restos de su última hoguera. Elin se tumbó de espaldas y contempló la explosión blanca amarillenta de estrellas en el cielo.

—Hace una noche tan clara… Hoy vamos a poder verlo todo —dijo.

—Hmmm, casi todo. Venus no. A menos que quieras quedarte despierta hasta las cinco, que es cuando se supone que aparece, allí, detrás del acantilado.

Fredrik golpeó su navaja contra el acero. Las chispas alumbraron la noche.

—Las cinco. Mañana no hay escuela. Pues vale.

Elin se puso las manos detrás de la cabeza. Las piedras resultaban duras y punzantes bajo su espalda.

—Papá se levanta a las cinco. Más vale que esté en casa a esa hora, si no se pondrá furioso.

Fredrik se afanaba con el acero, pero ninguna de las chispas prendía fuego.

Elin extendió una mano y agarró un puñado de agujas de pino.

—Toma, enciéndelo con estas agujas secas, igual funciona —le dijo esparciéndolas por encima de los palos.

—¿Qué sabrás tú de fuegos? Probablemente solo seas capaz de encender uno con cerillas y papel de periódico. Yo lo hago a mi manera, espera un minuto y verás.

—Papá solía prender el fuego con la pinocha. Lo hacía muy bien. Lo hacía todo muy bien. Bueno, hasta que se convirtió en uno de esos…, ya sabes.

—No pienses en eso ahora. Lo estás pasando bien conmigo, ¿no? Conseguiré encender el fuego, te lo aseguro.

Fredrik siguió frotando la navaja frenéticamente contra el acero y, por fin, la hierba seca empezó a arder. Sopló suavemente. Las llamas se volvieron amarillas y prendieron. Añadió unas ramitas más y luego se tumbó boca arriba a escasa distancia de la lumbre.

Elin extendió la mano y la puso sobre el brazo de Fredrik. La dejó allí, como un vínculo entre ellos, y sintió el calor de su cuerpo contra su palma.

—¿Ves Cetus? —Fredrik apuntó al cielo con el brazo libre.

—No. ¿Dónde?

—Allí, al suroeste, ¿no la ves? Esta noche está verdaderamente brillante.

Fredrik se acercó a ella y le cogió la mano, apuntándola hacia la constelación.

—No la veo, es demasiado difícil —dijo Elin suspirando al tiempo que se soltaba. Siguió observando el cielo—. Veo algo allí. Son Cástor y Pólux. De Géminis, ¿verdad?

—Muy bien, estás aprendiendo.

—De todas maneras, ¿qué es un cetus?

—Es una ballena, boba.

—Pero a las ballenas se las llama ballenas, no cetus.

—Piensas demasiado. Deja de pensar.

Fredrik le lanzo una piedrecita que rebotó en su estómago y luego cayó junto a las demás en la playa. Elin se quedó boquiabierta.

—¿Lo has visto? ¡Tres a la vez! —susurró.

—Lo he visto.

—¿Entonces cada uno puede decir tres deseos?

—Sí, claro, uno por cada estrella fugaz.

—Aunque solo necesitas una.

—¿A qué te refieres?

—Me gustaría que se cumplieran todos mis deseos.

Fredrik emitió un sonoro gemido.

—Pero eso no va a pasar —suspiró.

—¿Y por qué no?

—Pues porque lo has dicho en voz alta.

AHORA

NUEVA YORK, 2017

Elin se despierta temprano. Sam está acostado lejos de ella, de lado y dándole la espalda. Duerme profundamente. Ella extiende el brazo hacia la mesilla y busca su móvil. Cuando la pantalla se ilumina, ve que ha recibido un mensaje de Alice. *OK*, ha escrito. Solo esas dos letras. Suspira y se sienta en su lado de la cama para enviarle una respuesta rápida.

Lo siento. Lo digo de veras. ¿Podemos cenar un día de estos? Elige tú el sitio. Te quiero.

Dos contra una otra vez, piensa, y se frota los ojos para despejarse. Mira la pantalla, estudia las palabras que acaba de escribir. Luego, de un clic, hace desaparecer la conversación con Alice y su mala conciencia y lee otro mensaje. Es de Joe, su ayudante.

Te recogeré un poco más temprano, a las 07:15. El trayecto en coche es más largo de lo que pensaba. Espero que te cuadre.

Mira el reloj y de repente está totalmente despierta. Apenas le queda media hora. De camino a la ducha va quitándose el camisón.

Sam todavía está dormido cuando pasa sigilosamente por delante de la cama en dirección al armario, donde se mueve a tientas por las perchas sin encender la luz. Elige negro con negro, blusa y pantalón, y se viste en el recibidor de camino al ascensor. Sam no se despierta. O no le hace saber que sabe que se marcha. Las últimas sesiones de terapia han versado básicamente sobre el trabajo de ella, sobre el hecho de que él desea que ella dé un paso atrás, esté más presente. En otra época era él el que quería desarrollar su carrera, pero ahora da la sensación de que se ha cansado. Para Elin, el trabajo nunca ha significado hacer carrera. Es algo totalmente distinto. Cuando está haciendo fotos, tiene la sensación de que el tiempo y los pensamientos dejan de existir.

Apenas ha transcurrido algo más de media hora cuando sale a la calle. El Jeep de Joe está aparcado en doble fila y él asoma la cabeza por la ventanilla. Lleva los brazos cubiertos de tatuajes y una camiseta que le ciñe los hombros. Le tiende un gran vaso de *cappuccino* y ella, agradecida, le da un buen trago.

—A ver si lo adivino: no viste el mensaje hasta que te despertaste esta mañana —dice Joe riendo.

Elin se oculta tras unas grandes gafas de sol negras. Cruza la calle pasando entre dos taxis que le tocan el claxon y sube rápidamente al coche.

—Puede ser, puede ser, pero aquí estoy ahora —dice sonriendo y dejándose caer sobre el blando asiento.

—Pero sabes adónde vamos, ¿verdad?

Cuando Joe suelta el embrague, el viejo Jeep traquetea y se pone en marcha.

—Fuera, al bosque —suspira Elin.

Joe cambia de marcha y la vibración del motor se transmite al interior del vehículo. Hay un fuerte olor a combustible. Elin se tapa la nariz.

—¿Qué pasa? —dice Joe acariciando el salpicadero—. Esto es un tesoro que no tiene precio. No empieces a quejarte de mi coche.

—Ya hablaremos de eso cuando lleguemos allí. Si es que llegamos —suspira Elin—. ¿Por qué no cogiste mi coche?

Baja un poco la ventanilla y saca la cara para que le dé el aire cerrando los ojos ante la resplandeciente luz matinal.

—¿A quién toca fotografiar hoy? —pregunta arrastrando las palabras.

Joe gira la cabeza hacia ella demasiado tiempo y el coche hace unas eses.

—¿Me estás tomando el pelo? ¿Sigues dormida o qué?

—¿A qué te refieres?

—Nunca te olvidas de a quién vamos a fotografiar, ni dónde. No tienes buen aspecto. ¿No te encuentras bien?

Elin mantiene la mirada clavada en el exterior y sacude vagamente la cabeza.

—¡Qué va!, estoy de broma, claro que me acuerdo —dice en voz tan baja que apenas resulta audible con el ruido del motor.

Cuando llegan a su destino, el equipamiento ya está desplegado por el jardín, donde la gente se afana de un lado para otro. El resto del equipo ya ha llegado. Despliegan bobina tras bobina de cable para que la electricidad llegue a las luces dispuestas frente a un lujoso parterre de flores. En el paseo de coches hay un camión y, fuera de este, bajo una marquesina, están preparando a la mujer que va posar para el retrato. Esta luce una larga melena rizada y alza la barbilla al tiempo que mira hacia arriba para que la maquilladora pueda perfilar sus ojos con kohl.

Esta vez se trata de una novelista, aunque Elin no ha leído sus libros. Últimamente casi nunca encuentra tiempo para leer, aunque la lectura solía ser su idea del paraíso. En el bolsillo de la chaqueta lleva una hoja de papel con un breve resumen del libro, pero ese texto tampoco lo ha leído. El mapa está en el mismo bolsillo, doblado en cuatro. Siente el papel contra su pecho.

Los editores quieren que haya flores de fondo. El retrato ha de resultar pastoral y cálido, y por eso han salido de la ciudad y se han ido a las afueras, a ese jardín.

Elin sostiene la cámara y recorre los exteriores, seguida de cerca por Joe y otros dos ayudantes. En algunos sitios mira a través de la cámara en busca de telones de fondo. Elige un parterre en la parte trasera de la casa en el que han plantado un montón de caléndulas y de margaritas. Por detrás se ven dos manzanos bajos cuyas ramas están cargadas de frutos rojos y redondos.

—Lo haremos aquí, este lugar será mejor. Movedlo todo.

Joe la mira perplejo. Cuatro *flashes* ya están montados, todo está conectado. Pero no protesta. Se ponen manos a la obra para desmontar y mover los pesados equipos.

Elin prosigue su paseo de exploración a solas. Al final del jardín hay un pequeño cobertizo oculto tras un seto. La puerta es azul. De un resplandeciente azul cobalto. Extiende la mano hacia ella, pasa los dedos por la superficie. Es irregular, está pintada a mano con brocha. Entre los brochazos aparecen trazos negros. En la cerradura ha quedado una llave oxidada y anticuada. La gira en ambas direcciones. Siente el frío del hierro en su mano. De repente se queda paralizada. Le ha venido a la memoria otra puerta. Los recuerdos de otra época invaden su pensamiento. La fachada de la casa, cuyo revoco de escayola se desprendía a grandes trozos. Los parterres de flores, en los que los rosales crecían silvestres y sin podar, con las ramas enredadas. El olor de las hojas descomponiéndose y de la tierra húmeda.

Retrocede un par de pasos y hace una foto. Pero la luz no es buena y el color no sale adecuadamente. Prueba con la cámara de su móvil. Luego se queda de pie, quieta como una estatua, con la mirada clavada en la puerta.

Alguien se acerca y la agarra del brazo. Ella se libera. Hablan a su alrededor, pero ella no oye las palabras. Algo le resuena sofocadamente en un oído. Ella es pequeña y está descalza. De repente, está frente a una puerta que resulta ser la de su casa.

ENTONCES

HEIVIDE, GOTLAND, 1979

Elin oyó cómo la puerta azul de la entrada se cerraba de golpe, luego todo quedó en silencio. A Marianne le dolían a menudo las articulaciones, de puro agotamiento. Cuando eso ocurría, se echaba en posición fetal sobre el felpudo de la entrada o donde fuera que se encontrara en aquel momento. Su chaqueta estaba extendida a su espalda, como un charco de barro marrón. Tenía la frente apoyada en las rodillas y las mejillas sin color. Cuando Elin se acercó a ella y le acarició el pelo, Marianne musitó que solo necesitaba descansar un rato, que se levantaría enseguida. Le dijo a Elin que se marchara. Elin lo hizo con desgana, tras colocarle un jersey blandito bajo la cabeza, y volvió a la mesa de la cocina. Estaba cubierta de dibujos. Simples flores, flores silvestres realizadas con suaves colores pastel. Era Gerd quien le había enseñado a dibujar flores, hacía mucho tiempo. Empezó con cuatro circulitos, muy juntos, un tallo verde y dos hojas verdes. Practicaba en la tienda, día tras día. Y cuando los resultados fueron lo suficientemente buenos, Gerd le permitió dibujar una flor en la primera página de su agenda. La hizo amarilla. Amarilla como el sol. Amarilla como la sonrisa de Gerd.

Ahora podía insuflar vida a todo tipo de plantas: tréboles, galio, achicoria. Dibujaba meticulosamente las hojas a lápiz, hasta la más mínima nervadura. A menudo había un ramo sobre la mesa, en un jarrón de cristal muy usado. Ahora ya casi no quedaban flores que cortar, en otoño solo seguían creciendo unas pocas, algo marchitas y mustias.

Estaba anocheciendo cuando Marianne por fin se levantó y se reunió con Elin en la cocina. Abrió la puerta de la nevera y miró las baldas. Tenía la piel de los pómulos áspera y la oscuridad acentuaba las sombras de la cicatriz. Tenía ese aspecto por culpa de la Furia. No era culpa suya, sino de él. Sucedía cuando bebía. Marianne se enfadaba a veces, pero no como él. Podían irritarla, pero siempre se le pasaba. Él se ponía tan fuera de sí que su ira tenía un nombre: la Furia. ¡Que viene la Furia! Elin se estremecía solo con acordarse.

Fue por culpa de la Furia por lo que ellos vinieron, por lo que la policía vino y se lo llevó. No sabían que él tenía otra cara, no sabían de sus manos cálidas y de sus abrazos. ¿Cómo iban a saberlo?

Lo echaba de menos, aunque no a la Furia. Ahora las cosas estaban más tranquilas.

Elin vio cómo arrastraba a Marianne del pelo por el patio, la tarde en que la mejilla de esta se puso áspera. Vio cómo su vestido se hacía jirones y cómo una de sus piernas se teñía de oscura sangre roja al rozar la piel y los huesos de su cuerpo con el suelo. Entonces era pequeña y estaba de puntillas ante la ventana de la cocina. Las voces, los gritos, la desesperación en el rostro de Marianne. Cuando por fin la soltó y salió de la granja dando tumbos de borracho, ella reptó hasta la puerta, hacia las criaturas que estaban dentro. Hacia Elin y Erik. Eso era lo que siempre sucedía cuando se peleaban. Marianne se quedaba y Lasse se marchaba. Cuando él finalmente regresaba a casa era el de siempre, amable y pródigo en abrazos, con sus grandes manos cálidas que te acariciaban la espalda.

* * *

—¿Hay leche?

La voz de Marianne la sacó de sus pensamientos. Era una voz débil y aguda, como si no hubiera hablado durante mucho tiempo. Se volvió hacia Elin y alzó el cartón.

—Sí, no la robé. Micke me dio cinco coronas el otro día. Me quedaban unas cuantas coronas más, así que la compré hoy.

—¿Micke te las dio? ¿Micke el de Grinde? ¿Y cómo es eso?

—Ni idea.

—No necesitamos limosna.

—¿Limosna? ¿Y eso qué es?

—Se las voy a devolver. La próxima vez le dices que no.

—Pero necesitamos leche, ¿no? Y está buena, ¿a que sí?

—Deja de llevarme la contraria. El agua nos hará el mismo servicio. Ninguno de nosotros se va a morir por beber agua.

—Yo pensé…

—Pues no pienses. Estoy cansada. Ya no puedo más, maldita sea. El agua es gratis y nos sirve perfectamente —dijo fulminándola con la mirada.

—Has dicho una palabrota.

—Sí.

Elin cogió un lápiz de la mesa y añadió una raya a la cuenta en un trozo de papel que estaba pegado con cinta adhesiva a un armario de la cocina. Había una cuenta para cada uno de ellos, aunque la de Lasse estaba tachada con una gruesa línea negra.

—Ahora eres la que más tienes, sin contar a papá —dijo.

—Ah, muy bien. Maldita, maldita, maldita, maldita, maldita sea. Ahora sí que soy yo la que tiene más —dijo Marianne con indiferencia.

—¿Qué estás haciendo? ¿Quieres perder? Fue a ti a quien se le ocurrió la idea de llevar la cuenta.

—Para que dejarais de decir palabrotas en la escuela. Para que la profesora no os anduviera persiguiendo.

Elin se acercó al papel y puso otra marca bajo el nombre de Marianne.

—Es culpa vuestra. ¡Habéis sido tú y papá quienes me habéis enseñado!

—Venga, cállate. Es tu papá el que más palabrotas dice, y él ya no es problema nuestro.

Marianne agarró una camisa y se la tiró a Elin a la cara. Elin la atrapó y se la lanzó de vuelta con suavidad. Una chispa iluminó la mirada de Marianne. Una luz. Cogió los cojines del banco y se puso a agitarlos con los brazos y a lanzarlos. Elin se los devolvía. La cocina, siempre tan silenciosa y tranquila, se llenó de risas balbuceantes y cada vez más fuertes.

—¿Pero qué estáis haciendo? —gritó Edvin mientras bajaba a la carrera las escaleras.

Marianne y Elin esperaron en silencio y, cuando apareció por la puerta, le cayó encima una lluvia de cojines. Los tres acabaron amontonados en el suelo. Los cojines esparcidos a su alrededor. Elin estaba tendida junto a Marianne, con la cabeza sobre su hombro. Marianne olía a tabaco y al perfume dulce de su jabón. Edvin se arrastró como un gusano y se les subió encima. Tenían la cara roja del esfuerzo y de la anhelada risa, las piernas entrecruzadas, las melenas llenas de migas de pan viejo y de pelos de perro.

—Todavía nos lo pasamos bien, incluso sin hombres y sin leche y sin el dinero de otra gente —Marianne atrajo hacia sí a las dos criaturas y las abrazó con fuerza.

—¿Qué pasa? ¿Ya no podemos tomar leche? ¡Maldita sea! —exclamó Edvin.

Marianne y Elin se rieron.

—Que sí, maldita, maldita, maldita, maldita sea —dijo Marianne.

Elin se levantó y se acercó nuevamente a las cuentas, trazando una marca bajo el nombre de Edvin y cuatro bajo el de Marianne.

—Mamá, vas a perder.

—Lo sé —dijo Marianne apartando a Edvin y poniéndose en pie.

Se sentó en una silla, encendió un cigarrillo y exhaló el humo por el aire de la habitación.

—Soy una perdedora.

La cocina estaba en silencio. Elin volvió a tumbarse en el suelo, con la cabeza posada sobre uno de los cojines, y miraba al techo mientras escuchaba el sonido del segundero del reloj de pared y las pesadas respiraciones que llenaban de humo la habitación.

Elin corría a toda prisa de un pino a otro, siguiendo a una pareja que caminaba lentamente por la playa de guijarros. Cuando se detuvieron para abrazarse, se agazapó tras un arbusto y los observó detenidamente a través de las hojas amarillentas. Entornó los ojos para tratar de identificar al hombre, pero solo acertaba a verlo de espaldas. Su cuerpo quedaba oculto dentro de una amplia zamarra y llevaba la cabeza cubierta con un gorro azul oscuro bien calado. Permanecieron muy juntos, las manos de ella acariciándole la espalda. Sus cabezas se movían rítmicamente una contra otra en un apasionado beso.

Elin desvió la mirada y, tras cavar un poco la tierra con la mano, encontró un guijarro que les arrojó con todas sus fuerzas. Este chocó con otros guijarros al caer y la pareja se separó.

—¿Qué ha sido eso?

Elin contuvo la respiración durante unos segundos cuando de repente oyó, y reconoció, la voz del hombre. Se levantó y corrió, agachada y tan velozmente como pudo, cuesta arriba hacia el bosque. Sus pies volaban sobre el suelo cubierto de pinocha, evitando las raíces y virando entre los retorcidos e inclinados pinos, como si fueran postes en un eslalon. Se detuvo y escuchó. De la playa solo llegaba el sonido de las olas y el crujido de unos pies que seguían pisando los guijarros. No había voces. Nadie iba tras ella. Aliviada, se agachó y sacó una sobada hoja de papel y un trocito de lápiz y añadió unas líneas bajo el párrafo que anteriormente había garabateado allí:

Mamá ha encontrado a otra persona. Pensé que debías saberlo. Tú allí sentado, pudriéndote en la cárcel, mientras ella

besa a otra persona. Repugnante. Deberías estar aquí. Pero su-
pongo que eso ya lo sabes. Espero que lo sientas. Que sientas
todas las borracheras. Mamá es la mejor. ¿Lo entiendes? Pron-
to será demasiado tarde.

Contempló las palabras y las leyó una y otra vez, y luego regresó al principio de la carta, a las preguntas que había enumerado una
tras otra:

Querido papá. ¿Por qué no me escribes? ¿No me echas de
menos? ¿No echas de menos a Erik ni a Edvin? ¿No te pregun-
tas cómo nos va? ¿Piensas alguna vez en nosotros? Puedo de-
cirle a la policía que a veces sabes ser amable.

Hizo una bola con el papel. Pensó en tirarla, pero su brazo se
detuvo a mitad de camino y sus dedos volvieron a ceñirla, agarrándose rígidos a las palabras que ella necesitaba expresar. Metió otra
vez la carta en el bolsillo junto con el trozo de lápiz amarillo y mordisqueado, y luego se tumbó y observó cómo el viento jugaba con
las nubes. Las gaviotas surcaban muy alto el cielo, alejándose con las
alas desplegadas. Le habría gustado tanto ser un pájaro. Volar, flotar, caer en picado. Escapar de todos sus pensamientos. Extendió
los brazos lateralmente, los movió arriba y abajo y cerró los ojos.

—¡Elin! ¡Elin! ¿Qué ha ocurrido?
La voz la despertó de su ensoñación. Se incorporó y vio a Ma-
rianne que subía corriendo de la playa, ahora ya a solas.
—¿Te has hecho daño? —Se arrodilló a su lado.
Elin apartó la mano que le acariciaba la mejilla.
—¡Para ya!
—Pensé que te habías muerto. Eso parecía —explicó Marian-
ne con los ojos muy abiertos—. Me asustaste. ¿Qué estabas hacien-
do aquí?

—Nada. ¿Qué estas haciendo *tú* aquí?

—Estaba dando un paseo, nada más. Es tan agradable pasear junto al mar… Pero ahora quiero volver a casa. Hace frío.

Elin se puso en pie y echó a andar rápido. Marianne corrió tras ella.

—Elin, espera, podemos caminar juntas.

Elin no contestó. Aceleró el paso y casi se puso a correr. Deprisa. Más deprisa. Su chaqueta ondeaba al viento como la capa de un superhéroe.

Por las mejillas de Elin corrían lágrimas. Los guijarros le lastimaban los pies a través de las finas suelas de sus zapatos, pero eso no la detuvo. No sabía por qué lloraba. Tal vez fuera porque el final se había hecho de pronto tan patente. El final de su familia. El final del único fragmento de normalidad que había tenido. Se detuvo, sin aliento de tanto llorar, se abrazó a un árbol y empezó a darle patadas tan fuertes como pudo, una y otra vez. Le dolían los dedos de los pies, escasamente protegidos por la lona de los zapatos, pero ese no era el motivo por el que las lágrimas le brotaban a raudales. Lloraba porque las lágrimas necesitaban salir. Lloraba porque ya no tenía más sitio para ellas en su interior. Porque su alma estaba llena a rebosar de mierda.

Al fin Marianne la alcanzó y Elin enseguida se dejó envolver por sus brazos y rodear por su reconfortante voz.

—Cariño, ¿por qué estás tan triste? ¿Qué ha ocurrido?

Elin no contestó, pero su llanto se hizo más fuerte; le fluía a borbotones por los ojos y la nariz y las lágrimas le corrían por las mejillas y las comisuras de los labios. Se limpió la cara con la manga. Marianne la mantuvo abrazada. La acallaba, la tranquilizaba.

—Venga, vamos a casa. Te puedo hacer una taza de chocolate caliente.

—No tenemos leche —dijo Elin, sorbiéndose sonoramente los mocos.

Se le habían quedado las mejillas llenas de churretes porque se había limpiado con las manos sucias las lágrimas que no paraban de brotar.

—¡Ja! Birlé bolsitas de la cafetería.

Elin puso cara de asombro ante la sonrisa de Marianne.

—¿Has estado birlando cosas?

—Sí, he estado birlando cosas. Tendríamos que estar en cárcel también. Todos nosotros. Escoria, eso es lo que somos.

Elin esbozó una sonrisa dubitativa.

—Pero mamá…

—Nos merecemos un chocolate caliente, las dos. Y lo mejor de las bolsitas que he birlado es que ni siquiera necesitan leche. Solo agua, agua corriente, agua gratuita.

Elin se volvió a enjugar las lágrimas con la manga húmeda. Una taza de chocolate caliente. No conseguía recordar cuándo fue la última vez que se tomó una. Con cautela agarró la mano de Marianne y caminaron hasta casa, cogidas de la mano, como si fuera una niña pequeña.

AHORA

NUEVA YORK, 2017

¿Tienes tiempo de comer antes? ¿En ese pequeño restaurante italiano, ese que te gusta?

Elin echa un vistazo de reojo al mensaje que hace que se encienda la pantalla de su móvil. ¿Antes? ¿Antes de qué? No recuerda a qué se refiere Sam, qué se supone que tienen que hacer. Joe le da un discreto codazo en el costado y ella da un bote y vuelve a alzar la cámara. En frente tiene un bodegón con piezas de vajilla de porcelana blanca; detrás está sentada la diseñadora, vestida de negro, con los brazos cruzados. Lleva una melena por encima de los hombros que cuelga ligeramente hacia delante, y la frente tapada con un corto flequillo, recto y marcado, como si estuviera cortado a navaja.

Saca unas cuantas fotografías, dando instrucciones. La mujer cambia de pose, el estilista ajusta la vajilla unos milímetros apenas perceptibles. Elin solo consigue pensar en qué será lo que se le ha olvidado. Tiene el teléfono junto al ordenador en la mesa, a su lado, pero la pantalla permanece apagada.

—Y con esto hemos terminado —anuncia, aunque en realidad no sabe si la foto ha salido bien.

La mujer se baja con cuidado de la mesa mientras el resto de las personas comienzan a dispersarse por la sala. Elin se excusa, coge el teléfono y va al cuarto de baño. Una vez allí, vuelve a leer el mensaje de Sam y echa un vistazo al reloj: casi la una. Le llama. Oye el teléfono sonar, pero nadie contesta. Lo intenta de nuevo, pero un mensaje de texto se cuela en la llamada.

Ya estoy en la sala de espera, date prisa.

De repente se da cuenta de lo que se le ha olvidado. Abre la puerta de par en par y casi choca con Joe, que está esperando afuera.

—Pero ¿qué te pasa? El cliente está haciendo preguntas —le susurra.

Elin suspira profundamente.

—¿Podrías llevártelos a comer? Una hora estaría bien, y los entretienes un poco.

Joe sacude la cabeza sin comprender.

—¿A comer? Pero si hay comida aquí. No tenemos tiempo de parar a comer. Hay montones de cosas que hacer. ¿Acaso no viste los contenedores que llegaron? Hay que fotografiarlo todo.

—Olvidé que tenía una cita médica. Necesito desaparecer un rato. Tengo que hacerlo.

Joe inclina la cabeza a un lado con expresión de preocupación.

—Espero que no sea nada grave.

Elin sacude enérgicamente la cabeza, con la mirada clavada en la de él.

—Mira, voy a marcharme un rato y tú lo vas a arreglar todo, ¿vale?

A Joe no le da tiempo de contestar. Elin ya ha desaparecido por detrás de la esquina y ha salido por la puerta. Baja las escaleras de dos en dos hasta la calle. Cuando llega al despacho del terapeuta, situado a unos cuantos edificios de distancia, la sala de espera está vacía. Es más de la una. Se dirige a la puerta de la consulta y la abre despacio. Sam está sentado en el sofá, el terapeuta en una silla frente a él.

—Elin, qué bien que hayas podido venir —dice el terapeuta con voz exageradamente calmada.

Elin está sin aliento, el corazón se le desboca por la carrera que se ha dado y tiene la frente perlada de sudor. Le saluda con un movimiento de la cabeza.

—Empecemos —dice Elin con decisión, mostrando una gran sonrisa.

Se sienta junto a Sam y coloca su mano sobre la pierna de él.

—¿Lo ve? Esta es la razón por la que resulta tan difícil vivir con ella. Está casada también con su trabajo. Estoy seguro de que tiene un equipo entero a su alrededor esperándola en el estudio en este mismo instante.

—¿Es así? —le pregunta el terapeuta volviéndose hacia Elin al tiempo que coge el lápiz que sujeta detrás de la oreja y toma unas notas en un cuaderno.

—Pensé que habíamos venido a hablar de Sam y de mí, no de mi trabajo.

Sam esboza una esforzada sonrisa. Se vuelve hacia ella y le acaricia suavemente la mejilla.

—¿A cuántas personas tienes esperándote? ¿A cinco? ¿A diez? —le pregunta.

Elin respira profundamente y susurra:

—Más bien a diez.

—¿Lo ve? No va a escuchar nada de lo que usted o yo le podamos decir —suspira Sam.

—Ahora mismo no está aquí, está allí —afirma el terapeuta en tono neutro.

La mirada de Elin flaquea. En el bolsillo el móvil vibra, avisándola de que tiene mensajes, probablemente de Joe.

—Y ahora, ¿podemos ir al meollo de la cuestión? Empezar a hablar. Sí, los dos trabajamos duro, pero no es de lo que hemos venido a hablar aquí hoy, ¿no? ¿De qué vamos a hablar?

Elin frunce el entrecejo y se vuelve hacia Sam.

Este aprieta la mandíbula y su mirada se oscurece.

—No está *aquí* en absoluto, ¿se da cuenta? Podemos cancelar la sesión. Elin, vuelve al estudio. Puedo hacer una sesión individual esta vez.

Elin se levanta como si el sofá de repente la quemara.

—¿Estás seguro? —le pregunta, y su rostro se ilumina con una sonrisa.

Sam también se levanta.

—Estoy seguro. Márchate —le contesta.

Elin hace un esfuerzo y le abraza. Él está tenso, pero ella permanece un momento abrazada a él, y su mirada se cruza con la del terapeuta por encima del hombro de Sam.

—Por eso le quiero tanto. Siempre tan comprensivo.

Luego se suelta y sale corriendo por la puerta sin mirar atrás.

ENTONCES

HEIVIDE, GOTLAND, 1979

Los escalones que subían al pajar estaban vertiginosamente empinados y no había pasamanos. Fredrik subió primero, luego Elin, ambos muy concentrados en mantener el equilibrio. Arriba había un penetrante olor a paja, tan fuerte que les provocó un cosquilleo en la nariz. El pajar estaba hasta arriba de heno recién cortado, dispuesto en pacas rectangulares que se apilaban en montones irregulares. Había suficiente para que las ovejas pasaran todo el invierno. Ahora estaban en los pastos, pero cuando empezara el frío, volverían al interior del establo y a llenar la granja de sonidos y aromas. Fredrik siguió subiendo, hasta lo alto de las torres de pacas. Elin se tumbó con las manos bajo la cabeza y lo observó trepar.

—Si te caes me aplastarás. ¡Venga, baja! —lo regañó.

Pero él siguió saltando de pila en pila, haciendo que se tambalearan peligrosamente. Elin jugueteaba con trocitos de paja que sacaba de las pacas y se llevaba a la boca.

Unos gemidos sofocados llamaron su atención.

—Brrrr, ¿oyes eso? Aquí hay ratones. ¿Por qué no bajamos a la playa?

Un escalofrío le recorrió el cuerpo.

Fredrik se detuvo y se sentó en el borde de una paca de heno, balanceando las piernas y aguzando el oído.

—No son ratones, es otra cosa. Echa un vistazo y ya verás.

Elin se levantó y miró a su alrededor, comprobando cada

hueco. Al final se dio cuenta de dónde procedía el sonido. Era Crumble, la gata a la que tanto quería, y no estaba sola. Elin se arrodilló.

—¡Cinco crías, mira, rápido, ven a ver!

—Ya te dije que era otra cosa —repuso Fredrik pavoneándose—. Aunque parecen ratones.

Fredrik se acercó a Elin por la espalda y echó un vistazo por detrás de la paca de heno donde Crumble había hecho la cama para ella y sus crías. Dos marrones, una rojiza y dos atigradas. Se echó a reír.

—Pues no, no es que sean bonitos precisamente. ¿Cómo crees que deberían llamarse?

—Vega, Sirio, Venus…

—Si es así, esta se llamará Sol.

Fredrik levantó con cuidado la gatita rojiza. Era tan pequeña que le cabía en la palma de la mano. Maullaba casi imperceptiblemente.

—Déjala donde estaba. Necesita a su mamá —Elin tendió el brazo para coger a la minina, pero Fredrik apartó la mano.

—¿Cómo sabes que es una hembra?

—O un macho. No lo sé. Esa cosa necesita a su mamá. Déjala en su sitio.

Fredrik obedeció y colocó con cuidado al animalito donde lo había cogido.

—Queda uno sin nombre, el más oscuro. Podemos llamarlo Plutón —anunció.

—Vega, Sirio, Venus, Sol, Plutón —recitó Elin señalando las crías.

Se tumbaron boca abajo y se pasaron un largo rato observando cómo se movían. Crumble estaba echada de costado y las dejaba mamar. Fredrik se giró boca arriba. Escucharon la lluvia tamborilear sobre el tejado de chapa del establo.

—Creo que se van a divorciar —dijo en voz baja.

—¿Quiénes?

—Mamá y papá, claro. ¿Quiénes si no?

—¿Por qué crees eso?

Elin levantó uno de los gatitos y se lo pegó contra la mejilla.

—Mira qué suave es.

—Están todo el rato discutiendo. Por dinero —Fredrik apartó la mano que sostenía al minino y se incorporó.

—Ah, ¿ellos también? Pensé que erais ricos. Y en ese caso no hay mucho que discutir, ¿no?

Fredrik resopló levemente.

—Pues, no lo sé. Es solo que tengo esa sensación. Los oigo por la noche.

—¿Se pelean?

—¿Cómo?

—Que si se pegan.

—¿Pelearse? No, claro que no. Solo discuten muy alto, a gritos. Están enfadados todo el rato. Papá está enfadado.

Fredrik suspiró, se abrazó las piernas y descansó la frente sobre las rodillas.

—Lo vi el otro día, con...

Elin se detuvo a mitad de frase. Extendió el brazo y acarició suavemente el lomo de uno de los gatitos. Era tan suave, como terciopelo bajo su dedo índice.

—¿A quién, a papá?

—Bueno, no fue nada.

—Vamos, ¿qué ha hecho?

Fredrik estiró los brazos y se puso las manos detrás de la cabeza.

—Nada, no fue nada —dijo Elin tumbándose a su lado.

Estuvieron tendidos en el suelo un buen rato, mirando al techo.

—Se está bien aquí arriba. Deberíamos trasladarnos aquí en verano. Escapar de todos los otros rollos.

Fredrik alzó la cabeza y echó un vistazo al pajar.

—Hmmm, Crumble ha elegido un buen sitio —afirmó Elin.

—¿Te los vas a quedar? —le preguntó él.

—Sí, claro. Son preciosos. Crumble necesita un poco de compañía, siempre está tan sola… Pero no le digas a nadie que están aquí. No se lo digas a mamá.

—¿Por qué?

—No vaya a ser que decida venderlos.

—Nadie compra crías de gato, andan sueltas por todas partes —se burló Fredrik.

—Entonces a lo mejor los regala. ¿Es eso lo que quieres?

—No, no, vale, no diremos nada. Ya lo tengo: pueden ser nuestros —dijo Fredrik, y su rostro se iluminó con una sonrisa.

—Nuestros bebés de gato. Entonces seremos una familia de verdad, tú y yo y los bebés de gato.

Elin se rio nerviosamente asustando a Crumble, que dio un salto. Se llevó la mano a la boca para acallar el resto de su carcajada y Fredrik agarró un puñado de heno y se lo tiró.

—Mira que eres rara, cabeza de chorlito.

—¿Por qué me dices eso? ¿Y qué significa cabeza de chorlito?

—Alguien como tú. Adorable pero rara.

Marianne estaba sentada en una silla en el salón cuando Elin volvió a casa. Estaba anocheciendo y en la planta baja todo estaba a oscuras, pero no había encendido ninguna lámpara. Tenía una mano sobre el teléfono, una cosa vieja y pesada que vivía sobre una mesa auxiliar, como si estuviera esperando a que alguien llamara. El aparato era verde claro con un cable negro enrollado y un disco plateado. Cuando Elin entró, Marianne se levantó y fue a la cocina. Había cogido unas patatas del cubo de la despensa, negras, terrosas, recién sacadas del patatal. Sosteniendo un puñado bajo el grifo del fregadero, las raspó cuidadosamente con un cepillo duro hasta que Elin se puso a su lado y le quitó el cepillo de la mano.

—Déjame que te ayude.

Marianne asintió con la cabeza y echó las patatas limpias a la sartén. Puso platos en la mesa y unos vasos de vino altos.

—Cepilla muchas, hoy solo hay patatas y salsa.

Elin sonrió.

—¿Entonces por qué sacas esos vasos de vino?

—Así resulta más divertido beber agua del grifo. Podemos brindar y hacer como si fuera champán y gaseosa.

—No importa, mamá. No pasa nada.

Marianne se sentó en su silla favorita y encendió un cigarrillo.

—Debería dejar de fumar —murmuró—. Es demasiado caro.

Elin no contestó, solo asintió con la cabeza mientras seguía limpiando patatas. Sabía lo que costaban los cigarrillos.

Cuando sonó el teléfono, Marianne fue corriendo hacia el aparato. Su voz era un susurro, pero Elin oyó cada palabra de lo que dijo.

«Te echo tanto de menos…».

«¿Nos veremos pronto?».

Silencio. Felicidad en forma de risitas nerviosas contenidas.

«Ven tan pronto como puedas. Los niños se irán a la cama enseguida».

Hubo muchos brindis alrededor de la mesa. Edvin se puso en pie sobre el banco e hizo un discurso, como si fuera el rey de Gotland y los demás fueran sus invitados. Le entró la risa y perdió el hilo de lo que estaba diciendo. Tuvo que volver a empezar. Se puso como un tomate de la vergüenza que le dio cuando se aclaró la voz para proseguir.

—Declaro pues inaugurada la cena. Todo el mundo puede comer, siempre que lo haga con buenos modales. Cerrad la boca y utilizad el cuchillo y el tenedor.

Marianne asintió complacida y aplaudió sonoramente. Erik se unió a ella. Elin suspiró.

—Olvidaos. Nunca llegaremos a comer con el rey —murmuró en tono agrio.

—Olvídate tú, y no lo estropees cuando nos estamos divirtiendo por una vez —le susurró Marianne mientras le daba un buen pellizco en el costado.

El dolor permaneció allí mucho rato después de que la hubiera soltado.

Elin estaba despierta cuando él llegó. Oyó cómo se abría y se cerraba la puerta de la entrada, oyó suspiros y el chasquido de un beso. Salió a hurtadillas de la cama y observó a través de una rendija de la puerta. Vio cómo se dirigían hacia el dormitorio de Marianne como si fueran una sola persona, estrechamente entrelazados. Marianne caminaba de espaldas con su boca pegada a la de él. Elin se acercó de puntillas a la escalera y permaneció allí un largo rato, observando fascinada cómo los pies de ellos se movían, sobresaliendo por debajo del edredón. Al final los gemidos se hicieron demasiado ruidosos. Regresó de puntillas a la cama y se tapó con todas sus fuerzas las orejas con las manos. Se abrazó a su osito de peluche, el de color amarillo pálido que tenía desde que nació, y lo apretó con fuerza, pero no podía dormir y no podía borrar los sonidos de su cabeza. Tenía la mirada vacía clavada en la puerta. En la habitación contigua, Erik y Edvin dormían profundamente en sus literas. Erik roncaba, lo oía a través del delgado tabique, así que trató de concentrarse en ese sonido en lugar del otro, procuró que se impusiera. Pero no lo consiguió. Los ruidos procedentes del dormitorio de Marianne eran demasiado intensos. Oyó los gritos de su madre: cortos, agudos, invadieron la casa. ¿Le estaría haciendo daño? ¿Debía Elin correr escaleras abajo?

Inspiró profundamente, con los ojos clavados en la puerta y los oídos en los sonidos del piso de abajo, sonidos que cada vez se hacían más intensos. Sacó el cuaderno y el lápiz de la mesilla de noche y escribió dos palabras en mayúsculas: *CHIRRIDOS CAMA*.

Luego arrancó la hoja superior del cuaderno y la dobló, se inclinó y metió la mano por debajo de la cama. Allí había varias filas de cacharros: tarros de cristal y latas de distintos colores y formas. Los recogía y luego los llenaba con las cosas que encontraba o que fabricaba. Uno de los tarros contenía pedazos de papel con los sonidos que no le gustaban. Lo subió a la cama, le quitó la tapa dorada. Contenía un montón de notas anteriores con palabras cuidadosamente escritas. Cosas del tipo: *TALADRO DENTISTA, PASOS IRACUNDOS, CHIRRIDO DE LA CORREA DEL VENTILADOR, GRITOS ENFADADOS, CRISTALES ROTOS, TIC-TAC RELOJES.* Añadió *CHIRRIDOS CAMA* para que hicieran compañía a los demás ruidos y luego volvió a enroscar la tapa. Agitó el tarro de arriba abajo, con la esperanza de detener los sonidos para siempre. Algún día prendería fuego a las notas, dejando que ardieran todos aquellos sonidos desagradables. Pero aún no, quería conservarlos un poco más de tiempo.

Bajó las escaleras de puntillas, pasó a hurtadillas por delante de la cocina con el tarro bajo el brazo. Los ruidos del dormitorio de Marianne habían cesado y Elin la oía hablar con el hombre que estaba allí dentro. El hombre cuya voz reconocía a la perfección, el que no debía estar allí.

En el *hall*, las cazadoras estaban colgadas en fila de unos pesados ganchos de hierro forjado. Cogió el grueso chaquetón marrón de Marianne y se lo puso encima del camisón. Quería salir al silencio, al exterior, donde todos los sonidos le hacían sentirse segura. El suelo estaba frío y la gravilla le lastimaba las plantas de los pies mientras corría veloz atravesando el patio hacia el pajar. Los murciélagos que anidaban bajo los aleros revolotearon por encima de su cabeza, afanados en su caza nocturna de insectos. Se agachó levemente para evitarlos.

El edificio recordaba un gran coloso oscuro, desierto y fantasmagórico. Giró la llave y entró, alumbrando cada rincón con la luz parpadeante de su linterna mientras el corazón le daba saltos en el pecho que hacían vibrar el fino tejido de su camisón. En un rincón alguien había construido una pared con viejos trastos que rezumaba humedad y moho. Al treparla y saltar al otro lado, el camisón se le enganchó en un clavo y tuvo que moverse un poco hacia atrás para liberar la tela. El clavo le hizo un siete irregular al camisón.

El suelo estaba cubierto con una gruesa capa de heno, polvo y tierra que barrió con la mano hasta que por debajo apareció la áspera madera. Sabía que uno de los tablones estaba suelto y movió varios de ellos a modo de prueba antes de encontrar el que buscaba. Había observado muchas veces anteriormente cómo su padre levantaba el suelo; allí guardaba sus botellas, las que no quería que mamá viera. Levantó el tablón con cuidado y metió la mano, sintiendo la fría superficie del redondo cristal. Había cuatro botellas, cada una de ellas medio llena de un líquido de distinto color. Cogió el tarro con las notas y lo añadió a la reserva, muy al fondo, enterrándolo con giros en la suave tierra húmeda, de modo que solo quedó a la vista la tapa. A continuación volvió a colocar el tablón y esparció de nuevo heno y tierra para tapar el suelo.

—¡Quédate ahí y no salgas nunca más! —murmuró.

AHORA

NUEVA YORK, 2017

Unos pasos recorren de un lado a otro el suelo del apartamento, en un trazado sin fin. Elin está sentada ante el espejo, aplicándose con esmero una sombra de color morado oscuro en los párpados. Ya se ha arreglado el pelo y lleva un moño brillante en lo alto de la cabeza. Le da la sensación de que los pasos se hacen más sonoros. Sam está hablando por teléfono, le oye caminar mientras habla, como siempre hace cuando ha ocurrido algo en el trabajo. Se le oye preocupado, concentrado. Se levanta y se dirige hacia él, vestida solo con unas medias negras y el sujetador. Sus miradas se cruzan y le señala el reloj de la pared. Él lleva puesto unos pantalones de traje y una camisa que muestra una gran mancha húmeda en la espalda. Tiene la frente perlada de sudor.

—Márchate —le dice solo con los labios, y sigue hablando de unos datos cuyo significado es un misterio para Elin. Su voz sube de volumen.

—Pronto tendremos que irnos —le contesta ella con los labios, irritada, pero Sam solo le responde sacudiendo con enfado la cabeza y mostrándole la palma de la mano.

Sam sigue deambulando y los duros tacones de sus zapatos de piel al impactar en el parqué resuenan en toda la habitación y la hacen estremecerse de angustia. Suenan a enfado. Sube la música en el dormitorio y se enfunda cuidadosamente en el vestido de Selman verde y largo que le ha llegado por mensajero unos días antes.

Los tirantes están adornados con perlas que resultan duras y frías al tacto, y el tejido de seda se le pega a la piel y resplandece maravillosamente. Tiene un amplio escote que resalta el contorno de sus pechos. Se gira, se estudia a sí misma en el espejo por delante y por detrás. El color le recuerda el de la hierba fresca. La hierba por la que ella y Fredrik solían correr descalzos en primavera, la hierba que olía tan maravillosamente. El recuerdo le dibuja una sonrisa y su reflejo en el espejo se la devuelve.

Baja el volumen de la música en su móvil; la voz en el cuarto de estar se ha callado, pero las pisadas han vuelto a empezar.

—¿Sam, estás listo? El coche estará abajo dentro de diez minutos —le avisa mientras desliza los pies en un par de sandalias de tacón alto.

—¿Tengo que ir? —Sam asoma la cabeza por la puerta.

Se ha quitado la camisa sudada y muestra su torso desnudo y bronceado y su vello húmedo y erizado. Elin asiente con la cabeza y le sonríe.

—Es importante.

—¿Cómo puede ser *importante* una exposición de Louis Vuitton?

—Eso no es lo importante. Y lo sabes. No vuelvas a empezar con eso, por favor.

—¿Que no vuelva a empezar con qué?

Elin deja de hablar, echa un vistazo a su imagen en el espejo. Lleva el pelo liso y recogido, pero de repente lo ve suelto y salvaje. Ondeando al viento en su carrera. Se ríe.

—Tienes razón. Es superficial este rollo, y parece que voy disfrazada. Pero…

—Tienes que ir.

Elin se da la vuelta y lo mira de frente. La delicada seda cruje. Le tiende los brazos y le dice:

—Vas a una cita con una pradera de césped. No puede ser tan terrible.

Sam no puede evitar reírse.

—A veces me pregunto qué rayos estamos haciendo —suspira Elin.

—¿A qué te refieres?

—Todo esto —y señala la habitación.

—¿Qué? ¿Qué le pasa a esto? —pregunta Sam frunciendo el entrecejo.

—No, solo me refería a…, bueno, nada, olvídalo.

—¡Vamos, dime! Últimamente nunca me dices nada, solo te callas.

—No sigas con eso. Ahora tenemos que irnos —protesta Elin.

Sam suspira y se dirige hacia su armario.

—Está bien. ¿Qué quieres que me ponga? Probablemente sea mejor que lo decidas tú.

Elin está de pie ante la puerta y observa a Sam, que masculla irritado ante el armario. Sostiene un traje en una mano y una camisa en la otra. Ella asiente con la mirada en ademán de aprobación y le tiende unas gafas de sol de montura verde y dos gruesos aros de plata.

—Claro, tenemos que ir a juego —se burla él, y se coloca las gafas en la punta de la nariz.

—Date prisa, por favor —dice Elin al tiempo que observa el reflejo de los dos en el espejo, uno junto al otro. Él con los pantalones del traje y las gafas de sol, ella con su elegante atuendo.

Van sentados en silencio en el coche, uno en cada extremo del asiento de atrás. Sam saborea un vaso de vino, con la mirada fija en el exterior, en la vida de la calle. Elin teclea en su teléfono. Cuando la limusina se detiene y bajan del coche, Elin sonríe y se arregla el vestido. Él le tiende educadamente el brazo y caminan lentamente por la alfombra roja. Los penetrantes *flashes* blancos de las cámaras los deslumbran; a pesar de ello, se vuelven pacientemente en varias direcciones y posan para los fotógrafos que más alto gritan. Sam le pasa el brazo por el hombro y acercan las cabezas, mirándose uno a otro y riendo.

—Media hora máximo. Luego nos vamos y cenamos en algún sitio chulo. Solo tengo que saludar a unas cuantas personas —le susurra Elin según entran en el lugar del evento, donde a cada uno le tienden una copa de champán.

—Siempre dices eso.

—Tú eres el hombre de negocios, deberías saber lo importante que es tener una buena red de contactos.

Sam sonríe con suficiencia.

—Vamos, no te engañes, te encanta este rollo. El lujo, la atención.

Elin se suelta de su brazo sin contestarle y, sonriendo, va a saludar a la gente que está reunida en la sala. Sam la sigue, con su teléfono en la mano cual arma defensiva.

Al final Elin se encuentra con él en la calle, tras haber dado vueltas por la sala durante un buen rato. Hace horas que no se han visto. Sam camina de un lado a otro con el móvil pegado al oído, el botón del cuello de la camisa abierto. Los fotógrafos ya no están alrededor de la alfombra roja y han desmontado los reflectores. La gente empieza a marcharse de la fiesta y la vida en la calle está recuperando la normalidad. La voz de Sam suena nuevamente agitada, estresada. Se para frente a él, con los pies doloridos tras varias horas aguantando unos zapatos incómodos. Sam cambia de dirección como si no la hubiera visto y sigue pateando la acera. Al final ella le agarra del brazo y señala la calzada con la barbilla. Él sacude la cabeza, tapa con una mano el micrófono y le susurra:

—He de ir a la oficina, tendrás que irte sola a casa.

—¿No íbamos a ir a cenar algo? ¿No era por eso por lo que nos íbamos a ir temprano?

Elin suspira y se da la vuelta. Él se inclina hacia ella y dice entre dientes:

—Tal vez no te hayas dado cuenta, pero tengo que resolver una crisis en el trabajo. Te veo por la mañana.

—Mañana empiezo temprano —contesta ella, pero su voz rebota inadvertida sobre la espalda de él, que se aleja caminando.

Sam sigue hablando acaloradamente a la persona que está al otro lado de la línea.

Elin da un par de pasos por la calzada y para un taxi. Cuando el conductor le pregunta adónde va, ella vacila.

—Quiero ir a un sitio tranquilo y oscuro. Estoy harta de todo esto —le dice.

—Puedo llevarla al parque, pero además de oscuro es peligroso a esta hora de la noche.

—¿De dónde es usted?

—De India. Nada tranquilo aquello tampoco. ¿Y usted?

Ella vacila de nuevo.

—Orchard Street. Probablemente lo mejor sea que me lleve allí, que me lleve a casa.

Él ríe y enseguida mete el coche en medio del tráfico.

—Puede usted arrastrarse debajo de la cama y taparse los oídos con las manos. Como los niños cuando se esconden de los monstruos —le dice.

Elin le pide que pare un poco antes de llegar al portal de casa, en la tienda de comida preparada más cercana. Dentro pide un chocolate caliente con nata en un vaso de papel grande con tapa. Se lo lleva y camina lentamente hacia su piso. Todavía hace calor en la calle, pero la brisa le pone la piel de gallina. Por encima de los edificios la luna brilla grande, clara y blanca, y ella se detiene y echa la cabeza hacia atrás para entrever las pálidas estrellas en el cielo, que brillan a través de la contaminación y las luces de la ciudad. El corazón se le acelera. Echa a correr con paso vacilante hacia el portal y el ascensor. El chocolate se le sale por el respiradero de la tapa y salpica la cara seda de su vestido. Cuando llega a casa arrastra las mantas del sofá a la terraza. Se sienta en una de las tumbonas, envuelta en la cálida lana, y estudia las pocas estrellas que brillan con suficiente luz como para que se las vea; busca constelaciones y susurra sus nombres en voz alta, para sí misma. El chocolate caliente está dulce y le resulta untuoso al contacto con la lengua. Una vez terminado, se tumba por completo y permanece allí tendida boca arriba, con los ojos clavados en el cielo.

La despiertan los primeros rayos de la mañana, no la alarma del móvil. La luz le hace cosquillas en los párpados y entorna los ojos. Da la sensación de que es demasiado temprano para despertarse, así que los vuelve a cerrar. Allí no hay ningún mar cerca que la acune para que se duerma, solo el ruido del tráfico. Le presta atención mientras el sol empieza a calentarle el cuerpo, que se le ha quedado helado, y trata volver a dormirse. No lo consigue. Al final claudica y entra en casa. Sam ha dejado su americana tirada sobre el sofá y en la mesa hay una copa de vino medio llena y migas de un sándwich. Pasa sigilosamente por delante del dormitorio y se detiene ante la puerta; lo encuentra atravesado sobre la cama. En calzoncillos, con el torso desnudo y con los brazos y las piernas extendidos de lado a lado. Sonríe. Tiene un rostro tan apacible. Se resiste a la tentación de darle un beso y se dirige hacia la ducha; se limpia con cuidado el maquillaje del día anterior y lo sustituye por una nueva capa.

A las ocho ya está vestida y de camino al estudio. El teléfono suena antes de que haya llegado. Es Sam.

—¡¿Dónde estás?!

Lo dice gritando y ella aparta el móvil del oído.

—De camino al trabajo. ¿Por qué estás tan enfadado? —le pregunta.

—No has dormido en casa. ¿Dónde has estado?

—Me quedé dormida fuera, en la terraza. Claro que estaba en casa —le contesta, con el mismo tono de enfado.

—¿Me tomas por idiota? ¿Dónde has estado?

Elin vuelve a apartar el móvil del oído y todavía lo oye gritar. Repite la última frase varias veces. Cuando por fin se calla, le dice:

—¡Cálmate! Mira en el cuarto de baño. Mi vestido está en el

suelo. Estaba en casa. Llegué antes que tú. Solo que me quedé dormida en la terraza.

Oye pasos, unos pasos furiosos, de Sam moviéndose por el piso. No habla, pero no cuelga, y ella se queda ahí, esperando pacientemente.

—¿Has encontrado el vestido? —le pregunta.

Farfulla una respuesta. Oye cómo sube el volumen del ruido del exterior cuando él sale a la terraza. Las mantas siguen en la tumbona, ella lo sabe.

—¿Por qué te quedaste dormida ahí fuera? —pregunta en tono algo más calmado.

—Estaba mirando las estrellas, y la luna que estaba preciosa. Solo quería contemplarlas un poco, descansar.

El corazón de Elin todavía late con fuerza.

—¿Estuviste mirando las estrellas? ¿Sola?

—Sí, Sam. Y ahora tengo que colgar, tengo una sesión. Nos vemos esta tarde, entonces podemos hablar.

—¿Podemos? Llegarás tarde, supongo.

—No lo sé.

—No lo sabes.

—No —su voz es ahora un susurro.

—He conseguido resolverlo, por cierto. Por si te interesa —Sam ha vuelto a alzar la voz según crece su enfado.

—¿El qué?

—Lo del trabajo. No te habrá pasado desapercibido que ayer tuve una crisis.

—Sí, perdona, claro que me di cuenta. ¿Qué sucedió?

—Las cosas no iban bien con un contrato.

—Podemos hablar de ello luego. Te prometo que te haré caso cuando tenga un poco más de tiempo. Lo siento.

—Claro, eso será estupendo.

Elin lo oye suspirar profundamente.

ENTONCES

HEIVIDE, GOTLAND, 1979

Erik y Edvin estaban sentados en el banco de la cocina y golpeaban con fuerza las cucharas contra la mesa.

—¡Comida, comida, comida! —gritaban a coro entre risitas.

Elin les sirvió las gachas de avena en los cuencos, recién hechas pero sólidas como el cemento. Los pegotes grises se adherían a la cuchara, por lo que la golpeó con decisión contra la loza de esmalte craquelado hasta que la papilla cayó; luego colocó los cuencos llenos sobre la mesa de la cocina. Del armario sacó un bol pintado a mano que contenía azúcar, el que Aina le había regalado a Marianne en su último cumpleaños. Estaba a punto de endulzar un poco las gachas cuando una Marianne aturdida apareció recién salida de su dormitorio. Elin se dio enseguida media vuelta y apretó el cuenco de azúcar contra su estómago, pero era demasiado tarde. Marianne ya se había dado cuenta y se lo quitó severamente de las manos.

—Tendréis que comer manzanas en vez de azúcar, el azúcar no lo consumimos los días de diario. Elin, sabes que es así. Las manzanas son dulces, os irán bien.

—Lo siento, mamá, es que sabe mucho mejor con azúcar —dijo Elin.

Abrió obediente la despensa. Las manzanas estaban en el suelo en un cajón de madera con tapa. Las había cogido hacía poco del árbol de afuera con sus hermanos. Eligió dos y las cortó en cubitos que compartió entre los tres cuencos.

—Solo he hecho desayuno para nosotros. No sabía cuándo te ibas a levantar.

—Sabes que no me gustan las gachas de avena. Me basta con el café.

Marianne llenó la cafetera con agua y café molido y la puso sobre el fuego. La habitación no tardó en llenarse de un silbido burbujeante. La apertura de la bata dejaba entrever sus pechos desnudos, pálidos y turgentes, cuyos pezones se habían endurecido por el frío. Se la ajustó apretándose el cinturón cuando se dio cuenta de la mirada de Elin.

—¿Podéis ir andando a la escuela hoy?

Elin asintió con la cabeza.

—¿Nos hemos quedado sin gasolina?

—No del todo, pero ya sabes…, tenemos que gastar lo menos posible para poder ir en coche a Visby algún día. Tú y Fredrik podéis venir si queréis, como premio si acompañas a los niños andando a la escuela el resto de la semana. Hoy por fin ha dejado de llover.

Se inclinó hacia delante para asomarse a ver las oscuras nubes por la ventana de la cocina.

A Elin se le iluminó la cara.

—Entonces igual podemos comprar zapatillas para la clase de gimnasia. Al menos para Erik y Edvin, a mí no me importa ir descalza si no tenemos dinero. Pero ellos juegan mucho al fútbol y se hacen daño.

Marianne ignoró la pregunta y empezó a fregar los platos. Sunny se enrolló alrededor de sus piernas meneando la cola.

—¿Tienes hambre? ¿Tú también quieres comida?

Elin se agachó y rascó a la border collie negra y blanca por detrás de las orejas. La perra apretó el hocico contra la mejilla de Elin y le dio un lametón. Elin abrazó a Sunny, rascándole la espalda con toda la mano. La perra se puso en pie apoyando las patas en las piernas de Elin, como pidiéndole una caricia. Elin cayó hacia atrás y se quedó tendida en el suelo por un momento.

—¡Está tan flaca! ¿No tenemos nada de comida para ella? —le preguntó a Marianne, que se había sentado en su silla con un cigarrillo en la mano. Sobre la mesa había una humeante taza de café. Ella señaló la despensa.

—Hay una bolsa ahí. La cogí de casa de la abuela. Tienen tantos perros allí que no se darán cuenta si falta alguna. También me llevé un par de cajetillas de tabaco.

Se rio y se bebió el café a tragos.

Elin se levantó del suelo y cogió el comedero de la perra de la despensa. Con una taza midió cuidadosamente la ración de pienso. Cuando colocó el comedero sobre el suelo, Marianne, levantando la barbilla, le señaló otro más pequeño que estaba al lado.

—¿Y ese? ¿Habéis visto a Crumble últimamente? No ha venido a comer a casa —dijo.

Elin negó con la cabeza. Sunny se puso a comer antes de que hubiese retirado la mano del comedero.

—¿Entonces tenemos algo de pienso de gato? —preguntó.

—No, creo que no, tal vez se las haya ido arreglando con los ratones y los pájaros que haya cazado. Pero me pregunto adónde habrá ido esa fierecilla. ¿Crees que la habrá atropellado un coche? —dijo Marianne.

Elin estudió el rostro de su madre. ¿Le pareció descubrir una leve sonrisa, o eran imaginaciones suyas? El pensamiento la persiguió todo el camino hasta el colegio y no le dio tregua el resto del día. Crumble era *su* gata, suya y de nadie más.

A la pesada lluvia matutina le habían sucedido unas nubes cada vez más dispersas a través de las cuales penetraban los rayos de sol. Erik, Edvin y Elin jugaban al escondite por el camino de vuelta a casa. Las reglas eran sencillas, solo se podían esconder en dirección a casa y se turnaban para esconderse. Edvin soltó una carcajada cuando Elin lo descubrió encaramado a un árbol. Trepaba a todo, cuanto más alto mejor. Elin le regañó.

—Es demasiado alto, un día te vas a caer y a romperte una pierna, te lo juro.

—Bueno, no le pasará nada. Es más duro de lo que te crees —dijo Erik acercándose adonde estaban y parándose bajo el árbol, al lado de Elin.

Edvin les clavó la mirada y dio un salto con los brazos abiertos como si fueran un paracaídas. Elin gritó pero Edvin aterrizó sin problemas y le lanzó una sonrisa triunfal.

—¿Lo ves? No solo es un mono, también es un pájaro —dijo Erik riéndose.

Edvin se agachó junto al tronco del árbol, se tapó los ojos con las manos y se puso a contar en voz alta. Elin y Erik echaron a correr.

Cuando por fin volvieron al camino que llevaba a casa, se habían escondido dieciocho veces. Erik siempre llevaba la cuenta y Elin le tomaba el pelo diciéndole que era el genio de las matemáticas. Estaban sudados y tenían las mejillas sonrosadas por el ejercicio y las risas.

Elin vio la sombra detrás de la casa en cuanto llegaron a la granja. Alguien estaba allí, junto a su escondite. Sintió que el pulso se le aceleraba y clavó la mirada en la casa. La sombra se movía, como si estuviera cavando o jugando con algo en el suelo. Elin tragó saliva. Tal vez Marianne había encontrado sus tarros, el lugar donde los había escondido.

Tenía la esperanza de que Fredrik hubiera llegado allí justo antes que ellos.

Aminoró el paso y dejó que sus hermanos se adelantaran. Estos corrían balanceando las carteras y empujándose el uno al otro.

Elin se acercó a hurtadillas a la parte delantera de la casa y echó un vistazo tras la esquina. Gritó cuando vio lo que estaba pasando. Marianne sujetaba uno de los gatitos en la mano, Sol. Chorreaba agua del barril de lluvia y tenía la cabeza colgando sin vida. Lo tiró a un montón donde había otros dos mininos. Luego se agachó hasta un saco de yute y cogió otro, Plutón, y sin dudarlo lo sumergió en el agua y lo mantuvo bajo la superficie. Elin se abalanzó sobre su madre, que cayó de espaldas y se golpeó la cabeza duramente contra el suelo. Rebuscando en el agua fría, Elin agarró al gato por la cola. Lo sacó y frotó aquel cuerpecillo, pero ya era demasiado tarde: había muerto y el cuerpo estaba inerte.

Elin se volvió hacia Marianne, que se había puesto en pie, y empezó a darle patadas y puñetazos.

—¡Asesina! —gritó—. ¡Asesina!

Marianne agarró a Elin por las muñecas y la giró de espaldas. Elin no pudo hacer nada. Marianne clavó su mirada en la de Elin.

—Ahora te vas a calmar. ¿Me oyes? —le dijo entre dientes.

—Son mis gatos. Crumble es mía, los gatitos son míos. ¡Asesina! —volvió a gritar Elin, debatiéndose por soltarse de las manos de Marianne.

—No podemos tener cinco gatos más. ¿Lo entiendes? ¡Mocosa estúpida!

Marianne soltó una mano y le dio a Elin una buena bofetada. A la niña le zumbaron los oídos, la mejilla se le puso al rojo vivo, pero vio su oportunidad de escapar. Le dio a Marianne una patada con todas sus fuerzas en la espinilla, agarró el saco de yute que contenía el último gatito y corrió lo más aprisa que pudo cruzando el patio hacia el granero y subió al pajar. Crumble ya se había ido, había abandonado el nido; la única prueba de que allí había habido vida recientemente era un resto de heno aplastado. Se sentó con Venus en el regazo y le acarició el lomo.

—Yo te cuidaré. Nunca te morirás —le susurró al oído mientras las lágrimas le corrían por las mejillas.

Se le había despegado la suela de una de las botas de agua y, cada vez que doblaba el pie al andar, el agua penetraba en el interior. Por eso Elin siempre trataba de que ese pie permaneciera plano cuando llovía. Iba cojeando con los dedos de los pies extendidos y tiesos. Pero igualmente se le mojaba el calcetín y se le enfriaba todo el cuerpo. Cogió un atajo por los campos. *Plof, plof, plof,* sonaban las suelas al penetrar en el barro y volver a salir. Pisaba primero con el talón para no resbalar y caerse de espaldas. A lo lejos alcanzaba a ver la casa de Gerd y Ove. En uno de los bolsillos llevaba un gatito, que sentía moverse contra su pierna. Gerd jamás lo ahogaría. Gerd lo cuidaría por ella. Se colaría en la casa y lo dejaría en algún sitio donde resultara fácil de encontrar.

Elin se deslizó lentamente por delante del edificio, pegada a las ásperas paredes exteriores de madera pintada de amarillo. Al acercarse al ángulo de la casa miró atentamente en ambas direcciones y corrió tan aprisa como pudo hasta el porche. Se puso de puntillas y echó un vistazo por la ventana. Había luz en el interior, pero no vio ni a Gerd ni a Ove.

—¿Qué estás haciendo aquí?

La suave voz de Ove la sorprendió. Él posó la mano sobre el hombro de la niña, que se sobresaltó, pero no se dio la vuelta, solo se puso tensa. Su mirada vaciló, aunque su cabeza seguía orientada hacia la ventana.

—Supongo que estás buscando un tentempié. Gerd está dentro, corre, entra.

La gatita se retorció en su bolsillo y Elin apretó la mano contra la tela y se volvió para que él no pudiera notar los movimientos. La puerta se abrió y Gerd salió al porche.

—¡Justo la visita que estaba esperando! —exclamó con voz alegre.

—¿Y por qué?

—Me encanta cuando alguna muchachita aparece sin previo aviso. Entra. Estoy haciendo dulces en el horno, enseguida habrá bollitos calientes.

Sostuvo la puerta abierta y Elin se ciñó todavía más la cazadora al cuerpo, abombando una mano para cubrir a la gatita antes de poner el pie en el primer peldaño de las escaleras, donde dejó un rastro de barro.

—Pero esas botas no entran en mi casa. Siéntate y te ayudo.

Gerd le agarró a Elin el talón de la bota y tiró. La suela aleteó y se abrió, dejando al descubierto su pie descalzo. Su calcetín blanco de deporte estaba húmedo y manchado de barro, así que también se lo quitó.

—Estas botas se quedan aquí —dijo Gerd—. Tu mamá tiene que comprarte unas nuevas.

Elin negó enérgicamente con la cabeza mientras Gerd sostenía la bota en el aire y la balanceaba, como si fuera a lanzarla al otro extremo del patio, al montón de basura.

—¡No, son mías! —gritó.

Saltó de la silla de un brinco, le arrancó a Gerd la bota de la mano en el instante en que esta se disponía a soltarla y bajó corriendo las escaleras. Se estremeció cuando su pie desnudo tocó el suelo mojado y fue a la pata coja unos cuantos pasos sobre el pie que todavía llevaba la bota puesta.

—Mi querida niña, no te voy a quitar las botas si son tan importantes para ti. Ven, vuelve y vamos a merendar. Los bollos estarán listos dentro de un minuto.

Elin se calzó la bota. La cazadora temblaba debido a los movimientos cada vez más agitados del animal en su bolsillo. Gerd le tendió las manos. Al ver que Elin no se acercaba, se puso en cuclillas a su lado.

—Cariño, no te voy a quitar las botas. Lo siento.

Rodeó a Elin con los brazos, pero luego la apartó.

—¿Qué es eso que se mueve ahí? ¿Qué llevas en el bolsillo, nena?

Metió la mano en el bolsillo de Elin y sacó la gatita de manchas marrones.

—¡Cielos! ¿Dónde encontraste esto?

—¿Podrás cuidarla? Por favor. Se llama Venus —susurró Elin—. Si no, mamá la matará, ya ha matado a los demás.

Gerd se llevó la gatita a la mejilla y acarició su suave pelaje.

—¡Ove! —gritó—. ¡Ove, ven a ver! ¿A que nunca has visto nada más mono? Tenemos una nueva amiga.

Le hizo un guiño a Elin y la tomó de la mano.

—Siempre quise tener un gatito. Y, date cuenta, tú ya lo sabías. ¡Hay que ver lo lista que eres!

AHORA

NUEVA YORK, 2017

Elin lleva un gran ramo de lirios blancos y una bolsa de papel llena de cruasanes recién salidos del horno. Por una vez llega a tiempo, y echa a correr hasta casa. El penetrante perfume de las flores le hace cosquillas en la nariz.

Cuando se abre el ascensor, aparece Sam. Lleva puestos unos vaqueros y una gorra y se dirige a algún lugar. En la mano sujeta la cartera y las llaves y su expresión es de sorpresa. Ella le tiende las flores.

—Ay, ¿ya estás en casa? ¿Y esas flores, eran parte del atrezo?

—No, en absoluto. Te las compré de camino a casa, te encantan los lirios.

—Me encantaban. Hace mucho tiempo de eso.

Elin sonríe y se las vuelve a tender.

—¿Te acuerdas? En París. Tú me comprabas lirios y yo a ti, rosas. Aunque tendría que haber sido al revés. ¿Te acuerdas de la de tiempo que tardamos en enterarnos de qué flor nos gustaba más a cada uno? —dice Elin riéndose.

Algo centellea en la mirada de Sam.

—Claro que me acuerdo —dice asintiendo con la cabeza—. Pero ahora tengo que irme.

Elin no se aparta

—¿Adónde vas?

—Hay un partido que quiero ver esta tarde. Van varios de la

oficina, así que había pensado unirme a ellos. Estoy cansado de estar solo en casa todo el rato.

Elin extiende el otro brazo, el de la bolsa. El aroma de los bollos se eleva hasta ellos.

—Llevo cruasanes. Íbamos a hablar, ¿te acuerdas? Yo te iba a escuchar, lo prometí.

—Pensé que no era más que algo que habías dicho de pasada.

—Pues no, lo dije en serio. Por favor, ¿puedes quedarte en casa para que podamos hablar?

—Esta noche no. Quiero hacer algo más que estar sentado en casa esperándote.

Elin percibe cómo la irritación de Sam crece con cada palabra.

—Trabajo demasiado —dice ella, que sigue bloqueando la puerta—. En serio, te echo de menos.

Sam levanta las manos y le gruñe:

—Ya vale, ahora no te pongas sentimental. Aparta. Me voy a perder el partido.

La empuja para abrirse paso y entra en el ascensor.

—No me esperes despierta.

Elin se saca los zapatos de una patada, tira el ramo y la bolsa y se saca el vestido por la cabeza.

—Por favor, espérame. Iré contigo. Solo necesito cambiarme. No me llevará más de un minuto. No tardo nada.

Sam suspira ostensiblemente cuando las puertas del ascensor empiezan a cerrarse.

—Es demasiado tarde. Elin, ¿no lo entiendes? Ahora te toca a ti estar sola en casa —dice.

La rendija se hace cada vez más pequeña y al final Sam desaparece dejando plantada a Elin a solas, en ropa interior.

Hay tanto que perder. Elin recorre todas las habitaciones del piso silencioso y vacío. Todos los muebles. Todas las obras de arte. Se detiene frente a cada lienzo y estudia la decoración que con tanto esmero eligieron juntos, ella y Sam. Los tonos apagados, las formas abstractas. Ni uno solo de los cuadros representa algo real.

Siempre le ha encantado el arte. Lo que en otra época fueron sus propias líneas torpemente trazadas sobre un fino papel de dibujo se ha convertido en un mundo de óleos, acrílicos y fotografías; obras de valor de artistas célebres.

Obras de valor. Se estremece con solo pensarlo y sigue recorriendo la casa. Cada cosa ocupa su lugar, todo está planificado. Los objetos están cuidadosamente dispuestos sobre mesas y estanterías. Figurillas, cajas, lámparas. Como pequeñas naturalezas muertas o instalaciones. Formas y colores en armonía.

En una balda están las fotografías de Alice bailando. Elin coge uno de los marcos, aquel en el que aparece más joven, tiene tan solo unos pocos años, y sostiene a esa niñita que ya no existe apretada contra su corazón. Frente a ella, en otra fotografía, una muchacha baila con movimientos enérgicos y precisos. Una parte de ella y de Sam, y sin embargo tan única. La criatura más hermosa que jamás ha visto. Saca el móvil y le manda tres corazones para comunicarle que está pensando en ella.

Elin respira hondo y se sienta en el sofá, colocando la foto de la niña que un día fue suya sobre la mesa frente a ella. Alice está preciosa con su tutú de tul rosa y su *maillot* blanco reluciente.

Sobre la mesa también hay una pila de libros. Uno de ellos lleva su nombre en el lomo escrito en anchas letras negras: Elin Boals. Se trata de una colección de retratos que hizo de gente famosa. Gente deslumbrante. Fotografías deslumbrantes. Donde el éxito y la belleza caminan de la mano en entornos deslumbrantes.

Estrellas.

Pero incluso las estrellas pueden apagarse.

El estómago le vuelve a dar pinchazos. Se lleva la mano al punto que le duele y lo acaricia suavemente, tratando de ahuyentar el dolor con el masaje. Afuera la oscuridad se impone lentamente.

Hacía tiempo que no estaba en casa cuando todavía era de día, que no había tenido ocasión de procesar sus propios pensamientos.

La superficie de la mesa de café tiene tanta vida, nunca lo había pensado anteriormente. Las fibras de la madera, los nudos, como si se hubiera cortado directamente de un grueso tronco de árbol. Como si una pieza de madera se hubiese instalado a vivir en casa.

Se tumba en el sofá y se lleva las rodillas al estómago, que le sigue doliendo. Al cerrar los ojos ve todo un bosque de troncos marrón rojizo y frondosas copas de color verde oscuro. Entre ellos, alguien corre, una figura que desaparece y vuelve a aparecer. Lejos, cerca. Ve un rostro que la mira. Unos ojos serios y acusadores. Como una película que se desarrollara ante sus pupilas. Es Fredrik. ¿Qué quiere de ella? ¿Por qué ha vuelto a aparecer cuando no era más que un recuerdo lejano?

La figura desaparece y los árboles se mecen en el viento como frágiles briznas de hierba en una pradera. Los sigue en sus pensamientos, deja que la mezan hasta dormirse.

No se despierta hasta que Sam regresa. El piso está a oscuras. Solo las luces de la calle se reflejan en las paredes. Llega con un amigo. Sus sonoras voces la despiertan antes de que se abran las puertas del ascensor. Todavía está en sujetador y bragas. Da la impresión de que están contentos cuando entran en el piso hablando y riendo. Ha debido de ganar su equipo. Elin se hace pequeña, se aprieta contra el respaldo del sofá, pero queda totalmente a la vista cuando encienden la luz. El amigo de Sam mira para otro lado, apurado, y Elin mira a Sam. Él le echa una manta por encima y ríe, claramente ebrio.

—¿Estás en casa?

Parece sorprendido.

Elin se envuelve en la manta y acto seguido se dirige hacia el dormitorio y el armario. Su vestido sigue tirado en el suelo del salón, pero ni se molesta en recogerlo. Oye a los hombres reír de nuevo, y el sonido de la puerta de la nevera, de unas botellas de cerveza que han abierto.

Cuando regresa, ya vestida y con el pelo escrupulosamente recogido, ellos se han sentado fuera en la terraza. Una corriente de aire frío la alcanza tras colarse por las puertas que han quedado abiertas y se le pone la piel de gallina bajo el largo vestido camisero. Se dispone a salir para reunirse con ellos, pero se detiene en el umbral de la puerta cuando advierte el fuego. Las llamas alcanzan bastante altura y unas relucientes chispas naranjas se esparcen por el aire. Sam, que la ha visto, sostiene en lo alto un paquete de perritos calientes.

—¡Ven, sal! Ven y siéntate, si quieres puedes comer algo —la llama alegre, dando palmaditas en la silla que está a su lado.

Elin sacude la cabeza y retrocede.

—No, os dejo disfrutar. Tengo un par de cosas de trabajo que hacer, me acabo de dar cuenta. Me voy un rato al estudio.

Elin está sentada con la agenda delante y tiene a Sam por el altavoz del móvil. Recorre semana tras semana, sugiere fechas cada vez más lejanas en el futuro.

—Estas semanas que vienen las tengo muy ocupadas, es imposible, no tengo tiempo. Lo siento, pero tendrás que seguir yendo solo —le contesta con decisión.

—¿Solo? ¿A qué te refieres? No podemos interrumpir la terapia ahora que hemos empezado. Es importante. Importante… si es que vamos a tener un futuro juntos.

Elin emite un distraído balbuceo. Ha cerrado la agenda y una imagen aparece en la pantalla que tiene enfrente; es del jardín en el que estuvieron trabajando, la puerta azul que resplandece en medio de este. Desliza la barra de control y los colores se vuelven todavía más vivos.

—¡¿Hola?!

Se sobresalta con el grito de Sam.

—Sí, perdona. No, no puedo. ¿Por qué tenemos que hacer que todo resulte más difícil poniéndonos a hablar de eso ahora?

—¿Estás escuchando o ni siquiera eso?

—Creo que sí.

—¡¿Crees que sí?! —ruge Sam a tal volumen que Elin desactiva el altavoz.

Ve cómo Joe se sobresalta en su mesa desde la otra punta del despacho, a pesar de que lleva los cascos puestos. Ella se pega el teléfono a la oreja y se levanta.

—Estás creando unos problemas que no existen —le susurra—. Si necesitas terapia, tendrás que ir solo, eso es lo mejor.

—Ah, conque eso es lo que piensas, ¿verdad? Que estoy mejor solo. Qué bien, pues ahora sé que ves claramente la situación. Ahora lo sé.

Un silencio, demasiado largo.

—¿Hola? —dice Elin al fin, pero no obtiene respuesta.

Sam ha colgado. Se queda de pie un momento con el teléfono pegado a la oreja, como si esperara volver a oír su voz. Luego regresa a su mesa y a la imagen de la puerta que llena su pantalla.

Es tan parecida, los detalles la dejan perpleja por los recuerdos que despiertan. La pintura desconchada, las marcas negras entre las pinceladas, la llave. Es la voz de Joe la que la saca de su ensimismamiento. Está de pie a su lado, indicando con la cabeza la escalera.

—Venga, vamos, ¿no los has oído llegar?

Elin alza la mirada, como aturdida.

—¿Llegar? ¿A quién?

—Vaya, ahora sí que me estás asustando.

Elin se vuelve discretamente y mira por encima de la barandilla, hacia la planta del estudio. Cuando ve y reconoce a la actriz que allí se encuentra, vestida de negro de la cabeza a los pies y con gafas de sol oscuras, se levanta tan bruscamente que la silla cae hacia atrás.

ENTONCES

HEIVIDE, GOTLAND, 1979

Caminaban uno al lado del otro por la carretera principal, en medio de la calzada. Estaba silenciosa y desierta. Elin hacía equilibrios sobre la línea central con los brazos extendidos mientras Fredrik iba dando patadas a las piedrecitas, como si fueran balones en un campo de fútbol. De vez en cuando le hacía un pase a Elin, pero ella seguía con su juego de equilibrista y las piedrecillas le pasaban de largo. Guardaban silencio. No necesitaban las palabras.

De repente apareció un coche como de la nada. Era Micke y conducía a toda velocidad, como siempre. Cuando los vio frenó en seco y las ruedas proyectaron la gravilla hasta la cuneta. Bajó la ventanilla.

—¿Haciendo pellas?

Fredrik suspiró.

—No, no hay clase esta tarde.

—Entonces, corriendo a casa, que hay mucho que hacer en la granja.

Micke aceleró y Fredrik lanzó una piedra al coche con todas sus fuerzas; sonrió satisfecho cuando esta alcanzó el parachoques trasero.

—¿Por qué has hecho eso? —le dijo Elin cogiéndole el brazo.

—Es un idiota, todo el mundo lo sabe.

—¡Pero es tu papá!

—¿Y qué? Tu papá también es un idiota, ¿no? —dijo Fredrik enarcando las cejas.

—Pues a lo mejor. Pero yo no le tiraría piedras. Me gustaría que volviera a casa. Tiene un lado amable. Tu papá también tendrá uno, ¿no?

Fredrik puso los ojos en blanco y se adelantó un poco.

—Mamá dice que pronto nos vamos a mudar —comentó—. Dice que ya no aguanta más.

—¿O sea que se van a divorciar?

—Eso creo. Anoche discutieron y vi unos papeles sobre la mesa de la cocina —dijo Fredrik deteniéndose de nuevo.

Elin le puso la mano en el hombro.

—Pero tú no te vas a ir de aquí, ¿no? Te vas a quedar en Heivide, ¿verdad?

—No te preocupes. Mamá y yo probablemente viviremos en casa de los abuelos. No está lejos.

Se pusieron de nuevo en marcha en silencio. Elin haciendo equilibrios en medio de la carretera. Fredrik más cerca de la cuneta, donde encontraba una reserva constante de piedras nuevas a sus pies.

Cuando llegaron al pueblo, Elin se detuvo de repente y dejó caer su mochila al suelo. Saltó ligera la valla que rodeaba la casa de Aina e hizo señas a Fredrik para que hiciera lo propio, pero él vaciló.

—¿Y si sabe que fuimos nosotros? La otra noche.

Elin sacudió la cabeza.

—No te preocupes, es Aina. Se le habrá olvidado, de lo vieja e ida que está. Necesito un nuevo libro para la escuela.

Saltó tras ella y corrieron por el patio. El moho envejecido lo había teñido a parches de color marrón. Los cardos habían crecido altos y gruesos, como estatuas de espinas. Las flores moradas, marchitas, mostraban vainas redondas y grises. Fredrik agarró unas cuantas en su carrera y las soltó para que volaran por todo el patio. Elin subió la escalera de tres zancadas y llamó a la puerta.

Hubo una pausa antes de que nadie acudiera a abrir, durante la cual oyeron a alguien arrastrar los pies y resoplar por el esfuerzo.

—¿Marianne? ¿Gerd? ¿Sois vosotras? —preguntó Aina gritando desde el interior.

Elin asió el picaporte y abrió la puerta, y Aina se alegró al ver quién estaba afuera.

—¡Cielos, qué honor más inesperado! Me preguntaba si sería Gerd con la compra que yo no puedo traer de la tienda —exclamó, al tiempo que juntaba las manos en un aplauso de deleite—. No, una taza de café no es suficiente. Tendré que sacar unos refrescos y las galletas.

Elin asintió mientras entraba en el recibidor de la casa, que olía fuerte a amoniaco. La bata de Aina estaba llena de manchas y en su barbilla despuntaban unos cuantos pelos grises y largos.

Unas librerías repletas de libros forraban las paredes tanto del pasillo como del cuarto de estar. Elin les pasó la mano por el lomo; todavía le quedaban muchísimos por leer. Aina siempre le prestaba libros, tantos como quisiera. Y siempre les daba galletas.

—¿Tienes galletas con avellanas? —le preguntó Elin.

—Pues sí, las hice precisamente ayer. Sé que son tus preferidas. ¡Venid, entrad, entrad! Luego podemos jugar al tresillo, ¿a que sí? Tenéis tiempo, ¿verdad? Gerd y Marianne siempre tienen muchísima prisa cuando vienen a casa.

Fredrik y Elin se sentaron cada uno en una silla de la cocina mientras Aina mezclaba en una jarra de porcelana decorada con rosas rojas un refresco de flor de saúco y ponía unas galletas en un platillo a juego. Lo puso delante de ellos y cada uno cogió ansiosamente una galleta. La silla crujió cuando Aina se sentó, dejando caer todo su peso. Sacó un mazo de cartas del bolsillo de la bata y se puso a barajarlas cuidadosamente.

—Hmmm, estas son las mejores galletas del mundo —farfulló Elin con la boca llena.

Despegó la avellana que estaba pegada en el centro de la

galleta y se la guardó en el bolsillo. A Edvin le encantaban las avellanas, se la daría cuando llegara a casa.

Aina repartió las cartas sobre la mesa y cada uno cogió las suyas. La cocina quedó en silencio durante un instante; Solo se oía el acompasado tictac del reloj de cuco de la pared. A las horas y a las medias, el pajarito salía y trinaba.

De repente Fredrik se levantó con cara de pánico.

—Tengo que irme a casa enseguida. Se lo prometí a papá. Se enfadará conmigo.

Y salió corriendo por la puerta con la cazadora en la mano, arrastrando una de las mangas. Elin y Aina siguieron sentadas. Aina barajó y repartió, y continuaron jugando. Cada vez quedaban menos galletas en el plato, y cada vez había más avellanas para Edvin.

Al cabo, Aina se levantó y cogió un libro del aparador.

—Al final encontré este, tienes que leerlo —le dijo alegremente, tendiéndole el libro a Elin—. Pero tienes que cuidármelo, me lo regaló mi madre cuando yo tenía tu edad.

El libro tenía una tapa amarillenta y desgastada, y el título estaba escrito en letras de molde rojas. Por encima del título aparecía una niña dibujada en blanco y negro, excepto la larga melena, que brillaba en el mismo tono rojo de las letras.

—¿De qué trata?

—De una niña como tú. Me la recuerdas un poco, tan curiosa a veces.

—¿Curiosa? ¿Qué quiere decir curiosa?

Aina soltó una risita.

—Se dice de alguien que hace muchas preguntas y que se las apaña perfectamente sola.

—No parece muy simpática —dijo Elin mirando con recelo la ilustración

—Probablemente no lo sería quien hizo el dibujo. A ti te va a encantar la niña, estoy segura de ello.

—¿Puedo llevarlo a la escuela como libro de lectura?

—Sí, mientras lo cuides.

Elin se metió el libro en el bolsillo, donde cabía justo. Aina vertió un poco de leche en el platito de las galletas y caminó con ella hasta la puerta; allí le tendió el platito a Elin.

—¿Me harías el favor de poner esto en la escalera? Una cosita para los más pequeñines.

—Pero no existen, ¿verdad?

Elin vaciló en la puerta.

—¿Los más pequeñines? ¿Los diablillos y los duendecillos? Más vale que esperemos que existan.

—¿Y por qué?

—Porque de lo contrario, ¿quién se habrá estado comiendo los regalitos que dejo fuera? ¿Y quién me cuidará cuando me muera, si es que ellos no existen?

Le guiñó un ojo. Elin, todavía dudosa, permaneció allí de pie con el platito en la mano.

—¿Siempre les dejas comida fuera? ¿Y siempre se la comen toda? —le preguntó agachándose para colocar el platito en el escalón superior.

Aina asintió con la cabeza.

—Tal vez sean los gatos, ¿se te ha ocurrido pensar eso? — preguntó Elin.

—Sí —dijo Aina riéndose y emitiendo un borboteo, como si toda su enorme barriga estuviera llena de líquido.

Se agarró la cintura y dijo:

—Ahora vete a casa, bichejo. Seguro que tu mamá se estará preguntando dónde te has metido. Y ponte a leer ese libro esta misma noche, eso te dará algo nuevo en lo que pensar.

Elin se detuvo ante la puerta de la cocina cuando vio cómo Marianne apagaba una colilla directamente sobre el tablero de pino de la mesa, presionándola con fuerza contra la superficie de madera hasta que se aplastó, y luego la recogía y la tiraba al fregadero. Una nueva marca se sumó a las anteriores sobre la desgastada madera.

Las lámparas estaban apagadas, la cocina llena de sombras en la luz crepuscular. Un vaso casi vacío con un líquido claro en el fondo se hallaba junto a Marianne sobre la mesa. Elin dio marcha atrás atemorizada por la ira que percibía y empezó a subir despacito por la escalera hacia el piso de arriba, donde seguramente estarían sus hermanos divirtiéndose, llenando la casa de vida. Pero no consiguió hacerlo sin hacer ruido.

—Entra. Ven y déjame que te vea —la llamó Marianne, arrastrando las palabras.

Elin se acercó y se detuvo en el quicio de la puerta cabizbaja.

—¿Dónde has estado?

—Nos paramos un rato en casa de Aina, estuvimos jugando a las cartas con ella. Gerd dice que necesita compañía. Está sola todo el rato.

Marianne asintió.

—¿Tendrás bastante con las galletas que has comido allí?

Elin dijo que sí con la cabeza.

—Hmmm, creo que sí.

—Muy bien. Los chicos pueden comer un sándwich cada uno, eso tendrá que bastarles por hoy.

Marianne llevaba puesta una brillante blusa de seda roja. Se había echado laca en el pelo y el flequillo peinado hacia atrás formaba una especie de puente sobre su frente.

—Estás muy guapa —le dijo Elin—. ¿Por qué te has maquillado?

Marianne pasó la mano sobre la mesa, sobre todas las marcas que formaban el mapa de su vida juntos: la ira tras cada marca de cigarrillo, la alegría tras cada salpicadura de pintura, los arañazos, las manchas del café caliente. La grieta dejada por el cuchillo que de repente apareció allí un día, clavado profundamente en el centro de la mesa.

En el pasillo la trampa para ratones se cerró apresando a otro ratoncillo de campo que buscaba cobijarse de la lluvia y Elin se sobresaltó cuando oyó el muelle accionarse. Esta vez no se oyó ni un gemido. A veces aquellas pobres criaturas gemían.

—Bueno, ya está. Uno menos para Crumble —dijo Marianne con frialdad, alzándose de la silla.

—¿Esperas a alguien?

—¿A quién voy a esperar?

—Tal vez a Micke. ¿Qué haces con él? Es el papá de Fredrik.

—No metas las narices en cosas que no entiendes.

—Fredrik dice que se van a divorciar. Su mamá ya no aguanta más.

—Ah, ¿sí, eh, eso dice?

—¿Es por tu culpa?

Marianne se encogió de hombros y dio un paso hacia la despensa. De repente se tambaleó y se detuvo. El torso se le balanceaba lentamente de atrás hacia delante. Intentó nuevamente llegar a la despensa, dando dos pasitos cortos y abalanzándose sobre el picaporte. Apartó lo que había en las estanterías, sacó la bolsa redonda de los biscotes y cortó dos trozos grandes. Las migas cayeron al suelo y Sunny se lanzó a lamerlas. Cuando Elin encendió la luz del techo, el molesto fluorescente reveló que los ojos de Marianne estaban anegados en lágrimas, y las pestañas cargadas de rímel negro que se le había corrido le conferían una mirada de oso panda. Marianne giró enseguida la cabeza y se limpió los ojos con el dedo índice. Elin se le acercó, tanto que casi se apoyaba contra ella. Permanecieron en silencio hombro con hombro mientras Marianne raspaba el cuchillo de la mantequilla sobre los duros trozos de biscote. Escarbaba en los agujeros para sacar la mantequilla y extenderla en una capa lo más fina posible.

—Nos las arreglaremos solos, mamá —susurró Elin.

Los movimientos del cuchillo se detuvieron.

—Pronto tendré que conseguir un trabajo —dijo Marianne—. Cualquier cosa me valdrá.

Elin le quitó el cuchillo de la mano y siguió extendiendo la mantequilla.

Marianne abrió la nevera y sacó el queso. Edvin y Erik aparecieron y se colaron entre las piernas de ambas, llenando la cocina de preguntas, pero Marianne no contestó a ninguna y Elin los sacó de en medio, con lo que se pusieron a pelearse entre ellos. Enseguida hubo lágrimas y gritos. Al fin Marianne colocó los sándwiches preparados sobre la mesa, dando un golpe, y el ruido acalló a los niños.

Marianne salió de la cocina sin pronunciar una palabra, arrastrando los pies con paso vacilante. Elin vio cómo la hermosa blusa de seda caía sobre el suelo del pasillo.

Aquello fue lo último que vieron de ella aquella noche. Elin metió a Erik y a Edvin en la misma cama, sacó el libro que Aina le había dado y se hizo un ovillo bajo el edredón. Con la ayuda del débil haz de luz de una linterna, empezó su viaje por el mundo de Tejas Verdes.

—¡Gerd! ¡Gerd! —gritó Fredrik.

Elin corrió tras él, tratando de seguirle, pero él era más rápido. Gerd salió por la puerta de cristal, haciéndose sombra con la mano para ver quién estaba armando aquel revuelo. Cuando vio a los dos niños, bajó las escaleras y corrió a su encuentro. Fredrik gritaba su nombre una y otra vez.

—Queridos niños, ¿qué es todo este ruido?

Abrió los brazos y los agarró a los dos, abrazándolos con fuerza. Elin resoplaba y hundía la cabeza en el cálido cuerpo de Gerd.

—Aina, se…

—Entramos en su casa…

—No nos abría…

—Está allí tendida…

—No se mueve…

Se callaron. Por las mejillas de Elin corrían las lágrimas y Fredrik respiraba pesadamente. Tiró del brazo de Gerd para que fuera con él y ella echó a correr también, dando tumbos. Elin y Fredrik se adelantaron, saltaron ágilmente la verja y esperaron al otro lado. Cuando Gerd llegó la cogieron de la mano y la ayudaron a saltar. Ella apenas conseguía respirar.

—Es más rápido por aquí…

—Sí, creo que sois vosotros quienes andáis siempre correteando por aquí todo el tiempo. Y hoy hemos tenido suerte de que lo hicierais —dijo mientras se esforzaba por pasar la segunda pierna por encima de la valla. Elin la cogió de la mano y no la soltó mientras se abrían paso por la alta hierba seca.

—Está en el suelo de la cocina.

Fredrik se detuvo y se puso en cuclillas en las escaleras, hundiendo la cara en las rodillas.

—No quiero volver a verla.

Elin y Gerd entraron sin él y Elin se tapó los ojos cuando Gerd se inclinó sobre el cuerpo. Su grito rasgó el silencio.

—¡Está muerta!

Luego vinieron las lágrimas. Gerd lloraba y gemía. Con la garganta contraída, tosía y sollozaba y trataba de aspirar bocanadas de aire. Elin cogió el teléfono que estaba sobre la mesa del pasillo y metió el dedo en el agujero del nueve, empujando el disco para que girara más aprisa. Luego los ceros, cuatro ceros. Y la voz al otro lado:

—¿Qué servicio necesita?

Elin no sabía qué decir. Gerd enseguida se alejó de Aina sin apartar la mirada de su cuerpo y carraspeó. La voz al otro lado se impacientó:

—Hola. ¿Qué servicio necesita?

—Creo que está muerta, probablemente no haga falta que se den mucha prisa.

Gerd les dio la dirección y luego colgó. Elin se acurrucó en sus brazos y se quedaron escuchando cómo se aproximaban las sirenas por la carretera principal.

Otros vecinos se acercaron al ver el coche de la policía y la ambulancia. Llegaban de todas las direcciones y permanecían de pie en silencio, observando cómo sacaban la camilla. El cuerpo orondo sobresalía por ambos lados. Una manta le cubría la cabeza, pero los pies desnudos que sobresalían estaban azules e hinchados y mostraban unas uñas demasiado largas y amarillas en las que se había incrustado la suciedad.

Marianne también había acudido. Abrazó fuerte a Fredrik y Elin y les besó la cabeza.

—Hacía las mejores galletas del mundo —murmuró Elin.

—¿Cuáles te gustaban más? Cuando yo era niña solía pedirle las de vainilla.

—¿Tú también ibas a su casa? —le preguntó Elin mirándola con sorpresa.

—Sí, iba de pequeña. Recuerdo que solíamos jugar al tresillo. Y mucho antes que eso solía ir Gerd, cuando ella era pequeña. Todas hemos comido galletas en casa de Aina. Aina era nuestra Monstrua de las Galletas particular.

Elin sonrió entre lágrimas.

—Estaba tan fría. Y ahora también está azul, igual que el Monstruo de las Galletas —se le quebró la voz.

Marianne la atrajo hacia ella.

—Eso es lo que ocurre cuando te mueres, ¿sabes? El cuerpo se enfría cuando tu alma echa a volar. La de Aina ya estará en otro sitio, solo ha quedado la cáscara.

—Se habrá olvidado de sacar el platito. Probablemente sea por eso.

—¿A qué te refieres?

—Al platito para los pequeñines —contestó Elin—. A lo mejor se enfadaron con ella.

—Probablemente muriera ayer. Los diablillos y los duendecillos se ocuparán de ella ahora. Estarán cantando para ella hermosas canciones que solo los muertos pueden oír. Ella siempre cuidó de ellos, así que ahora le toca que la cuiden a ella.

—¿Seguro?

—Segurísimo.

—¿Nunca va a volver?

—No, se ha ido para siempre.

Elin metió la mano en el bolsillo y tocó el libro que llevaba dentro. El que se había leído enterito bajo el edredón a la luz de la linterna. Por el que tantas ganas tenía de ir a darle las gracias a Aina, que se lo había dejado.

AHORA

NUEVA YORK, 2017

Hay bolsas en el recibidor. No una, varias. Y también una caja. Y la lechuza, la blanca. La estatua que compraron juntos, hace mucho tiempo, cuando viajaban por Asia. Elin pasa de puntillas entre los objetos. Las luces están apagadas y no las enciende; la luz del exterior se abre camino por entre los ventanales e ilumina la pared a grandes franjas. Se sobresalta al oír la voz en la penumbra.

—¿Dónde te has metido?

La oscura silueta de Sam de repente se hace visible. Está sentado en el sillón. La espalda erguida, los labios apretados. Ella se deja caer en el sofá y le sonríe. Quiere darle un beso, pero él tiene un aspecto tan serio…

—¿Estás despierto? La cosa duró más de lo previsto, como de costumbre. Todo el mundo quiere siempre algo de mí. Lleva su tiempo, llevó su tiempo hoy también. Pero salió bien, ¿quieres verlo?

Sam sacude la cabeza.

—¿Es que no te das cuenta?

Elin abre los brazos hacia él, trata de abrazarlo, pero él le aparta los brazos.

—Esto ya no funciona, ya no puedo más —le dice.

Ella sacude la cabeza, perpleja,

—¿De qué no puedes más? No lo entiendo.

Él no dice nada y permanecen sentados en silencio durante un rato. Se oye el sonido de las sirenas procedente de la calle. Al final,

Sam le muestra una llave en un llavero que menea de atrás adelante sobre su dedo índice.

—¿Qué estás haciendo? ¿Qué es eso? —le pregunta Elin sonriendo dubitativamente.

—He alquilado un apartamento. Estoy pensando en irme a vivir allí durante un tiempo.

A Elin se le borra la sonrisa.

—¿Dónde? ¿Por qué? ¿Qué estás haciendo?

Tiene la respiración entrecortada y siente un peso cada vez mayor en el pecho. Enseguida le da la sensación de que está enterrada bajo plomo, de que se ahoga.

—No podemos seguir viviendo así. Desde que Alice se marchó todo se ha quedado como sin vida, como si el piso fuera una ciudad fantasma. Tú nunca estás aquí. Como dijiste ayer, probablemente esté mejor solo.

—Yo no dije eso. No dije eso. No quise decir eso.

Elin se siente perdida. Se acerca a Sam, acurrucándose junto a él en el sofá.

—Lo que pasa es que últimamente he tenido mucho trabajo, eso es todo, grandes contratos. Las cosas irán mejor. Estoy aquí ahora.

Sam sacude la cabeza.

—No irán mejor. Nunca van a ir mejor.

Saca la llave del dedo y la encierra en la palma de la mano.

—Por favor —le ruega Elin.

Empieza a balancearse de atrás hacia delante, con los brazos cruzados y apretados contra el pecho.

—Ahora Alice ya no es la razón de tu vida, así que vives para tu trabajo —dice—. Nunca estás aquí conmigo, y cuando estás aquí no estás *presente*. Además últimamente he tenido la sensación de que me ocultabas algo, de que eres una desconocida.

—¿Por qué dices eso?

—Porque así es. Dieciocho años, Elin, dieciocho años contigo y no sé nada de ti.

104

—¿Qué quieres decir? Lo sabes todo.

—No sé nada. Siempre sonríes, pero nunca estás contenta. Es imposible comprenderte. Nunca me escuchas. Nunca me preguntas nada, nunca me dices nada. Nunca he visto una fotografía tuya de niña.

—Desaparecieron en París, ya lo sabes. No te vayas. Puedo contarte más cosas. ¿Qué quieres saber?

—Es demasiado tarde.

—No te vayas.

Elin le tiende la mano, pero él la ignora, se limita a menear la cabeza.

—A veces me pregunto si tú misma sabes quién eres —dice él.

—No digas eso. ¿Por qué dices eso?

—Tú lo orquestas, lo orquestas todo. Todo tiene que ser perfecto. Creas ficciones cada día, cada segundo. No la realidad. Es como si todo esto fuera el telón de fondo de una de tus tomas, como si nosotros, yo y Alice, solo fuéramos piezas de atrezo en algo que estás tratando de crear.

Sam se levanta, se estira los pantalones, que se le han subido y arrugado de estar tantas horas sentado.

—¿Me vas a dejar? —le pregunta.

Se sienta en el suelo frente a él, sollozando. Todavía respira mal, apenas le llega aire a los pulmones. Le posa las manos sobre los pies, pero él los retira y la reluciente piel marrón de sus zapatos se desliza bajo las manos de Elin.

—Casi nunca te he oído decir que me quieres —le contesta.

—Te quiero.

—Pues entonces dilo.

—Lo haré. Te lo prometo. No te marches.

Le vuelve la espalda y oye cómo pulsa el botón para llamar al ascensor; oye cómo carga las bolsas una tras otra. Permanece un instante en la puerta, con la lechuza bajo el brazo, como si la estuviera esperando. Pero ella ya no le puede mirar, así que mira hacia la calle. Hacia los edificios, los tejados, los depósitos de agua. Hacia todas las ventanas tras las cuales otras familias se quieren y se pelean. Cuando las puertas del ascensor se cierran se oye un sonido áspero. Elin percibe cómo el ruido se desvanece y desaparece. Luego, silencio de nuevo. Silencio y oscuridad.

Elin grita y corre hacia el ascensor, donde algo se ha quedado en el suelo. Es un cuaderno negro. Elin lo recoge y lo abre. No hay palabras, ni dibujos. Solo el suave papel blanco sin tocar. Llama al ascensor y baja, pero la calle ya está desierta. Él se ha subido a un coche y ha desaparecido. ¿En qué dirección? No lo sabe, no se lo preguntó. Le llama. Suena el teléfono, pero nadie contesta. Vuelve a intentarlo, una vez y otra. Al final oye su voz.

—Sí.

—Te olvidaste algo, un cuaderno. Tienes que volver —le dice con firmeza.

—No, es para ti, lo dejé adrede.

—¿Por qué? —susurra.

—¿No te das cuenta? Está en blanco, igual que tú. Creo que necesitas escucharte a ti misma.

La dureza de su voz la hiere. Se le ha hecho un nudo en la garganta. Se esfuerza por tragar saliva. No encuentra nada más que decir, no hay nada ya. Cuelgan. Sostiene con fuerza el cuaderno, apretado contra el pecho. Todo comienza a dar vueltas a su alrededor y se tambalea; se agarra a un dispensador de periódicos para erguirse.

El cuaderno está junto a ella en la cama, en el lado de Sam. No puede dormir. Al final se levanta, lo abre y pega la foto impresa de la puerta azul en el centro de la primera página. Ahora ya hay algo en el cuaderno, una parte de ella, un comienzo. Coloca el libro debajo de una almohada. La cama está vacía, pero sigue oliendo a Sam. Dobla el edredón para que «su» lado la tape, coge su almohada y la abraza con fuerza. Son las cuatro de la mañana, dentro de cuatro horas tiene que estar de vuelta en el estudio. No quiere ir, no puede soportarlo. Cierra los ojos y trata de retener las lágrimas, pero no puede detenerlas, como tampoco puede poner freno al curso de sus pensamientos.

Saca de nuevo el cuaderno y coge un lápiz, tratando de pensar en algo que no sea Sam. Le vienen a la mente palabras sueltas. Las escribe, con una letra cursiva de hermosa forma.

Descalza. Gravilla. Diluvio. Horizonte.

Luego deja el cuaderno y cierra los ojos esperando apaciguarse. Respira hondo y siente la presencia de Sam en los olores que la rodean.

Pasa un rato, pero los pensamientos no desaparecen y tampoco las lágrimas. Escribe más palabras.

Estrella. Noche. Pino retorcido. Guerra de agua. Sonríe a través de las lágrimas, ante el recuerdo de unas manos recogiendo el agua que cae en cascada. Ante el recuerdo de la amistad y del amor en una vida pasada, cuando Fredrik siempre estaba a su lado para ella cuando nadie más lo estaba.

El reloj da las cinco. Solo quedan tres horas. Cierra los ojos, piensa en el mar. Ve la espuma que corona las olas cuando rompen en la orilla. Siente la sensación de estar de pie en ellas y perder el equilibrio con su fuerza. Cuenta las olas. Una, dos, tres, cuatro. El rugido de la calle se convierte a sus oídos en los sonidos del océano. Se sume lentamente en un sopor agitado. Patalea, se retuerce y da vueltas.

El armario ropero está vacío en el lado de Sam. Todos sus trajes han desaparecido, todas sus camisas. Solo quedan unas camisetas: una roja, varias negras. Desvía la mirada. Sus propios vestidos están colgados en perfecto orden, por colores. Negro, azul marino, azul celeste, gris, rojo. No hay más colores, solo sus preferidos. Alcanza un vestido negro, pero cambia de opinión y lo vuelve a colgar. Lo cambia por uno gris acampanado que compró en París la última vez que fueron. No, este tampoco. Lo tira al suelo y la percha rebota y aterriza un poco más lejos.

Dieciocho años. Alice nació enseguida, siempre ha estado con ellos. Aquellos años en París, recién enamorados, son aquellos años los que les hicieron seguir adelante. Lo recuerda con toda claridad, la risa de aquellos primeros meses, el trasnochar, todas las fiestas a las que los invitaban, con gente estupenda y de éxito. El alivio por dejar de estar sola y perdida. Y luego las náuseas y la alegría por lo que su amor les había dado. Desde el primer momento decidió firmemente ser la esposa perfecta, la madre perfecta.

Siempre estaban ellos tres. Elin, Sam y Alice. Nadie más. Ahora solo queda ella. Tal vez Sam tenga razón, tal vez haya estado tan obsesionada con ser perfecta que ha perdido la capacidad de ser real.

Pasa la mano por los vestidos y siente la seda, el terciopelo, la lana y el algodón bajo la punta de los dedos. Ninguno de ellos carece de recuerdos, todos los ha llevado junto al hombre que ahora echa de menos. Al final cierra los ojos y coge uno al azar. Es de seda negra, suave y brillante. Se lo mete por la cabeza, abrocha el cinturón apretándoselo bien a la cintura y se estira. Tiene un trabajo importante por delante. Una portada. No puede fallar. Frente al espejo del cuarto de baño se da palmadas en las mejillas, tratando de avivar levemente con el masaje su piel cetrina. Sus ojos no se despiertan. Están turbios e hinchados. Sonríe, primero con indecisión, luego cada vez más abiertamente. Los ojos se convierten en rendijas. Hace unas cuantas respiraciones de yoga. Inspirar por la nariz, expirar por la boca.

A las ocho menos diez se dirige rauda hacia el estudio. De camino se detiene en la tienda de comida preparada. De repente tiene mucha sed. Una rampa de cemento la lleva hacia una puerta de cristal cuyo pomo es rectangular y brillante. Lo empuña y tira, pero el viento lo empuja en la otra dirección y la puerta no se mueve. Lo suelta y da un paso atrás.

* * *

—Uno, dos, tres, cuatro, cinco —murmura, recordando las escaleras que conducen a otra puerta.

Agarra el pomo con mayor firmeza y tira. El viento le recuerda las tormentas, el mar y el olor a arena y algas. Está de pie, con los ojos cerrados, frente a una nevera llena de bebidas. Respira el olor a pan recién horneado, percibe notas de plástico, de tinta de impresora y de cajas recién abiertas. De perfume.

El teléfono le suena en el bolsillo. Es Joe y se le nota enfadado.

—¿Dónde estás? Todo el mundo está aquí. Estamos esperando.

—Llego en un minuto. Empezad a disponer las luces.

—Todo está preparado. Estamos aquí desde las siete, como dijiste. ¿Te acuerdas?

—A las siete. Sí, claro.

Coge una botella de *Sprite*, le quita el tapón sin soltar el teléfono que sujeta entre el hombro y la oreja y bebe un largo sorbo.

—¿Está todo el mundo de buen humor?

—Pues regular, la verdad. Deberías darte prisa —susurra Joe.

Elin se bebe la botella entera. Es demasiado agrio para ser gaseosa, pero se parece lo suficiente como para recordarle a aquella bebida que le encantaba. Antes de irse, saca una foto de la puerta de cristal.

ENTONCES

HEIVIDE, GOTLAND, 1979

Elin se sobresaltó al abrirse la puerta de cristal con un tintineo. Unas campanillas de metal colgaban en una cuerda del mecanismo de bisagra para que Gerd, dondequiera que estuviera en la tienda, supiese que alguien había entrado. Esta vez era Marianne, con aspecto cansado. Se dirigió directamente adonde estaban sentadas Gerd y Elin, desenvolviendo bolsas de caramelos.

—Dame una tarjeta rasca y gana Bellman y una cajetilla de tabaco.

Marianne meneó la cabeza ante la caja registradora. Elin contuvo la respiración. Gerd no se movió.

—¿No sería mejor que gastaras ese dinero en comida? El queso tierno está de oferta —dijo Gerd finalmente.

—¿No sería mejor que te ocuparas de tus asuntos? —le replicó con malos modos Marianne.

Elin retrocedió unos pasos y echó un vistazo al revistero. Se puso en cuclillas y hojeó un tebeo del pato Donald. Solía leer allí, sentada en el frío suelo de la tienda, y Gerd nunca le había dicho que no lo hiciera. Sabía que a Elin le encantaba leer y mirar las imágenes. Y lo mucho que echaba de menos los libros ahora que Aina ya no estaba y que la puerta de su colección de tesoros literarios estaba cerrada.

—Nunca se gana nada, no es más que un sueño, un castillo de naipes. Como mucho te toca un poco de calderilla —dijo Gerd, optando por ignorar el tono amenazador de Marianne.

—Calderilla lo será para ti. Para nosotros cada corona hace

milagros. Necesitamos un poco de suerte. Dame la tarjeta. Soy yo quien decide lo que compro.

La caja registradora se abrió y Gerd levantó la bandeja de los billetes, rebuscando entre las tarjetas. Marianne se volvió hacia Elin.

—Ven, elígela tú —le dijo.

Elin se levantó, estiró la mano con indecisión y palpó las tarjetas; luego extrajo una. La sección de rascar era una novedad que solo había visto de lejos. Marianne le entregó una moneda.

—Ráscala tú, mi niñita de la suerte.

Elin rascó con mucho cuidado la capa opaca sin dejar la menor huella. No habían ganado. Gerd meneó la cabeza con tristeza.

—Tú a callar —le dijo Marianne entre dientes.

—También hay un número de la lotería, así que guarda la tarjeta. El sorteo es el 25.

—Mierda.

—¿Hmm?

—Debí comprar leche para los chicos y no esto.

Gerd no dijo nada.

—La próxima vez, lo haré la próxima vez. El mes que viene. Pronto será 25. Entonces nos tocará algo de dinero.

—Todavía puedes ganar.

Elin sostenía el tebeo en la mano.

—Llévate eso a casa, cielo —le susurró Gerd, acariciándole el pelo.

Elin levantó la mirada, con los ojos como platos.

—Mañana de todos modos hay que devolverlos, ha salido un número nuevo. Les llegará uno menos de vuelta y cruzaremos los dedos para que nadie se dé cuenta.

Elin sonrió de oreja a oreja y se apretó el tebeo contra el pecho. Marianne sacudió la cabeza.

—Gerd, mimas demasiado a estos críos.

—Sí, sí, a los críos hay que mimarlos siempre que se pueda. Como suelo decir, eso hace que el mundo sea un lugar mejor para vivir —declaró Gerd en tono alegre.

—¿De verdad? A mí me suena a insufrible.

—Para nada. No te preocupes. Y además sería difícil encontrar una niña más amable que Elin.

Fuera, una violenta ráfaga de viento hizo que la puerta de cristal se abriera de par en par y se cerrara de golpe. Elin se abrochó el abrigo lo más arriba que pudo y se puso la capucha. Apoyó todo su peso contra la puerta, pero el viento resistía. Marianne extendió el brazo por encima de la cabeza de Elin para ayudarla.

—Llega el otoño y las tormentas. Ahora tendremos que aguantar estos pelos revueltos durante los próximos seis meses —dijo Gerd riendo cuando el viento despeinó la melena de Marianne tapándole el rostro. Ella se apartó el pelo con la mano.

—El pelo revuelto…, yo lo llevo así al menos doce meses al año —suspiró—. Prueba a tener tres críos, aunque solo sea una semana, y ya verás.

—¡Qué va, mujer! Con todo el tiempo que te sobra deberías ser capaz de peinarte. Igual deberías hacer algún intento por buscarte un trabajo. Haz algunas llamadas. No tardarás en encontrar algo —le dijo Gerd.

Elin soltó la puerta al pasar y dejó que retrocediera hacia Marianne. Sujetaba el tebeo como si fuera de porcelana y alisaba de vez en cuando con la mano las relucientes páginas. Cuando llegó a casa lo leyó en voz alta para que Erik y Edvin pudieran oírlo.

Erik y Edvin estaban tumbados, cada uno a un lado de Elin, con las piernas colgando de la estrecha cama. Elin estaba sentada con las piernas dobladas y apoyada contra la pared. En la mano sujetaba el ejemplar de *Ana de las Tejas Verdes* y Erik y Edvin escuchaban atentamente la lectura. Era la cuarta vez que Elin se leía el libro y, en cierto modo, eso le hacía sentir como si Aina todavía estuviera viva. No podía parar; lo leía una y otra vez. Y ahora les tocaba a sus hermanos conocer a la obstinada Ana.

—¿Por qué querían un chico? ¿Son mejores los chicos que las chicas? —preguntó Erik de repente.

Elin cerró el libro de golpe.

—¡Pues claro que no! ¿Es que no estás escuchando? Pero la imaginación probablemente sea mejor que la realidad, creo que Ana tiene razón en eso.

—Pero yo en la realidad tengo hambre. Y eso no puedes imagino que desaparece —se lamentó Edvin.

—Se dice imaginar —le corrigió Elin.

—Yo también tengo hambre —gruñó Erik frotándose la barriga.

Elin bajó a la cocina, pero se detuvo en el quicio de la puerta. Marianne estaba inmóvil, sentada en una silla vuelta hacia la ventana. Fuera había un pajarillo gris posado sobre una rama. La rama se agitaba cuando el ave hundía la cabeza bajo el ala para arreglarse las plumas. De repente se detuvo, volvió la cabeza y escuchó un sonido lejano. Uno de sus ojos refulgió con el sol ya bajo del atardecer. Acto seguido, echó a volar, pero Marianne no reaccionó, con la mirada clavada al frente, vacía.

—¿Qué haces, mamá? ¿Estás triste? —dijo Elin acercándose a ella y posándole la mano en el hombro.

Marianne se puso en pie sobresaltada, como si el contacto le hubiese provocado dolor. Dio a Elin la espalda y se alejó, con la cabeza gacha, pero Elin la adelantó y llegó antes a la puerta.

—Casi es de noche. ¿Es que no vamos a cenar? ¿Qué has pensado?

Marianne se encogió de hombros. Elin abrió la nevera y contempló las baldas vacías. Había medio nabo y unas cuantas zanahorias. El cubo de las patatas estaba en la despensa.

—¿Qué te parece una sopa de salchicha de Bolonia?

Alzó las zanahorias para mostrárselas. Marianne asintió con la cabeza y se las cogió de la mano.

—Claro, solo que no tenemos salchicha de Bolonia. Sopa de salchicha sin salchicha.

Se puso a pelar las zanahorias debajo del grifo. Elin fue a buscar unas cuantas patatas cubiertas de barro y las puso en el fregadero.

—No pasa nada, en cualquier caso estará sabroso —dijo Elin sonriendo mientras se ponía a cortar las zanahorias en finas rodajas.

—Después podemos beber chocolate caliente si seguimos con hambre —Marianne no le devolvió la sonrisa, pero Elin se rio.

—Chocolate robado, querrás decir. ¿Cuántos sobres te llevaste?

—Bastantes. Somos una auténtica panda de ladrones, ¿te has dado cuenta? Ya verás cuando Erik y Edvin se pongan a ello.

Elin la miró alarmada. Marianne se animó de repente y una amplia sonrisa se le dibujó en el rostro.

—Mamá, no tiene gracia.

—Pues estás tú buena para hablar, tú que te metes cartones de leche debajo del jersey. ¡Ladronzuela!

Elin se calló. Marianne llenó la cazuela con agua y empezó a pelar las patatas. Elin añadió sus rodajas de zanahoria.

—Al menos no robamos a las tenderas con escopetas —murmuró.

Marianne interrumpió lo que estaba haciendo.

—¿Así que ahora lo sabes?

—Todo el mundo lo sabe. Todo el mundo cuchichea sobre ello. Tú también hablas de ello, ¿te crees que no lo oigo?

—Tienes razón, no tiene gracia —dijo Marianne—. Voy a conseguir un trabajo, un buen trabajo, lo prometo. En cuanto tenga un trabajo dejaré de robar. Prometido, por estas.

Puso el dedo meñique en forma de gancho y Elin enganchó el suyo, no sin vacilar, al de su madre.

—¿Quiere decir eso que puedo birlar tanta leche como quiera hasta que hayas encontrado un trabajo?

Marianne cerró el grifo y cogió la cara de Elin entre las manos. Le besó la frente.

—No, corazón. Con los dos bribones que tenemos en esta familia ya es suficiente.

Elin apartó las manos y se puso a cortar la última zanahoria.

—¿Significa eso que seguimos siendo una familia? ¿Tú, yo, papá y los otros?

—Supongo que siempre seremos una familia, de una manera u otra. Yo soy tu mamá. Él es tu papá. Eso nunca cambiará.

—Pero ¿tú le quieres?

Marianne no contestó. Cogió el nabo de la encimera y lo peló enseguida con pasadas largas y rápidas.

—¿Le quieres?

Marianne se volvió hacia Elin, soltó el nabo y el pelador en el fregadero y se agarró a la encimera.

—Elin, atracó una tienda a punta de escopeta. ¿Lo entiendes? Le disparó a la cajera. Ella pudo haber muerto.

—Pero eso no tiene nada que ver. ¿Tú le quieres? Contéstame.

—Tiene todo que ver.

—¡Contéstame!

—No.

—Pero le querías.

—Puede ser. Pero ahora ya no. Es demasiado peligroso. Se vuelve peligroso cuando bebe. ¿Y tú? ¿Le quieres tú?

—Pues claro. Es mi papá y es amable cuando no está borracho. Tú también lo sabes. ¿No te acuerdas? Los abrazos. Y cuando cantaba para nosotros. Nos reíamos tanto…

—Pero ya no quiero tenerle aquí.

—Nunca lo tendrás, lo sabes, ¿verdad?

—¿A quién, a papá? Si no quiero tenerle.

—Sabes a quién me refiero. Al otro tipo, a Micke. No creas que no lo sé. La gente como nosotros le importa un pimiento.

—No sé de qué estás hablando.

Elin tiró la zanahoria, salió corriendo de la cocina y se marchó de casa. Corrió al asiento que tenía en la parte de atrás y se tumbó pesadamente junto a las cuatro cruces de las fosas de los gatitos. La lluvia había dejado de caer. Sacó el papel hecho una bola del bolsillo, lo extendió con cuidado y luego escribió unas cuantas palabras en la parte inferior:

Pórtate bien en la cárcel, para que puedas venir a casa pronto. Si no, lo echarás todo a perder. Por favor, ven a casa. Te echamos de menos.

AHORA

NUEVA YORK, 2017

No parece un restaurante. Un gran rótulo de neón en Essex Street conduce a una tienda sin pretensiones que vende joyas antiguas dispuestas en desvencijadas vitrinas. Alice está junto a una de ellas cuando llega Elin. Levanta la vista y sus ojos se encuentran por primera vez desde que Sam se fue de casa. Los de Elin suplican, los de Alice acusan. Le da la espalda a Elin sin mediar palabra y avanza hacia el interior de la tienda. Ante la pared del fondo se halla de pie un hombre corpulento que lleva una cazadora de cuero y gafas de sol negras y las mira de arriba abajo. Cuando llegan a su altura, él hace un ademán discreto con la cabeza y abre la puerta de detrás del mostrador. A sus espaldas, se abre todo un mundo nuevo. Es como caminar por una casa solariega, con una elegante escalinata que conduce al piso de arriba y al comedor. Alice camina por delante de Elin. Lleva una falda vaquera tan corta y ceñida que a Elin le da la sensación de que le puede ver las braguitas. También viste una camiseta roja amplia con cuello de barco que cae hacia un lado y deja al descubierto uno de sus hombros. Lleva el pelo recogido en un moño desordenado y el rostro sin maquillar. Aun así, encaja de alguna manera en el entorno. Deslumbra, tiene un aspecto juvenil y desenfadado.

Un camarero les indica su mesa. La música está tan alta que cuesta oír lo que dice. Elin acerca su silla a la de Alice y esta separa la misma distancia.

—¿Te está gustando la universidad? ¿Qué tal es la residencia?

Alice suspira.

—Pensé que habíamos quedado para hablar de ti y de papá.

—Sí, puede ser, pero ante todo estamos para celebrar lo tuyo. Me perdí aquella cena con la abuela y el abuelo, ¿te acuerdas?

—Me imagino que aquello fue la última gota para papá, que te perdieras aquella cena. ¿Cómo es posible que ni te molestaras en aparecer?

Alice sostiene la carta delante de la cara que le oculta a su madre. Solo se le ve el pelo por encima del menú.

—No es que no me molestara… Es que…

Alice asoma la cabeza lateralmente con las cejas enarcadas.

—¿No querías estar?

—Alice, estaba trabajando —Elin implora su comprensión, pero Alice se ha vuelto a ocultar tras la carta.

Cuando llega el camarero, pide con desinterés un primero y un segundo. Elin todavía no ha tenido ocasión de consultar el menú.

—Tomaré lo mismo, muchas gracias —dice apartando la carta.

—Son platos para compartir. Es mejor pedir cuatro platos diferentes —dice el camarero.

—Yo no quiero compartir los míos con ella —dice Alice secamente, cerrando de golpe la carta y tendiéndosela al camarero, que se aleja.

—Alice, por favor, ¿puedes al menos intentarlo? ¿Podemos intentar pasar un rato agradable?

Alice niega con la cabeza.

—Esta cena no va a ser agradable por más que te empeñes. Tú y papá os habéis separado. Si hay algo de lo que deberíamos estar hablando, sin duda es de eso.

El camarero vuelve y les sirve agua en los vasos. La jarra es de porcelana blanca y una única rosa rosada decora la superficie de esmalte. Elin extiende el brazo y la toca y el camarero la posa delante de ella, casi como disculpándose. Luego vuelve a desaparecer.

Elin recoloca la jarra y a continuación coge el móvil para sacarle una foto.

—Pero ¿incluso ahora, mientras comemos, estás trabajando? —dice Alice observándola.

—No estoy *trabajando*. Es hermosa, me recuerda algo, eso es todo.

—¿El qué?

—Algo. Nada. Por favor, dime cómo te van las cosas en la universidad. Te echo muchísimo de menos en casa, está muy vacía.

—Bien. Es duro. Bailamos. Me duelen los pies todo el rato. Y tú, dime ahora a mí. ¿Qué pasa con esa jarra?

—¡Qué cabezota eres! Igualita que tu padre.

—Ah, ¿y eso es un problema? ¿Te vas a divorciar de mí también?

—Pero si yo no… Si yo no quiero… Si no nos vamos… ¿Qué te ha dicho papá?

—Que tú no haces más que trabajar y que no soporta estar en casa solo.

—¿De verdad ha dicho eso?

—No, pero es lo que quería decir.

Llega la comida. Dos platos idénticos. Elin deja su parte intacta mientras Alice se lleva las delgadas lonchas de *sashimi* de atún a la boca, tragándoselas aparentemente sin masticar. Cuando acaba, echa un vistazo al plato de Elin.

—¿No vas a comer nada?

—No, no tengo hambre. Coge lo que quieras de mi plato.

Elin empuja el plato hacia Alice. Ella vacila, pero luego empieza a servirse con gula. Da un bocado tras otro y la comida desaparece. Cuando el plato está casi vacío, mira a Elin.

—Me pongo de mal humor cuando tengo hambre —dice.

Elin asiente con la cabeza.

—¿Te da hambre bailar tanto? ¿Es muy duro?

Alice coge el último trozo de pescado.

—Mmmmm, estaba delicioso —dice—. Ahora hablemos de otra cosa. Háblame de la jarra. ¿A qué te recuerda?

—El refresco de flor de saúco —contesta Elin sonriendo.

—¿Refresco de flor de saúco? Jamás te he visto beber eso.

—Fue hace mucho tiempo. Cuando era pequeña. Había alguien que me lo daba.

—¿Quién?

—No me acuerdo. Pero sí que recuerdo la jarra.

—Nunca me has hablado de cuando eras pequeña. ¿Puedes contarme algo más?

Elin vuelve el rostro y pasea una mirada nerviosa por las demás mesas.

—¿Tiene que estar tan alta la música? —suspira.

—¿Podrías dejar de quejarte? Este lugar es estupendo. Hace siglos que tenía ganas de venir. Y, de todos modos, no puedes controlarlo todo para que sea exactamente como quieres tú.

Elin se gira para mirarla de frente.

—Has estado hablando con papá.

—No es que necesite hablar con papá para saber eso. Renuncia al control por una vez, mami. Pisa un charco, baila, juega con un perro. Creo que nunca te he visto interactuar con un animal. Es algo extraño. *Tú eres* extraña. No te interesa nada más que tu trabajo. ¿Qué te hace feliz?

—Era una mujer mayor, una vecina, la que solía darme refresco de flor de saúco. Y me prestaba libros. ¿Vale?

Elin no quiere mirar a su hija.

—Vale. ¿Y qué más?

—Nada más. Era un refresco muy rico y ella lo servía en una jarra tan bonita como esta.

Elin extiende el brazo y acaricia la superficie de la jarra.

—¿Dónde? ¿En París? Hay algo más, lo sé perfectamente —dice Alice.

Elin cruza los brazos y se estremece.

—Esto es difícil para mí también, que tu padre se marche.

Alice alza la mirada y se cruza con la de su madre.

—Es culpa tuya, mamá, ¿es que no te das cuenta? La verdad es que comprendo perfectamente que se haya cansado de que siempre estés trabajando. Y yo también.

Está lloviendo cuando salen del restaurante. Una lluvia cálida y húmeda de verano que les cae sobre la cabeza y los hombros. No se hablan. Ninguna de las dos tiene al parecer más palabras que compartir. Han terminado el resto de la comida en silencio, han pagado y se han marchado. Ahora están la una junto a la otra en la acera.

La luz de las farolas se refleja en los charcos y todo brilla. Elin para un taxi y le abre la puerta a Alice, que entra y la cierra sin mirar a Elin. Esta se queda allí sola y observa cómo desaparecen los rojos faros traseros en la noche con lo más valioso que tiene. O tenía. Tiene la sensación de que todo se le escurre entre los dedos. Todo aquello por lo que tanto ha luchado.

ENTONCES

Elin llevaba un buen rato espiando de pie tras el tilo cuando el grupito de personas que estaban delante de la puerta de cristal desapareció en el interior. La respiración se le aceleró. Llevaba una lista escrita a mano y un billete de cincuenta coronas. Se metió ambas cosas en el bolsillo de la cazadora y dio media vuelta; luego corrió tan rápido como pudo por el arcén de la carretera principal. Estaba tardando demasiado, así que se salió a la calzada. Dio grandes zancadas por el asfalto, levantando los puños hasta la cara como si estuviera en una carrera. Más deprisa, más deprisa, más deprisa. Cruzó hacia el seto sin reducir la velocidad, colándose por el agujero y llenándose de barro una de las perneras del pantalón. Abrió la puerta de par en par y entró sin quitarse los zapatos. Marianne no la detuvo. Estaba sentada en la silla con un cigarrillo en la mano, el cabello enrollado en enormes rulos. Elin se detuvo en seco delante de ella, sin aliento. Tenía el pelo revuelto y lleno de hojas tras la carrera por la pradera y los pantalones y la camisa llenos de barro. Marianne echó un vistazo al cenicero y apagó el cigarrillo, aplastando contra el fondo la colilla, que se hundió arrugada en la arena junto con la punta del dedo formando un montoncillo. Luego alzó la mirada.

—Pero ¡en qué estado vienes! ¿Qué has estado haciendo? ¿Dónde están los huevos y la mantequilla?

Elin meneó la cabeza, incapaz de pronunciar ni media palabra.

—Dios mío, nena, ¿qué ha pasado? ¿Se ha muerto alguien más?

—Gerd y Ove, Aina… —consiguió decir al fin.

—¿Qué les pasa? ¿Les ha sucedido algo?

—El dinero.

—¿Les has robado dinero a Gerd y Ove?

Marianne clavó la mirada en Elin. Esta sacudió la cabeza con energía; tartamudeaba y apenas conseguía que le salieran las palabras.

—El dinero, han… —es todo lo que fue capaz de decir antes de que alguien golpeara la puerta con los nudillos.

—¡Quítate los zapatos y límpiate ese barro! —le ordenó Marianne entre dientes. Se levantó despacio y caminó hacia la puerta. Llevaba una fina toquilla por los hombros e iba encorvada como protegiéndose del frío. Elin la siguió. Cuando la puerta se abrió, clavó los ojos en la mirada severa de una de las personas que acababa de ver fuera de la tienda.

—¿Es usted Marianne Eriksson?

Elin vio a su madre asentir con la cabeza y entreabrir desconfiada la puerta. Se llevó la mano a la cabeza con cuidado y se quitó los rulos.

—Sí. ¿Quién pregunta?

—¿Podemos entrar?

—¿De qué se trata?

—Tenemos buenas noticias. ¿Podemos contárselo dentro de la casa?

—Por supuesto —Marianne dio un par de pasos hacia atrás y los dejó entrar en el recibidor. Eran tres. Dos hombres de traje marrón y una mujer con una falda a media pierna y una blusa muy pulcra. Ninguno se quitó los zapatos. La mujer llevaba una carpeta llena de papeles en la mano, la misma que portaba cuando Elin la había visto fuera de la tienda. Se sentaron a la mesa de la cocina y Marianne cruzó los brazos sobre el regazo.

—¿Qué quieren? ¿Se trata de Lasse? ¿Qué ha hecho ahora?

Los tres visitantes se mostraron sorprendidos.

—¿Lasse? No. Estamos aquí para hablar de Aina, Aina Englund. Nuestro más sentido pésame.

Marianne asintió con la cabeza y dio unos pasos atrás hasta apoyarse contra la encimera de la cocina. La mujer sacó una hoja de papel de la carpeta y carraspeó. Leyó en voz alta:

Testamento de Aina Englund
15 de agosto de 1979
Siento que se me acaba la vida. Esta es mi última voluntad y mi testamento. Muero sola. Sin hijos ni parientes próximos. Deseo que todas mis propiedades sean divididas a partes iguales entre Gerd Andersson y Marianne Eriksson, las muchachas que siempre han cuidado de mí.
Es testigo Lars Olsson Kerstin Alm

La mujer volvió a alzar la vista y bajó levemente el papel. Marianne soltó una carcajada.

—¡Aina! ¿Y escribió eso hace poco? —dijo—. Bueno, pues no puede haber mucho. Era la última por estos parajes que todavía tenía una letrina fuera de casa para ir a cagar.

Elin le dio un codazo, pero Marianne se encogió de hombros y volvió a reírse.

—¿Qué pasa? Si es verdad. E incluso se comía la corteza del jamón, siempre decía que la grasa era buena para el cerebro.

Uno de los hombres carraspeó sonoramente y la mujer sacó otra hoja de papel.

—En realidad, la señora Englund tenía una bonita suma de dinero. Entiendo que lo tenía bien escondido. Era dinero de la familia. Está invertido en acciones y bonos. Ha dejado…

La mujer hizo una pausa y se subió las grandes gafas de plástico color burdeos hasta el puente de la nariz.

—Casi tres millones de coronas —e hizo otra pausa—. Y luego está la casa.

Marianne se la quedó mirando fijamente. La mujer le pasó la hoja de papel.

—Pero no es usted la única beneficiaria. La mitad le corresponde a Gerd Andersson.

Marianne cogió la hoja y ojeó asombrada la lista de cifras. Se volvió sonriendo y Elin advirtió la alegría en sus ojos, que le brillaban.

Erik y Edvin estaban dando saltos en el piso de arriba y gritaban. Pateaban el suelo, pero Marianne, que canturreaba para sus adentros, no se inmutaba. Nadie se estaba peleando, nadie se estaba haciendo daño. Sus sonoras risas y sus cantos se filtraban por las paredes y llenaban la casa de alegría, como si toda una orquesta estuviera haciendo sonar sus notas más hermosas. Elin estaba sentada a la mesa de la cocina. Sostenía las listas que habían escrito anteriormente aquella tarde, con todo lo que no tenían, todo lo que deseaban. Juguetes de *La guerra de las galaxias*, juegos, bicicletas, ropa. No todo a la vez. Elin se empeñaba en indicarle eso a Marianne. Pero sí lo antes posible.

—¿Y tú, mamá? No has escrito nada, ¿no hay nada que te gustaría tener?

Marianne cogió el cuaderno y el lápiz y empezó a escribir su propia lista:

Islas Canarias.
Maquillaje.
Ropa.
Un par de zapatos nuevos.
Dos pares de zapatos nuevos.
Tres pares de zapatos nuevos.

Se rio y sus ojos centellearon.

—No estamos soñando, ¿verdad?

Elin miró a su madre, estudiando el documento que los abogados les habían dejado.

—No, no parece. Será más de un millón de coronas después de los impuestos. Parece un sueño. Pero es cierto.

Elin la vio contar y pensar. Su boca se movía y los labios componían cifras mudas.

—Tendremos suficiente para seguir adelante durante mucho tiempo, si vivimos sobriamente. Incluso si no consigo un trabajo.

—Está todo muy silencioso —dijo Elin alzando la barbilla hacia el piso de arriba.

Subieron las escaleras sin hacer ruido y echaron un vistazo a la habitación de Erik y Edvin. Los chicos estaban acostados juntos en la cama, bajo el edredón de flores, ojeando un catálogo. Elin se coló entre ellos y pasó sus brazos alrededor de los hombros de sus hermanos. Erik pasaba las páginas mientras Edvin señalaba los productos que les interesaban.

—Mamá, ¿podemos comprar ahora unas cañas de pescar de verdad? —susurró Edvin.

Todavía ceceaba y sus ojos color avellana se clavaron esperanzados en los de su madre. Marianne se sentó en el borde de la cama, se inclinó hacia delante y estudió la página que le estaba mostrando.

—Yo quiero esta. ¿Puedo?

Asintió con la cabeza y lo atrajo hacia ella. Estuvieron tumbados juntos, toda la familia amontonada, señalando y deseando y soñando.

—¿Qué decís de un viaje a las islas Canarias de Navidad a Año Nuevo? —les preguntó de repente—. ¿No os parecería divertido, un poco de calor y un poco de sol?

—¿Volar en un avión? —preguntó Edvin.

—Claro, bobo, ¿cómo si no íbamos a llegar allí?

Erik le empujó y se cayó por el lateral de la cama. Edwin lloriqueó, pero Marianne lo subió a la cama y le dio un beso en la frente.

—Ven aquí, tesoro —dijo abrazándolo fuerte—. Chicos, no os peleéis. No estoy bromeando. Podemos ir, podemos permitírnoslo.

Así que hagámoslo, ¿no os parece? Nos quedaremos en un hotel chulo con piscina, para que podáis nadar como peces durante todo el día.

—Pero ¿y Papá Noel? ¿Cómo va a encontrarnos si nos marchamos? —preguntó Edvin preocupado.

—Pues ¿sabes?, igual no nos encuentra. Pero no creo que haya estado haciendo bien su trabajo en los últimos años. Así que si no viene tampoco pasa nada.

Marianne trató de contener la risa, pero no lo consiguió, y prorrumpió en carcajadas a pesar suyo. Edvin se tapó los oídos con las manos.

—¡Pues entonces no voy! —gritó.

Elin le acarició la espalda.

—Mamá está bromeando —lo consoló.

Marianne dejó de reír y su rostro se volvió nuevamente serio.

—Creo que Papá Noel te encontrará. Tal vez puedas escribirle una carta y decirle dónde vamos a estar.

Edvin saltó de la cama y corrió al escritorio. Rebuscó en el revoltijo de lápices y papel y se puso a escribir muy concentrado con letras mayúsculas grandes y desiguales, hasta que acabó y dobló meticulosamente un dibujo viejo que metió en un sobre.

—¡Necesito una dirección! —gritó al cabo de un rato.

—Escribe: Papá Noel, Polo Norte. Con eso es suficiente.

Erik soltó una leve risita y Elin le tiró un cojín.

—Probablemente fuera Aina la que hacía de Papá Noel. Así que ahora Papá Noel ha muerto.

La voz de Erik quedó sofocada bajo el cojín mientras Elin apretaba hacia abajo.

Los primeros y tímidos rayos del alba le hicieron cosquillas en los párpados. Elin miró hacia la ventana con los ojos entreabiertos y echó un vistazo al cielo, hermosamente teñido de rojo. Volvió a cerrar los ojos, se puso de costado y se subió el edredón hasta los hombros. Oyó unos suspiros que llenaban la casa. Había alguien otra vez. Se envolvió en el edredón, se levantó y fue hasta la barandilla. Desde allí avistó la puerta abierta del dormitorio de Marianne. El edredón de la cama se movía y se oían risitas nerviosas procedentes de debajo de este.

—Venga, ahora, date prisa, que se van a despertar los niños.

Las palabras quedaron sofocadas. Oyó el sonido de unos labios succionándose. Vio una espalda desnuda, peluda, rodar sobre el cuerpo de Marianne, que se agitaba.

—No me voy a ir nunca, eres demasiado adorable.

Más ruidos. Movimientos más violentos.

—Creo que te quiero. Te quiero.

La voz de él. Amortiguada y profunda, hacía vibrar toda la casa. La respuesta de ella:

—Estás loco. Vete ahora, antes de que te vean los niños.

Elin se sentó en el suelo. Tiró del edredón y se envolvió en él, hasta cubrirse la cabeza, de modo que solo sobresalían sus ojos y su nariz. Apenas se atrevía a respirar, por miedo a que la descubrieran.

Micke se levantó de la cama. Ahora le veía la cara. Estaba desnudo. Los muslos le brillaban bajo el sol matutino. Levantó los brazos por encima de la cabeza y gruñó demasiado sonoramente. Marianne se plantó ante él de un salto, también desnuda, y lo silenció con los labios. Sus pechos rebotaban cuando ella se movía. Él le cogió uno, se inclinó hacia delante y se llevó el pezón a la boca. Ella echó la cabeza hacia atrás. Él soltó el pezón y le besó la garganta. Elin cerró los ojos y se los tapó firmemente con las manos.

Al final Micke salió de la casa por la ventana del dormitorio, retorciéndose para pasar y saltando hasta el parterre de flores. Elin volvió a hurtadillas a su cuarto. Vio por la ventana cómo él se marchaba dando tumbos por el patio de la granja, hacia el coche que había dejado aparcado. En los pies solo llevaba los calcetines, y en cada mano una bota; avanzaba a saltitos alternando los pies mientras iba calzándose las botas.

Abajo, se oía el sonido poco habitual de la risa de Marianne. Ella también observaba desde la ventana.

Elin se acercó al borde del acantilado, conteniendo la respiración y dando cautelosa un paso tras otro sobre el suelo yermo, con las piernas y los brazos bien abiertos para que la ropa no hiciera ruido al rozar. En el borde había un águila de cola blanca y majestuoso perfil, con su pico amarillo elegantemente curvado. Giró la cabeza y miró hacia el mar, recogiendo las alas contra su cuerpo de manchas marrones. Elin deseaba capturar aquella imagen tan hermosa para siempre, la luz era perfecta.

Cuando Elin estaba a diez metros de distancia ya no consiguió pasar desapercibida. El ave desplegó rauda las alas. Su envergadura era mayor que la estatura de Elin. Se alejó del acantilado. Delante de ella revoloteaba otra. Como dos aviones de guerra, las águilas volaban, patrullando la costa. Elin corrió por el sendero tratando de mantenerse a su altura para poder observarlas, pero las rapaces iban demasiado veloces y desaparecieron, convertidas enseguida en dos puntos en la distancia. Se sentó en el borde del acantilado con los pies colgando, como hacía a menudo. Era vertiginosamente alto. Diez metros más abajo acertaba a ver los bloques de piedra arenisca en el fondo del mar, como un mosaico irregular bajo las cristalinas aguas verdes. En un día soleado de primavera se podían ver truchas y bacalaos nadando tras los espinosos y otros peces pequeños. Le encantaba sentarse allí, simplemente para contemplar en silencio el panorama, bajo la maravillosa luz. Todavía no había llovido; el aire era frío y transparente, pero las nubes se iban amontonando en el horizonte, amenazadoramente negras.

En el bolsillo del pantalón llevaba una nueva carta escrita en papel de color rosa. Había encontrado el papel de escribir en un cajón en el dormitorio de Marianne. Ahora estaba doblada en tres formando un paquetito plano. Escribía un poco cada día, apenas unas líneas. A veces las cartas acababan en el cajón de su escritorio, otras, quemadas en la estufa. Pensaba que tenía que contarle a papá lo del dinero, que debía echar una carta al buzón con la dirección de la cárcel. Pero no encontraba la forma adecuada de contárselo. Tenía la sensación de que el dinero le induciría a volver a casa, a encontrar la forma de salir de la cárcel. ¿Pero cómo? No lo sabía. ¿Todavía se podía excavar un túnel para escapar de una celda? ¿Ir haciendo poquito a poco un agujero en la pared y salir libre al otro lado, de noche, cuando los guardias estuvieran dormidos? ¿O utilizar un tenedor para romper el interruptor general y que la alta valla que rodeaba la prisión dejara de estar electrificada? Papá sabía de electricidad, él mismo se había encargado de la electrificación de toda la granja. Así podría trepar por la valla y salir corriendo. Era veloz y fuerte, Elin lo había visto con sus propios ojos, cuando saltaba de rama en rama en el árbol de trepar las escasas ocasiones que se había animado a jugar con ellos un rato. Ni siquiera necesitaría nadar hasta casa, como los prisioneros de Alcatraz. No le costaría esconderse en uno de los camiones de los Grinde. Elin quedó maravillada de lo brillante que era esa idea que se le había ocurrido. Se puso a escribir con el trozo de lápiz amarillo mordisqueado que se había traído a casa de la escuela.

Papá, no tienes que ser ningún delincuente. Aquí hay dinero. Un montón de dinero. La vieja Aina murió y se lo dejó todo a mamá y a Gerd. Ven a casa lo antes que puedas. Ocúltate en uno de los camiones que van a casa de los Grinde y no te descubrirán en el barco. Yo te puedo esconder cuando llegues.

Dobló el papel con esmero y se lo metió en el bolsillo. Ningún miembro de la familia Eriksson tendría que ser un delincuente nunca más. Ni siquiera necesitarían robar sobres de chocolate en polvo. Ahora también ellos podrían comer un filete y patatas

Hasselback* todos los sábados, incluso todos los días, y no solo cuando hubiera algo que celebrar. Por fin les iría como a todo el mundo. Incluso les iría un poco mejor que a los demás.

Elin contempló la sutil línea que separaba el cielo del mar y observó los reflejos de la luz en el agua, la áspera superficie con sus crestitas irregulares, la danza de las nubes con el viento. El sol empeñándose en atravesarlas. Lo vio brillar muy lejos, como un diamante amarillo más allá de la oscuridad.

Un rugido lejano sobre el océano hizo que se sobresaltara. El rayo y la tormenta no tardarían en llegar y sería peligroso quedarse allí sentada. Cuando iba caminando por el sendero hacia el bosque, sintió las primeras gotitas de lluvia aterrizar suavemente sobre su cabeza. Estas se hicieron cada vez más grandes hasta que, a la altura de los buzones, en el camino de gravilla, cayó una tromba de agua. Era como si se hubieran abierto los cielos y las gotas golpeaban los charcos con tanta fuerza que rebotaban. Estiró la fina cazadora de algodón hacia arriba para protegerse la cabeza y echó a correr, hasta que un coche frenó a su lado y le pitó. Era Gerd.

—¡Rápido, sube! Te puedo llevar este último tramo —la llamó tras bajar la ventanilla. Elin abrió la puerta del coche y se sentó al lado de Gerd. Estaba tiritando de frío y el agua le chorreaba del pelo y le corría por las mejillas.

—¡Pobre mía, estás helada! No debes salir sin impermeable, ya sabes cómo es el tiempo en esta época del año.

Extendió el brazo y agarró una manta del asiento de atrás. Elin la cogió agradecida y se envolvió los hombros con ella. El motor renqueaba y del tubo de escape salieron unas nubes de humo que se colaron en el interior del coche. Elin arrugó la nariz.

---

* Receta tradicional sueca creada en 1953 en el restaurante Hasselbacken, próximo a Estocolmo. Las patatas se hornean con mantequilla, cortadas en rodajas muy finas sin llegar hasta el final para no desprender las secciones de la base. (N. de la T.)

—Ya puedes comprar un coche nuevo, ahora que tienes todo ese dinero —dijo tosiendo.

Gerd soltó una carcajada e hizo sonar la bocina unas cuantas veces.

—¡Qué va! La vieja Silvia me da muy buen servicio.

—¿Como la reina de Suecia? ¿Se llama así por ella?

—Sí, siempre elegimos lo mejor.

—Ahora va a ir todo mejor, ¿verdad?

—¿A qué te refieres?

—Pues a lo del dinero.

—Claro, ya no sois pobres. Aina era una maestra de la sorpresa. Imagínate el secreto que guardaba tan celosamente. Impresionante, ¿eh?

—Pero la echo de menos. Preferiría mil veces que estuviera aquí con nosotros.

Gerd detuvo el coche. Paró el motor, se volvió hacia Elin y le acarició la mejilla con su cálida mano.

—Así es la vida, nena. Nacemos y luego tenemos que morir. Y entre medias hemos de seguir viviendo lo mejor que podamos. A partir de ahora, seré yo quien te haga las galletas

—¿Cómo lo sabías?

—¿Que cómo lo sabía? Pues porque de niña yo también iba a su casa. Y vuestra madre. Durante toda su vida, Aina ha dado galletas y refresco de flor de saúco a los niños y niñas del pueblo. Así era ella. Creo que con eso conseguía tener compañía. De lo contrario, habría estado allí sola, sentada en casa, esperando a que pasara el tiempo.

—Era muy buena. —Elin se quedó en silencio y entrelazó las manos sobre el regazo.

—Sí, sí que lo era. La más buena del mundo.

—¿Qué va a pasar con todos sus libros?

—Bueno, pues supongo que tendremos que tirarlos a la basura. No vale demasiado la pena conservarlos, solo son un montón de fantasías —dijo Gerd guiñándole un ojo. Luego se echó a reír.

—Yo me los puedo quedar. Si nadie más los quiere… —dijo Elin.

—Claro, estoy segura de que no habrá problema Así tendrás algo que hacer en los próximos años. Yo nunca he entendido nada de eso.

—Aina sí que lo entendía.

—Sí, lo entendía. Estoy segura de que en el cielo vive en una biblioteca, ¿no crees?

El rostro de Elin se iluminó ante la visión de Aina en una bonita biblioteca antigua.

—Por cierto, ¿por qué Aina nunca se casó ni tuvo hijos? ¿Por qué estaba tan sola?

—Pues me temo que las respuestas a esas preguntas se las ha llevado consigo a la tumba. No todo el mundo tiene la suerte de encontrar pareja —Gerd de repente se entristeció y toqueteó el reluciente medallón que llevaba colgado del cuello. Elin lo había abierto muchas veces y había visto las fotografías que había dentro.

—Pero tú sí la has encontrado.

—Sí, yo tengo a mi Ove. Nunca querría quedarme sin él. Tú asegúrate de que encuentras a alguien con quien compartir tu vida, a alguien que sea tu mejor amigo —dijo Gerd, dando un rápido beso al colgante.

—Estáis cuidando de Venus, ¿verdad?

—Pues claro que la estamos cuidando, nena. ¿Te gustaría venir a verla? Podemos ir a mi casa ahora, si quieres. No, se me ocurre otra cosa. Llamaré a tu mamá y cenamos juntos hoy. Podéis venir a casa, todos.

Elin asintió con la cabeza y se ciñó todavía más la manta al cuerpo. Estaba tiritando y tenía los labios morados. Un rayo cayó en la carretera y al poco rato sonaron los truenos. Gerd giró la llave y arrancó el coche al ver que Elin miraba angustiada por la ventanilla.

—Ese no ha caído ni a un segundo de nosotras. ¿¡Te imaginas que nos alcanzara un rayo!?

—¿Tienes miedo? —Gerd extendió el brazo y le dio unas palmaditas en el muslo.

Elin asintió con la cabeza.

—Un poco.

—Los truenos no son peligrosos. Solo son los ángeles jugando a los bolos en el cielo —dijo, llevándose luego el dedo a los labios–. Pero no se lo digas a nadie. Es el secreto de los ángeles.

Elin le sonrió.

—Me estás tomando el pelo.

—Nooo, para nada. Probablemente Aina también esté en la bolera. Por eso está haciendo tanto ruido hoy —dijo Gerd riéndose.

Fueron sentadas en silencio el último tramo del camino, escuchando los truenos. Elin miraba la espesa vegetación que crecía en la cuneta a lo largo del arcén y observaba cómo el agua salpicaba cuando el vehículo rodaba por encima de los profundos charcos de la deteriorada carretera. Sonaba música de acordeón en la radio y las puertas vibraban cuando el volumen subía demasiado.

Ove estaba inclinado sobre su saxofón y soplaba con tanta fuerza que tenía las mejillas rojas; marcaba el ritmo con el pie. Tenía los ojos cerrados. Estaba tocando *Take the A Train* y todo el mundo disfrutaba del ritmo de su alegra melodía; Gerd daba palmas y Marianne tarareaba. La mesa estaba llena de cacerolas y sartenes y en los platos no quedaba ni una miga. Elin estaba sentada en el banco de la cocina entre sus dos hermanos. Los tres estaban fascinados con Ove y los sonidos que le sacaba a su dorado instrumento. Cuando este por fin separó los labios de la boquilla, Edvin y Erik se pusieron a dar saltos sobre el banco rogándole que siguiera tocando, pero él dejó el instrumento a un lado y acercó su silla a la mesa.

Sus sueños se expandían y llenaban la habitación según iban hablando, sus ojos brillaban y la risa brotaba a raudales.

—¿No deberíamos estar un poco más tristes por Aina?

La repentina pregunta de Elin hizo que todo el mundo alrededor de la mesa se quedara en suspenso. Las llamas de las velas eran lo único que se movía con la leve corriente que se colaba por la ventana.

—Aina era muy mayor, cariño. Había llegado su hora —dijo Gerd, volviendo la cabeza hacia Elin.

—Pero claro que la echamos de menos —añadió Marianne.

—Lo que pasa es que es difícil no alegrarse por lo del dinero —comentó Gerd con una sonrisa de oreja a oreja.

—Sí, eso lo tienes que entender. La echamos de menos, pero al mismo tiempo estamos muy contentas. Porque ahora todo vuelve a estar bien. Aina lo ha arreglado todo.

Marianne sirvió más vino en las copas de los adultos. Se lo bebieron de un trago y se les subieron los colores. Ove fue a por más botellas de gaseosa del barreño de plástico que había en la terraza y se las ofreció a las criaturas, que tenían permiso para tomar todo lo que quisieran, puesto que aquello era una celebración. Elin succionó el frío líquido a través de tres pajitas; el cosquilleo de las burbujas sobre la lengua le resultaba una experiencia nueva.

Ove volvió a coger el saxo y Erik y Edvin se pusieron a bailar enfrente de él al son de su música, moviéndose de arriba abajo y chocando las caderas con los brazos en alto.

Cuando se levantaron para volver a casa eran más de las once. Erik y Edvin estaban demasiado cansados para caminar, así que Marianne le dejó a Erik subirse a caballito y Elin cargó con Edvin. Este rodeó a su hermana con sus flacas piernas y hundió el rostro en el cuello de Elin, que iba tarareando la canción que Ove acababa de tocar: *Summertime, and the livin' is easy.*

Marianne caminaba tan aprisa que Elin no conseguía ir a su lado. De repente Marianne tropezó con una piedra y Erik salió despedido, yendo a dar con sus huesos en el suelo. Echó a llorar a voz en cuello y su alegría se convirtió en un silencio de enfado. Como no se le pasaba, Marianne lo dejó allí plantado y siguió adelante sola, extendiendo los brazos a sus costados para no perder el equilibrio. Edvin la llamó, pero no se volvió, ni siquiera cuando la palabra «mamá» rasgó el aire. Elin posó a Edvin en el suelo y cogió a cada hermano con una mano.

—Dejadla que se marche. No nos pasará nada, no estamos lejos. No os soltéis de mí. Me sé el camino incluso en la oscuridad.

Caminaron por el sendero de gravilla, Erik y Edvin siguiendo las huellas de las ruedas que brillaban, blancas, a la luz de la luna llena, y Elin por la franja de hierba que corría entre ellas. Elin se puso a cantar, repitiendo la misma frase una y otra vez. Al cabo, sus hermanos se unieron a ella.

Esta lucecita mía. Voy a dejar que brille.
Esta lucecita mía. Voy a dejar que brille.
Esta lucecita mía. Voy a dejar que brille.
Dejar que brille, que brille, que brille.

AHORA

NUEVA YORK, 2017

El cuaderno ya no está en blanco. Elin sigue pegando fotos en sus hojas. Ahí está la jarra, sola en una página con un hermoso marco alrededor en el que Elin ha dibujado muchas florituras con la pluma estilográfica. La jarra de porcelana blanca le evoca el sabor de la flor de saúco en un lugar muy lejano. Pasa suavemente el dedo por encima, sumida en su recuerdo.

En la siguiente página ha dibujado de memoria un rostro pecoso, una sonrisa que descubre unos grandes dientes irregulares y los destellos de una mirada que se le clava suplicante. El rostro está rodeado de estrellitas. Siente una nostálgica curiosidad.

Tal vez se quede en la cama. Solo por un día, ella consigo misma. Allí no hay nadie, ni nada que tenga que hacer. Pone el cuaderno a un lado y se sube el edredón hasta la barbilla, agarrándolo firmemente con ambas manos. Vuelve a sacar el cuaderno, lo abre y encuentra la foto que imprimió ayer. Un solo diente de león en una grieta del asfalto. Amarillo como el sol. Recuerda los dientes de león que tenía que arrancar y tirar. Unas hermosas flores amarillas cuyo final era el mero compostaje. Tal vez ella también sea un diente de león. Una mala hierba que crece en el lugar equivocado. Una paletada de campo en la ciudad. Cierra los ojos.

Suena el teléfono, por tercera vez. Es su agente y claramente no se da por vencida. Elin contesta.

—¡Llegas tarde! Hay todo un equipo esperándote y el tiempo pasa. ¿Por qué no contestas al teléfono?

La mujer le habla a gritos. Elin se incorpora, de repente totalmente despierta.

—No tengo nada en la agenda hoy, está vacía, estoy libre.

—Vuelve a mirar. Claro que tienes algo, joder. Nada menos que una sesión para *Vogue*, joder. No es algo que a una se le olvide así como así. Hablamos de ello anteayer.

Elin saca su móvil, abre la agenda y los ojos se le quedan como platos cuando se da cuenta de su error.

—En un cuarto de hora estoy ahí. Pensé que era mañana.

—Cinco minutos. Ya han esperado demasiado. No te pega olvidarte de este tipo de cosas.

Nada de ducha, no hay tiempo. Corre al armario y coge un mono negro. Debajo aparecen un par de zapatillas rojas; las mira con dudas, acaba por sacarlas del armario. Se las regaló Alice por su cumpleaños hace mucho tiempo, pero nunca se las ha puesto. Abre los cordones y se las calza. Se siente extraña, demasiado cómoda, como si se dispusiera a ir al gimnasio. Comprueba de reojo su reflejo en el espejo, se echa el pelo hacia atrás y se lo recoge en un moño. Luego recorre a la carrera las manzanas que la separan del estudio.

La puerta está cerrada, tiene que llamar al timbre. No hay nadie allí. Saca el teléfono y consulta la agenda. La sesión es en Central Park. Emite un gritito de frustración, cuando de repente recuerda toda la planificación. El lago, la barca, la modelo de pie con un vestido largo color rosa. Los ayudantes de Elin llevan días haciendo lo imposible por encontrar anclas con las que fondear la barca.

De pronto Elin lo recuerda todo, en particular lo importante que es la sesión. Corre hasta la calzada y para el primer taxi que ve.

La pradera está cuajada de ellas, aunque se acerca el otoño y hace tiempo que su temporada ha terminado. Unos pequeños soles amarillos no deseados en el exuberante verdor. Delante de ella, todo un decorado de escenario. A sus espaldas, todo son recuerdos. Se quita las zapatillas y permanece descalza en la hierba, sintiendo la fría humedad del suelo en las plantas de los pies. La modelo en el barco se estira, arquea la espalda y hace una mueca con los labios pintados de rojo chillón. Toda la falda de su vestido está fijada a la popa de la embarcación para crear la sensación de viento. El maquillador artístico está de pie en el agua con los pantalones enrollados hasta las rodillas, con un peine en el bolsillo de atrás y una brocha en la mano, dispuesto a subirse a la barca de un salto para corregir cualquier mechón que se descoloque. Dos ayudantes sostienen los focos para evitar que se inclinen y, por detrás de ella, se halla el resto del equipo: estilistas y el director artístico.

Se coloca el visor de la cámara delante del ojo, mueve los dedos en el aire y le pide a la modelo que mire hacia ellos; luego lleva la mano hacia un lado y le dice a la modelo que la siga con la mirada.

—La cara también, gírala un poco, solo un poco. Alza la barbilla.

Se acerca, tomando fotos desde distintos ángulos y luego le pide un reflector a uno de los ayudantes. Este sostiene la relumbrante superficie dorada para que refleje la impresión de luz solar en el pálido cutis de la modelo.

—Ya está. Con esto hemos terminado. Listo.

Hay una oleada de protestas, pero ella baja la cámara. La modelo sigue de pie, inmóvil en la misma posición. Elin le hace una seña con la mano.

—Puedes volver, relájate, ya hemos acabado. Tira de la falda, no es más que cinta adhesiva.

Posa la cámara sobre la hierba y recoge las zapatillas, luego camina lentamente atravesando la pradera. Se le saltan las lágrimas. Tiene una sensación extraña. El equipo está detrás, observándola.

—¿No le habrá dado por la bebida, no? —oye que susurra alguien, pero no se detiene. Echa a correr, volando por encima del césped, y no para hasta que la hierba se convierte en asfalto que, calentado por el sol, le quema los pies. Corre por la Quinta Avenida, con las zapatillas colgando de las manos. Pasa de largo los vendedores ambulantes, los *souvenirs*, los turistas que estudian desconcertados sus mapas desplegados. Hay un mantero en la acera que vende pulseras trenzadas con pequeñas cuentas de colores. Las expone en unas latitas de metal oxidadas. Elin se detiene y las contempla.

—¿Por cuánto las vendes? —le pregunta.

El hombre asiente con la cabeza y cuelga de su dedo varias pulseras de diferentes colores que balancea delante de los ojos de Elin.

—Cinco dólares, señora, cinco dólares —le dice.

Elin niega con la cabeza.

—No, las pulseras no. Las latas. Quiero las latas. Las quiero todas.

—Lo siento, señora, no están en venta.

Saca un fajo de billetes del bolsillo. Le tiende uno después de otro: cincuenta dólares, setenta, ochenta, ciento treinta. Se le acaban los billetes. Él la mira y sin mediar palabra vacía presto las latas y deja caer las pulseras sobre la manta. Ella las recoge, cuatro latas oxidadas como las que tenía entonces.

ENTONCES

HEIVIDE, GOTLAND, 1979

La oscuridad y el silencio envolvían a Elin, que estaba tumbada sobre la cama, despierta y completamente vestida. Las manos que sostenían el despertador se veían verdes en la oscuridad; era casi medianoche y los demás dormían. Oyó a Fredrik a mucha distancia. No su silbido, sino sus pasos; la gravilla crujía bajo las suelas de sus zapatos. Inmediatamente se levantó de la cama y bajó a hurtadillas. Lo encontró sentado en el balancín exterior. Tenía una expresión melancólica.

—¿Han estado peleándose otra vez?

Elin se sentó a su lado. No había cojines y los tensos flejes de acero de la base del asiento se le clavaban en los muslos y en las nalgas.

—Nos mudamos —le contestó.

—¿Adónde?

—A Visby —dijo tragando saliva sonoramente.

—Pero vendrás de vez en cuando, ¿verdad? ¿Micke también se muda?

—No lo sé, no lo entiendo, la verdad. Tiene algo que ver con el dinero. No tenemos dinero.

—Pero si todo el mundo dice que estáis forrados. ¿No lo estáis? ¿No es verdad?

—Venga, vamos a dar un paseo —dijo Fredrik haciendo como si no hubiese oído la pregunta.

La cogió de la mano y caminaron juntos hasta el mar. La fría arenisca hacía que el camino refulgiera y su luz blanca contrastaba con el telón de fondo negro de la noche otoñal. Fredrik llevaba un libro, uno sobre estrellas que les gustaba consultar. Elin llevaba cerillas en el bolsillo y una gruesa manta bajo el brazo.

—¿Cuántas crees que veremos hoy? —le preguntó.

—¿Estrellas fugaces?

—Sí.

—Muchas. Pero creo que tú ya has tenido bastantes, ¿no? ¿Es verdad que tu madre ha recibido la herencia de Aina? He oído cómo mamá se lo decía a papá.

Elin vaciló, luego decidió no contestar. Siguieron caminando en silencio. Levantó instintivamente el pie derecho al llegar a una de las gruesas raíces que atravesaban el sendero. Aunque era de noche, sabía exactamente dónde se encontraba. Fredrik iba con la barbilla alzada para ir mirando las estrellas mientras caminaban.

—Me pregunto si estará sentada allí arriba en este momento.

—¿Quién, Aina?

—Sí. Igual se ha convertido en una gran estrella dorada y brillante.

—El dorado le iría muy bien —se rio Elin.

—¿Te imaginas?, hacerse pasar por pobre con lo rica que era. ¿Por qué habría alguien de hacer algo así? Es muy raro.

—¿Crees que esta es la última vez que saldremos a mirar las estrellas?

Fredrik se detuvo en seco ante la pregunta de Elin. Le tendió el libro.

—No, claro que no. Vendré a estar con papá a veces, obviamente. Puedes quedarte el libro aquí, nunca miraré las estrellas con nadie más que no seas tú, lo prometo.

Algo brilló en los ojos de Fredrik. Una gotita de pena le corrió por la mejilla dejando una sinuosa traza de humedad sobre su pecosa piel. La ignoró.

Cuando llegaron a la playa se tumbaron boca arriba bajo las

estrellas. El mar rugía y las olas inundaban la orilla. Elin sostenía el libro contra su pecho. Pensaba todo el rato en Micke y Marianne, pero no se atrevía a revelarle a Fredrik lo que sabía. No quería que él se apenara todavía más.

—Parece tan difícil ser adulto. No hacen más que pelearse y divorciarse y acabar en la cárcel y llorar. Cuando sea mayor me voy a casar con alguien que sea como tú —le susurró.

—¿Lo prometes?

Fredrik se giró sobre el costado y le tendió el meñique. Ella enganchó el suyo en él.

—Promete que siempre seremos amigos. Pase lo que pase —le dijo ella.

Una estrella fugaz recorrió el cielo, dejando una pálida estela rosada.

—Vamos a pedir ese deseo. Y así se cumplirá —dijo Fredrik señalando el cielo.

—¡Tonto! ¡Que lo acabas de decir en voz alta!

—Vale, doña angustias. Prometo que siempre seremos amigos. Pase lo que pase.

Lo único en lo que era capaz de pensar era en que precisamente así debía de sentirse un ladrón. Ser capaz de coger lo que quieres sin tener que pensar en ello, coger un poquito aquí y un poquito allá. Elin se quedó unos metros rezagada mientras la familia se paseaba por la tienda. Erik y Edvin corrían de un lado para otro entusiasmados, enredándose en las piernas de Marianne, que iba casi dando tumbos. No podían estarse quietos, daban saltos y agarraban todo lo que encontraban a su paso. Edvin se detenía de vez en cuando abriéndose paso entre los expositores de ropa. Compraron bicicletas, balones, juguetes. Todas las cosas que nunca habían tenido. Todas las cosas que otra gente tenía, pero con las que ellos solo habían podido soñar.

—Y tú, ¿qué quieres? —le preguntó Marianne.

Elin se encogió de hombros.

—¿Demasiadas cosas entre las que elegir? —Marianne soltó una carcajada—. Pues no elijas, coge todo lo que quieras. Y cuando ya lo tengas, coge algo más. Todo es a cuenta de Aina.

—¡Ya vale! —dijo Elin.

—¿Es que no lo entiendes? Ahora somos ricos. Podemos comprar todo lo que siempre hemos deseado, todo lo que necesitemos. No le des más vueltas. Coge lo primero que te guste.

Elin echó un vistazo a los expositores de zapatos, donde brillaban unos zapatos de piel blancos de tacón bajo. Los cogió, los inspeccionó y enseguida los volvió a colocar en la balda.

—El blanco se manchará en el bosque, no es muy práctico —dijo.

—No, tampoco los tacones. Pero llévatelos igualmente. Puede que un día te inviten a una discoteca. Coge también un par de zapatillas con cierre de velcro, puedes utilizarlas para ir a la escuela. Ahora todo es distinto. También necesitas camisetas, todo lo que tienes te está pequeño.

Elin estiró la camiseta blanca que llevaba puesta. Marianne tenía razón, le ceñía la tripa y apenas le cubría la cinturilla de los pantalones. Siempre estiraba las camisetas después del lavado, cuando todavía estaban húmedas. Primero a lo ancho, todo lo que podía, y luego a lo largo. Con tan burdo tratamiento, la ropa acababa adquiriendo una forma extraña: las costuras quedaban torcidas en lugar de mantenerse verticales. Pasó la mano por la fila de camisetas, algunas lisas, otras estampadas, y puso dos rosas y una morada en la cesta de Marianne. Esta asintió en señal de aprobación y luego le mostró un suéter gris.

—Llévate este también, y coge algunos más. Y pantalones. Necesitas ropa.

Elin siguió echando una prenda tras otra en la cesta. Al cabo de un rato dejó de hacerlo.

—Pero mamá, ¿y tú? ¿Tú no vas a comprarte algo nuevo?

Marianne sonrió.

—Tú siempre pensando en los demás, Elin. Eso está muy bien, pero tienes que pensar también en ti. Las mamás necesitan más que nada vestidos, blusas y cosas así. Y esas se compran en otras tiendas, no aquí, en un supermercado como la Co-op.

—¿Y vas a ponerte vestidos para estar en casa?

—Pues sí. A partir de hoy me propongo ponerme vestidos y pintarme los labios. Todos los días. Solo porque puedo hacerlo.

Parecía algo razonable. Innecesario pero razonable. Elin le sonrió. Marianne ya no estaba en aquel estado de ansiedad. Las arrugas de preocupación se le habían borrado. La tensión ya no se reflejaba en las mejillas y en la boca y tenía la piel más rosada y menos cetrina. Ahora sabía que la preocupación no era una mera sensación enterrada profundamente en su mente. La preocupación era algo visible, palpable casi. Marianne extendió el brazo y le acarició la larga melena.

—¡Me haces cosquillas! —le dijo Elin zafándose de aquella caricia tan poco habitual.

—Solo quería tocarte el pelo, lo tienes tan bonito y brillante. Eres muy guapa.

—Tú también, mamá.

—No tanto como tú. Nadie es como tú. Tienes un corazón de oro y su luz te sale por la mirada.

—¡Qué bobadas dices! Mi corazón es rojo y azul y morado, como el de todo el mundo.

—No, el tuyo no. El tuyo es especial.

—¿Y nosotros qué? ¿Nosotros no somos tan guapos? —protestó Edvin sonoramente, desde un monopatín en el que iba montado, recorriendo todos los pasillos del supermercado.

—Vosotros también —dijo Marianne—. Los tres lo sois. Sois mis ases, mis tres ases. Un pequeño trío de alegría, ¿qué haría yo sin vosotros?

Marianne levantó las cestas repletas y subió por la escalera mecánica hasta las cajas registradoras. Elin la siguió. A su lado llevaba una nueva bicicleta rosa con manillar de carreras. Acariciaba con mucho cuidado el reluciente sillín blanco, el marco y los manillares, enjugándose las lágrimas que se obstinaban en bañarle los ojos.

—Gracias —murmuró.

—Hace mucho tiempo que os habría comprado todo esto si hubiese podido.

—Ya lo sé, mamá, ya lo sé.

Aquella noche cocinaron juntos, los cuatro. Pollo sobre un lecho de cebollas y patatas, con una salsa bien espesa y cremosa. La cocina estaba llena de calor y aromas. Cenaron hasta saciarse y, una vez llenos, comieron un poquito más.

Elin y Marianne recogieron la cocina y luego Marianne desapareció en su dormitorio. Elin la vio ponerse una blusa nueva plateada, de suave seda con un lazo en el cuello, y conjuntarla con una falda de pana acampanada que le quedaba perfectamente ajustada a la cintura. Se pintó los labios de rojo y se giró ante el espejo, contemplándose de frente y de espaldas. Cuando la casa quedó en silencio y se apagaron las luces, llegó el coche. Elin lo oyó acercarse desde muy lejos. El sordo rugido del motor, el portazo, la puerta de la casa que se abría, la voz de Micke.

Luego volvieron a sonar los chirridos, los chirridos de la cama que tanto odiaba.

El balancín crujía levemente. Elin estaba tumbada sobre el desgastado cojín con la mano colgando por un lateral. Agarraba unas matas de hierba y tiraba de ellas de vez en cuando para impulsarse más aprisa. A través de los huecos del toldo de plástico veía las nubes grises del cielo. Pronto empezaría a llover. Tiró de la mata. Adelante y atrás. Las formaciones de nubes iban y venían mientras Elin escuchaba el silbido y el zumbido del viento en las copas de los árboles.

—¿Estás sola ahí fuera? ¿No tienes frío?

Marianne le levantó las piernas y se hizo hueco en una punta

146

del balancín. En lugar de contestar, Elin giró la cabeza hacia el respaldo y se levantó la chaqueta, cubriéndose media cara.

—Igual deberíamos tirar este montón de trastos ahora, se está desmoronando.

Elin vio cómo su madre se estiraba y tocaba el toldo. El plástico se había desgastado y unas escamas se desprendieron y fueron revoloteando.

—¿Cuándo vuelve papá a casa?

—Elin.

—¿Por qué dices eso? ¿Por qué dices ELIN cada vez que pregunto por papá? ¿No crees que tengo derecho a saberlo? Tengo diez años, no soy una niñita como ellos.

—DE ACUERDO. No va a volver. No a esta casa, en cualquier caso. Y tal vez ni siquiera a Gotland. Se ha acabado. Estamos mejor sin él.

—Pero puede cambiar, ¿no? ¿Los criminales nunca pueden volver a ser buenos? Es nuestro papá. Le necesitamos.

Marianne sacudió la cabeza.

—No le necesitamos.

—En ese caso tampoco necesitas a nadie más. En ese caso, somos solo nosotros cuatro.

Ninguna dijo nada. Elin tiró de la mata de hierba, pero el pie de Marianne detuvo el movimiento del balancín. Elin siguió tirando, hasta que arrancó la hierba de raíz.

—Márchate, yo estaba aquí primero —dijo entre dientes.

Sintió que Marianne la empujaba un poco con la mano. Trató de zafarse, pero Marianne dejó su mano tranquilamente posada aun cuando Elin seguía debatiéndose como un pez fuera del agua.

—¡Márchate, te he dicho! —y soltó una patada con los dos pies contra la pierna de Marianne.

—¡Ay, ya basta!

Marianne se levantó y se marchó.

—No te quedes demasiado tiempo afuera, que te vas a resfriar. No tardará en volver a llover. Mira, el cielo está bastante negro.

Elin no le contestó, dejó que su madre desapareciera dentro de la casa, de vuelta a la mesa de la cocina y a sus cigarrillos.

El balancín se fue frenando poco a poco. Cuando se detuvo, se hizo el silencio, solo interrumpido ocasionalmente cuando el viento lo volvía a poner en movimiento. El viento helado hizo que se estremeciera. Se preguntó si la lluvia era tan persistente en Estocolmo, si allí el sol brillaba igualmente tan poco, si era posible ver el cielo desde una celda, si estarían mirando las mismas nubes ella y su padre.

Un suave silbido la sacó de sus pensamientos. Miró por encima del respaldo y vio a Fredrik que subía corriendo por el sendero. Al llegar se sentó sobre el regazo de Elin y esta se puso a mover los brazos y las piernas para liberarse. Al final Fredrik se apartó y ocupó el lugar que Marianne acababa de dejar.

—No va a tardar en llover —dijo Elin.

—Genial, eso significa que nos podemos saltar la ducha —dijo Fredrik, moviendo el balancín tan aprisa que el banco se tambaleó.

—Prométeme que siempre seremos amigos, pase lo que pase.

Estaban sentados uno al lado del otro sobre la playa de guijarros y juntaban pequeñas piedrecitas blancas que luego lanzaban por turnos, tratando de darle a uno de los grandes bloques de piedra de la orilla. El impacto de las piedrecitas contra la superficie del bloque había dejado marcas de yeso blanco.

—¿Por qué siempre dices eso? Siempre hemos sido amigos y siempre lo seremos.

Fredrik empujó a Elin y esta cayó de lado. Se enderezó y lo miró fijamente.

—¿Pase lo que pase?

—Pase lo que pase. Pero de todos modos, ¿qué podría pasar aquí? Aquí nunca pasa nada, nada de nada.

Elin sacó del bolsillo una navajita y, sin pensárselo, se hizo un corte en el dedo. Le tendió a Fredrik la navaja.

—Pero ¿qué estás haciendo? —exclamó él.

—Un pacto de sangre.

—¡Estás chiflada! Lo sabes, ¿verdad? Lo has leído en uno de esos libros, ¿a que sí?

—Si eres un gallina te puedo ayudar a hacerte el corte —le dijo ella.

Le tendió la mano, pero él sacudió la cabeza, cogió la navaja y acercó el filo al dedo. Luego cerró los ojos y se clavó la punta. Una oscura burbuja roja de sangre brotó sobre la piel y Elin enseguida colocó su dedo sobre el de Fredrik para que la sangre de ambos se mezclara.

—Nadie puede romper un pacto de sangre. Nadie ni nada. Siempre seremos amigos. Siempre. Pase lo que pase. Júralo.

—Visby solo está a unos treinta kilómetros. Y yo vendré a quedarme a veces en casa de papá.

Fredrik apartó el dedo y se lo llevó a la boca para chupar el resto de sangre mezclada.

—Pase lo que pase. Siempre seremos amigos. *Júralo* —repitió Elin y tiró una piedra.

La piedra no dio en la gran roca, sino que acabó rebotando tres veces en el agua. Fredrik soltó una sonora carcajada.

—Y tú nunca habías conseguido hacer rebotar una piedra. Debe de ser una señal. ¿Qué viene de tres en tres?

—¡Unos padres locos! —Elin se echó a reír.

—¿Solo tres? ¿Cuál de ellos no está loco?

—Tu mamá —farfulló Elin.

—Eso demuestra lo que sabes. Anoche discutieron tanto que papá se marchó. Ella salió corriendo detrás del coche, completamente desnuda. La vi desde la ventana de mi dormitorio. Él pisó el acelerador y ella corría y corría y corría. No paró hasta llegar a la mitad de la avenida.

—¿Sabes por qué estaba tan enfadada?

—Solo sé que le gritaba: «No irás a su casa», una y otra vez. *A su casa.* Tal vez por eso se estén divorciando, porque él esté enamorado de otra persona.

Elin se levantó y echó a andar por la orilla, recogiendo un montón de piedras planas por el camino. Se detuvo, se colocó de costado y se puso a lanzar piedras una tras otra, intentando que rebotaran. Todas se hundían a la primera.

—Ven aquí. Te mostraré cómo hacerlo.

Fredrik se puso a su espalda y colocó su brazo sobre el de Elin, de modo que los dos sostenían la piedra juntos.

—Dobla las rodillas, empieza con la mano baja, mira la superficie y no apartes la mirada cuando tires la piedra.

Soltó a Elin y esta volvió a lanzar; la piedra rebotó una vez y ella alzó los puños al aire.

—¡Lo conseguí!

—Pues claro. Puedes hacer cualquier cosa que te propongas.

Al otro lado de la ventana la tormenta se formó de repente, levantando la gravilla y las hojas por los aires. El sol del ocaso perforaba las oscuras nubes, tiñendo toda la granja de un fulgor dorado. En el interior, el chisporroteante fuego de la estufa de leña calentaba la casa. Cuando Elin entró en la cocina, Micke estaba allí sentado, recostado sobre una de las sillas, despatarrado, en calzoncillos y con una camisa de cuadros sin abrochar que dejaba al descubierto su velloso pecho sudado. Se detuvo ante la puerta y dio media vuelta, pero era demasiado tarde. Él ya la había visto.

—Hola, señorita. ¿Ya estás despierta? Me alegro de verte.

—¿Qué haces aquí?

—¿Es así cómo recibes a las visitas?

—¿Dónde está mamá?

—En la cama. Enseguida saldrá, ya verás. No ha dormido mucho esta noche.

Soltó una alegre carcajada que llenó la habitación. Cogió una rebanada de pan de la tabla, la lanzó al aire bien alto y la atrapó con la boca. En la mesa había unas copas de cóctel medio vacías, manchadas de grasientas huellas de dedos, y un cuenco de cacahuetes.

Elin le dio la espalda, abrió la despensa y sacó los platos. Retiró la loza sucia y colocó los platos sobre la mesa, todos del lado del banco, ninguno del lado de Micke.

—Erik y Edvin no tardarán en bajar. Deberías irte ahora.

Él puso cara ofendida.

—¿Irme? No me voy a ir a ninguna parte.

Elin siguió recogiendo en silencio y enseguida Marianne abrió la puerta del dormitorio y apareció en la cocina. Bostezó y se estiró hasta el techo. Llevaba la bata morada muy ceñida en la cintura y la melena revuelta despuntaba como un aura alrededor de su rostro. Tenía la piel manchada de rímel negro debajo de los ojos. Cuando vio a Micke se puso rígida.

—¿Qué estás haciendo aquí?

Trató de alisarse el pelo, apurada.

Él la agarró por los hombros con las dos manos. Quiso decirle unas palabras al oído pero no bajó suficientemente la voz y Elin lo oyó:

—Creo que deberíamos decírselo a Elin. Es ya bastante mayor para ello.

Marianne negó con la cabeza. Lo cogió de la mano y lo llevó de vuelta al dormitorio. Siguieron hablando en voz baja. Luego se oyó el crujido de la cama al recibir los dos pesados cuerpos. Elin subió sigilosamente las escaleras, entró en la habitación de sus hermanos y se metió en la litera de Edvin. Este se había bajado hasta la mitad de la cama mientras dormía y Elin se sentó en la parte de arriba, hecha un ovillo sobre la almohada, tapándose los oídos con las manos.

Era una de esas lluviosas tardes de tormenta, cuando la gente duda si salir a comprar. Gerd les sirvió café caliente en vasos de papel y galletitas de avena crujientes. Junto a la puerta colgaban algunos impermeables húmedos y el suelo de los pasillos estaba cubierto de pisadas de barro de los clientes de la jornada. Elin ayudaba a organizar las revistas y los periódicos: los antiguos se ataban y se devolvían y los nuevos se metían en la tienda y se colocaban en las baldas. Ella estaba sentada en el suelo junto al expositor de periódicos y leía cuidadosamente las fechas en las portadas antes de clasificarlos y de anotar los números y las cantidades de los ejemplares en las fundas de devolución.

Hubo un relámpago en el cielo y luego un sordo tronar. Elin vio a Marianne que venía corriendo por la carretera principal, con Sunny a su lado, que llevaba la cabeza baja y las orejas hacia atrás. Marianne sonrió cuando cruzó la puerta de cristal. Tenía mechones de pelo mojados pegados a la cara. Se sacudió como un perro y de su cazadora volaron gotas por el aire. Luego la colgó con las demás y corrió hacia Gerd. Se abrazaron. Elin se acercó sigilosamente y trató de oír lo que decían, pero solo acertó a captar unas cuantas palabras. «Me mudo». «Me ama». «Feliz».

Elin atravesó el pasillo para acercarse un poco y se escondió detrás del expositor de caramelos. Desde allí, además de oír mejor lo que decían, podía verlas. Gerd sacudía la cabeza.

—Ella acaba de marcharse. ¿Y tú ya te vas a mudar, así sin más?

Los labios de Elin se entreabrieron. Miró fijamente a Marianne y la larga espera hasta que llegó la respuesta hizo que el corazón se le desbocara.

—Él me ama —susurró al fin, a lo que Gerd contestó con una carcajada.

—Él necesita una mujer. Alguien que trabaje en la granja. Ahora no vuelvas a echar a perder tu vida.

—No lo entiendes.

—Entiendo más de lo que crees. Mucho más de lo que crees. Contigo incluso le entra dinero en la caja.

—¿Cómo te atreves a insinuar…?

Marianne dio media vuelta y Elin se sobresaltó, golpeándose la cabeza contra la estantería. El afilado borde le provocó una descarga de dolor y gritó.

—¿Estabas escuchando a escondidas? —le preguntó Marianne.

152

Elin sacudió la cabeza.

—Te tengo dicho que no andes por aquí. Gerd necesita paz y silencio para trabajar. Esto no es el patio de la escuela.

Gerd se interpuso entre ambas, echó el brazo sobre los hombros de Elin y la atrajo hacia sí. Elin sintió el calor y la seguridad de su suave barriga.

—La niña me está ayudando. Y le doy un poco de dinerillo a cambio.

—También en casa hay un montón de cosas con las que ayudar. Sobre todo ahora que nos mudamos.

Elin buscó la mano de Gerd. Cuando la encontró la apretó bien fuerte. Gerd acarició a Elin la suya con el pulgar tratando de calmarla.

—¿No deberías pensártelo un poco más antes de tomar una decisión?

Marianne le quitó a Gerd la mano de Elin y tiró de su hija hacia la puerta clavando en ella la mirada.

—Ya me has oído, no pongas esa cara de espanto. Nos trasladamos a la granja Grinde, y punto. ¿Dónde está tu cazadora? Nos vamos a casa.

—Marianne, yo no digo que no te quiera. Solo digo que deberías pensártelo un poco más antes de tomar una decisión. Piensa en las criaturas.

Marianne abrió la puerta de cristal de par en par y salió a la lluvia sin siquiera ponerse la cazadora. Elin se volvió y le hizo una señal a Gerd sin dejar de seguir a Marianne.

—¡Yo me ocuparé de estos pocos que faltan, te daré tu paga de todos modos! —le gritó Gerd.

Marianne caminaba unos pasos por delante de ella. El viento soplaba a ráfagas y hacía difícil mantener el equilibrio. Avanzaron en medio de la tormenta inclinadas hacia delante.

—¿Por qué nos mudamos de casa?

Al fin Elin se atrevió a hacer la pregunta. Marianne ni se detuvo ni contestó. Aceleró el paso y la distancia entre ambas se hizo mayor. Elin la vio tomar el atajo a través del seto. El coche de Micke estaba en la granja, aparcado detrás del suyo, y su reluciente pintura azul brillaba a través de las ramas desnudas del seto. Oyó la puerta de la entrada golpear y, a través de la ventana de la cocina, vio cómo Marianne se echaba en los brazos de él. Edvin y Erik también estaban allí, sentados en el banco de la cocina, y seguían fascinados los movimientos de los adultos. Elin se quedó fuera un rato. La lluvia le corría por las mejillas como si fueran lágrimas, pero solo sentía el frío y el vacío en su interior. Fue a la parte trasera de la casa, a su asiento. Se apretó contra la pared para protegerse de la lluvia y sacó el papel y el trozo de lápiz.

Ahora es demasiado tarde. Vamos a tener otro papá. Ya no hace falta que vengas.

Subrayó *no hace falta* con una gruesa línea a lápiz. Y luego otra. Y otra más.

AHORA

NUEVA YORK, 2017

Cuando llega a casa, Elin encuentra a Alice dormida en el sofá, arrebujada bajo una manta. Apila las cuatro latas junto a la puerta y se sienta junto a su hija. Los pies de Alice sobresalen de la manta. Tiene los dedos enrojecidos, hinchados y magullados. Elin los coge entre sus manos, los acaricia, sopla sobre esos dedos lastimados. Hacía mucho tiempo que Alice no estaba en casa; al principio volvía cada dos por tres, pero desde que Sam se había marchado lo había hecho en contadas ocasiones. Alice se da media vuelta y Elin le acaricia la frente con ternura.

—¿Es tarde? —farfulla Alice.

Elin sacude la cabeza.

—No, hoy ha sido rápido, solo una foto. Todavía es por la tarde.

Elin saca el móvil para mostrarle la hora, pero Alice gira la cabeza y oculta el rostro contra el respaldo del sofá.

—Qué bien, porque si no habría dormido demasiado.

—Estoy tan contenta de que hayas venido… En el restaurante todo nos salió mal.

Elin se acuesta a su lado y rodea con su brazo la cintura de Alice.

—No sé a casa de quién ir.

—¿A qué te refieres?

—A casa de cuál de los dos. Si debo ir a casa de papá o a la tuya. Todo esto es tan raro.

Alice entrecruza los dedos nerviosamente y hace chascar las articulaciones.

—Puedes quedarte con los dos, ¿no? No tienes por qué elegir. Puedes alternar o hacer lo que más te convenga. Ir a casa de quien eches más de menos.

Elin le suelta a su hija los dedos y los acaricia suavemente.

—Es como si todo estuviera al revés. Le echo de menos a él aquí y a ti allí. Él debería estar aquí, los dos deberíais estar aquí. Quiero que todo vuelva a la normalidad.

Elin la abraza. Permanecen tumbadas en silencio. Todo está silencioso.

Al cabo de un rato, Elin alcanza su teléfono posado sobre la mesita auxiliar. Pone una canción y el sonido de Esperanza Spalding llena el piso. Alice asiente con la cabeza.

—Gracias. Me encanta. ¡Qué voz, y qué ritmo!

—Lo sé —dice Elin.

—¿Siempre te ha gustado el *jazz*? ¿Por qué?

—Hmmm, no lo sé. Es una música que de alguna manera me llega al alma.

—¿En qué sentido?

—La siento, es como si estuviera agazapada dentro de mí, bajo mi piel, en mi sangre.

—Entiendo lo que dices —asiente Alice, que luego hace una mueca y levanta las piernas—. Me duelen muchísimo los pies.

Elin se desplaza hasta el otro extremo del sofá y coloca las piernas de Alice sobre su regazo. Coge un pie y sopla sobre él.

—Es el precio que tienes que pagar.

—¿El precio de qué? —se lamenta Alice, que se estremece cuando Elin le toca el dedo del pie.

—De llegar adonde quieres llegar.

—Ya no sé si quiero llegar allí. Tengo la sensación de que no vale la pena.

—Bailabas antes de que supieras andar. Solías ponerte de pie y balancearte de adelante hacia atrás sobre tus regordetas piernecitas. Siempre has bailado.

Elin se levanta a por las fotos enmarcadas que están en la librería, baja una y la gira hacia Alice, que sonríe y extiende el brazo para cogerla. Mira durante un largo rato a esa niña y al cabo dice:

—Sí, tal vez sí.

—Nada de «tal vez». Dime, ¿cómo te sientes cuando estás en medio de una actuación?

—Siento que la vida no existe, todo lo demás. Solo estamos yo y la música. Los pasos. El momento.

—¿Lo ves? Eso es lo que me pasa a mí cuando estoy haciendo fotos. Probablemente eso sea lo que le pasa a cualquiera que sienta pasión por algo.

Alice deja la fotografía boca abajo sobre la mesita y dice en un suspiro:

—Pero ¿y si solo fuera una vía de escape?

—¿Una vía de escape?

—Sí, una manera de escapar de la realidad.

—En tal caso, no necesito la realidad.

—Uff, no digas eso, mamá, suena muy trágico.

Un taxi se acerca hasta el bordillo y Elin empuja a Alice hacia él. Ella la sigue, calzada con sus hawaianas, protestando sin demasiada convicción.

—¿No podemos pedir algo para que nos lo traigan a casa, sin más? Estábamos tan a gusto en el sofá.

—Cómo se llamaba aquel lugar a las afueras de Sleepy Hollow*? La granja. ¿Te acuerdas?

---

* Villa del pueblo de Mount Pleasant, al este del río Hudson, situada a unos cincuenta kilómetros al norte de Manhattan.

—¿Stone Barns? ¿Por qué me lo preguntas? —dice Alice frunciendo el ceño.

—Llévenos a Sleepy Hollow —le dice Elin al taxista inclinándose hacia delante.

El conductor acelera y se desvía a la derecha adelantando a un camión que le toca la bocina.

—Pero mamá, venga, no tengo tiempo para esto, olvídate de la comida. Tengo que estudiar esta noche. Y descansar.

Alice se inclina hacia delante.

—Párese en Broadway con Broome, por favor, me voy a casa en metro.

Hincha las mejillas y suelta el aire con fuerza, riéndose y sacudiendo la cabeza.

—Stone Barns. Pero mamá, ¿en qué estabas pensando? Si ni siquiera te gusta el campo y odias los animales. Stone Barns es una granja. ¿Qué íbamos a hacer allí?

—La comida es buena. Fuimos una vez cuando eras pequeña y te gustó. Por favor —implora Elin inclinando la cabeza.

—Ya no soy pequeña. Te estás comportando de una manera preocupante. El pasado, pasado está. Dejémoslo estar.

—Bueno, pues entonces podemos hacer otra cosa, dar un paseo, ir a una exposición.

—Mamá, lo estás volviendo a hacer —dice Alice soltando un profundo suspiro.

—¿Qué?

Alice extiende el pie hacia su madre, levantándolo tan alto que casi le alcanza la barbilla. Elin arruga la nariz al ver los endurecidos callos.

—¿Se te ha olvidado? No puedo caminar. ¿Sabes qué? Eres incapaz de escuchar.

Alice baja el pie cuando el taxi se acerca al bordillo. Sale del taxi y espera en la acera. Elin se inclina sobre el asiento.

—Lo siento. Vuelve, podemos comer en otro sitio —le dice, pero Alice ya ha echado a andar cojeando.

Elin la sigue con la mirada.

—¿Señora?

El taxista la mira expectante, pero ella duda, permanece en silencio durante unos segundos. Alice ha desaparecido de su vista y lo único que alcanza a ver es a otras personas que pasan de largo, un rápido flujo de pensamientos y de destinos desconocidos.

Impaciente, el taxista toca la bocina sonoramente y Elin se sobresalta.

—Stone Barns —le dice—. Justo fuera de Sleepy Hollow, por favor.

—Es una carrera larga. Le saldrá caro —le contesta.

—No hay problema. Usted vaya.

El viaje en taxi se le hace eterno. Consigue dormirse, despertarse y volverse a dormir. Cuando por fin llegan, inserta su tarjeta Amex en el datáfono y le da al taxista una generosa propina, aunque el importe ya es astronómico. Luego camina por el sendero que hay frente a la granja de piedra, sintiendo la gravilla a través de las finas suelas de sus bailarinas. Se las quita y las lleva en la mano mientras sigue avanzando descalza y con cuidado, rodeando los edificios, extendiendo los dedos de los pies y centrándose en el dolor que le producen las puntiagudas piedras que se le clavan en la planta de los pies. En el prado que hay detrás de la granja pastan unas ovejas de cara negra de buen tamaño. Camina hacia la valla y, saltándola, entra en el prado. Hay montoncitos negros de excrementos sobre la hierba, pero Elin deja que sus pies se manchen y aspira el fuerte olor que penetra por su nariz. Cae la tarde y el sol se pone lento tras las cimas de los árboles. Toma fotos con su móvil: de la hierba, de los árboles, de los comederos. De sus propios pies caminando sobre la hierba. Se sienta sobre una piedra en la orilla del bosque y escucha. Reina el silencio. Oye el trinar de los pájaros, las hojas que rozan unas con otras movidas por el viento. Se tumba boca arriba sobre la hierba, cierra los ojos y deja que los suaves rayos del sol del atardecer templen su piel.

El cielo del lubricán, rosa púrpura, se está volviendo cada vez más oscuro. Empiezan a brillar las estrellas encima de ella, por miles, por millones. Identifica muchas de ellas, conoce los nombres de las constelaciones: un saber que ha mantenido enterrado en su memoria durante años. Permanece allí sobre la hierba durante un buen rato, contemplándolas. En Manhattan no hay realmente oscuridad por la noche. No hay estrellas. No hay negrura. Solo puntos de luz artificiales.

Y no hay paz. Todo es ruido. Sirenas, coches, música, gritos. No es como aquí, donde hasta su respiración le suena alta.

Cuando se levanta se ha hecho de noche. Regresa a la carretera y consigue detener un coche. El hombre que conduce baja la ventanilla y la reprende:

—Una mujer no debería estar haciendo autostop sola. Ya se puede dar por satisfecha de que he sido yo quien ha parado y no algún loco.

—Me doy por satisfecha. ¿Puedo ir con usted?

Elin se sube al coche. El conductor tiene puesta música *country* y, sin pedirle permiso, ella sube el volumen. La música llena el coche: una voz solista y una guitarra. El hombre canta también, echándole un vistazo a Elin de vez en cuando.

Llámame ángel de la mañana...

La carretera serpentea por el oscuro paisaje. La delimitan altos árboles que arrojan su alargada sombra bajo la luz de los faros. Aquí y allá unas hermosas casas blancas de madera anidan en la vegetación. De repente anhela estar lejos de la ciudad que ha sido su hogar durante tanto tiempo. Anhela su propio parterre de flores, para las rosas, y la hierba húmeda de rocío.

—¿Vives aquí?

Él sacude la cabeza en señal de negación y baja el volumen de la música.

160

—Un poco más al norte. ¿Y tú, de dónde eres?

—Es complicado. Pero vivo en la ciudad.

—Suele serlo. Te dejaré en la estación de tren de Tarrytown, ¿de acuerdo? Desde allí puedes llegar hasta donde vas.

Ella asiente con la cabeza. Luego se callan.

La estación está desierta y desolada. Sube lentamente las escaleras que la llevan a los andenes y nota los ásperos residuos de gravilla y de tierra entre sus pies descalzos y las plantillas de sus zapatos. Hay un banco en el andén y se sienta en él. Faltan cuarenta minutos para el siguiente tren. Los minutos suenan en el reloj de la estación. No ha tocado el teléfono que lleva en el bolsillo desde que lo utilizó para sacar fotografías en la granja, y cuando lo enciende ve las llamadas perdidas y los mensajes. De Joe. De su agente. Del cliente.

¿Dónde estás? Te necesitamos en el estudio.

El cliente no está contento. Tenemos otra sesión por la mañana. A las 07:00 en Central Park ¿De acuerdo?

Elin, ¿dónde estás? ¡Coge el teléfono!

Necesitamos que vengas. ¿Puedes confirmar? Peluquería y maquillaje reservados. Estamos llamando desde las 17:30.

Contesta brevemente a la última, con un icono de pulgar levantado. Luego desliza la pantalla para borrar los mensajes, uno tras otro. Llama a Sam, que contesta con voz soñolienta.

—Te echo de menos —susurra, y el eco de sus palabras resuena por el andén pavimentado.

—Elin, ¿dónde estás? Te han estado buscando.

De repente suena más despierto, como si hubiese estado tumbado y se hubiera incorporado.

—Estoy bien. Solo es que no miré el móvil. ¿Qué estás haciendo?

—¿Por qué me llamas?

—Tenemos que hablar.

—Antes no querías hablar.

—Pero ahora sí.

—Necesitamos tomarnos un tiempo. ¿No te das cuenta? *Tú* necesitas tomarte un tiempo.

—Somos una familia.

—Ahora mismo no hay un nosotros, no hay un somos. Tú eres tú y yo soy yo. Tienes que aceptarlo.

—Es demasiado duro. No soy capaz. Nunca lo conseguiré.

—Tienes que intentarlo. Necesitamos espacio para respirar.

—No quiero.

—Tienes que hacerlo.

Él cuelga y todo vuelve a quedarse en silencio. Elin está sentada, mirando fijamente el teléfono que tiene en la mano y cuando el tren entra en la estación se queda sentada en el banco. No es capaz de forzarse a subir. El tren abandona el andén y los números en el panel luminoso cambian. Otra hora antes de que llegue el siguiente. Va pasando las fotos que ha tomado en la granja. Recortadas, muestran un lugar distinto del que acaba de visitar. Las agranda y las reduce con el *zoom* de los dedos. Hierba, gravilla, las pezuñas de una oveja, sus propios pies desnudos, un gatito en medio de la alta hierba.

Joe la llama y su rostro le sonríe desde la pantalla. Deja el móvil sonar mientras observa su indomable pelo y su amplia sonrisa en la fotografía en blanco y negro que le hizo. La llamada se detiene y el rostro se desvanece y desaparece, sustituido por la foto de una valla. Empieza a aparecer texto.

Tenemos que hablar del vestuario. El vestido rosa no funciona. Quieren uno negro. Eso supone una luz diferente y tenemos que hablar de ello. Llámame.

Negro. Suspira. Tantas fotografías a lo largo de los años, tanta gente agobiada, vestida de negro. Otro mensaje.

Por favor, llámame. Tengo que dormir, no puedo esperar despierto más tiempo.

Ese tono de súplica hace que ceda y le llame. Hablan largo y tendido, tanto que el tren acaba por llegar. Cuelga, se sube al vagón y se instala en el asiento de plástico. Antes de cerrar los ojos, le manda un mensaje a Sam:

♥ *te quiero*

El emoji, un rotundo corazón rojo, palpita amorosamente. En el tren hace frío, el aire helado de la noche se cuela por las rendijas de las ventanas y Elin se ciñe el jersey que lleva alrededor de los hombros y se estremece, agotada. No hay respuesta. Ningún corazón de vuelta. Solo silencio.

ENTONCES

HEIVIDE, GOTLAND, 1982

Elin apenas cabía ya en el pequeño asiento que años atrás se había construido con ramas y tablas. El hueco era demasiado estrecho para sus anchas caderas. Se sentó igualmente, aunque los reposabrazos de madera de enebro se le clavaban en las piernas, haciendo que las nalgas y los muslos rebosaran por los laterales. La áspera superficie le raspaba la piel a través de la gruesa tela del vaquero. Tenía tres piedras en la mano, el número de hijos que tendría algún día. Tres iguales. Apretaba una brizna de paja amarilla entre los dientes y, cuando la chupaba, el sabor dulzón de la hierba se mezclaba con el de la saliva.

Se puso en pie y se apoyó contra la pared de la casa, levantando un muslo y luego el otro para que la sangre volviera a circular por sus piernas entumecidas.

—¿Te duele? Gordita —Fredrik estaba frente a ella, tendido en el suelo y con los pies apoyados en alto contra el tronco de un árbol. Dos toallas se estaban secando colgadas de una rama, una rosa y la otra azul.

—Hace demasiado calor —suspiró ella—. Me voy a morir. Ojalá el mar enviara hacia la costa algunas nubes.

—Ten cuidado con lo que deseas. Pronto será otoño y hará demasiado frío para bañarse. Entonces tendré que volver a casa de mamá a Visby.

—Me encanta cuando eres mi hermano. Ojalá pudiera mudarme yo también. Echo de menos mi casa.

—*Estás* en tu casa —le dijo.

—Me refiero a esta casa. Quiero volver a vivir aquí.

—¿De verdad quieres eso?

—¿A qué te refieres?

—¿Eras más feliz aquí? ¿Todos vosotros lo erais? ¿Lasse era mejor padre para vosotros que el mío?

Elin hizo caso omiso de sus preguntas. Se giró y echó un vistazo al interior de la casa a través de la ventana poniéndose de puntillas. Nadie había vivido allí desde que se habían mudado a la granja de los Grinde. Fredrik y su madre se habían marchado, Marianne y sus hijos habían llegado a la casa y se habían vuelto hermanos. Hermanastros.

La casa estaba igual que el día en que se habían marchado, exceptuando la capa de polvo que lo cubría todo y las telarañas. Nadie estaba interesado en comprarla, así que allí estaba, abandonada, con el cartel de *Se Vende* de eterno adorno en el césped. Elin le hizo señas para que se acercara.

—Ven, quiero enseñarte una cosa.

Fredrik permaneció de pie a sus espaldas, apoyó la barbilla en el hombro de Elin y miró hacia el interior.

—¿Qué? —le preguntó impaciente.

—¿Ves la mesa de la cocina ahí dentro?

Fredrik asintió con la cabeza. La barbilla se le clavaba a Elin en el hombro y dio un grito de dolor cuando la movió de atrás hacia delante.

—¡Ay, para! ¿Ves todas esas marcas negras?

Volvió a asentir con la cabeza y le hincó todavía más la barbilla. Ella lo apartó de un empujón.

—¡Que pares ya! ¿Por qué te empeñas siempre en empezar una pelea? Quiero decirte algo importante.

Elin descolgó su toalla y se la puso alrededor del cuello, luego echó a correr hacia el mar. Descalza, pisaba con destreza entre las piñas y las piedras. Fredrik corrió tras ella.

—¡Espera! Las he visto, las marcas negras. ¿Qué es lo que querías decirme?

Al fin llegó a su altura, la agarró por el brazo y tiró de ella hacia él. Ambos se desequilibraron y cayeron sobre las flores de la cuneta. Permanecieron allí tumbados tranquilamente, juntos, observando los finos hilos de nubes que atravesaban el profundo azul del cielo.

—De hecho, siempre me he preguntado… —empezó a decir Elin y luego se calló.

Fredrik levantó el dedo e hizo pequeños movimientos en el aire, como si estuviera pegando puntitos en el cielo.

—Bah, no era nada —prosiguió Elin—, solo que me acordé de algo, un recuerdo de cuando vivíamos allí. Ya sabes, cuando todo era normal.

—¿Y me lo querías contar?

—Sí, te lo quería contar, pero luego me hiciste daño con tu barbilla peluda.

—No digas eso, no es peluda.

—Sí que lo es —replicó Elin, extendiendo el brazo y acariciándole la barbilla—. Veo que has empezado a afeitarte.

—Bueno, ¿y qué? Venga, vamos a bañarnos. Aquí tumbados hace demasiado calor.

Se levantó y ayudó a Elin a ponerse en pie. Ella le sacudió las agujas de pino y las briznas de hierba de la espalda. Corrieron lo que les quedaba de trecho hasta el mar, quitándose la ropa al mismo tiempo y zambulléndose en el agua. Era de un color verde pálido y estaba tibia. La arena del fondo mostraba la marca del movimiento de las olas. Bucearon, una y otra vez, tan profundamente que sus cabezas casi llegaron a tocar el fondo. Elin hizo el pino, Fredrik la empujó y ella dio una voltereta.

Cuando al cabo salieron del agua se tumbaron sobre la arena calentada por el sol para secarse, y los finos granitos de arena pusieron blanco el cabello húmedo de Elin.

—Mamá dice que disfrutemos ahora que somos jóvenes. Porque luego todo se va al traste.

—¿Y tú qué crees?

Fredrik tiró un guijarro al estómago de Elin y esta dio un salto y cogió la piedra, que tenía forma de corazón. La apretó en la palma de la mano.

—Probablemente sea verdad. ¿Qué se yo? Ser adulto no parece muy divertido. Al menos no aquí.

—¡Pero vamos a ver! Tú y yo siempre lo vamos a pasar bien, aunque seamos adultos. Somos lo suficientemente listos como para asegurarnos de que así sea.

—Bueno, yo me voy a hacer famosa y me marcharé de aquí. Simplemente lo sé. Y seré rica —aseveró Elin con convicción.

—¡Famosa! —Fredrik soltó una carcajada—. ¿Y qué vas a ser, una estrella del pop? ¿Cómo lo conseguirás?

Sin dejar de reír, cogió un puñado de arena y se lo tiró a Elin. Ella se quedó callada y se guardó el secreto de su sueño, algo avergonzada.

Fredrik estaba haciendo equilibrios sobre unas piedras en la orilla del agua, saltando de una a otra con los brazos extendidos. Elin lo observaba. Tenía la espalda muy bronceada, el pelo corto por arriba y largo por el cuello y las puntas más rubias por el sol. Se tumbó boca abajo sobre la toalla y hundió los dedos en la cálida arena. Por detrás de Fredrik el reluciente mar daba la sensación de ser infinito. Él tenía los brazos y las piernas cubiertos de cardenales y de rasguños de trabajar en el campo. Para Micke las vacaciones de verano eran un campo de trabajos forzados.

Poca gente conocía su playita. Estaba lejos, oculta tras grandes acantilados y había que trepar por unas rocas para llegar a ella. Pero entre aquellas rocas había una estrecha lengua de arena y losas de piedra arenisca, del tamaño perfecto para dos personas.

Fredrik se agachó y la salpicó, y las frías gotas la hicieron estremecerse.

—Deja de tirarme cosas todo el rato —se quejó ella.

Fredrik dio un par de pasos hacia donde rompían las olas y se sumergió en el agua. Cuando se puso en pie, un montón de gotas salieron despedidas a su alrededor, bailando y brillando bajo la luz. La llamó y volvió a zambullirse, desapareciendo en dirección al horizonte. De unas cuantas brazadas potentes, se alejó mar adentro. Elin se puso en pie y lo siguió. Su larga melena castaña iba suelta y no llevaba más que la parte de abajo de un escueto bikini amarillo. Corrió hacia el agua y las rocas planas resultaban suaves al tacto bajo sus pies. En cuanto el agua le llegó a los muslos se zambulló, con la melena flotando en abanico alrededor de su cabeza.

—¡Vuelve! —le gritó a Fredrik cuando este salió a la superficie—. ¡Ten cuidado con el desnivel, las corrientes son fuertes!

Él se puso boca arriba y agitó las piernas, levantando grandes cascadas de agua, como una fuente sobre la superficie del mar. Nadaron juntos, con brazadas potentes y rápidas. Aquello se convirtió en una competición. De vez en cuando, Fredrik se sumergía y volvía a aparecer de repente en otro lugar, bien frente a ella, bien detrás, bien a un lado. Cada vez la sorprendía y ella le gritaba y lo salpicaba. Cuando él buceó para tratar de agarrarla por las piernas, ella le dio una patada, riendo y rogándole que parara.

Tiritando, al fin regresaron a la playa y a la única toalla que quedaba seca. Elin la estiró para que cada uno tuviera un trocito en el que tumbarse, aunque apenas cabían sus cabezas y sus espaldas. Sus traseros y sus piernas tuvieron que contentarse con la arena caliente. Las gotas de agua brillaban como la plata sobre sus cuerpos bronceados.

Fredrik echó un puñado de arena sobre el estómago de Elin.

—¡Para! —le gritó, apartándole la mano.

—Tienes tetas.

Elin se encogió y se tapó el pecho con un brazo.

—No, no tengo.

—Pues claro que tienes.

—No tengo.

—Yo también tengo.

Ella buscó su camiseta con la otra mano, se incorporó y se la puso rápidamente. Bajo la fina tela de algodón se seguían viendo unos bultitos. Las sentía como pelotas duras que le dolían y tenía que masajeárselas cada noche antes de dormir.

—¿Puedo tocarlas?

Fredrik extendió el brazo, pero ella lo apartó.

—¿Eres tonto o qué te pasa?

—Solo quiero ver cómo son. Por favor. Nunca antes he tocado una teta.

—Ya te lo he dicho. No son *tetas*.

—Tienes trece años. Son tetas. A todo el mundo le salen. Me pregunto cómo van a ser las tuyas. Estoy seguro de que serán grandes y turgentes, como lo eran las de Aina.

—¡Cállate ya!

Fredrik volvió a extender el brazo y esta vez Elin no lo detuvo. Le acarició suavemente un pezón con el pulgar. Ella hizo una mueca de dolor.

—¿Te molesta?

Lo preguntó sorprendido. Ella asintió con la cabeza y estiró la camiseta para hacerla más amplia. Él se inclinó hacia ella y le dio un fugaz beso en la mejilla. Sintió el calor de su aliento en la piel.

—Lo siento —murmuró Fredrik.

Elin echó a correr hacia las rocas para empezar a subir de vuelta. Él corrió tras ella y la detuvo, agarrándola por uno de sus pies descalzos.

—Quédate aquí. Estamos tan a gusto, estás verdaderamente preciosa.

—Cállate, te he dicho.

—Solo son tetas. Así son las cosas. No hay nada malo en ello.

Ella le sonrió. Así son las cosas. Eso pensaba él siempre. De todo, incluso cuando las cosas no iban bien. Elin se sentó en la roca por la que acababa de trepar, con las piernas colgando.

—Sí que hay algo malo. Significa que nos estamos haciendo adultos —dijo muy seria.

Elin tenía ambas manos tendidas hacia delante, con las palmas hacia arriba. En otro tiempo habían sido suaves y blancas, pero ahora se habían vuelto ásperas y descoloridas, y mostraban unos gruesos bultos de un gris amarillento en cada articulación. Cuando se pasaba el pulgar por encima, le resultaban ásperas, como si la piel fuera papel de lija. Puso las palmas hacia abajo e inspeccionó el dorso apoyando las manos sobre su regazo. Llevaba las uñas cortas, mordidas hasta la carne viva, y tenía el dorso de las manos tan moreno que el fino vello parecía blanco. Cogió el vaso de leche que tenía delante sobre la mesa de la cocina y se lo bebió de una vez, ávidamente.

Marianne se sentó a su lado. El café goteaba a través del filtro en la encimera. Apoyó las manos en la mesa, una sobre la otra. Estaban surcadas de gruesas venas de un color púrpura oscuro y parecían hinchadas. Elin extendió la mano y pasó el índice sobre el dorso de la de su madre. Estaba seca y áspera y tenía la piel agrietada en la punta de los dedos.

—Eso te tiene que doler —le dijo.

Marianne retiró las manos, se levantó y se sirvió el café de la jarra a medio llenar en una taza de loza azul. Se oyó un chasquido cuando unas gotas cayeron sobre la placa caliente. Sorbió ávidamente el café y luego se apoyó en la encimera de la cocina. Elin estaba garabateando en un sobre, formando una delicada cadeneta de margaritas sin levantar el lápiz.

—No lo estropees —dijo Marianne.

Le quitó el sobre, tiró el resto de su café al fregadero y salió hacia el establo.

—Vamos, tú también. Tenemos un montón de cosas que hacer ahí fuera.

En la mesa había un jarrón con flores silvestres azules, rosas y amarillas que Edvin había cortado a petición de Marianne. Ella siempre quería esos colores. Decía que el azul representaba la paz que siempre andaba buscando. El amarillo la alegría y la risa. El rosa el amor. Achicoria, tréboles, galio. Cada vez eran flores diferentes, pero estaba empeñada en esos colores y cada uno de ellos tenía que estar presente en cada ramo.

Elin echó un vistazo al montón de papeles al que había ido a dar el sobre. Alguien lo había abierto cuidadosamente con un abrecartas. Unos pétalos rosa habían caído sobre él y estaba moteado del polen procedente del ramo. Lo levantó, sopló sobre la superficie para limpiarla y le dio la vuelta. Miró la letra manuscrita con la que estaba escrito el nombre de Marianne y la dirección, su antigua dirección. ¿No sería acaso…?

—¡Te he dicho que vengas! Necesito ayuda con las pacas de heno —le gritó Marianne desde el exterior.

Elin se metió la carta en el bolsillo de los pantalones de trabajo, se levantó y se dirigió adonde estaba su madre. Las cabras se habían convertido en el proyecto familiar cuando se habían trasladado a la granja. Las cabras y su leche iban supuestamente a ser la nueva fuente de ingresos, bajo la dirección de Marianne. Pero, desde el principio, surgieron problemas. Las cabras estaban allí, dispuestas a que las ordeñaran, pero no tenían equipamiento: era preciso pasteurizar la leche y convertirla en queso, y el queso, una vez preparado, tenía que empaquetarse. Marianne había utilizado el dinero de Aina para las inversiones y Elin había visto grandes sumas de gastos listadas en la libreta bancaria.

Las cabras balaron contentas cuando Elin giró la pesada llave de hierro y abrió el portón. Cogió la horqueta y apiló un poco más de heno. Las cabras se acercaron rápidamente al comedero y todo volvió a quedar en silencio. Una cabra trataba de llamar su atención, mordisqueándole los pantalones y pisándole los pies. Las cabras de granja siempre tenían hambre. Le dio unas palmaditas en la cabeza, y luego se marchó. Las cabras estaban acostumbradas a la gente, acostumbradas a ella, pero no estaban ni mucho menos domesticadas.

Marianne estaba limpiando con esmero las camas de las cabras. Elin cambió la horqueta por una pala y fue a ayudarla. Trabajaron juntas en silencio. Marianne parecía cansada. Los madrugones en la granja le habían dibujado unas marcadas ojeras llenas de arrugas. Ya no llevaba los bonitos vestidos, los que había comprado con el dinero de Aina cuando todavía eran felices. Ahora llevaba camisetas de algodón, manchadas de barro, y gruesos pantalones de trabajo. Se recogía la melena en un moño desordenado bajo un pañuelo para protegerse del grueso de la suciedad de la granja. Elin llevaba un pañuelo parecido.

Cuando terminaron y Marianne regresó a la casa, Elin se hundió en la paja, apoyándose en la pared del establo, y sacó el sobre. La carta estaba escrita en una hoja arrancada de un cuaderno. La hoja conservaba el borde perforado y desflecado, vestigio de la espiral a la que una vez estuvo unida. Leyó.

Querida Marianne:

Hay algo que te quiero decir. Quiero decirte que lo hice todo por ti. Para ti. Para los críos. Nunca quise que pasara aquello, la escopeta se disparó accidentalmente, nunca pretendí hacerle daño, solo asustarla. No quería que la familia se separara. Nuestra familia. Lo hice por nosotros, para conseguir un poco de dinero. Para nosotros. Para ti, para mí y para los niños.

¿Recuerdas cuando nos conocimos? ¿Recuerdas que no podíamos dejar de tocarnos? ¿Recuerdas que decíamos que tú y yo estaríamos siempre juntos? Fue una promesa. Yo nunca la he olvidado. ¿Y tú?

Ahora me han soltado. Dicen que no tengo que ponerme

172

*en contacto contigo, pero yo quiero que lo sepas. Tengo un pi-
sito aquí en Estocolmo y un trabajo. Sé que no quieres volver
a verme. Pero los niños, de verdad que quiero verlos. Y haré
cualquier cosa para conseguir que volváis. Dime qué tengo que
hacer. Iré en cuanto me lo digas. Por favor, dímelo pronto.*

*Tuyo siempre,
Lasse*

La escritura era descuidada, como si un niño hubiera trazado
las palabras con gran esfuerzo. Las letras eran de estilos diferentes y
se inclinaban en distintas direcciones. La mano de Elin tembló
cuando posó la carta sobre sus rodillas. Él pensaba en ellos, pensaba en ella. Ya no estaba tras unos barrotes, estaba libre. Volvió a leer
la dirección. ¿Acaso no sabía él que ahora vivían en casa de Micke
Grinde? ¿Acaso no sabía nada de toda aquella historia? ¿Cómo podía ser? En el reverso del sobre estaba la dirección del remite, Tobaksvägen 38, 12357 Farsta. La leyó una y otra vez, luego se volvió
a meter la carta en el bolsillo y corrió hacia los campos donde estaban trabajando Fredrik y Micke.

El rótulo colgaba torcido en la fachada de la tienda. Se había
soltado de una de las esquinas y chirriaba agitado por el viento que
lo balanceaba. Las cadenas estaban marrones de óxido por la lluvia
del otoño y las interminables tormentas del invierno. Fredrik intentó alcanzarlo, pero no llegaba. Se subió a la valla, agarrándose
con el pie a la barra metal y con la mano fuertemente apoyada contra la fachada del edificio. Elin le sujetaba la pierna, pero él la sacudió para que se la soltara. Gerd miró por una rendija de la
puerta.
—No te vayas a caer —le suplicó.
Fredrik asió la cadena y consiguió volver a engancharla. Dio un
salto y se sacudió las manos.

—¿Qué haría yo sin vosotros? —dijo Gerd sonriendo—. ¡La de cosas que sois capaces de hacer vosotros dos! Entrad.

—¿Podemos sentarnos un rato en el almacén? Hace tanto calor en todas partes.

Gerd asintió con la cabeza.

—Ya sabéis dónde están las galletas. Supongo que por eso estáis aquí.

Fredrik mostró una gran sonrisa y asintió con la cabeza. Elin abrazó con fuerza a Gerd. Olía mucho a laca y los rizos de su melena estaban tan tiesos como si fueran de plástico. Gerd le acarició suavemente la espalda.

—Nena, qué contenta me pongo cada vez que vienes. Aunque apestes a granja —le susurró arrugando la nariz.

Los estantes del almacén estaban vacíos. Todo se agotaba durante los meses de verano, cuando los muchos turistas multiplicaban el número de los clientes. En un rincón había un gran montón de cajas de cartón desmontadas para tirarlas a la basura y se tumbaron sobre el cartón aplastado con la lata de galletas entre los dos. La habitación no tenía ventanas, pero el gran ventilador del techo refrescaba sus acalorados cuerpos. La puerta estaba abierta de par en par y podían ver la caja registradora. Los clientes iban y venían. Gerd conversaba con ellos y Fredrik y Elin escuchaban.

Al cabo de un rato apareció Marianne ante el mostrador, vestida con su ropa de trabajo de la granja. Elin se levantó para oírlas mejor. Marianne sostenía una bandeja de quesos y Elin vio cómo Gerd sacudía la cabeza.

—Hay demasiados —protestó.

—Ahora están dando mucha leche.

Marianne le tendió la bandeja y Gerd apretó los labios.

—No puedo cogerlos todos, la gente no compra tanto queso. Al final acabo siempre tirándolo a la basura.

Marianne puso la bandeja sobre el mostrador y quitó la mitad de los quesos.

—¿Qué tal así? ¿Qué te parece?

Gerd suspiró.

—Querida, no lo sé. No hay mucha gente que lo compre, es demasiado caro.

Gerd se alejó de la caja registradora y Elin dejó de verla. Marianne permaneció donde estaba, tamborileando el suelo con el pie.

—¿Qué quieres decir? ¿No quieres comprar nada de queso?

Cogió los quesos que acababa de dejar en el mostrador. Gerd volvió con unas cuantas bolsas de pan y las colocó sobre la cinta transportadora de la caja.

—Creo que pronto vas a necesitar un nuevo pasatiempo.

—¿Un nuevo pasatiempo?

—Sí, tienes suerte, porque no necesitas el dinero de manera acuciante. Esto de los quesos no es precisamente algo de lo que se pueda vivir, ¿no te parece?

Marianne hizo una mueca de enfado. De repente, tiró la bandeja y todos los quesos cayeron al suelo. Gerd miró aquel desastre, luego a Marianne y luego otra vez los quesos esparcidos por el desgastado linóleo del suelo. Con esfuerzo se agachó para recogerlos, uno tras otro. Su barriga se interponía en la maniobra y el esfuerzo la hizo jadear.

—Puedes quedarte esa basura, de todos modos nadie la compra —gruñó Marianne dirigiéndose hacia la puerta.

Elin oyó el tintineo al abrirse y cerrarse la puerta. Dos veces, porque Gerd fue tras sus pasos. Luego todo quedó en silencio. Fredrik se levantó del montón de cartones.

—Mejor nos vamos a casa ya. Querrán que trabajemos, si están de tan mal humor.

—No me da la gana —dijo Elin quedándose donde estaba.

Se recostó, colocó las manos bajo su cabeza y se puso a mirar el techo, siguiendo con los ojos el giro de las aspas del ventilador y escuchando su monótono zumbido.

—Tenemos que irnos —Fredrik la cogió del brazo y la obligó a incorporarse.

—¿Por qué? No somos más que niños. Estamos en vacaciones de verano. ¿Qué puede pasar si nos negamos?

—Ya lo sabes. No sé ni por qué lo preguntas.

La puerta se volvió a abrir. Marianne y Gerd entraron. Marianne tenía aspecto de haber estado llorando, con las mejillas surcadas por lágrimas y churretes de mugre; Gerd la rodeaba con el brazo en ademán protector. Fredrik echó un vistazo al exterior y luego volvió corriendo, se sentó junto a Elin y se llevó el dedo a los labios. Marianne y Gerd pasaron caminando por delante de ellos hacia el despacho. Un tabique muy fino separaba ambas estancias.

—Haré un poco de café. Siéntate un rato —le oyeron decir a Gerd.

—Necesitamos dinero —la voz de Marianne era aguda, entrecortada por la emoción.

—No te preocupes. Compraré el queso si es tan importante para ti. Pero tienes un montón de dinero, ¿no?

—Cuesta mucho dinero llevar una granja. Ni te lo imaginas.

—¿Le has dado todo tu dinero a Micke?

—Llevamos la granja juntos. Es nuestra. Somos una familia.

—¿Eso lo tienes por escrito?

Marianne permaneció sentada en silencio. Jugueteaba con las llaves del coche.

—Aina debe... —Gerd vaciló y luego se calló.

«Debe de estar revolviéndose en su tumba». Fredrik le susurró las palabras al oído a Elin y ella le contestó articulando solo con los labios la palabra «fantasma». Soltaron unas risitas.

Marianne se levantó de un salto y la silla chirrió contra el suelo.

—¿Que Aina debe qué? ¿De estar revolviéndose en su tumba? ¿Sabes lo que te digo? ¿Aina ni siquiera tiene un ataúd en el que revolverse? No es más que una ceniza gris dentro de una urna. Déjame

176

que me ocupe de mi propia vida, por favor. Y tú ocúpate de la tuya. ¿Entendido? Estoy harta de que tengas que saberlo todo. Deja de meter las narices en mis asuntos.

Marianne salió como un relámpago, pero frenó en seco cuando se dio cuenta de que Fredrik y Elin estaban en el almacén. Los niños se levantaron inmediatamente y quedaron de pie frente a ella, mirándola a los ojos. Marianne se acercó a ellos con las piernas separadas y los pies enfundados en su grueso calzado de trabajo.

—¡A casa! ¡Os he dicho que no estéis por aquí holgazaneando! ¿Cuántas veces tengo que repetirlo?

—Ya nos íbamos.

Gerd se puso al lado de los niños.

—Y ahora no la emprendas con ellos. Me están ayudando y no me importa que estén aquí.

Marianne agarró con fuerza a Elin y se la llevó consigo.

—Hay un montón de cosas con las que ayudar en casa. ¡Ya te lo he dicho, deja de meter las narices en todas partes! —le gritó.

AHORA

NUEVA YORK, 2017

Todo ocurre de manera mecánica. Los brazos y las piernas se mueven, la cámara cambia de posición. El dedo acciona el obturador. El ojo se entrecierra para valorar la composición. Ajustes microscópicos del ángulo que crean una visión completamente nueva. Elin dirige a la modelo para que adopte nuevas poses, girando el rostro, subiéndolo, bajándolo y volviéndolo hacia un lado, echando sus hombros hacia atrás, girando su cuerpo. Es la misma joven de la víspera, pero ahora viste de negro, un vestido de noche amplio casi transparente. Tiene la piel pálida, unos ojos llamativos de color gris humo y los labios rojo sangre. Está erguida, con un pie sobre la proa de la barca de remos; la pierna le tiembla del esfuerzo y hace que la embarcación vibre. La plácida superficie del lago se agita levemente dibujando unos anillos que crecen y crecen, creando contrastes en la fotografía que se toma. Elin la reta, le da instrucciones para que ponga cada vez más peso sobre la pierna. La popa de la barca de madera marrón se levanta del agua.

—Es mágico, mucho mejor que con el vestido rosa —le susurra Joe.

Está de pie detrás de ella, mirando la pantalla del ordenador y las imágenes que aparecen en ella a medida que Elin va haciendo fotos.

Todo el tiempo, Elin tiene la cabeza en otra parte; de vez en cuando echa un vistazo al teléfono, que ha colocado con la pantalla hacia arriba junto a sus pies. Ni Sam ni Alice han contestado. Solo el vacío y el silencio. Se estremece pensando en la ira de Alice, cómo la está apartando, acusando. Debe de existir una forma de llegar a ella, no puede perderla a ella también.

Joe le da un leve codazo en las costillas y se sobresalta, sacada de sus pensamientos. Le señala discretamente con la barbilla al director artístico de la revista; está haciendo una señal con los dedos que indica que está contento, que han terminado. Elin baja la cámara sin decir nada y se la tiende a Joe.

—Elin, ¿qué pasa? Pareces tan triste —le susurra, posándole la mano en el antebrazo.

Ella sacude ligeramente el hombro para apartarle la mano, obligándolo a coger la pesada cámara.

—Nada. Todo ha ido bien. Puedes tomarte el resto del día libre. Solo te pido que dejes antes el equipo en el estudio. Me voy a casa —le dice con voz de lastimeramente monótona.

La modelo está regresando a la orilla con una expresión de fastidio en el rostro; lleva el vestido levantado y se le ven los delgados muslos y la ropa interior. El estilista resuella.

—Cuidado con el vestido, atenta, no resbales, hay barro —le repite una y otra vez—. Ese vestido vale treinta mil dólares.

La modelo parece estresada. Avanza lentamente y se estremece cada vez que uno de sus pies se hunde en el barro.

Elin camina hacia ella.

—Igual deberíamos cuidar de Mary, no del vestido —comenta.

Se gana una discreta sonrisa de la modelo, que con su ayuda da un paso hasta el césped. El estilista le seca las piernas con un paño y la modelo tiembla.

Elin se aleja. El director artístico aparece junto a ella. Habla, pero ella apenas escucha el flujo de las palabras que salen de su boca. Se limita a asentir con la cabeza de vez en cuando, observando cómo Joe y los demás desmontan el equipo.

—Tendremos que volver a trabajar juntos pronto —dice cuando él por fin deja de hablar.

Él da un paso hacia ella acercándose demasiado. Ella da un paso atrás.

—¿Es que no has oído lo que he dicho?

De repente vuelve a adoptar el tono irritado de ayer, al darse cuenta de que Elin no ha estado escuchando.

—Tenemos que tomar también un primer plano del vestido, un detalle para que se pueda ver el tejido.

Elin asiente con la cabeza.

—Por supuesto. Joe puede encargarse. Probablemente será mejor hacerlo en el estudio.

Le hace una seña a su ayudante. El hombre que tiene frente a ella sacude la cabeza y suspira.

—Primero una repetición de la sesión y ahora ni siquiera vas a acabar el trabajo —dice—. Pagamos un montón de dinero por que lo hagas tú, demasiado en mi opinión. Lo que espero es que la fotografía la tomes tú, aquí, en el mismo entorno, no que lo haga un ayudante.

Elin aprieta los dientes, saca la cámara de la bolsa con gestos bruscos y camina hacia el vestido que ondea al viento en una percha colgada de una rama. Lo gira con una mano, para que la luz del sol haga que la superficie brille más, y hace cuatro tomas. Cuando baja la cámara, sus ojos se fijan en el tronco del árbol, detrás del vestido, donde una larga hilera de hormigas sube y baja por la irregular corteza. Aparta el vestido y se acerca.

¿Alice, qué estás haciendo? ¿Has acabado el ensayo? Por favor, llámame. Es importante.

Elin camina con el teléfono en la mano, sin apartar la mirada de la pantalla. Alice no coge el teléfono ni contesta a sus mensajes. Comprueba la hora y teclea:

Llámame. ¡Ahora mismo! Ha sucedido algo.

Al cabo de menos de un minuto, Alice llama. Se la oye tensa y sin aliento.

—Mamá, ¿qué ha pasado? ¿Es papá?

—No —Elin hace una pausa.

—Entonces, ¿qué es?

—Nada. Estaba cerca y he terminado de trabajar. Pensé que podríamos tomarnos un café.

Alice suspira.

—Estaba en medio de una postura difícil. Llevo practicando toda la tarde. Me has interrumpido. Y me has asustado. ¿Por qué dijiste que había sucedido algo?

—Si no lo hago no contestas —susurra Elin.

Silencio al otro lado de la línea.

—Alice, por favor —implora Elin.

—¿Dónde estás?

Elin mira a su alrededor.

—Casi al final del parque, en el lado este.

—Vale, ve al Brooklyn Dinner, en la calle 57 con la Séptima Avenida, y espérame allí. Tienen unos batidos estupendos. Iré en cuanto termine la clase. Solo me daré una ducha rápida al acabar.

Elin pide un *cappuccino* mientras espera. La superficie de espuma está adornada con un corazón de chocolate. Con la cucharilla, estira el contorno hacia el borde de porcelana de la taza. Lo convierte en una estrella. Remueve rápidamente, mezclando los colores beis, marrón y blanco. Dibuja otro corazón, cortando la espesa espuma, y luego traza letras: A, E, F.

F de Fredrik. El hecho de que haya vuelto a aparecer justo cuando Sam la acaba de dejar tal vez sea una señal. Mira el reloj. Donde él se encuentra, está atardeciendo. Se pregunta qué estará haciendo, si él también estará solo.

Cuando al fin llega Alice, ella todavía está jugando con la cucharilla. El café se ha enfriado y la espuma casi se ha deshecho.

—Mamá, me has asustado. —Alice se deja caer en la silla

181

frente a Elin con un ruido sordo. Coge la carta—. ¿Puedo pedir algo de comer? Estoy hambrienta.

Elin asiente con la cabeza.

—Pide lo que te apetezca.

Una lágrima le corre a Elin por la mejilla. La enjuga con la mano y se muerde con fuerza el labio para focalizar en otro punto su dolor. Alice baja la carta.

—Pero mamá, ¿qué te pasa? ¿Qué ha sucedido?

—Solo es que estoy muy cansada.

—¿Estás triste?

Elin asiente con la cabeza.

—Sí.

Alice inspira profundamente, como si de repente le faltara el aire. Vuelve a consultar la carta.

—Ya sé lo que necesitas —señala sonriendo una línea del menú.

Elin se inclina hacia delante y lee: *The Chocolatier.*

—Es una pasada, tiene helado de chocolate y turrón con grandes trozos de chocolate. Te va a encantar.

Elin esboza una sonrisa.

—Bueno, pues eso es lo que vamos a tomar. El chocolate siempre funciona —afirma.

—Lo mismo también vuelve a funcionar la cosa entre papá y tú, ¿no?

—No lo sé. En este momento no sé nada.

Los ojos se le vuelven a llenar de lágrimas.

—Hablemos de otra cosa. ¿Puedes contarme algo de cuando eras pequeña? Me encantaría oírlo.

Elin cierra los ojos, pero Alice la ignora y sigue haciéndole preguntas.

—¿Por qué te resulta tan difícil hablar de ello? No lo entiendo. Es tan sencillo. ¿Eras una niña buena o mala? ¿Tenías animales de compañía?

—Sí —contesta Elin alzando con impaciencia la mirada.

—¿Ah, sí, eh? ¿De verdad?

—Sí, un perro. Teníamos un perro. Una border collie blanca y negra.

—¿En la ciudad? ¿Pero no es uno de esos perros pastores que necesita un montón de campo para correr y esas cosas?

Elin asiente con la cabeza.

—Sí, eso es. Solía correr por los campos como el rayo. Era lo que más le gustaba.

—No pensé que te gustaran los perros, tengo la sensación de que siempre te quejas porque ladran.

Elin suelta una carcajada.

—Sí, todas esas bolas de pelo mimadas que son los perritos de ciudad con su ladrido agudo, a esos no los aguanto.

—Pero y el tuyo, ¿no era un perro de ciudad?

Elin elude la pregunta. Intenta dibujar algo más con la cucharilla en el café, pero no queda suficiente espuma para trazar nada.

—Sunny, se llamaba Sunny, y era la perra más cariñosa del mundo. Solía dormir con la cabeza sobre mi almohada.

—¿Qué? ¿Dormía contigo en la cama? ¡Qué asco! —se estremece Alice.

—Sí, puede ser. Pero resultaba muy agradable. También tenía una gata que era solo mía. Se llamaba Crumble.

—¿Como el postre? Qué mona. ¿Te acuerdas de lo que dijiste cuando yo era pequeña y quería tener un gato?

Elin sacude la cabeza.

—No, la verdad es que no.

—Que era mejor no tener animales, porque daba mucha pena cuando se morían. Una cosa muy extraña para decírsela a una niña. De hecho, nunca se me ha olvidado.

—Pero es cierto, ¿no?

—¿A qué te refieres? ¿Debería evitar amar a las personas también? Porque cualquiera puede morir, o marcharse.

ENTONCES

HEIVIDE, GOTLAND, 1982

La mecedora crujía suavemente y el sonido llenaba la casa vacía. Elin estaba sentada en el último escalón y escuchaba. Marianne llevaba allí sentada casi todo el día, mirando al frente y balanceándose. De atrás adelante, de atrás adelante. Nadie había preparado la comida, ni el café de la tarde. Ni una sola palabra había salido de su boca. Ni una sonrisa. Ni siquiera cuando Elin había asomado la cabeza y la había mirado fijamente.

Tuvo que ocuparse ella de los animales de la granja. Micke y Fredrik estaban fuera en los campos. Los días en que había mucha faena no volvían a casa hasta el atardecer. Alcanzaba a oír el eterno tictac del reloj de la cocina y el infernal rugido de su estómago. Había perdido la noción del tiempo.

¿Y Erik y Edvin? ¿Dónde se habrían metido? Necesitaban comer. Aguzó el oído, pero no percibió ningún ruido en el piso de arriba. Salió hacia el establo, cruzando la gravilla a trompicones con sus zuecos; se torció un poco el tobillo, pero siguió caminando con una leve cojera al tiempo que miraba por todas partes. La seguía Sunny, que había estado por ahí todo el día. Cuando Elin se detuvo y le rascó detrás de la oreja, la perra gimió agradecida y le puso la pata sobre el brazo.

Justo delante de ella vio la bicicleta de Edvin, con su sólido sillín rojo del que tan orgulloso estaba.

Al final los encontró en el cobertizo del tractor, rodeados de un montón de trastos que habían utilizado para construirse una guarida. Unos tablones largos e irregulares deteriorados por el sol y el agua. Trozos oxidados de chapa ondulada. Barriles de petróleo. Una rueda de tractor y un saco de heno se habían convertido en un sofá y ambos estaban tumbados en él, con un tebeo del pato Donald muy manoseado entre los dos. Elin se detuvo a cierta distancia y escuchó cómo Erik le leía con gran esfuerzo a Edvin el texto de los bocadillos. Edvin tenía la cabeza apoyada sobre el pecho de Erik. Entre los dos había un paquete abierto de galletas saladas. Se acercó sigilosamente hasta ellos y se hizo un hueco junto a Erik, cogió el tebeo y siguió leyendo a partir del punto que él le señaló. Los niños cogieron cada uno una galleta y se pusieron a mordisquearla. El calor se propagaba bajo el tejado de chapa y sus cuerpos estaban sudados y calientes. En uno de los soportes del tejado se había posado una paloma que arrullaba. En la vegetación que crecía a lo largo de las paredes cantaban las chicharras.

Edvin volcó el paquete de galletas y las migas se le esparcieron por la camiseta.

—Elin, todavía tengo hambre —se lamentó agarrándose la barriga.

—Yo también. Mamá está cansada hoy. Tendremos que prepararnos nosotros la comida.

Elin frió unos palitos de pescado en la sartén de hierro y coció un poco de pasta. Cuando colocó la sartén y la olla encima de la mesa, Marianne se acercó arrastrando los pies y se sentó en un extremo. En una mano llevaba la libreta del banco, cuyas esquinas estaban rotas y en cuyas páginas amarillentas se veían un montón de números escritos a tinta azul y negra. La hojeó mirando fijamente las cifras. Elin le puso un plato delante.

—Mamá, ¿otra vez nos estamos quedando sin dinero?

Marianne alzó la mirada y se encontró con la de Elin. Luego la volvió a bajar y cerró la cartilla, colocando la mano encima como si fuera una tapa protectora. Cogió el tenedor y lo metió en el tarro abierto de mayonesa. Dejó que el suave condimento oleoso se le deshiciera en la boca.

—Estoy segura de que todo saldrá bien. Micke dice que así será. Nos espera una buena cosecha —dijo al fin.

Reunió un montón de facturas que estaban esparcidas encima de la mesa y las metió junto con la libreta en uno de los cajones del aparador. Luego regresó a la mecedora, dejando a los chicos solos en la mesa. Elin sirvió los palitos de pescado, tres para cada uno, y Erik y Edvin se los comieron ávidamente.

No fue hasta más tarde, al final del día, al acercarse el sonido del tractor, cuando Marianne salió de su espesa nube. Fue a la cocina y cogió los platos, en los que los restos de comida se habían quedado secos, los vasos de leche vacíos, la olla en la que no quedaba ni un trozo de pasta y la grasienta sartén. Elin seguía sentada en el banco de la cocina, con la nariz hundida en su libro. Observó los movimientos de su madre, que sumergía la vajilla en agua caliente con jabón; se dio cuenta de que, al oír los pasos cansados de Micke y Fredrik en la terraza, Marianne se erguía y se atusaba el pelo. Micke gruñó cuando se sacó de una patada las botas llenas de barro y las tiró al zapatero. Cuando entró en la cocina, sus calcetines a medio sacar bailoteaban como colas detrás de sus pies. Tenía las mejillas sucias de barro, hasta en su barba incipiente había restos secos de suciedad. Agarró con fuerza el trasero de Marianne y le besó la nuca aplastándose contra ella. Fredrik puso los ojos en blanco y se fue derecho a la escalera.

Micke no soltaba a Marianne. Le mordió la oreja, a lo que ella reaccionó con un gritito. Apurada, se encontró con la mirada de Elin y trató de apartar a Micke. Elin cerró el libro de un golpe y se levantó. Micke nunca se rendía, Elin lo sabía. Giró a Marianne para que lo mirara y ella levantó las manos mojadas y cerró los ojos mientras él la besaba.

Elin pasó por delante de ellos con la mirada clavada en el suelo. Echó un vistazo atrás desde el primer escalón y vio cómo Micke levantaba a Marianne por las caderas. Un vaso cayó al suelo y se rompió. Elin aceleró el paso y subió las escaleras de dos en dos.

Enseguida los ruidos procedentes del dormitorio hicieron que todos los niños salieran de la casa. Erik y Edvin se fueron de nuevo a su guarida del cobertizo, cada uno con una manta bajo el brazo. Elin y Fredrik bajaron por la escalera que estaba apoyada contra su ventana y corrieron de la mano hacia el mar y las estrellas.

El abultado paquete le pesaba en el bolsillo de la cazadora. Había llegado por correo ese mismo día y ella había reconocido inmediatamente la letra, aunque no se había atrevido a abrirlo. A la luz de las llamas de la hoguera sacó el sobre marrón de burbujas y se lo mostró a Fredrik. Este comprendió inmediatamente.

—¿Lo manda él?

Elin asintió con la cabeza.

—Ábrelo, ¿o es que no tienes curiosidad?

—Hace cuatro años que no me ha escrito. Ni una palabra.

—¿Le has escrito tú a él?

Elin pensó en todas las palabras, en cada cosa que le había dicho a su papá. Pero nunca le había mandado nada por correo. Sacudió la cabeza en señal de negación y se disponía a despegar la solapa del sobre cuando Fredrik se lo arrancó de las manos, rasgándolo con un violento ademán.

—Ya está, ahora puedes mirar.

Elin metió la mano en el interior y sacó una caja negra de plástico y un par de auriculares. Examinó aquello sin comprender.

—¡Hala! Es un Walkman. Por lo visto todo el mundo en Estocolmo tiene uno de estos.

Elin lo giró y pasó los dedos sobre los botones.

—¿Y para qué sirve?

Fredrik le colocó los auriculares y apretó el botón. Sonrió cuando oyó la música y balanceó la cabeza al oír los primeros acordes de *Eye of the Tiger.*

Fredrik pulsó el botón de *stop* y sacó el casete para enseñárselo.

—Funciona con cualquier cinta, con todas nuestras recopilaciones.

—Déjame ver, ¿qué pone?

Elin cogió la cinta y leyó la estrecha etiqueta.

La caja de tesoros musicales de Elin.

Había escrito las palabras con mucho esmero, y eso era todo. No había más mensajes. Cuatro años de silencio y, al cabo, un casete. Elin tiró el Walkman hacia un lado y Fredrik consiguió por poco evitar que cayera al suelo. Metió aquel cacharro de plástico negro con cuidado en su bolsillo trasero.

—Mira, podemos llevárnoslo a todas partes.

—Pero ¿cómo vamos a hacer para escuchar la música así? Si solo hay un par de auriculares, no se pueden compartir.

—Me lo puedes prestar, ¿no? No estamos juntos todo el tiempo, ¿a que no?

—Casi todo el tiempo.

—Mañana me voy a casa de mamá, ya lo sabes.

—Quédate...

—Sabes que no puedo. Viene a buscarme temprano. Pero volveré a verte, lo prometo.

Fredrik le dio un empujoncito en el hombro. Ella se hizo un ovillo y descansó la cabeza en el regazo de él, alzando la mirada al cielo. Luego suspiró.

—Cuando te vas todas las estrellas se apagan. Se queda todo negro.

—Entonces tendrás que ser la luna y dejar que te alcancen los rayos del sol. Alumbrar toda la oscuridad. Nunca te olvides de que el sol siempre está ahí, más allá de la oscuridad.

—Empiezas a hablar como un poeta, ¿de dónde te has sacado eso?

—¿Qué? Pues es verdad. No dejes nunca que la oscuridad te devore. No vale la pena. Lucha contra ello.

Elin estiró las piernas y se puso boca abajo. Las piedritas se le clavaban en los codos al apoyar la barbilla en las manos.

—¿Te has dado cuenta de que mamá está otra vez como antes?

—¿A qué te refieres?

—Está en otro lugar, no hace más que mirar fijamente al frente. Como hacía antes de que nos mudáramos aquí. Es casi imposible conectar con ella. Nunca sonríe.

Fredrik resopló.

—No tienen dinero, es por eso. Siempre ocurre lo mismo en esta época del año. Papá derrocha el dinero, no hace más que gastar y gastar. Mi madre siempre se enfadaba por eso, solían pelearse por ello. Pero todo se va a arreglar. Ya lo verás. No tardarán en cobrar el dinero de la cosecha. Y luego volveremos a celebrar. Así es como funciona.

—Ya no queda nada del dinero de Aina, lo he visto en la cartilla de mamá. Se suponía que con ese dinero íbamos a ser felices.

—Tendremos que encontrar otras cosas que nos hagan felices. Y, de todos modos, al diablo con todo esto. Al diablo con el dinero, al diablo con los adultos. Venga, vamos a nadar.

Se levantó y empezó a quitarse la ropa. Tiró una tras otra todas las prendas que llevaba puestas hasta que se quedó en calzoncillos.

Corrieron hacia el agua. El horizonte seguía de un pálido color rosa púrpura, como un recuerdo del sol que acababa de ponerse, y la lengua de agua tenía reflejos de negro y plata. Elin se zambulló primero, buceando en profundidad. Dio largas y potentes brazadas bajo el agua y salió a la superficie cerca de donde Fredrik estaba de pie con los brazos cruzados, tiritando; las gotas de agua relucían en su barbilla. Elin intentó empujarle para que cayera hacia atrás, pero él se le adelantó y desapareció bajo la superficie.

Se secaron tendidos sobre la manta, la de lana que les raspaba la piel como si tuviera miles de agujitas. Luego construyeron una nueva estructura de ramas secas en la hoguera, que era suya y de nadie más, y la encendieron con cerillas sacadas de la desgastada caja que guardaban allí escondida bajo un montón de piedras.

Por la noche todo resultaba muy sencillo. Se envolvieron en la manta húmeda, cada uno por una punta, y dejaron que el fuego los calentara.

AHORA

NUEVA YORK, 2017

Solo faltan unos minutos. Elin está esperando junto a la escalera roja del vestíbulo de la ópera; vigila atentamente la entrada, ansiosa de ver aparecer el pelo rizado de Alice y su deslumbrante sonrisa. Va subiendo de mala gana por la escalera y comprueba la hora. Oye las notas de ensayo procedentes del foso de la orquesta que afina los instrumentos y la gente que hasta ahora tenía alrededor ha desaparecido en el interior de la sala para localizar sus butacas. Oye que las puertas se cierran y los instrumentos quedan en silencio. Lleva un vestido verde esmeralda de delicado encaje muy ajustado sobre un forro de seda. Se ha puesto el collar de diamantes que Sam le regaló hace mucho tiempo, cuando se enamoraron. Tiene el pelo suelto, ondulado con el secador especialmente para la ocasión, una velada muy deseada.

Pero las puertas permanecen cerradas. Suspira profundamente y saca las dos entradas del bolso. Tira una a sus espaldas, que flota escaleras abajo mientras ella sube hacia los palcos.

—¡Mamá, espera!

La voz familiar la detiene: Alice está detrás de ella. Se da la vuelta lentamente. Alice se detiene, se asoma al pasamanos y le hace señas con la mano, exhausta, sin aliento. Su pelo rizado le rodea la cabeza como un halo. Está sudando; se quita no sin esfuerzo la pesada mochila y un jersey gris de punto. Debajo lleva una camiseta verde neón con la palabra *poder* escrita con grandes letras negras. Los vaqueros tienen sendos agujeros en las rodillas y sus zapatillas

191

blancas están llenas de manchas. Elin suspira hondo y le hace señas de que se de prisa. Alice coge su mano.

—¡Lo siento, mamá! Vine corriendo directamente desde clase y no tuve tiempo de pasar por casa a cambiarme.

Elin no contesta. Le señala la entrada que está sobre uno de los peldaños. Luego se vuelve y sigue andando sin decir palabra. Alice recoge la entrada y corre para darle alcance.

—No importa, ¿verdad? No es más que una ópera del programa ordinario, ni siquiera es la noche del estreno. Y, además, vamos conjuntadas —dice con una risita tirando de su camiseta para acercarla al vestido de Elin.

Esta la ignora y abre con mucho cuidado la puerta del palco. Ya han apagado las luces del auditorio. Las cortinas de terciopelo se abren, silenciando inmediatamente el murmullo, y las cuerdas de la orquesta introducen a la audiencia en una pequeña buhardilla del París de la década de 1830.

Elin y Alice están completamente inmóviles, una al lado de la otra. El estrés que le ha causado la llegada tardía de Alice le ha acelerado el corazón a Elin, que tiene la frente y el labio superior perlados de sudor. Se los enjuga con un nervioso ademán. Alice le toca el brazo, lo acaricia y le susurra que la perdone.

Un hombre con una linterna aparece de la oscuridad y enfoca la luz sobre las entradas. Mira descontento señalando hacia la fila ocho y articula solo con los labios: «En el medio». Elin y Alice avanzan sigilosamente y consiguen pasar, pidiendo disculpas a todas las personas que ya están sentadas. Alice se coloca la pesada mochila sobre el regazo y la abraza como si fuera un cojín, al tiempo que, fascinada, clava los ojos en la escena que se desarrolla frente a ella. Al cabo de un momento, mete la mano en la mochila y remueve. Hace ruido y Elin le da un toquecito en la muñeca. Impasible, Alice pesca una chocolatina y se la ofrece a Elin. Esta le vuelve a dar otra palmada en la muñeca, esta vez más fuerte.

—¡Ay! —gime Alice.

—No hagas ruido —le dice Elin.

Su vecino de butaca les sisea para que se callen y ellas permanecen en silencio durante el resto de la representación, incluido el intermedio. Alice se come su chocolatina y Elin sale al baño y regresa a la sala justo cuando están apagando las luces.

La música termina por fin y le sigue una creciente ovación. Luego esta también cesa. Se encienden las luces de la sala y las butacas se vacían. Elin y Alice se quedan sentadas. Al cabo Alice rompe el silencio.

—¿No me vas a hablar en toda la noche? ¿Solo porque me comí una chocolatina?

Alice se levanta. Elin suspira, echa la cabeza hacia atrás y se pone a contemplar los círculos dorados del techo. Percibe la mirada de su hija, pero la ignora.

—Muy bien, pues entonces será mejor que me vaya. Ya veo que no soy lo suficientemente buena para ti.

Elin se vuelve para mirarla. Los diamantes de su collar refulgen, al igual que sus ojos.

—¿Qué quieres decir con eso de que no eres lo suficientemente buena para mí?

—Bueno, eso es lo que piensas, ¿no?

Elin se lleva la mano a la frente y cierra los ojos.

—¡Para! No debes pensar eso —le dice.

—¿Qué debo pensar entonces?

Alice coge su mochila y recorre la fila de butacas. Elin se pone en pie y la sigue.

—¡Pues claro que eres lo suficientemente buena! Habría estado bien si te hubieras arreglado un poco y si hubieras llegado a tiempo, pero estás muy guapa así. Sabes que eso es lo que pienso. He estado esperando este momento, deseando que llegara.

Alice frena en seco y Elin choca con su espalda. Alice no se vuelve.

—Te dije que no tenía tiempo. Estoy estudiando. Así es como van vestidos los estudiantes, por si no te acuerdas, Doña Perfecta. Vine y me encantó la representación. ¿No te basta con eso? Esto no es un puto desfile de modas. Es cultura. Y dudo que a Puccini le hubiese importado.

Elin se pasa las manos por el vestido, cierra los ojos y lentamente cuenta hasta diez.

—Lo siento —dice clavando su mirada en la de Alice.

—¿Te has planteado que tal vez seas tú la que estés exagerando? La ropa no importa, y tú lo sabes. Mira a tu alrededor. La gente ya no va a la ópera vestida de gala. Y no pasa nada por comer un poco de chocolate. A nadie le importa. A nadie excepto a ti.

—Es una velada especial.

—¿Y eso por qué? Es un jueves normal y era una representación ordinaria. Fue realmente buena y estoy contenta de haber venido, pero ¿podemos irnos a tomar algo ahora para que me pueda ir a casa? —dice Alice, poniendo los ojos en blanco.

—Es una velada especial porque estoy pasándola contigo. Te echo de menos cada día —susurra Elin.

Alice no dice nada. Luego se echa a reír.

—Pero entonces, ¿por qué estás tan enfadada cuando nos vemos? Vale, este es mi aspecto, pero sigo siendo yo.

Elin asiente con la cabeza.

—Te di dinero la semana pasada para que te compraras unos zapatos nuevos. Pareces una pordiosera —murmura, señalando el mugriento calzado de Elin.

—Sí, pero es que no necesito unos zapatos nuevos. Estos me valen. Doné el dinero. A unos niños en Tanzania. *Ellos sí* que necesitan zapatos nuevos.

Alice articula exageradamente, poniéndose poco a poco de puntillas.

Elin vuelve a contener la respiración, vuelve a contar hasta diez para sus adentros. Observa el pelo desarreglado de Alice, con esos rizos que se disparan en todas las direcciones, las pobladas cejas que nunca se ha depilado. Tiene un aspecto tan salvaje y al mismo tiempo es tan hermosa…

—¿Podemos rebobinar, por favor? Tengo un par de vaqueros en

el estudio, no está tan lejos. ¿Por qué no pasamos por allí y me cambio? Y luego nos vamos y comemos en… algún lugar. Tienes razón, a veces exagero.

Alice asiente con la cabeza.

—¿Eso lo llevas por mí o por papá? —le pregunta, señalando el collar.

Elin se lleva la mano a los diamantes.

—Simplemente me apetecía ponérmelo hoy —murmura.

—¿De verdad significa tanto para ti? ¡Vaya, qué tristeza! No entiendo por qué vivís separados si todavía os queréis tanto.

—Yo tampoco lo entiendo.

—¿Estás culpando a papá?

—Sí.

—Entonces creo que tienes que volvértelo a pensar. Llevas años sin coincidir con él en casa. No haces más que trabajar. Y cuando no estás trabajando, estás pensando en el trabajo. O hablando de ello. Habla de otra cosa, de algo interesante. Deberías intentarlo la semana que viene, cuando vayamos a cenar para celebrar mi cumpleaños. Cuéntale algo que no sepa.

Elin le vuelve la espalda a Alice, baja la escalera roja, cruza el vestíbulo que se ha quedado vacío y sale a la oscuridad de la noche. Tiene los ojos arrasados en lágrimas. Sus altos tacones resuenan sobre el pavimento. Alice corre tras ella, camina a su lado y se empeña en cogerla del brazo. Cuando llegan a Columbus Avenue, Elin baja a la calzada y para un taxi.

—Vaqueros, entonces. Azules. ¿Lo prometes?

Alice sonríe y echa hacia adelante la barbilla, avanzando exageradamente la mandíbula inferior. Menea la cabeza de un lado a otro.

—Lo prometo. Tengo un par. Deja de poner esa cara, me asusta —Elin ríe y el gesto hace que se le escape una lágrima que le baja por la mejilla.

—Lo creeré cuando lo vea —dice Alice atrapando tiernamente la lágrima con su dedo índice.

***

Alice da un par de pasos de danza por el suelo pintado de blanco del estudio, una pirueta tras otra, de una pared a la de enfrente. Elin, que todavía lleva puestos el vestido verde esmeralda y los zapatos de tacón, capta sus movimientos con la cámara. Sigue fascinada con el cuerpo rítmico y flexible de su hija. Alice se detiene y arquea el cuello y la espalda hacia atrás. Cuando sus rizos rozan el suelo, se sostiene con las manos y alza una pierna hacia el techo. Sus vaqueros emiten un chasquido y cae hacia un lado soltando una carcajada. Se ha roto el hechizo y Elin baja la cámara.

—Son los vaqueros, lo juro —dice entre risas, todavía desmadejada en el suelo.

—Sí, claro, échale la culpa a los vaqueros.

Elin deja la cámara a un lado y se pone frente al ordenador. Pasa las imágenes que acaba de tomar, selecciona una de ellas, la recorta y varía un poco la gama cromática.

—Toma, ¿te gusta esta como foto de perfil?

Alice se acerca por detrás de su madre y estudia su propia imagen. Elin la ha captado en movimiento, desenfocada, con la melena al viento. Destaca la inscripción de la camiseta.

—¡Qué pasada, es perfecta! Eres mágica, no entiendo cómo lo haces.

—Tú sí que eres mágica, eres tú moviendo tu cuerpo. Yo solo plasmo la realidad tal como es.

Elin sigue ajustando un poco la gama cromática para resaltar todavía más el texto de la camiseta.

—Bah. Tu realidad no es realidad. ¿O es que te crees que todos tus sofisticados retratos para *Vanity Fair* y *Vogue* son reales? No me extraña que a la gente le entren complejos.

Elin cierra el ordenador y se vuelve hacia Alice.

—Bueno, incluso en la realidad hay distintos tipos de luz. Tú misma tienes mejor aspecto bajo un tipo de luz y peor bajo otro.

—No, para, no empieces a defender los retoques. Toda imagen

retocada debería ir acompañada de un aviso —protesta Alice alzando los brazos al cielo.

—Por favor, no hablemos de eso ahora. Lo hemos hecho ya miles de veces. Para empezar, la mayoría de las personas a las que yo fotografío son más atractivas que la media. Y con una buena luz y un buen maquillaje resultan todavía mejor. Pero también puedes conseguir una luz mágica en la realidad, en una playa cuando se está poniendo el sol o en una pradera con niebla. Bajo algunos tipos de luz, todo el mundo resulta más atractivo. *Todo* resulta más atractivo, no solo las personas.

Alice no dice nada. Vuelve a levantar la pantalla y estudia la imagen, comparándola con el original.

—Vale, vale, tienes razón, la imagen es más atractiva. Gracias por la foto. Pero ahora no la retoques más, está bien así. Preciosa, mágica. Aunque no particularmente realista —dice arrugando la nariz de modo que todo su rostro se arruga en una mueca.

Elin agarra la cámara y dispara inmediatamente.

—Toma, una foto de perfil perfecta. Totalmente real —le dice mientras Alice sonríe con suficiencia.

—No, gracias. Paso de esa. Alguna ventaja se me concederá, teniendo en cuenta que mi madre es una estrella.

—Tú también podrías ser una estrella. Está claro que has estado practicando muchísimo y eres una verdadera estrella de la danza. Es una maravilla.

—Vale, vale, ni lo intentes, las dos sabemos cuál de nosotras es la estrella —suspira Alice—. Ahora ve y cámbiate. Vaqueros, me lo prometiste. Me muero de hambre y quiero una *pizza*. Y Coca-Cola.

Elin desaparece por la escalera de caracol que lleva al despacho del estudio mientras Alice se recuesta en el sofá. Elin se detiene y la contempla, con los edificios y los puentes sobre el East River de telón de fondo al otro lado de los inmensos ventanales. La música que hasta aquel momento llenaba la habitación ha parado, dejando sitio al continuo y sonoro ronroneo de los motores y las sirenas de la calle. Alice se vuelve a levantar otra vez y camina por el estudio.

Suelos blancos, paredes blancas, armarios blancos, mesas blancas. Solo las lámparas, con sus pantallas de tela blanca y negra, interrumpen esa claridad.

—¿Dónde esta el aparato de música, mamá? ¿Lo has tirado?

—¿Aparato? La música estaba sonando en mi móvil, de Spotify.

—Ponla otra vez entonces.

—Ahora mismo, bajo ahora mismo. No tengo el móvil aquí arriba —le contesta.

Cuando Elin baja del despacho, ve a Alice sentada con el cuaderno negro en la mano y el bolso de Elin a su lado. Está hojeando lentamente las páginas llenas de contenido.

Los escalones crujen y vibran cuando Elin los baja corriendo de dos en dos. Se ha puesto unos vaqueros ajustados, una camisa blanca de cuello abierto y unas botas altas marrones de motorista. Lleva el pelo recogido en una coleta. Alice cierra el cuaderno de un golpe cuando la oye bajar. Elin cruza la habitación a la carrera y se lo arranca de las manos.

—Esto es privado, es mío. Venga, vamos —dice guardando el cuaderno en el bolso que aprieta contra su cuerpo.

—¿Estás llevando un diario?

Alice sigue sentada en el suelo, estupefacta.

—No es más que un proyecto, no lo entenderías. Son… notas —dice Elin, consciente de que su voz suena seria y estresada.

Le tiende una mano a Alice y la ayuda a ponerse en pie.

—Parecía un mundo totalmente distinto. ¿Qué era esa casa, una granja?

—No es más que un juego, ya te lo he dicho. Vámonos —dice Elin volviéndose de espaldas.

—¿Un juego? Hace un momento era un proyecto.

—Vale, vale —suspira Elin—, un proyecto entonces…

—Había muchísima naturaleza: árboles, flores, granjas. Creía que odiabas el campo.

—Sí, así es, odio el campo. Soy un ratón de ciudad. Venga, vamos, que tengo hambre.

Elin apaga los focos del techo y el reluciente suelo del estudio refleja las luces de la ciudad. Alice se resiste.

—¿No se te estará yendo la pinza?

—¿Por qué dices eso?

—Hay algo que me resulta extraño. No eres tú misma.

Elin sacude las llaves haciéndolas sonar fuerte.

—Voy a cerrar, ¿te quedas aquí?

Alice se pone el jersey y carga con la mochila. Señala las botas y los ajustados vaqueros de Elin, que llevan un adorno de pedrería en el bolsillo de atrás.

—Eso que te has puesto no es un vaquero.

—¿Cómo? Pues claro que sí. ¿Qué le pasa?

—Sigues teniendo aspecto de recién salida de una página de una revista de moda. ¿Es que nunca puedes ser normal sin más?

—Al menos no me han retocado.

Alice pone los ojos en blanco.

—Ah, ¿no? Si llego a tener el cutis tan terso cuando esté a punto de cumplir los cincuenta, entonces te creeré.

ENTONCES

HEIVIDE, GOTLAND, 1982

Micke abrió la puerta de golpe, sin llamar. Elin se subió el edredón hasta cubrirse cabeza y se apretó contra la pared, pero era demasiado tarde: él se dio cuenta de que ella estaba allí y tiró con brusquedad del edredón. Ella estaba desnuda, cubierta solo con unas braguitas rosas de algodón. A tirones, trató de volver a agarrar el edredón, pero él no lo soltaba. Elin siguió tirando obstinadamente.

—Son casi las once —dijo él, severo, dando golpecitos en su reloj sin quitarle a Elin los ojos de encima.

—Hoy no me apetece levantarme.

Elin se volvió de espaldas, con los brazos cruzados sobre el cuerpo para proteger su desnudez.

—Estoy hablando en serio. Venga, arriba, esto no es un hotel. Marianne me ha dicho que esta mañana ha tenido que ocuparse de las cabras ella sola. Sabes perfectamente que esa es tu tarea.

Elin volvió a darse la vuelta y trató de alcanzar el edredón.

—Dame el edredón, por favor. No eres mi padre —dijo Elin alzando la voz al tiempo que tiraba con fuerza del tejido estampado que él sujetaba con la mano.

Micke tiró el edredón al suelo con desprecio, lo que hizo que Elin se desequilibrara y cayera para atrás sobre la cama.

—Mocosa de…, deberías estar dando botes de alegría por poder vivir aquí y no en la pocilga de la que viniste.

—¡¿Pocilga?! —gritó Elin incorporándose, ignorando el agobio que le había causado estar desnuda, su piel morena reluciente bajo la luz del sol que se colaba por la ventana.

Micke se inclinó sobre ella.

—Pocilga, sí. ¿Se te ha olvidado?

—¿De qué estás hablando?

—Tú y tu madre no erais nada antes de conocerme. Nada.

Elin sintió que el corazón se le desbocaba.

—¿De qué estás hablando? Tú ni siquiera tendrías una granja de no haber sido por mamá y por el dinero de Aina. Nosotros éramos los que teníamos dinero. ¿Te acuerdas? Y ahora ya no queda nada. ¿Te crees que no lo sé?

—No deberías hablar de cosas que no entiendes. ¿Me oyes? Y estoy seguro de que tú eres tan zorra como lo era ella. A saber lo que tú y Fredrik habréis estado haciendo para que te deprimas tanto en cuanto se marcha. Sois hermanos, maldita sea.

Le señaló sus incipientes pechos y resopló. Elin recogió el edredón del suelo y se envolvió en él tan apretadamente como pudo.

Se quedaron mirándose fijamente y luego él dio media vuelta y salió de la habitación. Elin se puso una camiseta corta y corrió detrás de él.

—¡No pienses ni por un segundo que estoy aquí porque quiero! —le gritó—. Odio estar aquí. Puedo volver a mi casa. Puedo marcharme hoy mismo si quieres deshacerte de mí.

Micke se detuvo unos escalones más abajo y alzó la mirada hacia ella por encima del hombro. Marianne estaba gritando algo desde su mecedora en el salón, pero ninguno de los dos oyó lo que dijo ni le contestó.

—Ahora vas a cerrar la boca, niñita, ¿me oyes? ¡Que te calles!

—No eres más que un ladrón. Te has quedado con nuestro dinero. No pienses que no lo sé.

—Te he dicho que no hables de cosas que no entiendes.

Micke volvió a subir un escalón y ella retrocedió un paso. Durante un buen rato permanecieron allí de pie mirándose. Vio las gotas de sudor que perlaban la frente de él. Su mirada amenazadora le hizo pensar cosas que era mejor no pensar. Siguió retrocediendo, pero entonces él golpeó violentamente la barandilla con la palma de la mano. Elin se sobresaltó aterrorizada. Él se acercó y su olor a sudor y a tabaco de mascar le dio náuseas. Su sibilante respiración retumbaba entre las paredes desnudas.

Elin volvió a dar un paso vacilante hacia adelante, hacia Micke. Su corazón le estallaba dentro de las costillas. Él alzó un puño en el aire y lo agitó amenazadoramente hacia ella. Elin alcanzó a ver las arruguitas que se le formaban alrededor de los labios. Se detuvo.

—Déjame pasar. Quiero bajar con mamá.

Micke arqueó las cejas.

—¿Con mamá? ¿Te he asustado?

Ella se movió hacia un lado e intentó colarse por el hueco de su costado, pero él echó el cuerpo hacia atrás con todas sus fuerzas comprimiéndola contra la barandilla. Ella se debatió intentando respirar.

—¡Suéltame! —consiguió decir casi sin aliento.

El musculoso cuerpo de Micke aplastaba el suyo. Sintió cómo la sangre le subía a la cabeza, cómo las venas del cuello se le hinchaban.

—¡Mamá!

Aquel grito salió de su garganta como un chillido agudo. Micke soltó una potente y fingida carcajada. Apoyó su peso todavía más sobre Elin. Ella consiguió liberarse una mano y girarla y le clavó los dedos en la espalda tan fuerte como fue capaz. Él dio un salto y de repente la liberó de la presión. Elin cayó medio desmayada al suelo, luchando por respirar.

—¡Maldita mocosa! ¿Has visto lo que me has obligado a hacer?

Se acercó a ella, le clavó la mirada. Tenía los dientes manchados de marrón de mascar tabaco.

—¡No tienes permiso para pegarme! —le dijo Elin sin apartar la mirada, de repente no sentía ningún temor.

—¿Y qué vas a hacer? ¿Llamar a los servicios sociales? ¿Llamar a tu padre que está en la cárcel?

—Mi padre jamás me pegó.

—Pegaba a tu madre.

—A ella tal vez, pero a mí no.

Micke sonrió con desprecio. Su aliento le provocó a Elin una arcada y apartó la cabeza.

—¿A esto lo llamas pegar?

Elin asintió con la cabeza.

—No vuelvas a tocarme. No eres mi padre —le dijo, primero con un hilo de voz, luego subiendo el tono.

Dio unos pasos hacia él y empezó a gritar.

—¡No me vas a volver a tocar! ¿Te enteras?

Micke la atacó tan súbitamente que casi no pudo reaccionar. Le dio una bofetada y toda su cabeza se giró. Un pitido agudo resonó en su oído y volvió a caer tambaleándose hacia la barandilla. Se frotó la mejilla con la mano, sin salir de su asombro. Le picaba la piel, como si la mano de él todavía estuviera allí.

—Ni una palabra de esto a Marianne, ¿me oyes? Si lo haces las va a pagar ella, y será diez veces peor que esto.

Se inclinó sobre ella y sostuvo el puño cerrado delante de su cara. Elin se encogió y retrocedió, quedando nuevamente aplastada contra la pared.

—Ni pío, ¿me oyes? Y en adelante te levantarás a tu hora y saldrás a ayudar en la granja. No estás de vacaciones, si es lo que crees. Eres bastante mayor para trabajar —le dijo.

Elin pasó por delante de él sin mediar palabra y bajó corriendo las escaleras de dos en dos. Las lágrimas brotaban de sus ojos. Salió de la casa descalza, sin más ropa que la camiseta y las braguitas.

Veía el suelo borroso ante ella. Mantuvo la mirada clavada en el sendero, el caminito que iba serpenteando a través de los retorcidos pinos del bosque hasta el mar. Tenía los ojos arrasados en lágrimas y la nariz llena de mocos. Las zarzas se habían hecho más tupidas a lo largo del verano y le arañaban las piernas, pero le daba igual. Sus pies desnudos pisaban la tierra en línea recta, evitando las piedras y las raíces. Del mar procedía un viento que dominaba el calor del verano y puso piel de gallina a sus piernas desnudas.

Elin no se detuvo hasta que llegó a la playa y cayó a cuatro patas, jadeante y exhausta. Respiraba con dificultad y agitadamente. Presa del pánico, se debatía por llenar los pulmones de oxígeno. La cabeza le daba vueltas. Se encogió en posición fetal y se puso a mirar el mar y el lejano horizonte. Las olas estaban moteadas de crestas blancas, los carrizos se mecían al viento. El bosque ya no la protegía del viento y tenía frío.

Permaneció allí tumbada durante mucho tiempo, tarareando en voz baja una melodía, su melodía, la de los dos. Las notas se perdían en el rugido del mar. Nadie podía oírla, no había nadie. Estaba a salvo en su aislamiento. Su respiración se fue sosegando.

Cuando el sol se hallaba justo por encima del acantilado, había dejado de llorar. Sabía que la tarde estaba avanzada, pronto se haría de noche. Se levantó y empezó a juntar ramitas secas en los brazos: retorcidas, podridas, sanas, largas, cortas. Las transportó hasta la hoguera, suya y de Fredrik, y echó todos los palos en el hueco donde prendían el fuego.

Todavía estaba allí su manta, tendida sobre una gran piedra. Y el libro sobre las estrellas, el que habían ido consultando para tratar de comprender el infinito que los rodeaba. Las páginas estaban desgastadas y el lomo reforzado con papel celo. Se sentó en la piedra y consideró el montón de palos. Cubría toda la base de la hoguera, pero no le pareció suficiente. Dio otro paseo y volvió con un nuevo cargamento de ramas en los brazos. Y así una y otra vez. La leña ya cubría todo el hueco y sobresalía por los bordes, lista para hacer una gran fogata. Elin echó dentro todo lo que encontró. Grandes y pesadas ramas del bosque, las que habían caído durante las primeras tormentas y se habían quemado al sol. No hacía frío, pero Elin estaba helada. El viento la hacía tiritar y le ponía la piel de gallina. Necesitaba calor. Enseguida lo encendería. Solo tenía que recoger un poco más de leña para hacer el fuego todavía más grande.

AHORA

NUEVA YORK, 2017

El estudio está cubierto de terciopelo morado, muchos metros de brillante tela. Cubren la pared, el suelo y la silla en el visor de la cámara. Las olas de tejido evocan el agua, suave y ondulante. Una estilista y su ayudante gatean por el suelo, ajustándolo todo, haciendo que el tejido flote. Entre los paños disponen flores rosas. Rosa y morado, como el sueño de una niña. Ante la mesa de maquillaje está sentada una niña. Pero no una cualquiera. Es una estrella infantil consagrada, con su propio agente supervisando todo lo que hace la maquilladora. Lleva el pelo pelirrojo peinado con bucles. El rostro empolvado. Parece cada vez más una muñeca de porcelana. Los labios, pintados de rosa oscuro, hacen un mohín de enfado. Extiende la mano mientras le pintan las uñas de rosa pálido. Elin está de pie detrás de la silla y la estudia en el espejo.

—No le pongas tanto polvo. Quiero que se aprecie la estructura de la piel. No es más que una niña, ha de resultar real.

La maquilladora mira alternativamente a Elin y al agente varias veces, confusa. Sostiene en alto la brocha de los polvos. El agente le hace señas de que siga.

—Déjala perfecta. Tiene que estar perfecta —dice zanjando la cuestión.

Se vuelve hacia Elin.

—¿Y a qué viene esto ahora? ¿De repente eres tú quien decide o que?

206

Elin se da la vuelta y se dirige hacia la escalera de caracol.

—Haz lo que quieras, suele salir bien. Todo lo demás está dispuesto y listo. Avísame cuando lo esté *ella*. Avísame cuando esté… perfecta —vacila antes de pronunciar la última palabra, como si no estuviera segura de que sea la adecuada.

En el salvapantallas van pasando fotografías de Alice. Sam también aparece en unas cuantas. Le sonríe a ella, sonríe a la cámara, sonríe a Alice. Hace clic en el ratón para hacerlo desaparecer y abre el buscador. Teclea el nombre de Fredrik y pulsa *Intro*. Opta por ver únicamente resultados de imágenes. Miles de hombres trajeados le sonríen. Se desplaza por la pantalla, aquello no termina nunca. Todos son hombres distintos pero iguales en cierto modo. Hace una nueva búsqueda introduciendo el apellido y sostiene el dedo sobre la tecla de *Intro* sin pulsarla. Estudia las letras. *Fredrik Grinde*.

Borra la palabra *Fredrik* y se contenta con una búsqueda inicial de *Grinde*. Esta vez solo le salen veleros. Embarcaciones que llevan su nombre. Alguien la llama desde el piso de abajo. Hace un par de respiraciones profundas y luego baja. La niña ya está sentada en la silla. Lleva un sencillo vestido de algodón blanco y levanta mucho la barbilla. Todo en ella es falso. Maquillada hasta en sus brazos desnudos. La melena parece una hoguera en llamas. Elin se acerca y ajusta los pliegues de la tela morada a su alrededor. Pasa la mano por la suave superficie. La niña se impacienta cada vez más.

—Más vale que vayas a coger tu cámara —se queja—. *Yo* estoy lista.

Elin se levanta y se dirige al agente.

—No puedo hacer esto.

—¿A qué te refieres?

—Es repulsivo. No es más que una niña. Parece una muñeca.

—De eso se trata.

—¿A quién pretendes engañar?

—¿Qué quieres decir?

—¿Por qué no puede ser simplemente quien es? Quiero ver sus pecas. Quitadle toda esa porquería.

—Bueno, doña Estrella Fotógrafa, basta ya. Nosotros somos los que pagamos. Hazle la foto y no trates de interferir en nuestra estrategia.

El agente cruza los brazos y se la queda mirando.

—Tal vez la estrategia debería ser procurarle una infancia feliz, ¿no? En lugar de esta fachada enfermiza.

La madre de la niña se levanta del sofá en el que estaba sentada con un libro en la mano, camina hacia el agente y le susurra algo al oído. Él la aparta.

—Lo tengo todo controlado. Ya me ocupo yo de esto.

La madre mira a Elin, que vuelve la cabeza para otro lado. El agente da un paso hacia ella.

—Las fotografías no tienen que parecer *reales*. No sé lo que te pasa, nunca antes te había visto así. Su siguiente película se estrena dentro de un mes. Necesitamos estas fotografías. Así que dale al obturador, maldita sea, y haz que surja tu magia. Sé tú misma.

Durante la conversación, la niña permanece perfectamente quieta, sin un atisbo de emoción en el rostro. Sigue manteniendo la barbilla levantada y el vestido está exactamente como se lo puso la estilista. Elin se acerca a ella. Comienza muy cerca. Toma fotografías que solo muestran los grandes ojos verdes de la niña y luego, lentamente, retrocede. El agente, la estilista y la maquilladora están delante de la pantalla del ordenador, viendo cómo aparecen una fotografía tras otra. Elin se siente cautivada por la increíble presencia de la niña y enseguida se olvida del artificio.

Esa tarde se queda dormida envuelta en un trozo del terciopelo morado. Le recuerda una manta que tuvo una vez. La que tanto la alivió cuando tenía la piel de la mejilla roja y le escocía.

* * *

Oye claramente el mar. Las olas rugen en sus oídos rompiendo una y otra vez en la orilla. Se agacha bajo las ramas ennegrecidas y se arrastra hacia delante entre los troncos de los árboles. El lugar está desierto y todo está quemado, todo ha desaparecido convertido en restos calcinados. No encuentra el mar, aunque puede oírlo. Busca por todas partes. El sonido se hace más débil, luego más fuerte. Echa a correr. El suelo está ennegrecido y cubierto de ceniza y cuando tanteando posa un pie y luego el otro se hunden en esa materia, caliente y luego fría. Ve cómo las llamas le lamen las piernas desnudas y corre todavía más aprisa. Las llamas suben de la tierra, cada vez más altas, hasta alcanzarla. Las esquiva, saltando de un lado a otro. El mar vuelve a estar cerca, lo oye claramente. El agua salpica, ruge, le susurra al oído. Alza la mirada. Por encima de ella no hay más que un espeso humo gris. Una gran alfombra burbujeante que se le viene encima. No hay cielo ni estrellas. Oye una voz lejana que susurra:

—Estoy aquí.

Es él, es Fredrik. Grita su nombre.

—Hermano, ¿dónde estás? Deja que te vea.

Se da media vuelta buscándolo. Las llamas suben rodeándole el cuerpo. No siente dolor.

—Fredrik, sal.

Ahora las llamas le llegan a la cara, titilan delante de sus ojos. La voz se acerca.

—La estrella. He perdido mi estrella —susurra.

—Fredrik. Te oigo. Ven a mí. Estoy aquí.

Tiende los brazos hacia él. Está ahí, acierta a ver su rostro a través de las llamas. Sonríe. De la barbilla le caen gotas de agua. El fuego silba a su alrededor. Su pelo está en llamas. Ella lanza un grito.

Elin abre los ojos de repente. Está bañada en sudor y las sábanas de seda se le pegan heladas al cuerpo. Todavía es de noche. En el techo bailan las sombras que arrojan las plantas de la terraza que se mecen en la brisa. Tiene el corazón acelerado y respira como si acabara de volver de correr. Aparta el trozo de terciopelo morado, ahora húmedo. Se quita la camiseta de tirantes que utiliza para dormir y la tira al suelo. Tiene el cuerpo empapado y áspero. Se tapa con el edredón del lado de Sam y enciende la luz. No lo ha lavado y no ha dejado que la asistenta entrara en el dormitorio desde que él se marchó. Todavía huele a él, pero cada día el olor se hace más tenue.

Saca el cuaderno y lo hojea hasta encontrar una página en blanco. Empieza a dibujar esbozos de flores y eso la ayuda a tranquilizarse.

Margaritas, campanillas, tréboles. Lo convierte en un ramo. Le pone un jarrón, añade tallos, finas líneas a lápiz que salen de cada una de las flores. Cuando ha terminado arranca la página y escribe en sueco:

Gracias por la estrella. Aquí tienes un ramo de flores de verano.

ENTONCES

HEIVIDE, GOTLAND, 1982

El fuego no prendía. Elin rascaba una cerilla tras otra contra la caja y las acercaba a la leña; pronto se acabaron las cerillas de su reserva secreta. Las incipientes llamas de la hierba seca se apagaron enseguida. Le dio una patada a una piedra, luego a las ramas y tiró la caja de cerillas a la hoguera.

Estiró la camiseta tratando de alargarla, pero apenas le llegaba a la cinturilla de la braga. Cogió la manta y se la ciñó a la cintura. Estaba áspera del agua salada y de la de lluvia que se habían secado al intenso calor del sol. No tardó en volver al camino, corría con la manta ondeando a su espalda y las piernas desnudas asomando por la abertura del tejido. Cuando llegó a la altura de la tienda se apartó del camino.

Gerd se rio al verla entrar por la puerta de cristal.

—¿Pero de qué vas vestida? ¿Es lo que se lleva ahora?

Sin contestar, Elin permaneció de pie junto a la puerta, buscando con la mirada las cerillas. Las encontró en la estantería detrás de la caja.

—Estás helada. ¿Quieres un poco de chocolate caliente? No tardaré en cerrar, pero nos da tiempo a tomarnos una taza.

Elin asintió con la cabeza. Cuando Gerd entró en la cocina, Elin cogió rápidamente unas cuantas cajas de cerillas y las escondió debajo de la manta, en la mano con la que la mantenía sujeta.

—Toma, bébete esto —le dijo Gerd tendiéndole la humeante

taza, y sobre el mostrador colocó un platito de galletas de vainilla decorado con flores. Elin, agradecida, cogió una galleta y se la metió entera en la boca. Le dolía el estómago de hambre después de un día entero sin comer.

—Casi tan buenas como las de Aina —farfulló con la boca llena de migas.

—Casi, sí, pero no igual de buenas. No sé lo que les ponía en la masa para que resultaran tan sabrosas y crujientes. He buscado la receta por toda la casa.

—Aina nunca utilizaba recetas. Hacía las cosas según le parecía mejor, se lo sabía todo de memoria.

—Sí, eso creo. Era mágica, ¿verdad?

—Tú también eres mágica. Tus galletas están igual de buenas.

Elin cogió otra galleta. Esta vez la mordisqueó y dejó que el dulzor se le deshiciera en la boca.

—¿Cómo van las cosas en la granja? ¿Estás triste porque se ha marchado Fredrik?

Elin no contestó. Gerd siguió hablando, como si ya conociera la respuesta.

—Claro que estás triste. Vosotros dos siempre habéis sido uña y carne. Yo tenía miedo de que algo pudiera cambiar…, ya sabes, cuando…, pero eso no os separó. La amistad debe de ser al menos tan fuerte como el amor.

—La amistad también es amor, ¿no? —preguntó Elin volviendo el rostro hacia Gerd.

—Claro, supongo que sí. ¿Se portan bien contigo Marianne y Micke? ¿Tienes que trabajar mucho?

Elin extendió la mano hacia Gerd y le mostró los callos que le habían salido en la palma.

—¡Cielos! Sabes que siempre puedes venir a verme si hay algo de lo que necesites hablar.

Elin asintió con la cabeza. Gerd siguió adelante con la conversación.

—Me encanta cuando vienes, me alegra el día.

—Sí, pero ahora tengo que marcharme —dijo Elin tomándose el último trago de chocolate caliente y poniéndose en pie.

—Los jóvenes siempre andáis con prisas. Quédate otro ratito y te daré más galletas. Hay también de avellanas.

Gerd abrió la lata de las galletas, pero Elin ya estaba en la puerta. Gerd le tendió una galleta.

—Toma, llévate esto.

Elin se volvió y la cogió. Se la metió en la boca, todavía hambrienta.

—He oído que Lasse ha salido de la cárcel. ¿Has tenido noticias suyas? ¿Va a volver?

Elin negó con la cabeza.

—Yo pronto tendré catorce años. Ya no necesito un padre. Ni a Lasse ni a Micke.

—Si tú lo dices.

—Sí, me las apaño sola.

—Yo creo que tu padre volverá pronto, ¿no te parece? Debes de echarle de menos.

—No lo sé. Tengo que irme. Por cierto, ¿no tendrás algún líquido inflamable?

—¿Y para qué lo quieres?

—Me dijo Micke que te lo pidiera, no sé para qué lo quiere —le mintió evitando su mirada.

—Tengo media botella si acaso. Pero si la quiere, es suya.

Gerd volvió a desaparecer y Elin se inclinó ágilmente sobre el expositor de golosinas. Dos paquetes de caramelos se sumaron a las cajas de cerillas bajo la manta, de menta y chocolate. Se sobresaltó cuando oyó la voz de Gerd desde las escaleras del sótano y tiró de la manta para ocultar los productos que había robado. Los paquetes crujían y asomaban. Agarró la manta y apretó el brazo firmemente contra su estómago.

—Es bastante viejo. No reconozco la marca. Pero aquí pone algo de alcohol metílico —dijo Gerd escudriñando la etiqueta por encima de las gafas.

—No importa. Estoy segura de que servirá —dijo Elin cogiéndole la botella de la mano y dirigiéndose rápidamente hacia la puerta de cristal.

—Voy a cerrar ahora, puedo llevarte a casa.

—Gerd la siguió con la llave en la mano, pero Elin hizo como si no la oyera y dejó que la puerta se cerrara de golpe a sus espaldas.

A través de los árboles pudo divisar una débil luz en la oscuridad procedente de la casa de Aina. Allí había alguien. Elin se detuvo en el camino de gravilla y se puso tensa, incapaz de mover las piernas ni los brazos. La manta arrastraba por el suelo. ¿A quién se le iba a ocurrir entrar en la casa de una muerta? Dejó todo en un montón: la manta, las cerillas, los caramelos y el alcohol de quemar, y se acercó sigilosamente a la valla. La luz procedía de la ventana del cuarto de estar. Una de las cortinas de encaje colgaba torcida y gruesas telarañas brillaban como la plata bajo la blanca luz de los tubos de neón. En las pálidas paredes bailoteaban unas sombras. Había alguien en la casa. Se quedó mirando la ventana, escuchando los ruidos procedentes del interior. Alguien estaba rebuscando entre las cosas que habían quedado en la casa abandonada. Un coche se detuvo en el sendero y Elin corrió a la parte de atrás para esconderse. Se subió a unos muebles de jardín que estaban amontonados en el lateral de la casa y escudriñó el interior. Vio un rostro detrás de las cortinas: Marianne. Se movía a tientas por la habitación con un cigarrillo en la mano y una nube de humo a su alrededor. Con la otra mano, rebuscaba en los cajones y los armarios.

Marianne se sobresaltó cuando oyó una voz. Elin también; casi perdió el equilibrio y se tuvo que agarrar al alféizar para no caer al suelo. Era Gerd, que también había visto las luces. Entró como un vendaval en el cuarto de estar. Su voz sonaba metálica y débil a través del cristal de la ventana.

—Marianne, pero ¿qué estás haciendo? Pensé que había un ladrón.

Marianne y Gerd estaban frente a frente en la luminosa estancia.

El suelo estaba sembrado de objetos: cubiertos de plata, jarrones, piezas de porcelana. Marianne parecía un cuadro abstracto torcido. La frente y el labio superior perlados de sudor, lágrimas en los ojos, la melena descompuesta, el carmín corrido por fuera del contorno de los labios, la camisa arrugada y desabrochada colgando hacia un lado, dejando al descubierto el hombro y la camiseta. Tiró lo que tenía en la mano, un jarrón y una cuchara de madera, y el jarrón se hizo añicos. Elin extendió la mano por reflejo. Era el jarrón en el que Aina siempre ponía anémonas azules, el que en primavera tenía encima de la mesa de la cocina. Estaba viendo cómo Gerd se agachaba a recoger los trozos rotos cuando Elin sintió que la pila de muebles se tambaleaba bajo sus pies.

—En algún momento tendremos que limpiar este lugar. No podemos dejarlo así abandonado, alguien tendrá que venir a vivir. La casa está demasiado vacía. Tenemos que venderla ya.

—¿Qué te proponías hacer con todo esto?

Gerd miró a su alrededor, contemplando los objetos dispersos por todas partes.

—Venderlo. La plata es de la buena, seguro que vale dinero. Y los vasos son de cristal. También se suponía que había algunas joyas, aunque yo no he encontrado ninguna.

—¿Joyas? Aina solo tenía bisutería.

—¿Cómo lo sabes? Si nadaba en la abundancia. Esos pedruscos que llevaba colgados a lo mejor eran auténticos.

—¿Has mirado en el sótano?

Marianne asintió con la cabeza. Gerd se sentó en el viejo sofá de terciopelo azul que Aina nunca utilizaba porque le parecía demasiado lujoso. Unos trozos del relleno cayeron al suelo, pequeños fragmentos de gomaespuma vieja. Marianne se sentó a su lado. Elin veía sus cabezas que sobresalían del respaldo. Estaban apoyadas la una contra la otra. Ya no conseguía oír lo que decían, hablaban en voz demasiado baja. De repente Marianne se puso en pie, parecía enfadada. Se dirigió hacia la escalera, dándole caladas al cigarrillo que sostenía entre los dedos.

—¡No me digas cómo tengo que vivir mi vida! —le gritó a Gerd.

Luego tiró descuidadamente la colilla al suelo y desapareció por la escalera en la planta de arriba.

Cuando Elin se bajó de un salto del montón, una silla cayó al suelo. Cogió sus cosas y echó a correr a toda prisa hacia la playa, el mar y la hoguera que no quería arder sin Fredrik. Las nubes se acumulaban en el horizonte, rosadas en el ocaso. Las olas se habían aquietado con la suave brisa del final de la tarde. Elin se estremeció y se frotó las piernas para entrar en calor. Roció las ramas con el líquido inflamable, vertiendo hasta la última gota, y la leña seca quedó empapada. Luego sacó la caja de cerillas y las fue encendiendo una tras otras, tirándolas con cuidado al fondo del montón. Hubo un chisporroteo y las llamas empezaron a subir hacia los árboles. El calor envolvió su cuerpo y las mejillas se le pusieron rojas. Se acostó, envuelta en la manta, se abrazó las rodillas contra el pecho y clavó la mirada en las llamas rojas hasta que se quedó dormida.

AHORA

NUEVA YORK, 2017

Llega diez minutos tarde, pero llega. Elin la ve correr a toda prisa entre los charcos por la calle, con un periódico en la cabeza para protegerse del chaparrón. El agua le salpica las piernas y los vaqueros azul pálido están empapados. Ve que le hace una amable seña con la mano al conserje antes de desaparecer de su vista. El estudio está lleno de gente. Necesita a Alice para una foto y esta le ha prometido ayudarla. Joe se echa a reír cuando entra en el estudio corriendo.

—¡*Voilà*! ¡Por fin ha llegado tu Mini-yo! —le grita a Elin.

Tanto Elin como Alice ponen cara de ofendidas.

—No me parezco…

—No se parece…

Las dos protestan en estéreo y luego se echan a reír.

—Me temo que sí, si exceptuamos la vestimenta —dice Joe.

Alice suspira.

—Joe, no empieces. Mamá ya me da bastante la lata. A mí me da igual la ropa guay.

—Yo no he dicho que no vayas guay. Precisamente me refería a que tú eres la guay.

Joe se pasa la mano por su pelo rubio y mira a Elin. Alice sonríe encantada.

—Gracias, al menos alguien está de mi lado.

* * *

Cuando Elin se da la vuelta, Alice se inclina hacia Joe.

—A mamá se le está yendo la pinza. ¿Has notado algo raro?

Joe asiente con la cabeza.

—Os estoy oyendo —dice Elin volviéndose hacia ella.

—Se le fue la cabeza cuando papá se marchó de casa —prosigue Alice.

—Shhhh —sisea Elin.

Joe mira a una y luego a la otra.

—¿Sam? ¿Se ha ido de casa? Pero ¿y eso?

—Alice, has llegado tarde y tenemos trabajo que hacer. Venga, manos a la obra. Joe no tiene por qué enterarse de ese asunto.

Alice le dice a Joe, articulando solo con los labios: «¿No te lo ha dicho?». Él sacude la cabeza negativamente.

—Joe trabaja contigo todos los días —le dice Alice a Elin—. ¿Cómo es posible que no le hayas dicho que os habéis separado?

Elin la ignora y se aleja, y Alice la sigue por el estudio, donde unos hombres trajeados están esperando. Han fijado al techo una gran red llena de globos de colores. Joe se levanta de un salto y tira de la red hacia abajo. Se dirige hacia el telón de fondo blanco y hace señas a los modelos para que le sigan. Ellos están uno junto a otro, rígidos. Uno de los que están en un extremo sostiene los globos. Alice se quita la ropa que lleva puesta, por debajo de la cual aparece un traje de *ballet* rosa pálido. Hace unos estiramientos muy controlados, calentando las piernas y los brazos que tiene un poco rígidos. Elin pasa por delante del telón de fondo y gesticula.

—Quiero que saltes delante de ellos, alto, en un *grand jeté*, con los brazos abiertos con elegancia y la cabeza echada hacia atrás.

Se vuelve hacia los hombres.

—Y vosotros, manteneos inmóviles. No os mováis para nada, casi conteniendo la respiración en el momento en que ella salta. Poned cara seria. Tú y tú, mirad hacia un lado —dice señalando a dos de ellos—. Los demás mirad al frente, ¿vale?

Los modelos asienten. Alice ensaya un salto. Aterriza con suavidad y Elin asiente con la cabeza en señal de aprobación.

—Princesa mía, esto va a quedar perfecto.

Alice y Joe están recostados en un sofá cada uno. La foto está hecha y los modelos se han marchado. Elin está sentada con el ordenador en el regazo y etiqueta las mejores imágenes. De vez en cuando gira el portátil para enseñárselas a ellos. Está contenta.

—Alice, ¿te importaría subir y bajarme mi cuaderno de bocetos? Quiero enseñarte una cosa. Ha resultado exactamente como mi boceto, casi mejor todavía.

Alice sube las escaleras. Sigue llevando las zapatillas de *ballet* y camina a saltitos, con la parte inferior de la espalda arqueada. El tutú de tul aletea en la corriente de aire. Hace unos pasos de danza al son de la sosegada música que sale de los altavoces, una pirueta y unos cuantos giros.

Elin ocupa su sitio en el sofá. Se estira, le duele la espalda tras varias horas soportando el peso de la cámara. En el momento en que cierra los ojos siente un papel posarse sobre su cara. Los abre y se encuentra con los de Alice.

—¿Es tuyo esto?

Elin lo coge y lo mira. Es una hoja arrancada de un cuaderno. Enseguida la dobla en dos y la coloca sobre el teclado. Luego baja la tapa.

—¿En qué idioma estabas escribiendo?

Elin se encoge de hombros.

—Se lo habrá dejado alguien.

—Para ya. Reconocería tus flores en cualquier parte. ¿Qué has escrito?

Alice se estira para alcanzar el ordenador, pero Elin lo aleja.

—No lo sé. Deja de preguntar.

—¿No lo sabes? Eres ridícula —dice Alice arqueando las cejas y suspirando.

—No, no lo sé.

—Lo has escrito tú, es tu letra. ¿Y no sabes lo que pone?

Joe carraspea apurado y se incorpora. Alice se sienta a su lado. Le da una palmada en la pierna.

—¿Te das cuenta? Está como una cabra. Ahora se ha puesto a hablar en una lengua que ni siquiera comprende. Un poco extraño, ¿no?

Joe se encoge de hombros y se levanta para empezar a desmontar el equipo. Alice se acerca a Elin.

—Déjalo ya —dice esta con voz cortante.

—Venga, dime. ¿Fredrik? Es un nombre, hasta ahí llego.

Elin rompe el papel en mil pedacitos. Lo convierte en pequeños copos que lanza al aire. Flotan lentamente y, como confeti, aterrizan en el suelo.

—¿Por qué has hecho eso? ¿Quién es Fredrik? Si has conocido a alguien, me lo puedes decir. Quiero que seas feliz —le dice Alice inclinando la cabeza hacia un lado.

—Tal vez otro día. Hoy no. Quiero irme a casa. Necesito dormir.

Elin se pone en pie abrazando el ordenador contra su estómago.

—¿Tiene esto algo que ver con tu proyecto? ¿Qué es lo que estás haciendo? —Alice no cede.

—Es solo que añoro la naturaleza, me recuerda algo que echo de menos.

—Siempre has odiado la naturaleza.

Elin sacude la cabeza.

—Me paseo un montón por Central Park. Y me encanta estar en la playa.

—Central Park no es el campo, hay asfalto y se oyen los coches. Y cuando estamos en la playa te quedas en la piscina mientras papá y yo nadamos en el mar.

—Déjalo ya, Alice, déjalo estar, por favor.

Elin se aleja, llama con un gesto a Joe, que la sigue hasta el despacho dejando a Alice sola en el sofá. Esta se levanta y coge su mochila.

—¿No habrás olvidado nuestra cena de mañana, verdad? En el sitio de siempre. A las ocho —le dice en voz alta.

Elin se detiene en la escalera, desorientada.

—¡Mamá!

—Ah, sí, el veinte. Tu cumpleaños.

—Sí. Y estará papá. ¿Vas a venir?

—Sí, claro. Nunca falto a tu cumpleaños.

—En alguna ocasión sí que has faltado. Una vez que tenías un trabajo verdaderamente importante. ¿O es que no te acuerdas?

—No faltaré esta vez, lo prometo.

Elin le lanza a Alice un beso soplando en su mano. Alice lo atrapa.

—Te quiero —le dice Alice apretando el puño con el beso dentro.

Elin le sonríe y le hace una señal con la mano.

—Y yo —susurra.

Elin está esperando en el vestíbulo de la residencia estudiantil de Alice. Gente joven pasa de largo. Alice tiene razón, todos van como ella, con vaqueros y zapatillas viejas. Con curiosidad, camina hacia la puerta, pero el conserje la detiene.

—A partir de aquí, es solo para residentes.

—Vengo a ver a mi hija.

Él le echa un vistazo y prosigue con una sonrisa:

—¿De verdad tiene usted edad para tener a una hija aquí alojada?

Elin asiente con la cabeza y saca su carné de conducir. Él le hace una seña para que pase y Elin toma el ascensor. Solo ha estado una vez allí, cuando llevaron todas las bolsas y cajas de Alice a su habitacioncita vacía.

La puerta está abierta de par en par. Desde fuera, chicas jóvenes corren de una habitación a otra. En el pasillo resuenan la música, las conversaciones y las risas. Elin se detiene delante de la puerta. Las paredes están cubiertas de páginas arrancadas de revistas, fundamentalmente fotografías de *ballet*. Un globo rojo de helio con forma de corazón está atado a los pies de la cama, y Elin se pregunta quién se lo habrá regalado a Alice. La cama está deshecha y hay un montón de ropa encima. Alice está mirándose en el espejo. Es tan joven… Elin consulta su reloj y se sobresalta. Solo faltan cinco minutos. Cinco minutos para los diecisiete años. Se lleva una mano a la tripa, recordando.

Alice se ha cepillado cuidadosamente los rizos y los ha recogido en un moño bajo. Colgando del cuello lleva el corazón de oro que le regalaron cuando nació, el que se ha puesto todos los días de su cumpleaños desde entonces. Se ha dado un poco de rímel y se ha pintado los labios de rojo. Lleva un vestido de un pálido azul grisáceo. El escote drapeado se ciñe a su pecho y, por abajo, el tejido semitransparente se ensancha en una falda que le llega hasta el tobillo.

—¡Felicidades! —le susurra Elin justo en el momento en que el segundero marca la hora.

Alice se da media vuelta.

—¿Ya estás aquí? Íbamos a encontrarnos en el restaurante.

—Pensé que podríamos ir caminando juntas hasta allí. Estás preciosa.

La besa en la mejilla, con cuidado de no estropearle el peinado y el maquillaje. Alice da un paso atrás.

—Y tú estás… totalmente normal —dice riéndose y acercándose a ella para fundirse en un fuerte abrazo. Se le suelta un poco el moño del que se le escapa un mechón de pelo. Elin lo coge con cuidado y lo vuelve a colocar en su sitio.

—Lo estoy intentando —le susurra.

Caminan del brazo hasta el restaurante. Elin está tensa, busca a Sam con los ojos. Lo ve a bastante distancia, apresurándose, ataviado con un traje negro, como si llegara tarde a una cita importante. Va cruzándose con la gente que camina por la acera. Cuando las ve, se frena y recorre más despacio los últimos pasos, con la mirada clavada en Alice. Tiene el ceño bañado en sudor y el pelo pegado a la frente.

—Siento llegar tarde.

Besa a Alice en la mejilla y saluda cortésmente a Elin con una inclinación de cabeza. Ella siente una punzada aguda de nostalgia en el estómago.

—Si es que llego tarde —prosigue él, girando la muñeca para consultar su reloj—. Ah, pues no, no llego tarde, no sé por qué me disculpo.

Sam le pasa a Alice el brazo por encima del hombro y echa a andar con ella. Elin se queda atrás. Los observa inclinados con familiaridad el uno hacia el otro. Él dice algo. Alice ríe. Siempre han estado muy cercanos, siempre han compartido un lenguaje que ella en realidad no comprendía.

Están sentados en un rincón, alrededor de una mesa redonda. Se coloquen como se coloquen, Sam y Elin acaban estando uno al lado del otro. Elin acerca su silla a la de Alice. Permanecen en silencio.

—¡Que es mi cumpleaños! —suplica Alice.

—Igual podemos hablar del tiempo —dice Sam en un intento de ponerle humor a la situación.

Elin cierra los ojos y respira profundamente.

—Podemos pedir. Y comer. Y terminar con esto de una vez —dice al cabo en tono lastimero.

—¿Terminar con esto de una vez? ¡Mamá! —exclama Alice clavándole los ojos.

—Elin, es el cumpleaños de Alice —la reprende Sam mientras sacude la cabeza.

—No quería decir eso —susurra Elin—. Por favor, no discutamos.

Alice trata de cambiar de tema.

—Mamá, ¿por qué no nos cuentas algo de tu nuevo proyecto? Lo del cuaderno y todas las fotos.

Sam se inclina sobre la mesa.

—Ah, conque has empezado. ¡Cuéntanos! —dice.

Elin suspira.

—No es nada, solo unas imágenes y un poco de texto.

Alice mira primero a uno y luego a la otra.

—¿Empezado? ¿Sabes lo que se trae entre manos, papá? No son solo las fotos, es un mundo totalmente diferente, una granja, el espacio natural.

Sam menea la cabeza y mira a Elin. Ella intenta zafarse.

—Déjalo ya, Alice. No tendrías que haberlo mirado. Es privado. Dejadlo, los dos.

Elin se pone de pie de un salto, tan bruscamente que la silla se le vuelca hacia atrás. Llega a tiempo de agarrarla con la mano. Los demás comensales en el pequeño restaurante italiano dejan de hablar y varios pares de ojos se vuelven hacia ellos.

—Lo siento —dice Elin avergonzada enderezando la silla, con lágrimas a punto de brotarle de los ojos—, tengo ir al baño.

Alice le susurra unas palabras a Sam, aunque ella las oye altas y claras como si se las estuviera gritando al oído:

—Se le ha ido la pinza. De verdad, tienes que volver a casa.

Llueve abundantemente cuando se marchan del restaurante después de una cena silenciosa y tensa. Sam se marcha tras abrazarlas fugazmente a las dos. Pasan un taxi tras otro, pero ninguno responde al brazo extendido de Elin. Al cabo de un rato sube a la acera.

—Supongo que podríamos ir andando. Juntas. Hacia tu residencia, y yo puedo caminar luego hasta casa.

—Mamá, estamos al otro lado de la ciudad y hay más de setenta manzanas hasta tu casa. Está lloviendo.

—En cualquier caso, me gustaría acompañarte. Luego cogeré un taxi —insiste Elin.

—No tengo doce años.

—¡Cielos, no! Tienes diecisiete. ¿Sabes lo que estaba haciendo yo a los diecisiete?

—A ver si lo adivino. Ya eras una estrella y tus ingresos superaban el PIB de Gambia —dice Alice.

—Dios mío, pero ¿es que todo lo tienes que llevar al terreno político? —dijo Elin parándose en seco—. Me disponía a hablarte de mi primer gran amor, pero si prefieres hablar de política, adelante.

—¿Amor? ¿Cómo puedes siquiera pensar en eso después de esta noche? Gracias por cargarte mi cumpleaños. El año que viene creo que lo celebraré por mi cuenta.

Los ojos de Alice empiezan a brillar y las lágrimas asoman y rebosan por uno de ellos. Da media vuelta y echa andar en la dirección opuesta, aprisa, como si estuviera tratando de escapar de algo. Elin se queda parada, mirándola desaparecer entre el resto de los viandantes que caminan encorvados para protegerse de la lluvia. Su vestido azul refulge hermoso. Ve cómo se suelta el pelo del moño sin dejar de andar y el cabello rizado se le vuelve a levantar como un halo alrededor de la cabeza, todavía más encrespado con la humedad. Elin sonríe cuando ve las suelas de las deportivas blancas que toda la noche ha llevado ocultas bajo el hermoso vestido largo.

—¡Espera! —Elin echa a andar tras ella, pero ya está demasiado lejos. Empieza a correr. Los zapatos de salón negros que lleva le hacen daño en las puntas a cada paso. En los últimos metros va cojeando, pero por fin consigue llegar hasta Alice y la agarra por el hombro.

—Nena, perdona. Es tu cumpleaños. ¿Podemos empezar de cero?

Alice se vuelve hacia ella con los brazos caídos.

—¿Ahora? Es medianoche. Es demasiado tarde. El cumpleaños ya ha terminado y ha sido un desastre. A veces desearía no tener familia. Es mejor celebrarlo con las amistades.

Elin sacude la cabeza. Ahora las dos tienen los ojos arrasados en lágrimas, una de pena, la otra de angustia.

—No digas eso. No lo digas nunca más. Siempre seremos tu familia, nunca nos perderás —dice Elin.

Alice está llorando. Mira a Elin con semblante resignado.

—La verdad es que estoy contenta de haberme ido a la residencia —dice con voz cada vez más quebrada.

—Por favor, amor mío, ven conmigo. Puedes dormir en casa esta noche. Te haré chocolate caliente, el chocolate de mamá. Por favor.

Alice tarda un rato en contestar, y al cabo dice:

—Solo si me prometes una cosa.

—¿Qué cosa?

—Que me vas a contar en qué estás. Lo del cuaderno. Hay algo raro con ese cuaderno y quiero saber qué está pasando. Y quiero una respuesta sincera.

Elin inspira profundamente y expira el aire. Cierra los ojos. El suelo se le tambalea bajo los pies.

—Mamá, prométemelo —insiste Alice.

Elin asiente casi imperceptiblemente con la cabeza y dice en voz baja:

—Lo prometo.

Se sacuden como perritos en el ascensor que conduce al piso. El vestido de Alice está tan mojado que se le marcan los pezones a través del fino tejido. Se los tapa con las manos, horrorizada, cuando se ve reflejada en el espejo. Sueltan una carcajada en el recibidor cuando se abre la puerta del ascensor. Están empapadas y terriblemente despeinadas después de una larga caminata y el recorrido en taxi de las últimas manzanas. Alice señala el espejo de la entrada.

—Mira, ¿no te parece que estamos estupendas? Totalmente naturales.

—Una más que otra —dice Elin soltando una risita.

Alice se quita el vestido y lo deja caer al suelo.

—Totalmente natural —se ríe.

—Pensé que lo de ir sin sujetador era algo de nuestra época.

—Prueba a ponerte un sujetador debajo de ese vestido. No he podido respirar en toda la noche. No comprendo cómo puedes llevar esa ropa tan elegante todo el día, todos los días. Cuando estás trabajando. Deberías probar a ponerte unos vaqueros y una camiseta. No hay nada mejor.

Elin va a por una bata y se la tiende.

—Yo también he sido joven en otra época, te lo prometo. Hasta he vuelto corriendo a casa de noche, descalza, después de darme un baño en el mar.

Alice se deja caer en el sofá gris azulado. Se sienta sobre las piernas cruzadas y se tapa con una manta.

—Tú, descalza, un baño por la noche. Me lo creeré cuando lo vea —dice Elin dando unas palmaditas en el espacio del sofá que queda a su lado—. Y ahora ven a sentarte y cuéntame: ¿por qué estás tan obsesionada con las granjas y los tractores?

Elin vacila. Permanece de pie en silencio, pensativa.

—Eres la persona más cabezota que conozco —dice al cabo.

Alice asiente con la cabeza y permanece a la espera.

Elin tiene un nudo en la garganta. Traga con esfuerzo, se dirige al escritorio y coge el cuaderno negro. Acaricia la portada con el índice y lo abre con cuidado por la primera página. Se sienta junto a Alice con el cuaderno en el regazo y se pone a hablar. Las palabras que salen de su boca son susurros. Alice se vuelve hacia ella y aguza el oído.

—Esta puerta, la azul… —se para y mira la fotografía durante un buen rato.

—Sí, ¿qué pasa con esa puerta? Parece vieja, como si fuera la de una chabola.

—Esta lo era. Pero no la de verdad, la que yo recuerdo. Me crie muy lejos de Nueva York.

—Sí, en París. Me lo contaste. Lo de tu carrera de modelo y del sofisticado apartamento con vistas a la torre Eiffel. Y lo de la librería de tu rica y caprichosa madre, Anne. Qué lástima que muriera. Creo que me habría caído bien.

Elin menea la cabeza. Carraspea, pero no consigue aclararse la voz. Cuando empieza a hablar, se le quiebra.

—Al otro lado de esa puerta vivía mi verdadera madre.

—¿A qué te refieres con «verdadera»?

—Yo me crié en Suecia. En una isla, en el campo. En una granja, a decir verdad.

—¿Cómo?

—Estas imágenes son mis recuerdos. Las palabras que viste en el dibujo están en sueco. Le estaba escribiendo a un amigo. Dibujé las flores para él, unas flores que crecen donde vivíamos.

—¿En Suecia? —Alice sacude la cabeza sin comprender.

—Estoy volviendo a recordar muchísimas cosas. Ya no puedo seguir eludiendo los recuerdos. Es como si Suecia se hubiese instalado aquí. No puedo impedirlo.

Alice respira profundamente.

—¿Llevas toda la vida mintiéndome? ¿A mí y a papá? ¿Toda vuestra relación? ¿Y qué hay de París? Estuvimos allí y conocías perfectamente la ciudad.

Elin cierra los ojos y agarra la mano de Alice. Esta se levanta y baja la mirada hacia Elin.

—No tuve más remedio —susurra esta.

—Nadie miente a la fuerza, mamá. Tú misma me lo dijiste en cierta ocasión.

—Tuve que hacerlo, porque hui de allí y decidí que jamás volvería.

—Pero ¿no había nadie que cuidara de ti? ¿Tu madre?

—Hui a casa de mi padre y ella me encontró. A Estocolmo. Luego me marché a París, al poco tiempo. Alguien me descubrió en una calle en Estocolmo. Las chicas suecas éramos muy populares en París. Conseguí un agente y me buscaron un sitio para vivir. Trabajé duro, me tragué todas mis lágrimas y mi corazón partido. Y luego todo ocurrió exactamente como os lo conté.

—Exceptuando lo de tu madre.

—Sí, pero esa mujer existió, era una amiga. Tal vez yo soñara con que hubiera sido mi madre.

—Así que soy medio sueca, no medio francesa —dice Alice.

—Sí, eres medio sueca. Pero no he vuelto a Suecia desde los dieciséis años.

—A mi edad de ahora.

—Tú tienes diecisiete, ¿o es que se te ha olvidado?

Alice sonríe, pero enseguida se pone seria.

—¿Por qué nunca dijiste nada? ¿Qué hay de terrible en ser sueca?

—No hay nada terrible en ello. Es solo que fue hace mucho tiempo. Francia se convirtió en mi nuevo hogar, comencé una vida totalmente distinta cuando conocí a tu padre. Tenía mucho miedo de perderlo.

—Pero ¿cómo es posible que no lo entiendas? Nos mantienes a quienes tienes más cerca tan alejados de la verdad que es imposible que te amemos, que tú nos ames.

—¿Qué quieres decir?

—Eres como un enorme signo de interrogación. Para nosotros y para ti misma. Un signo de interrogación no es más que medio corazón, ¿te has parado a pensar en eso? No puedes amar a alguien cuyo corazón está lleno de secretos. Sencillamente no puedes.

A Elin le corren lágrimas por las mejillas. Hojea las páginas del cuaderno hacia delante y hacia atrás.

—Debí decíroslo.

—Sí, debiste decírnoslo. ¿Por qué no lo hiciste? ¿Por qué nos contaste tantas mentiras?

—No fue fácil, había un montón de cosas que no eran buenas. Éramos pobres, creo que me daba vergüenza. Temía que tu padre me dejara si descubría cómo eran las cosas de verdad. Lo quería muchísimo, me enamoré muy profundamente de él, me hacía sentirme segura.

—Así que fingiste ser perfecta por él. Todos estos años, todo tu matrimonio. Es enfermizo, mamá, enfermizo.

* * *

Elin recorre el salón de un lado a otro con los dedos en la boca. Se está mordiendo las pálidas uñas rosas y escucha cómo cae la lluvia a través de la puerta abierta de la terraza. Llueve con tanta fuerza que puede oír las gotas tamborileando sobre el mobiliario de exterior. En la lejanía se percibe el retumbar de algo que podría ser un trueno, pero en Nueva York nunca puedes decir con certeza qué sonidos son naturales y cuáles artificiales. Tira de la puerta para cerrarla y dejar fuera la tormenta.

—Se oyen truenos —dice.

—Hmmm, los ángeles divirtiéndose otra vez —contesta Alice.

Sigue sentada en el sofá, con el cuaderno en el regazo. Lo ha hojeado entero, pero ahora está cerrado. Pasa la mano por encima.

—La verdad es que no entiendo nada. No son más que imágenes. No significan nada para mí.

—Sí, eso lo comprendo. Pero significan mucho para mí.

Alice se pone a hojearlo otra vez y Elin deja que lo haga y se dirige al armario. Necesita vestirse, cepillarse el pelo, maquillarse el rostro. Recuperarse. Elige un largo vestido gris que compró en cierta ocasión en París. Es cómodo y se ajusta estupendamente a su esbelto cuerpo.

París. Es una historia tan hermosa que, más que nada en el mundo, quiere aferrarse a ella y no soltarla nunca. Una madre que la amaba por encima de todo. Que, aun sin ser perfecta, era un genio creativo. Que sabía todo lo que una persona culta debe saber, que había leído a los clásicos y mantenía conversaciones diarias con todos los artistas, escritores y filósofos que visitaban su librería y acudían a sus cenas. Elin le había regalado a Alice muchos libros de allí, libros que había conservado y que ahora le obligaba a leer también. Libros que realmente existen.

Pero la madre no existe, nunca ha existido. No era más que una mujer de una tienda. Y Elin no era más que una de sus muchas clientas que se hizo amiga suya. Ha contado muchísimas mentiras. Se frota fuerte los ojos y los restos de rímel le ensucian todo el rostro.

—¿Puedes contarme más cosas?

Elin se sobresalta al oír la voz de Alice y se estremece incómoda al pensar en la verdad.

—No se lo digas a Sam. Por favor.

—Se lo tendrás que decir a él también.

—Lo haré, pero necesito pensar en cómo hacerlo. Por favor, compréndelo.

—Si me cuentas más cosas.

Elin asiente con la cabeza y coge el cuaderno. Alice señala una palabra.

—¿Esto es sueco?

Elin asiente. Alice pronuncia la palabra con torpeza.

—*Mar-tall.* ¿Qué significa?

—Es un árbol. Un pino común, pero deformado por el viento.

—¿Soplaba mucho el viento en la isla?

Elin asiente con la cabeza y se pasa la mano por el pelo.

—En otoño y en invierno. Siempre llevábamos la melena revuelta.

—¿Por eso te gusta llevarla tan lisa ahora?

Elin se encoge de hombros.

—No lo sé, nunca había pensado en ello.

Alice señala la imagen de un coche. Es un viejo Volvo azul todo oxidado. Por la parte inferior de la carrocería se ven parches marrones, como si alguien hubiese arrancado la pintura a trozos. Una de las puertas está abollada y cuelga abierta. El coche casi parece un sombrero visto de lado, con el capó casi tan largo como el maletero y un montículo en el centro para los pasajeros.

—¿De quién era ese coche?

—De cualquiera. En mi infancia casi todos los coches eran Volvos. Solo variaba la forma y el color.

—¿Tu verdadera madre tenía un Volvo?

Elin asiente con la cabeza.

—Hmmm, y mi padrastro. El suyo era el más bonito, azul y reluciente.

—Y tu verdadero padre.

—A él lo llevaron en un Volvo a la cárcel.

—¿Qué? ¿A la cárcel?

—Era un Volvo blanco y negro, con grandes letras en los laterales. Preferiría olvidar aquel Volvo. El golpe de la puerta al cerrarse. Y la mirada que me echó por la ventanilla. Sus ojos clavados en los míos. Las luces azules que parpadeaban.

—¿Por qué estuvo en la cárcel? ¿Dónde está ahora?

—Había hecho algo, robar a alguien, creo. Ahora está muerto. Murió joven, aproximadamente un año después de que yo me marchara a París.

Alice sigue pasando páginas y se detiene en una foto del interior de un establo. A través de las rendijas que se abren entre los tablones, pequeñas franjas de luz bailotean sobre el desgastado suelo. Un pájaro se ha colado en el interior y los movimientos de sus alas están borrosos.

—¿Qué había en el establo? ¿Teníais animales?

—Ovejas. Y vacas. Y cabras. Había muchos establos, en puntos diferentes. Siempre hacía mucho calor en el interior. Los animales desprendían calor. Y apestaba, el olor se te metía en la ropa y en el pelo, y así cualquier persona con la que nos encontrábamos sabía que éramos granjeros.

Alice se ríe.

—La verdad es que no consigo imaginarte de granjera. Es imposible.

—Bueno, yo en realidad no lo era. Era una niña. Una niña en una granja.

—¿Tu madre vive?

Elin le quita el cuaderno a Alice de las manos. Coloca el dedo en una fotografía y lentamente sigue el sendero que allí aparece.

—Había senderos por todas partes. Profundos surcos que atravesaban los prados tras años de pisarlos. A sus orillas crecían miles de margaritas en primavera. Puntos blancos y rosas en medio del verde. Yo solía andar descalza.

Alice la interrumpe enfadada.

—No has contestado a mi pregunta. Quiero que me hables de las personas. No comprendo por qué te viste obligada a engañarme haciéndome pensar que mi abuela era una mujer creativa e intelectual. Cuando en realidad era una granjera. Hasta me has llegado a decir que yo te recordaba a ella. Has estado mintiendo. Todo es una mentira.

—Sí, te pareces a ella.

—¡Pero si no existe!

—No, pero tú también eres creativa e intelectual. Te has convertido en lo que yo describí. Igual de peleona e igual de inquisitiva que ella.

—Socialización —murmura Alice.

—¿Eh?

—Lo hemos aprendido en la universidad. He encarnado tus valores, tus normas, tus fantasías sobre mí, sin un ápice de influencia genética. Me he convertido en tu mentira.

—Por favor, no discutamos.

—Me debes la verdad. ¿Cómo puedes mentirle a tu propia hija? Háblame de tu familia.

Elin está sentada en silencio. Las lágrimas le corren por las mejillas. Se las enjuga una y otra vez, pero no dejan de brotar.

—Los maté —dice al cabo en un susurro.

ENTONCES

HEIVIDE, GOTLAND, 1982

El ruido la despertó. Podía sentirlo presionándole la espalda. El viento soplaba directamente hacia el interior y las olas se habían hecho más grandes durante la noche. Pero no era de ahí de donde provenía el ruido. Una nube de humo la hizo toser, abrió los ojos y miró al fuego. Apenas quedaban rescoldos de la gran hoguera, sus cosas eran solo restos carbonizados, algunas desconchadas y blanquecinas, otras brillando débilmente en la noche. El estruendo lo tenía detrás, como si el mar y el bosque hubieran intercambiado sus posiciones en una tormenta sobrenatural.

El bosque. Un infierno. Ardía en lo alto, ardía por doquier, y el cielo nocturno era de color rojo anaranjado. Copos de ceniza negra flotaban frente a Elin y se convertían en polvo a medida que ella los cogía con la mano. Corrió hacia las llamas gritando. Se le revolvió el estómago, como si necesitara vomitar o cagar, no sabía si una cosa o la otra. Se detuvo y se agachó al sentir las arcadas, pero no salió nada. Reanudó la carrera. Las casas eran presa del fuego. La de Gerd, también la de Aina. Las llamas de la hierba quemada le lamían las piernas. Se quitó la camiseta y se la puso en la boca. Había fuego por todas partes. Gritó pidiendo auxilio. El fuego que había encendido para calentarse se había extendido.

—¡Despierta, despierta! ¡Gerd! ¡Fuego! ¡Despierta!

Emitió un grito a través de la delgada tela de su camiseta, pero la voz se le ahogaba en el amenazante rugido del fuego y las palabras le salieron como en un susurro.

Corrió tan rápido como pudo. A lo lejos pudo ver los edificios de la granja Grinde, alzándose como sombras en la noche. El camino ya estaba en llamas. Se dirigió hacia los campos, donde el fuego no podía arraigar. Se abrió paso entre la tierra porosa que enterraba sus pies dejándole espesos y pegajosos restos entre los dedos.

—¡Edvin! ¡Erik! ¡Mamá!

Gritó sus nombres. Gritó hasta que se le quebró la voz. El bosque que rodeaba la granja estaba ardiendo. Retumbaba. La luz de las llamas era como un tren iluminado abriéndose paso por las vías. Como diez trenes. Con la misma avidez, igual de rápido. Ella se acercó a los edificios, que parecían estar todavía indemnes. ¡Podía salvarlos! Corrió, sus pies volando por el aire.

Golpeó con fuerza todas las puertas sin dejar de gritar. En las escaleras se topó con una aturdida Marianne, recién levantada de la cama. Se envolvió en su bata y miró a Elin a los ojos.

—¿Qué pasa? ¿Por qué gritas en plena noche? —gruñó.

—¡¿No hueles el humo?! ¡Se está quemando! ¡Todo está en llamas! ¡El bosque entero está en llamas, el granero está en llamas!

Empujó a Marianne y siguió gritando. Corrió al cuarto de Erik y Edvin, pero sus camas estaban vacías. Gritó sus nombres una y otra vez al tiempo que tiraba de las sábanas en el débil resplandor de la luz nocturna.

—¡Erik! ¿Dónde están? ¡Edvin! ¡Erik! ¡Edvin!

Marianne se acercó a ella y la empujó a un lado.

—Déjame ver.

Tanteó las camas con la mano. Allí no había niños.

—Malditos niños, ¡salid! —gritó—. ¡¿Dónde estáis?!

Elin ya había abandonado la habitación. Salió a la carrera

hacia el corral. Marianne la seguía de cerca. El granero era pasto de las llamas: la mitad del tejado estaba ardiendo, las llamas lamiendo el cielo. Las puertas estaban abiertas de par en par y las vacas y las cabras deambulaban nerviosas por la grava. Micke estaba de pie, al fondo, lanzando cubos de agua de los barriles de lluvia. El fuego silbaba con suavidad, como burlándose de la escasa cantidad de agua con la que intentaba apagarlo.

—¡Los chicos se han ido! —le dijo Marianne a voz en cuello.

Él siguió lanzando sus cubos, acercándose al fuego. Las llamas estaban consumiendo las paredes y un gran estruendo se produjo cuando las vigas cedieron y los restos del techo se estrellaron contra el suelo. Una viga en llamas cayó hacia Micke. Él se escudó tras sus manos y retrocedió, pero no pudo escapar. Marianne gritó y corrió hacia él. La viga le atravesaba la espalda. Le salía sangre a borbotones de una gran herida en la parte posterior de la cabeza. Marianne tiró de la madera ardiente e intentó apartar la viga. Le echó cubos de agua por encima. Micke gemía de dolor.

—¡Ayúdame! —gritó Marianne.

Elin corrió hacia el cobertizo del tractor y la guarida secreta. Una de sus paredes estaba en llamas y todo el edificio se encontraba lleno de humo. Tosió y gritó los nombres de sus hermanos mientras se abría paso entre el tractor y la cosechadora. Se tapó la nariz y la boca con la camiseta.

Proveniente del corral, oyó un rugido de rabia irrefrenable seguido de un gemido prolongado y de los aullidos nerviosos de los animales.

Elin siguió adelante. Las llamas ardían sobre su cabeza. Más adentro, en la cama de neumáticos de tractor que tenían, vio unos piececillos desnudos que asomaban por detrás del bidón de aceite. Eran de Edvin. Elin tiró de ellos.

—Despierta, Edvin, despierta, ¡rápido! —le dijo sacudiendo su cuerpo inerte. Erik yacía a su lado, igual de quieto. Le dio una patada con el pie mientras levantaba el cuerpo de Edvin entre sus brazos—. Erik, despierta, tendrás que caminar solo. ¡Tienes que salir de aquí!

Él profirió un leve gimoteo y ella vio una franja blanca cuando uno de sus párpados se abrió unos milímetros. Estaba vivo. Los dos estaban vivos. Estrechó a Edvin contra su cuerpo y corrió con él campo a través. Hacia el espacio abierto al que no llegaba el fuego. Él la miró aturdido, con el brazo colgando y chocando contra su espalda. Ella lo besó en la mejilla sin detenerse.

—Ahora tienes que ser valiente. Prométemelo.

Él masculló entre dientes, nada que ella pudiera oír.

—¿Hueles el humo, ves el fuego? Todo está ardiendo. Cada vez más. Tenemos que salir de aquí, rápido. Tenemos que llegar al mar, al agua, allí estaremos a salvo.

Él asintió con la cabeza. Puso sus pequeños pies desnudos en uno de los surcos del campo, pero sus piernas ya no soportaban el peso de su cuerpo. Se desplomó, con las manos aferradas a la cara como si tuvieran calambres. Se balanceaba de un lado a otro. Con el rostro lívido y los labios azules y temblorosos.

—Voy a buscar a Erik. Enseguida vuelvo. Toma, ponte la camiseta sobre la boca. Respira lo menos posible.

Le dio su camiseta. Estaba desnuda de nuevo, salvo por las bragas. Pero la noche ya no era fría. El voraz incendio propagaba un calor que ella no conocía. Cuando volvió, todo estaba en llamas. El granero, el cobertizo del tractor, la granja. No veía a Marianne. No veía a Erik. No veía a Micke. Solo llamas y humo y oscuridad.

—¡Erik! —gritó su nombre, gritó, solo gritó. Pero era demasiado tarde. Todo ardía, todo estaba en llamas y los restos carbonizados caían al suelo en una lluvia de brasas ardientes. Volvió con Edvin. Jadeaba.

—Está ardiendo por todas partes, Elin. Arde mucho ¿por qué está ardiendo tanto? —Husmeó el aire.

—Shh, no hables, no gastes energías. —Ella le acarició la frente.

—No podemos ir a ningún sitio, estamos encerrados. ¿No lo ves?

—El suelo no arde. Aquí no hay árboles, ni hierba. Estamos en el campo más grande. Aquí estamos seguros. No nos quemaremos. Nos sentaremos aquí un rato, ven, mi amor. Escucha, los camiones de bomberos están en camino, pronto nos rescatarán.

Lo dejó recostado con la cabeza en su regazo. Las sirenas gemían desde la carretera principal. Un helicóptero zumbaba por encima se acercaba rápidamente. Elin le acarició despacio el pelo y la frente. Él chilló al sentir su mano quemada en la mejilla. A ella le escocían los ojos por el humo. Gotas de sudor le corrían por las piernas y los brazos. El calor y la falta de oxígeno le impedían ver con nitidez. Elin tosió. Tiró de la camiseta de Edvin y se la llevó a la boca. Sus ojos inyectados en sangre la miraban suplicantes.

Las nubes de chispas rojas de los árboles se extendían hacia el cielo. Pronto las llamas reventaron las ventanas de la cocina y lamieron la fachada de la casa con sus largas lenguas. Edvin trató de levantarse y echar a correr, pero ella lo sujetó. Con las manos tapándose los oídos, él gritó al tiempo que ella lo abrazaba.

—No mires, Edvin, no mires. Recuéstate. Shh, no mires.

—¿Dónde vamos a vivir? ¿A dónde vamos a ir? —Edvin gimió desesperado.

Elin cerró los ojos y se tumbó junto a él. Sentía el suelo duro e irregular en el costado, Edvin era suave y cálido. Lo estrechó contra su pecho, lo abrazó con fuerza. Cerró los ojos hasta que el cuerpo de él se volvió pesado y se quedó quieto.

—Lo siento —dijo en un susurró apenas audible, y luego lo soltó.

El resplandor de los edificios en llamas iluminaba el cielo volviéndolo de color naranja mientras Elin, detenida en medio del campo, observaba cómo llegaban el camión de bomberos y una ambulancia. Vio a unos hombres de negro saltar prestos del vehículo y correr por la granja, llamándose unos a otros mientras dos de ellos sacaban las mangueras. Oyó el sonido de otras sirenas más débiles, provenientes de otros camiones de bomberos más alejados. El helicóptero volaba entre el mar y el fuego, lanzando grandes contenedores de agua sobre el bosque. Elin agitó los brazos sobre su cabeza y gritó, pero su voz no llegó muy lejos. Desde la distancia, vio cómo intentaban apartar la viga que cubría el cuerpo carbonizado de Micke, hasta que un bombero alzó la mano deteniendo al resto. Micke estaba muerto. Elin apenas podía respirar. El papá de Fredrik, muerto. Cayó de rodillas aullando el nombre de Erik. Nadie miraba hacia el cobertizo del tractor. Sabía que era demasiado tarde, el edificio ya se había incendiado, pero no podía dejar de susurrar su nombre. Vio el techo de hojalata sobre un amasijo de maderas incandescentes que se agolpaban sobre los vehículos del interior. Todo se había derrumbado. Y debajo yacía Erik. Completamente solo.

Elin vio a un bombero tratando de poner una manta sobre los hombros de su madre, pero ella la rechazó y agitó los brazos, nerviosa, señalando la casa con el dedo. Elin le hizo señas con la mano, pero no pudo avanzar; sus pies parecían estar clavados a la tierra. Todo lo que estaba presenciando era una pesadilla, como estar en medio de una película de terror.

Ahora Marianne corría hacia la casa con la bata abierta. Los bomberos la detuvieron, aferrándola por los hombros y llevándola casi en volandas hacia la ambulancia. Los paramédicos salieron a su encuentro con una camilla. Vio cómo la subían.

Elin no podía respirar. El aire era espeso y pesado, y el olor, tan acre que le dolía la nariz. Los bomberos llevaban la cara cubierta con máscaras, y pudo ver que a Marianne le habían dado una. Elin extendió el brazo hacia ellos, pero el cuerpo se le agarrotó y cayó de bruces al suelo.

Cuando la ambulancia dio marcha atrás para dar la vuelta, sus faros iluminaron el campo. Frenó en seco y los paramédicos saltaron y fueron corriendo hacia Elin, que yacía en el suelo con el brazo todavía extendido, suplicante. Tenía la boca seca y llena de tierra y, vagamente, pudo distinguir a los hombres que avanzaban a trompicones hacia ella. Veía sus rostros acercarse pero no acertaba a oír las palabras que salían de sus bocas. Susurró el nombre de Edvin, quiso apuntar con el brazo a su espalda, pero este no se movió. El paramédico acercó la oreja a la boca de Elin, tratando de adivinar lo que decía. La llevaron hacia la ambulancia sacudiéndola con sus irregulares pasos. Todo se volvió negro.

El negro se tornó blanco. Elin estaba tumbada en una cama, con las mantas subidas hasta la barbilla. La potente e incómoda luz le hizo parpadear. Llevaba una vía en el brazo que desembocaba en el gotero dispuesto en un soporte a su lado. Al mover el brazo, la aguja adherida al codo le tiraba levemente. Alguien se acercó a la carrera y ella volvió a cerrar los ojos al sentir una mano fría en la frente.

—¿Estás despierta?

Elin murmuró y la miró de reojo. Una enfermera rubia con permanente estaba inclinada sobre ella, con la cara a escasos centímetros de la suya.

—¿Eres un ángel? —Le preguntó Elin con voz queda.

—Estás en el hospital. No te preocupes. ¿Sabes qué ha pasado? ¿Lo recuerdas?

—¿Mamá? —dijo Elin con la última sílaba colgándole del labio, haciéndole temblar.

—Tu mamá también está aquí, en otra sala.

—Quiero verla.

—Ahora no, tienes que esperar un poco. Primero tienes que ponerte fuerte.

La enfermera se sentó junto a la cama y tomó la mano de Elin.

—Estás débil, pero has tenido suerte. Solo tienes algunas quemaduras en las piernas, nada más.

Elin la miró. Los ojos se le llenaron de lágrimas. Recordó.

—Todo ardía tanto —susurró.

—Te atrapó el fuego del bosque. Todo sigue ardiendo ahí fuera.

—¿Erik? ¿Edvin?

—¿Quiénes son?

—Mis hermanos. Edvin estaba allí conmigo. En el campo. Estaba tumbado en el suelo. Se durmió. —Le costaba sacar las palabras. La voz le salía quebrada y ronca a causa del humo.

La enfermera le soltó la mano, se levantó de un salto y salió corriendo. Elin oyó las voces del pasillo, elevadas por la agitación. Se le saltaron las lágrimas.

—¡Mamá! —gritó tan alto como le fue posible.

La enfermera regresó. Volvió a cogerle la mano y le acarició la frente.

—Estamos en contacto con los bomberos, encontrarán a tu hermano.

Elin negó con la cabeza.

—Hacía demasiado calor, había demasiado humo.

—Ya han apagado mucho, seguro que lo ha conseguido, no ha pasado tanto tiempo.

—¿Y Erik?

—¿Qué ha pasado con Erik?

—Estaba en el cobertizo del tractor. Se derrumbó.

La enfermera se acercó sigilosamente, subió las piernas a la cama y rodeó a Elin con los brazos. Su fría mano acarició la cara de Elin.

—¿Está enfadada mamá? ¿No quiere verme?

—No tiene bien los pulmones, está en cuidados intensivos. Podrás verla cuando esté mejor. Por el momento, tenemos que mantenerla allí.

—¿Hay alguien más aquí? ¿Quién ha sobrevivido?

La enfermera sacudió la cabeza con cautela. También sus ojos brillaban por las lágrimas.

—Ahora duerme, querida. Duérmete, verás como cuando despiertes estarás mejor.

Elin cerró los ojos. La enfermera se levantó de la cama y la dejó sola. Elin entreabrió los ojos cuando ella se iba y la vio secándose discretamente las lágrimas.

Un sonido tras otro captaba su atención. Pitidos y clics, pasos en el pasillo. No había reloj, así que no tenía forma de saber si habían pasado minutos u horas. Cada vez que entraba una enfermera, Elin le preguntaba por Edvin. Y todas y cada una de las veces, ellas negaban con la cabeza.

Micke. Gerd. Ove. Edvin.

No podía ser verdad.

Se incorporó. Podía mover las manos, las sentía fuertes. Las apretó y las abrió, las apretó y las abrió. Sentía que sus piernas también estaban bien, aunque tenía los tobillos envueltos en una gasa blanca. Le dolía poner los pies en el suelo, pero se levantó. La vía del brazo la seguía donde iba, así que se agarró al soporte y lo hizo rodar hasta el cuarto de baño, dando pequeños y cautelosos pasos. Se sintió mareada, el suelo se movía bajo sus pies y la bata de hospital que llevaba puesta era demasiado fina, lo que la hizo temblar y abrazarse con el otro brazo. Ya en el cuarto de baño bebió directamente del grifo, tragando con avidez el líquido frío. Luego llenó las manos de agua una y otra vez, enjuagándose la cara. Su pelo todavía apestada a humo, así que metió la cabeza entera bajo el grifo y dejó que el agua se lo llevara.

Había una niña en la otra cama de la habitación de Elin, durmiendo plácidamente al otro lado de la cortina. Elin la observó por una rendija. La niña tenía la cabeza vendada y los brazos apoyados sobre el estómago. Tenía el pelo suelto y grasiento. Su ropa estaba colgada en un armario abierto que había junto a su cama: ropa normal, vaqueros y una sudadera universitaria. Al fondo del armario había un par de zapatillas negras de lona. Elin tiró de la vía de su brazo y una oscura gota de sangre brotó de su piel. La lamió chupando con avidez, paladeando el sabor del metal en su boca. Presionó la vena con el pulgar para detener la sangre.

La niña se retorció inquieta en su sueño, pero enseguida volvió a quedarse inmóvil. Elin se acercó sigilosamente a su armario, conteniendo la respiración mientras descolgaba las prendas de las perchas. Eran demasiado grandes para ella, pero se las puso igualmente, los vaqueros resbalándosele por las caderas. Sucedía lo contrario con los zapatos, eran demasiado pequeños y le apretaban en las puntas de los dedos. Se miró al espejo una última vez, se secó las lágrimas, se alisó como pudo el pelo mojado y, con una mano sujetando la cinturilla del vaquero, salió sigilosa de la habitación para escapar a toda prisa del hospital.

AHORA

NUEVA YORK, 2017

Alice chilla y sale a la carrera a la terraza, bajo la lluvia. Elin la sigue y le da alcance, pero Alice se agita y le aparta las manos entre sollozos. Se aleja de su madre y se apoya en la barandilla.

—¡No me toques, no me toques! —grita.

—Hubo un incendio. Deja que te explique lo que ocurrió. Por favor, vamos dentro.

Alice niega con la cabeza. Está envuelta en una manta y lleva el pelo mojado por la lluvia. Tiembla.

—¿Asesinaste a toda la familia?

—Elin niega con la cabeza y vuelve a extender la mano.

—Por favor, ven aquí. No es para nada lo que piensas. Te lo contaré. Quiero contártelo.

Alice acepta la mano de mala gana, con expresión todavía seria, de reproche. Elin se sienta en uno de los sillones de ratán y la humedad se filtra por la fina tela de su vestido. Se estremece. Alice le suelta la mano y se hunde a su lado, subiendo las rodillas hasta la barbilla. Las gotas de lluvia les rebotan en la cabeza y corren por las mejillas de las dos.

—Micke, Edvin, Erik, Gerd, Ove —dice Elin finalmente sin levantar la vista.

Alice la mira fijamente.

—¿Qué les hiciste? ¿Quién eres? —le susurra.

—Soy Elin —responde—. Soy tu madre.

—No sé si quiero escucharlo. —Alice se levanta y entra, y Elin la sigue mientras avanza lánguidamente de habitación en habitación

—Pero yo te lo quiero contar, ahora.

De repente, todo se le escapa, todos sus recuerdos. Le habla de la casa en la que vivía con Marianne y Lasse, de sus hermanos, de la tienda y de Gerd, de la pobreza y de la prosperidad que vino después, de Aina, de Micke, del golpe.

Al final, Alice está sentada tranquilamente en el sofá con las manos sobre el regazo y la boca entreabierta. Elin se sienta junto a ella sin interrumpir su relato.

—Una noche encendí un fuego, en la playa. Y luego me quedé dormida frente a él. El fuego se extendió. Lo quemó todo.

—¿Cómo que todo? —Alice se llevó las manos a las mejillas.

—No quedó nada. Todo se quemó. Los árboles, los edificios. Y todos murieron. Todos salvo mamá y yo.

—Pero no entiendo, ¿qué pasó entonces? ¿Dónde está tu madre ahora?

—No lo sé. Me escapé del hospital donde nos trataban a las dos y desde entonces no he sabido nada de ella.

Alice frunce el ceño confundida.

—Pero seguro que te echaba de menos. ¿A dónde te escapaste?

—Con Lasse, con mi padre. Entonces vivía en Estocolmo, yo sabía su dirección porque recibimos una carta cuando salió de la cárcel y estaba escrita en el sobre. Mamá recibió una carta.

—¿Pero no fue nadie a buscarte?

—No. Mi padre les dijo que estaba allí. Nadie quería saber nada de él después de lo que había hecho. Y supongo que nadie quería saber nada de mí tampoco. Había matado al nuevo marido de mi madre, a mis hermanos, a nuestros vecinos…

Elin trata de respirar ahora, el aliento raspándole el pecho. Jadea, tiene la nariz taponada y los ojos hinchados.

—Pero puede que tu madre aún siga viva, mi abuela. Quizás siempre se lo haya preguntado, siempre te haya extrañado. Fue solo un accidente, ¿no?

Elin es un mar de lágrimas. Tiembla y solloza.

—Edvin era tan dulce, mi hermano pequeño. Tenía unos ojos color avellana que brillaban cuando sonreía y el pelo rizado y rubio. Lo rescaté de las llamas, pero se quedó allí, lo dejaron atrás cuando me rescataron en el campo.

—¿Estaba vivo cuando lo dejaste?

Elin asiente con la cabeza.

—Pero había mucho humo. Es el humo lo que mata.

Elin interrumpe su relato. Respira profundamente, como si aún no tuviera suficiente aire.

—¿Cómo has acabado aquí? ¿En Nueva York? —pregunta Alice.

—Lo sabes.

—¿Entonces París es solo una mentira?

—No, París no es una mentira, en absoluto. Solo la parte de mi madre. Viví allí, tal y como te dije. Me descubrieron como modelo en las calles de Estocolmo y tuve que mudarme allí y trabajar. Ya te lo he contado. Mi padre no era nada especial, así que me fui de nuevo.

—¿Qué quieres decir con nada especial? ¿Cómo puedes decir eso de tu propio padre? —Alice menea la cabeza.

—Lo sé, es difícil de entender, para mí también. Lo intentó, de veras. Se aseguró de que tuviera ropa y todo lo necesario para el colegio. Pero bebía demasiado. Quería más al alcohol que a mí.

—¡Qué horror!

—Sí, no es algo a lo que tuviera prisa por volver. París me salvó. Allí también aprendí fotografía, y estaba mucho más feliz detrás de la cámara que frente a ella. Y al cabo de un tiempo conocí a tu padre. La mujer de la librería también existió, era una amiga. Era tal y como te la describí. Solo que no era mi madre real. A menudo he deseado que lo fuera. Era tan inteligente…, me enseñó sobre la vida, creyó en mí. Nadie lo había hecho nunca antes.

—¿Cómo puedo confiar en ti ahora? Me has mentido demasiado, toda mi vida.

—Son solo los trece primeros años, todo lo demás es cierto.

—¿Solo los trece primeros años…? Mamá, ¿te das cuenta de la tontería que acabas de decir?

La luz del amanecer se abre paso a través de las ventanas del apartamento, pintando pálidas rayas en el suelo blanco. Elin y Alice se sientan en silencio, rodeadas de los recuerdos reprimidos de Elin y de todos los pensamientos que atormentan a ambas. Los sonidos de la calle cobran más fuerza; los camiones se detienen y descargan, los taxis pitan. Alice toma la mano de Elin, trenzando sus dedos con los de su madre.

—Oh, mamá. Quiero ir. Quiero ir a Suecia contigo. Necesitas volver a casa —dice.

ENTONCES

ESTOCOLMO, 1982

Los camiones ya estaban alineados en el puerto, protegidos por una alta valla y barreras con personal. Se acercaron un par de coches, los conductores mostraron sus billetes y se unieron a la cola del transbordador. Elin se arrastró a lo largo de la valla. Había una alambrada justo donde esta se unía con el mar, pero si trepaba por el borde del muelle podría pasar por debajo. Si estos vaqueros no fueran tan incómodos… Cruzó el asfalto hasta unos contenedores y encontró en el suelo una tira rígida de cinta de plástico para embalar que se pasó por las trabillas del pantalón a modo de cinto. La rigidez de su superficie hacía que fuera difícil de atar, por lo que rasgó los extremos y anudó los jirones más estrechos. Los vaqueros se mantenían en su sitio. Corrió de vuelta a la valla y miró en derredor, nadie la había visto. Descendió, agarrándose con fuerza a los pequeños bloques de piedra que sobresalían del muelle y trepó de costado, apoyando meticulosamente un pie cada vez. Apenas hubo pasado por debajo de las gruesas bobinas de alambre de espino, se impulsó hacia arriba y corrió hacia uno de los camiones. Eligió uno azul marino, del mismo color que su ropa, y se coló entre la cabina del conductor y el remolque. Desde su escondite pudo ver a los marineros que cruzaban el puerto con sus chaquetas amarillas, dirigiendo los vehículos a medida que las colas se hacían más y más largas.

* * *

Se balanceó sobre el pesado enganche del remolque cuando el vehículo finalmente se puso en marcha. El asfalto parpadeaba bajo sus pies; se agarró con fuerza, tan fuerte que sus nudillos palidecieron, pero su cuerpo seguía oscilando de lado a lado.

El camión daba sacudidas al subir la rampa, haciendo chirriar los surcos del metal. Una de las rodillas de Elin se dobló y perdió el equilibrio, quedó colgando únicamente de las manos durante un aterrador segundo, hasta que pudo volver a incorporarse con ayuda de las cinchas de amarre y encontrar a duras penas un punto de apoyo para los pies. El negro asfalto bajo las ruedas había sido sustituido por el metal pintado de verde con franjas amarillas que marcaban los carriles, y el camión redujo la velocidad. Elin contuvo el aliento, de pie en el estrecho hueco, apretando todo su cuerpo contra el remolque. Nadie se fijó en ella. Oyó cómo se abría y cerraba la cabina del conductor. Todo vibraba. Luego se hizo el silencio.

No se movió. Solo cuando todos los vehículos quedaron en silencio, sin oírse ningún portazo más, y el ruido sordo de los motores del barco llenó cada rincón de la cubierta, se soltó y bajó con cuidado de su escondite. La piel quemada de los tobillos le escocía.

Al advertir que todavía había gente en el siguiente automóvil, jadeó y se agachó por instinto. Pero no la vieron; los asientos estaban reclinados y los ocupantes dormían plácidamente.

Se sacudió el polvo y la suciedad de los pantalones y la camiseta y caminó erguida, como si acabara de salir de un coche. Estaba a bordo y el barco había zarpado, ya no tenía por qué esconderse, no había nada que temer.

El salón de la cubierta superior estaba lleno de gente, sentada en torno a mesas circulares. Familias con niños que se encaramaban sobre las sillas y se arrastraban por la moqueta, parejas con termos y sándwiches caseros, jóvenes riendo y brindando con cerveza. Pasó entre todos ellos, hacia los grandes ventanales. Permaneció allí un buen rato, mirando hacia fuera. No tenía ni una corona en el bolsillo, su único equipaje era la ropa que llevaba puesta. Repitió en su cabeza la dirección de Farsta, la dirección a la que se dirigiría una vez que el barco atracara en Nynäshamn.

Contempló con calma el lugar que el barco dejaba atrás. Las torres y los campanarios de Visby brillaban a la luz del sol y los acantilados se recortaban en blanco sobre el oscuro fondo del bosque. La costa se hacía cada vez más larga, la isla cada vez más pequeña. Hasta que, al final, se había desvanecido por completo en el horizonte y no se veía nada más que mar.

Los pasajeros abandonaron el barco en un flujo constante. Elin los siguió cojeando. Los pies le dolían por el tamaño de los zapatos y tenía frío. Fuera de la terminal se formó una larga cola de gente que esperaba el autobús a Estocolmo. Otros continuaron calle abajo. Tal vez vivían en Nynäshamn o tal vez iban a otro lugar. Elin se quedó observando la escena. Unos cuantos coches se habían detenido en la zona de recogida y los viandantes iban desapareciendo uno a uno de la acera, como palitos en un juego de palitos chinos. Ella y Fredrik solían jugar a eso, con ramitas de parecido tamaño que recogían en el bosque. Ahora ya podía ser que no volvieran a jugar juntos. El pensamiento la hizo sentir más frío aún, un escalofrío le recorrió el cuerpo. ¿La echaría de menos, la buscaría? Se abrazó a sí misma encorvando los hombros.

Sus compañeros de viaje fueron desapareciendo paulatinamente hasta que solo quedaron ella y un coche solitario. Nadie se acercó a él, parecía esperar en vano.

Haciendo acopio de valor para acercarse, Elin golpeó suavemente la ventanilla con los nudillos. El hombre del coche se inclinó sobre el asiento del copiloto y la bajó expulsando súbitamente el humo que llenaba el interior del vehículo. Elin tosió y dio un paso atrás.

—¿Estás perdida?

El hombre enarcó las cejas.

—Un poco —admitió ella, cruzando los brazos con fuerza sobre el pecho.

El hombre señaló con la cabeza el asiento vacío.

—Sube si quieres, puedo llevarte al tren de cercanías.

Elin dudó.

—¿No estás esperando a alguien?

El hombre soltó una carcajada.

—Siempre. Espero al amor de mi vida, ya sabes.

Elin sonrió y posó su mano en la maneta de la puerta.

—A lo mejor eres tú —dijo acto seguido y rio de nuevo desencadenando una brusca tos. Se tapó la boca con la mano, le sonaba el pecho.

Elin soltó de inmediato la maneta y dio un paso atrás, negando con la cabeza.

—Iré andando, probablemente sea lo mejor.

—Mejor para ti tal vez, no para mí —dijo el hombre riendo entre dientes.

Su voz le produjo una sensación extraña. Él se estiró para abrir la puerta, luego dio una palmadita sobre el asiento para animarla. El polvo brotó de su superficie afelpada.

—Vamos, cariño, te llevaré al tren. Las jovencitas como tú no deberían salir solas tan tarde.

Elin se alejó sin decir nada. Eligió la misma dirección que había visto seguir al río de gente. No estaba segura de lo que suponía un tren de «cercanías», ya que en Gotland no había trenes. ¿Podría llevarla a Estocolmo? Era fácil colarse en los trenes, lo había visto en las películas.

No pasó mucho tiempo antes de que el hombre del coche volviera a aparecer, arrastrándose lentamente junto a ella. Si ella aceleraba, él también lo hacía. La espaciada luz de las farolas creaba tenues círculos amarillos que daban paso a la calle vacía y amenazadoramente oscura. Ella echó a correr, tan rápido como le permitieron sus piernas, y el hombre condujo a su lado todo el camino. De pronto, tocó el claxon y dijo algo a través de la ventanilla. Ella no pudo oír lo que decía, pero él lo repitió.

—Es ahí arriba, gira a la derecha, esperaré aquí hasta que vea que has llegado al andén. ¿Necesitas dinero para el billete?

Elin lo miró fijamente.

—¿Cómo lo sabes? —preguntó.

—Reconozco a un fugitivo en cuanto lo veo. Seguro que tienes tus motivos. No preguntaré. ¡Ten! —Le extendió un billete de diez coronas.

Elin se acercó dubitativa al coche y se lo arrancó de la mano.

—Gracias —dijo con voz queda.

—Date prisa, el tren sale en breve y es el último. —La agarró por la muñeca, con fuerza—. Y no olvides ponerte en contacto con los de casa. No hagas ninguna tontería.

Elin asintió y apartó el brazo. Le dolía la muñeca, como un recordatorio de lo que él le acaba de decir.

—Voy a ver a mi padre, eso no es una tontería —musitó ella.

Giró sobre sus talones sin despedirse y corrió hacia el andén. El tren estaba allí y logró atravesar las puertas apenas unos segundos antes de que partiera. Vio por la ventana cómo el hombre del coche se alejaba lentamente, con el humo del tubo de escape arrastrándose tras él.

El vagón estaba atestado de gente con equipaje; ella reconoció a algunos de ellos del barco. Todos parecían estar cansados, con los ojos hundidos. Elin eligió un asiento vacío, se apoyó en la fría pared y observó los edificios que pasaban a toda prisa. Cuando llegó el revisor, le tendió el billete de diez coronas y lo miró a los ojos.

—A Farsta, por favor —se aventuró a decir.

—Querrás Söderstons Villastad, entonces —le respondió y le devolvió un montón de monedas como cambio, contándolas en la palma de su mano.

Elin cerró el puño con las monedas y lo mantuvo apretado durante el resto del largo viaje. El tren se detenía de vez en cuando y ella leía cada rótulo con atención.

Finalmente llegó. La señal que había estado esperando

durante todo el viaje: Södertöns Villastad. Se apeó y pronto se encontró sola en un andén desierto.

Bloques de pisos en largas filas rectangulares, como gigantescas cajas marrones de zapatos. Líneas ordenadas de ventanas, en perfecta simetría. Puertas con números encima, iluminadas por débiles lámparas. Después de vagar durante horas por las calles vacías, tras seguir las indicaciones de un alcohólico adormilado en un banco de la plaza de Hökarängen, Elin había llegado por fin. Se detuvo y miró las ventanas, asombrada de que tanta gente pudiera vivir en un mismo edificio. En algún lugar, detrás de uno de esos cristales, su padre dormía. Y pronto se despertaría.

Treinta y ocho. El número que había guardado en su memoria desde que lo vio escrito en el reverso de la carta que él había enviado a Marianne. Al abrirla, la puerta de entrada chirrió ligeramente, resonando débilmente en la escalera, y un perro ladró con fuerza detrás de otra puerta. Ella se detuvo hasta que el ladrido cesó. Estaba tan cansada que caminaba a trompicones. Llevaba en la mano las zapatillas de lona; los dedos de los pies le dolían tanto que había ido descalza durante las últimas horas. Tenía los pies fríos, como toda ella, y las plantas mugrientas le picaban. Subió las escaleras de puntillas, leyendo atenta los nombres de las puertas, hasta que se topó de frente con su propio apellido. Llamó al timbre con decisión, frotándose el cansancio de los ojos mientras esperaba a que alguien abriera la puerta. Esperó un buen rato. Llamó una y otra vez. Por fin oyó que alguien se movía al otro lado. Contuvo la respiración cuando la puerta se abrió ligeramente.

—Número Uno, ¿eres tú? —Los ojos que se encontraron con los suyos estaban sorprendidos, y la puerta se abrió de golpe. Elin sonreía mientras su padre le acariciaba la mejilla con su grande y cálida mano.

No llevaba más que unos holgados calzoncillos blancos. El estómago le colgaba por encima de la cinturilla, cubierto de pelos negros y rizados. Una barba de varios días escondía su barbilla y llevaba el pelo revuelto. Se miraron fijamente, sin saber qué decir. A final, Lasse se hizo a un lado y la invitó a entrar. Avanzó a paso rápido hacia la única habitación que había, disculpándose por el camino.

—Todavía no he conseguido ponerlo en orden —se excusó al tiempo que recogía botellas, basura y latas de cerveza hasta tener los brazos llenos. Luego, la empujó hasta la pequeña cocina y tiró todo en una bolsa de plástico. El ruido era cacofónico en el silencio nocturno.

Elin dio unos pasos en el interior de la habitación y miró a su alrededor. Había una cama estrecha con sábanas raídas y una mesita con un televisor. Al otro extremo había un único sillón marrón, orientado hacia la ventana y una gran mesa de centro. Las paredes estaban desnudas, la ventana no tenía cortinas y no había plantas en el alféizar, solo más latas de cerveza.

Lasse entró de nuevo en la habitación. Había encontrado una camisa en algún sitio, pero se la abotonó mal, de manera que el lado izquierdo del cuello le llegaba a la altura de la oreja.

—¿Te ha mandado aquí tu madre? —Se pasó la mano por la cabeza, alisándose el grueso cabello.

Elin negó con la cabeza.

—¿Puedo quedarme un tiempo?

—¿Qué quieres decir? —Lasse se hundió en la cama.

—Bueno, vivir aquí.

Los ojos de Lasse recorrieron la estancia. Se levantó con rigidez y la miró.

—¿Tú? ¿Aquí?

Cuando Elin se despertó, la habitación olía a producto de limpieza. Lasse le había cedido su cama y ella había caído en un profundo sueño tan pronto su cabeza tocó la almohada, agotada del viaje. Ahora, la luz del sol inundaba la habitación. La cabeza de Lasse asomaba por encima del sillón. Tenía las piernas estiradas y los pies apoyados en el alféizar. En la mesa de centro había zumo, pan y queso esperándolos.

Elin se acercó sigilosamente a él y se sentó con la espalda apoyada en la pared. Ahora además de dolerle las quemaduras de los tobillos, también tenía heridas las plantas de los pies por su peregrinaje descalza.

Los ojos de Lasse estaban cerrados y el traqueteo de su respiración le resultó familiar. Su olor le recordó todo lo que había deseado. Miró en derredor. Todo había sido ordenado: pilas de ropa ordenadas, las latas de cerveza despejadas en el alféizar de la ventana, montones de periódicos tirados a la basura. Sonrió al estudiar a su padre, que llevaba unos pantalones como es debido y una camisa pulcramente abotonada hasta la barbilla. Cuando finalmente abrió los ojos, parpadeó varias veces.

—Número Uno ¿estás realmente aquí?

—Has limpiado muy bien ¿has estado despierto toda la noche?

—Sí, si vas a vivir aquí debe estar un poco más ordenado. Traté de llamar a tu madre pero no había nadie registrado en ese número. ¿No ha pagado la factura?

—Elin se encogió de hombros y desvió la mirada.

—De todos modos, le escribí una carta cuando fui a la tienda. Le digo que has llegado bien. Así que ahora sabe que estás aquí —siguió diciendo al tiempo que giraba el sillón hacia la mesa y la bandeja.

Elin cogió una rebanada de pan y se la metió en la boca en dos bocados, sin acompañarla con nada.

—¿Tanta hambre tienes? —Lasse le cortó un grueso trozo de queso con el cuchillo de cocina, se lo tendió y observó cómo se lo metía directamente en la boca.

—No llevaba dinero en el barco. No he comido nada en mucho tiempo.

255

—¿Qué te has hecho en las piernas? —Lasse señaló las vendas blancas, ahora mugrientas.

—Me quemé, hubo un incendio… —tartamudeó Elin sin saber cómo iba a explicarlo.

Lasse la interrumpió:

—Sí, joder, me he enterado. Me llamaron. ¿Sabías que…?

—Sí, no quiero hablar de ello. Nunca —Elin le cortó. No quería pensar en lo que acababa de pasar. Quería borrarlo de su mente, para siempre.

Cogió el zumo y lo sirvió en dos vasos. Luego hizo dos sándwiches, uno para ella y otro para su padre. Lasse no intentó forzarla a hablar, se limitó a dar un gran bocado a su sándwich.

—Mira esto, tengo una doncella en el pack. No está mal, no lo está —masculló con la boca llena.

—¿Puedo quedarme entonces?

Lasse le puso sus cálidas manos en las mejillas y le inclinó la cabeza de lado a lado.

—Pues sí, mi bichito, te trataré como a una princesa. Mañana te buscaremos una escuela. Hoy prepararemos un colchón para mí. Tú puedes quedarte con la cama, y te compraré la colcha más bonita del mundo. Y peluches.

—Pero papá… Soy demasiado mayor para peluches. —Elin suspiró.

AHORA

NUEVA YORK, 2017

Fredrik Grinde: Elin teclea su nombre completo en el buscador y acto seguido pulsa *Intro*. Una dirección en Visby aparece como tercer resultado, una dirección comercial, junto con algunos artículos en los que se menciona su nombre y a los que ella no presta especial atención. Él también aparece en la tabla de resultados de una media maratón. Pero no hay fotos que muestren su aspecto. Ella sigue desplazándose hacia abajo.

Existe. Está vivo. Ella contiene la respiración y cierra de golpe la tapa del ordenador.

Tenía la cara siempre tan pecosa en primavera, moteada como una gallina moteada, solía decir ella. Se pregunta si seguirá siendo así, si tendrá todavía el mismo aspecto. Recuerda a un niño siempre feliz, inteligente. Pero ahora es un hombre, un hombre de mediana edad.

Ella está sentada en el gran sillón de cuero marrón de Sam, con la mirada perdida. Su pelo está grasiento y viste un holgado chándal gris; tiene la cara desencajada. Lleva ahí sentada toda la semana. Todos sus trabajos han sido cancelados. Lo achaca a una enfermedad y, de momento, su agente no le ha puesto pegas. El apartamento está en silencio. Ni siquiera se molesta en poner música. Lo único que se oye son los ruidos de la calle y el zumbido de la nevera.

En la mesa que tiene delante, está abierto el mapa de las estrellas.

257

Lo ha mirado tanto que las esquinas están desgastadas. Los pliegues se han vuelto blancos y esponjosos, recortando el fondo negro. Tal vez debería comprar una estrella justo al lado, y llamarla Fredrik, para que pudieran sentarse juntas en los cielos y brillar por toda la eternidad, o al menos hasta que una de ellas se apagara. Escucha el ascensor moviéndose por el edificio, el sonido cada vez más cerca, pasando por el piso de abajo. Se recoge apresuradamente el pelo en un nudo alto, dobla el mapa y lo mete en la parte posterior del cuaderno. Luego empieza a recoger los trastos que hay en la mesa, pero solo tiene tiempo de retirar algunas cajas antes de que se abra la puerta del ascensor y entre Alice. Parece feliz y sigue vestida con su ropa de baile.

—He venido corriendo directamente de clase. —Se tira en el sofá y se queja en voz alta—. Es un trabajo tan duro… ¿en qué me he metido?

—Estás en Juilliard porque eres una estrella. Solo las estrellas entran. Es el ojo de la aguja.

—Yo no me siento como una estrella. Más bien como una patosa torpe. Deberías ver a los demás, son tan buenos… No me puedo comparar.

Elin no responde. Se hunde de nuevo en el sillón marrón, coge el portátil y vuelve a examinar los resultados de la búsqueda. Alice yace quieta, con los ojos cerrados, tirada en el sofá.

Luego gime de nuevo.

—Oh, me olvidaba. He traído comida. Supongo que no has comido nada hoy, ¿no? Aunque no tengo fuerzas para levantarme.

Lo hace de todos modos y sirve recipientes de plástico con comida en la mesa. Tres tipos de ensalada, tomates frescos, pollo, aguacate y zanahorias marinadas de la charcutería de la calle Broome. Pone el aliño a un lado junto con una botella de agua y dos latas de Coca-Cola. A Elin le brillan los ojos al ver las latas rojas, y Alice abre una de ellas y bebe un trago largo.

—Mmm, qué rica —dice con un entusiasmo exagerado.

—Eso te mata por dentro —refunfuña Elin.

—Bueno, ¿y no pasa con todo? —dice Alice—. Los secretos, por ejemplo. —Elin le hace una mueca, pero Alice continúa—. Deja de regañarme. Puedo beber lo que me apetezca. Sabe bien y me hace feliz. No deberías subestimar eso. Tengo otra para ti.

Alice coge su teléfono y lo agita ante su madre.

—Mira, he encontrado un montón de vídeos grabados en tu isla. Es preciosa.

Elin le coge el teléfono y mira un par de vídeos.

—Es aún más hermosa en la vida real. De todos modos ¿quién hace estas películas? ¡Son terribles!

—YouTube está repleto de ellas. Y la gente las ve. A nadie le importa la calidad.

—Es raro —dice Elin.

—¿Qué es raro?

—Que las cosas bellas son mucho mejores.

—¿Que qué?

—Que las feas, por supuesto.

—Seguramente lo feo y lo bello está en el ojo del que mira.

—Eso es cierto.

—Quiero que vayamos.

—¿Qué? Estás loca.

—¿Lo estoy? ¿No querrías que volviera si me hubiera escapado?

Elin la mira.

—Tú nunca te escaparías. ¿Lo harías?

—No, tal vez no, pero hipotéticamente hablando. Si lo hubiera hecho, ¿no querrías que volviera?

—Dedicaría toda mi vida a buscarte. Buscaría en cada milímetro de la tierra. Del universo si tuviera que hacerlo —Elin sonríe.

—¿Cómo sabes que ella no siente lo mismo?

—¿Quién?

—¿Hola? Tu madre. Mi abuela —Alice suspira.

—No ha movido un dedo para buscarme. Sabía exactamente dónde estaba. Podía haber ido a verme, podía haberme llevado a casa. Podía haber cogido el teléfono y llamarme en cualquier momento. Pero no lo hizo. Eso lo dice todo.

—Todo esto es tan extraño. No lo entiendo —Alice vuelve a agitar el teléfono hacia ella—. En cualquier caso, he encontrado nuestros vuelos. Para mañana.

—¿Mañana? Tú estás loca. Es imposible. Estoy a tope de trabajo.

—No, no lo estás. Has cancelado todo porque estás «enferma». He hablado con tu agente, ayer, y me he tomado unos días libres en la escuela.

—No se lo habrás dicho, ¿verdad? Si lo has hecho, el mundo entero lo sabrá enseguida.

—Mamá, el mundo no se acaba porque canceles un par de trabajos. Y a ella no le importan tus secretos. Ella y el resto del mundo tienen muchos otros problemas. Te lo prometo.

—Si esto sale…

—¿Qué?

—Entonces…

—¿Entonces qué?

—Nadie lo puede saber.

—No seas paranoica. Incluso si tu agente lo supiera, no haría nada que pudiera perjudicarte. Ella está de tu parte, estáis en el mismo equipo.

Elin coge el teléfono y estudia el itinerario.

—Vuelos directos —dice.

—Sí, a Estocolmo, y luego un vuelo doméstico a Gotland. También he alquilado un coche, para que podamos movernos por la zona. Y un hotel, el mejor de la isla.

—¿Sabe ella que nosotras…? ¿Sabe que vamos?

—Alice niega con la cabeza.

—Ni siquiera sé cómo se llama la abuela, no sé el nombre del pueblo. No sé nada. Solo sé que tenemos que ir allí.

—Puede que ni siquiera esté viva. Probablemente no lo esté —Elin está helada ahora, le tiembla todo el cuerpo. Coloca el móvil de Alice sobre la mesa, levanta las piernas y apoya la frente en las rodillas.

—Pero los árboles están vivos, y los campos, y el mar.

—No quedó nada. Los edificios se quemaron, tantos edificios, tanto bosque… ¿Quién querría vivir allí? Llegaremos y estará desierto.

Alice suspira.

—Solo se ve así en tu cabeza, en tu memoria. Dame el portátil. —Lo coge—. ¿Contraseña?

Elin lo recupera.

—Yo la escribo.

—¿Por qué es tan secreta?

Alice se le cuelga del hombro mientras ella pulsa las teclas que forman: A ñ o r o a A l i c e.

—Oh, mamá, lo he leído —susurró.

Vuelve a coger el portátil y abre el mapa.

—Dime el nombre del pueblo.

Elin duda.

—También tenía una amigo allí.

—¿Cómo se llamaba? A lo mejor sigue viviendo ahí. ¿O murió en el incendio?

Elin sacude la cabeza

—Estaba con su madre en Visby. Le he echado de menos todos estos años. Se llama Fredrik, a él le dibujé las flores.

—Ah, bien, entonces está resuelto. Vamos. Apuesto a que Fredrik aún vive allí. Dame tu tarjeta, pagaré los vuelos.

—Parece que puedes hacerlo todo, aunque seas una nenita.

Alice le tira un cojín.

—Venga, calla. Soy mayor que tú cuando te escapaste.

—El pueblo se llama Heivide.

Alice se calla. Escucha mientras ella lo repite.

—¿Puedes deletrearlo? Qué nombre tan extraño.

—¿No deberías irte a casa y hacer la maleta? —dice Elin—. ¿Si nos vamos de viaje…?

Alice asiente con la cabeza, gira la pantalla hacia ella y le muestra una imagen de satélite. Elin se inclina hacia delante y estudia los árboles.

—Han crecido de nuevo.

—Las heridas se curan.

Elin mira a su hija. Es tan inteligente. La mira fijamente a los ojos, son de color avellana bordeados de gris. Los ojos no son de Elin o de Sam, son de Marianne. Son un regalo de la abuela de Alice, un rastro físico de todo lo que Elin ha intentado reprimir. No ha pensado en ello antes, pero Marianne nunca la ha abandonado del todo. Está ahí, en Alice. ¿Se dará cuenta cuando se conozcan?

Alice está acurrucada con su teléfono bajo una gruesa manta. Está despierta, inspeccionando con gran curiosidad cada milímetro de la superficie de Gotland. Le cuesta distinguir las borrosas imágenes de satélite, pero ella serpentea por el bosque, pasando por delante de casas y granjas aisladas. Elin está a su lado. Su luz está apagada y cierra los ojos de vez en cuando, pero el sueño se niega a aparecer con sus pensamientos rondándole el cuerpo como una gran nube negra. Sigue desde la distancia el viaje de Alice por el campo, la ve acercarse a lugares cuyos nombres conoce instintivamente. Sus maletas están ya preparadas y cerradas en el vestíbulo, la alarma está puesta, los billetes están pagados. Mañana estarán ahí, en lo que hace unos meses era un recuerdo reprimido y secreto. Se incorpora y Alice extiende la mano tocándole el brazo.

—¿No puedes dormir? Cuéntame más. Cuéntame cosas de la abuela, ¿cómo era?

Elin se tapa la cara con las manos.

—Era todo lo que yo no soy.

—¿Qué quieres decir?

—No lo sé.

—Dímelo.

—Apenas puedo recordar. Ella era… callada, triste, ausente.

Alice se ríe a carcajadas.

—¡Ausente! ¿Quieres decir que tú no lo eres?

—No de esa manera. No tenía trabajo, así que casi siempre estaba en casa. Pero rara vez reía, rara vez hablaba. Estaba allí físicamente, pero seguía estando lejos.

—¿Deprimida?

—Tal vez. No era algo de lo que se hablara entonces. Ella también se enfadaba, mucho.

—Eso no suena muy divertido.

—No lo era.

—¿Y tus hermanos?

—Eran maravillosos. Yo los despertaba por las mañanas, les hacía el desayuno.

—¿Estabais unidos?

—Sí.

—Tienes que haberlos echado mucho de menos.

—Están muertos. No he pensado en ellos desde hace mucho tiempo. Pero claro que estuve triste durante muchos años, pensaba en ellos a diario.

—Tal vez haya una tumba que podamos visitar. Así tendrías la oportunidad de despedirte.

—Qué inteligente eres, Alice. ¿Cómo te volviste tan inteligente?

—Tengo una buena madre.

—Una madre ausente.

—No es así. Sé que tú estás ahí. Te gusta demasiado tu trabajo, eso es todo.

Alice se levanta de la cama y va al cuarto del baño, donde Elin puede ver su sombra moviéndose. La ducha se abre y el sonido del agua corriente la transporta a otro lugar. Se tumba y cierra los ojos.

ENTONCES

ESTOCOLMO, 1984

La pared frente a Elin estaba cubierta de gafas de sol de vistosos colores. Llevaba unos vaqueros holgados lavados a la piedra y una cazadora vaquera a juego con las mangas remangadas y, debajo, una camiseta rosa, que hacía juego con la cinta de su pelo rizado con permanente. Mascaba chicle frenéticamente y miraba de vez en cuando hacia la salida, donde la esperaba un tipo con chaqueta de cuero negra: John, un chico del colegio del que posiblemente estaba enamorada. Todavía no lo había decidido. Él le hizo un gesto impaciente. Apenas había clientes en la tienda y la dependienta de la caja registradora miraba hacia otro lado, así que Elin cogió un par de gafas de sol y las deslizó en el bolsillo interior de la cazadora. El corazón le latía con fuerza. Se quedó donde estaba y cogió otro par, girándolo hacia uno y otro lado como si estuviera considerando comprarlo. Luego las devolvió a su sitio y se dirigió despacio hacia la salida, recibiendo una palmada en la espalda a modo de saludo. Siguieron caminando por el centro comercial como si nada hubiera pasado.

Ella estaba a punto de ponerse las gafas, que eran rosas y pegaban con su atuendo, cuando un hombre se detuvo frente a ella, bloqueándole el paso. Era moreno, tenía el pelo muy corto y llevaba una cámara Polaroid colgada del cuello. La miró de arriba abajo y Elin bajó la mano que sostenía las gafas de sol.

—¿Qué haces? Quita —dijo ella resuelta tratando de empujarle.

—Espera un momento. ¿Puedo sacarte una foto? —preguntó al tiempo que se llevaba la cámara a los ojos.

Elin retrocedió.

—¡Qué asco! —murmuró y pasó de largo.

—No, no. No me refiero a eso, trabajo para una agencia de modelos. ¿Sabes lo que es? —El hombre la siguió apresurado y volvió a colocarse frente a ella.

—Sí ¿Y?

—Eres fantástica.

John, que había seguido caminando sin Elin, se dio la vuelta y regresó; se quedó mirando fijamente al hombre. Elin irguió la espalda.

—Vale, pero date prisa, haz la foto —dijo ella de mala gana, y miró intensamente a la cámara.

—¿Puedes quitarte la cazadora? —preguntó él.

Elin se la quitó y se la dio a John. Posó con una mano en la cintura.

—Sonríe un poco, apuesto a que tienes una sonrisa preciosa.

El hombre sacó una foto completamente en blanco de la cámara y la calentó entre sus manos.

—Un momento, voy a ver si ha salido bien.

Elin observó con curiosidad las formas que empezaban a surgir paulatinamente en la superficie satinada. Por fin estaba ahí, sonriendo, con los ojos brillantes. El hombre asintió satisfecho y le entregó un bolígrafo.

—Ha salido genial. ¿Me puedes escribir tu nombre y tu número de teléfono en la franja blanca?

Elin escribió con cuidado sus datos tal como le habían pedido, y el hombre se guardó la foto en el bolsillo antes de desaparecer entre la multitud. Elin lo siguió con la mirada mientras él se paseaba inspeccionando escrupulosamente a todas las jóvenes que encontraba.

—¡Mola! —dijo John pasándole el brazo por los hombros—. Así que modelo, ¿eh? Ya sabía yo que estabas buena, pero, piénsalo, puede que ahora te hagas famosa.

Elin se apartó. Las gafas de sol le pesaron de pronto en la mano, se las guardó en el bolsillo y sacó un cigarrillo.

—Me tengo que ir —musitó con el cigarrillo apagado en la comisura de los labios.

John enarcó las cejas, pero asintió.

—Vale, nos vemos —dijo metiendo las manos en los bolsillos de sus vaqueros.

—Ten si quieres —dijo ella.

Le tendió el cigarrillo. A continuación le dio la espalda y se alejó veloz por la acera y luego escaleras abajo hasta Segels Torg. Justo antes de llegar a las barreras de acceso de la estación de metro, se sacó el paquete de tabaco del bolsillo y lo tiró a la papelera.

El apartamento estaba oscuro cuando llegó a casa. Las persianas estaban bajadas y, en el colchón del suelo, Lasse dormía acurrucado como un niño. Se le había bajado el pantalón, dejando al descubierto la raja entre las nalgas. Roncaba suavemente y el sonido resonaba en la habitación vacía. Elin recogió las botellas del suelo y las tiró a la papelera después de vaciar en el fregadero el líquido que quedaba. La habitación apestaba a cerveza y a licor, así que dejó correr el grifo durante un buen rato para eliminar el hedor.

Ya no tenían televisión, se había estropeado. Y tampoco radio. Siempre había silencio. A veces oía los gritos de los vecinos, pero ahora parecían llevarse mejor. Se sentó en el único sillón del estudio y encendió la lámpara. Sobre la mesa había un montón de libros de la biblioteca y cogió el primero, pero las palabras se le volvieron borrosas y no tenía ganas de leer. No había terminado un solo libro desde que llegó a Estocolmo. Solo un par de párrafos aquí y allá, cuando estaba de humor. Aina solía decir que la lectura era el secreto, que si leía lo suficiente, todo se acabaría solucionando. Que todo iría bien.

Puso el libro en su regazo, inclinó la cabeza hacia atrás y cerró los ojos. Todavía no había encontrado un lugar donde pudiera sentarse en paz y pensar. Ninguno como el que tenía detrás de su casa cuando era pequeña, o como el que ella y Fredrik tenían en la playa. Se preguntaba a menudo si él seguiría yendo allí, si miraba a las estrellas él solo o con alguien más.

El apartamento era tan pequeño y estrecho que a menudo se sentía atrapada, como un animal en una jaula. Cuando Lasse se encontraba en casa, esta apestaba a sudor y a alcohol. Y fuera nunca estaba realmente sola. Había coches, gente, ruido en todas partes.

No podía soportarlo más. Tenía en el bolsillo una larga carta que había empezado a escribir, una carta para Fredrik. Nunca la terminaba, siempre tenía algo más que decirle. Pero ahora tendría que hacerlo, ahora iba a enviarla, a pedirle perdón por el incendio, pedirle ayuda, pedirle que la llevara a casa.

Se había hecho tarde y al día siguiente tenía colegio. Pero aun así, salió al recibidor y se puso los zapatos, con la intención de conseguir un sello en algún sitio. Tal vez pudiera comprárselo a alguno de los borrachines de la plaza, que siempre andaban tumbados en los bancos.

Cuando estaba a punto de abrir la puerta, oyó la voz retumbante de Lasse.

—No vas a salir otra vez, ¿verdad? Está oscuro —masculló.

Elin puso los ojos en blanco y cerró la puerta tras de sí, un poco más fuerte de la cuenta. Corrió escaleras abajo, agarrándose a la barandilla y girando en cada rellano. Arriba, la puerta se abrió de nuevo y oyó el eco de la tos seca de Lasse.

—¡Elin! Alguien te buscaba hace un rato —la llamó. Ya no arrastraba tanto las palabras, su voz sonaba más clara, más sobria.

Elin se detuvo, esperando que él le diera más detalles.

—Elin, vuelve arriba, sé que estás abajo —gritó. Su voz era ahora aguda y firme.

Ella respiró profundamente.

—Vuelvo en un minuto, solo tengo que resolver una cosa —replicó al tiempo que ponía la mano en el pomo de la puerta.

Los zuecos de Lasse repiquetearon con fuerza en las escaleras.

El sonido se acercaba. Ella no se atrevió a abrir la puerta. Seguía de pie en la entrada cuando él bajó.

—La mujer que llamó dijo que eras la niña más guapa que habían visto nunca. Que te iban a convertir en una estrella. ¿En qué andas metida ahora, Número Uno?

No estaba enfadado. Más bien al contrario. Esbozó una amplia sonrisa y soltó tal carcajada que le resonó el pecho. Luego le puso sus grandes y cálidas manos en los hombros.

—Una modelo. ¡Quién lo iba a decir!

AHORA

NUEVA YORK, 2017

Hacía mucho tiempo que no pasaba una noche en blanco, pero el alba ha llegado y ella sigue despierta. Alice duerme profundamente a su lado. Las sábanas se han deslizado y se le ha subido la camiseta dejándole el vientre al descubierto. Elin la vuelve a tapar con ternura.

Amanece y los pequeños penachos de las nubes en el cielo están finamente veteados de rosa. Desde su cama, puede ver la aguja del Empire State Building refulgiendo hermosa bajo el sol de la mañana. Elin se levanta con cuidado, sin hacer ruido, y Alice se revuelve un poco, pero no se despierta. Elin se queda quieta, con la mirada puesta en el plácido semblante de su hija. La cama está como tiene que estar, revuelta y llena de amor. Alice solía dormir en la cama con Sam y con ella y cuando era pequeña. Más de la cuenta, pensaba Sam, pero ella siempre le decía que un poco de cercanía extra solo podía ser algo bueno. Solían discutir mucho por ello, pero las remolonas mañanas de los domingos eran tan divertidas que enseguida se reconciliaban. Desearía que él estuviera aquí ahora, que los tres estuvieran en la cama de nuevo y que la habitación se llenara de risas cuando Alice se despertara.

Pero él no está. Ella está sola, en medio de una pesadilla, recordando lo que una vez fue. Recordando solo los buenos tiempos.

Las tuberías traquetean en las paredes y los vecinos empiezan a despertar, los sonidos de la ciudad se hacen cada vez más intensos.

Se envuelve en una bata y sale a la terraza, recoge las hojas marchitas de las plantas y las lanza por la barandilla para que cojan velocidad con el viento y salgan disparadas. Como lo hizo el regalo de Fredrik. Se pregunta en qué revista la habrá visto, si lee revistas norteamericanas y, de ser así, cuáles. Se la encuentra a menudo en la página de colaboradores, con una foto y una frase al respecto, normalmente en respuesta a una pregunta tonta. Tal vez la haya visto en las fotos de alguna fiesta o estreno. Quiere preguntárselo, hablar con él, de eso y de todo lo que le ha pasado desde la última vez que se vieron.

Ningún periodista ha escrito nada aún sobre su separación de Sam, nadie lo sabe. La idea le hace cerrar los ojos y tragar saliva. Los titulares no tardarán en llegar, lo sabe. Nada vende más que las trágicas vidas de las *celebrities*. Jamás se ha visto a sí misma ni a Sam como celebridades, pero a los periódicos les da igual lo que ella piense. Con los años, ambos se han convertido en nombres que despiertan interés. Ella es la creadora de los retratos de la era moderna, alguien que valida a los narcisistas. Él es un exitoso hombre de negocios.

Cuando Alice se despierta, Elin está sentada en el sofá. Tiene la cara perfectamente maquillada, la hinchazón de los párpados suavizada con una compresa fría. El pelo rizado le cae con un precioso brillo sobre los hombros. Viste un sobrio traje pantalón negro, con un polo debajo. Alice se pone sus holgados vaqueros y una camiseta lisa. Elin la inspecciona.

—¿Te has duchado?

—Me duché anoche, con eso vale.

Alza las manos a modo de señal para que se detenga.

—Nada de comentarios sobre mi ropa, gracias —continúa diciendo.

—No he dicho nada.

—Pero lo has pensado.

—Tal vez. Pero el pensamiento es libre. ¿No es eso lo que dices tú siempre?

Detecta una sonrisa en los labios de Alice.

—Vamos.

—¿Vamos a ir de verdad?

—Sí, nos vamos, de verdad.

Elin oculta sus ojos tras unas grandes gafas de sol negras con montura de pedrería.

—¿Vas a llevar eso?

—Nada de comentarios sobre mi ropa, gracias.

—*Touchè* —Alice sonríe y se mete una enorme sudadera con capucha por la cabeza.

—Pareces una rapera —dice Elin.

—¿Sin comentarios, dices? En serio, ¿cómo va a funcionar esto?

Vuelan en *business*, por lo que los asientos son suaves y espaciosos. Elin se sienta con el respaldo recto, con las gafas de sol puestas y las manos cruzadas sobre el regazo. Alice se reclina a su lado, con dos cojines bajo la cabeza y los pies apoyados en el asiento. El baile la ha hecho tan flexible como una muñeca de goma. Se quita los auriculares y se los entrega a Elin.

—Escucha, son películas suecas. Hablan rarísimo, *hoppety-hoppety-hop*. ¿Puedes hablar así?

Elin coge los auriculares y se los pone en los oídos. La familiar sintaxis le dibuja una sonrisa, y sigue la película en la pantalla de Alice con curiosidad. Alice tira de uno de los auriculares.

—Di algo en sueco.

—¿Qué quieres que diga?

—Di: Hola, abuela, encantada de conocerte.

—Elin no dice nada.

—No me acuerdo.

—¿Ya no lo hablas?

—Sí, por supuesto que lo hablo. Es mi lengua madre. Todavía

escucho algo de sueco, hay cantidad de suecos viviendo en Manhattan, he fotografiado a muchas estrellas suecas.

—¿Y qué hacías entonces? ¿Simular que no sabías sueco, que no podías entender lo que decían?

Elin asiente con la cabeza y ríe.

—Es *Hej mormor, fint att få träffa dig* —dice.

Alice no puede seguirla.

—Otra vez, despacio.

—*Hej mormor.*

Alice repite el saludo, tropezando con las erres redondeadas. Elin prosigue.

—*Fint att få träffa dig.*

—*Hej mormor, fint att få träffa dig.*

—Excelente, eso es. Puedes hacerlo.

—¿Decían alguna estupidez pensando que no lo entenderías?

—¿Quiénes?

—Las estrellas suecas.

Elin ríe.

—Sí, la verdad es que era bastante divertido que no supieran que yo los entendía.

—Quiero aprender sueco, enséñame algo más, porfa…

—Más tarde tal vez. Ahora necesito descansar. Anoche apenas dormí. Termina de ver tu película.

—No, por favor, ¿podemos hablar un poco más? Quiero saber lo que he de decirle a la abuela cuando la vea. Quiero saber cómo es.

—Pero no sé cómo es ahora. No la conozco. Solo sé que se llama Marianne Eriksson, y lo último que supe es que seguía viviendo en Heivide, donde me crié.

A Elin se le hace un nudo en la garganta y tose, tratando en vano de tragar. Alice se levanta y llama a la azafata.

—Agua, ¿nos pueden traer agua?

La azafata se acerca presta con un vaso de agua. Elin bebe dos grandes tragos y cierra los ojos mientras Alice le acaricia la espalda.

—¿Podemos descansar un poco? —suplica Elin. Su voz suena ronca, débil, como si estuviera a punto de romperse.

Alice asiente y vuelve a su película. No hay manera de que Elin se relaje. Mira fijamente al frente. En su cabeza, los recuerdos se suceden, uno tras otro. Fredrik siempre está ahí, siempre junto a ella, su consuelo. Tal vez sea eso lo que va buscando, tal vez solo se trate de que los dos vuelvan a verse.

ENTONCES

ESTOCOLMO, 1984

La maleta estaba preparada en el vestíbulo. Contenía toda la ropa que tenía y aun así solo estaba medio llena. Dos pares de vaqueros. Unas cuantas camisetas. Un par extra de zapatillas blancas de lona, con la parte superior tan desgastada que la tela sobre la articulación del dedo gordo se había desgastado. Llevaba el pasaporte en el bolsillo, flamante y sin sellar, recogido hacía apenas unos días. Lasse se había quejado del precio de las fotos y ella le había prometido devolverle el dinero.

—Cuando seas famosa —había dicho él riendo.

Las dos fotos que habían sobrado estaban ahora pegadas a la nevera con un imán azul, junto a unos cupones de descuento de una tienda de artículos para el hogar. Ella miraba inexpresiva a la cámara, sonriendo levemente.

Lasse seguía durmiendo en el colchón. Junto a él había una botella medio vacía con el tapón desenroscado.

Roncaba fuerte y regularmente. Esos ronquidos se habían convertido en algo casi tranquilizador, como un metrónomo que marcaba los segundos que pasaban en el vacío de la casa. Elin permaneció un rato escuchando, siguiendo cada respiración y cada ronquido. Cerró los ojos, respiró hondo, luego cogió su bolso y salió a la escalera sin mirar atrás. Se detuvo un segundo frente a la puerta cerrada, tanteándose los bolsillos. Todo estaba ahí. Su pasaporte, los billetes, los dos billetes de cien coronas que la agencia de modelos le había dado como dinero de bolsillo. Todo lo demás estaría pagado, se lo habían prometido. Su tarjeta de metro, que seguía siendo válida a pesar de haber terminado las clases unos días antes, la llevaría a la estación central y al autobús del aeropuerto.

Unas semanas antes, Lasse había acompañado a Elin al Hotel Strand, donde la «agente madre» francesa se reunía con las adolescentes aspirantes. Estaba sentada en un sillón del vestíbulo con asistentes a ambos lados. No hizo ninguna pregunta, solo las examinó a todas de los pies a la cabeza. A algunas se les pidió que se marcharan, a unas pocas se les pidió que rellenaran formularios y otras fueron conducidas directamente a otro conjunto de sofás. Elin se encontraba entre las elegidas que fueron trasladadas de inmediato a los sofás. Lasse, sonriendo con orgullo, se sentó muy tieso junto a ella. Se había arreglado para la ocasión, con camisa y corbata y zapatos de cuero con punta y tacón grueso, una reliquia desgastada de la década de los setenta. Tenía el brazo apoyado en el respaldo detrás de ella y el mareante olor dulzón de su colonia le hacía cosquillas en la nariz.

—Si tu madre lo supiera… Nuestra pequeña —rio, más bien demasiado fuerte, haciendo que Elin se retorciera en el asiento—. Deberías llamarla y decírselo.

Elin asintió distraída. Los sofás a su alrededor se habían llenado de más chicas jóvenes y todas tenían a sus madres con ellas. Lasse seguía parloteando, pero ella no escuchaba. Mantenía la vista fija en el paseo marítimo que había tras la ventana, observando los barcos que iban y venían dejando a los pasajeros en el muelle, y las gaviotas que flotaban en el viento. El agua era lo único que los separaba.

En Farsta no había agua. Bregó con su maleta por Tobaksvägen hasta la parada del autobús. De su hombro colgaba un deshilachado bolso de tela vaquera en cuyo interior guardaba las gafas rosas. Se preguntó si el sol brillaría en París, y si las estrellas centellearían tan bellamente por la noche. ¿Entendería lo que dijeran?

Un avión hiende el aire sobre la parada del autobús, su estela de vapor como una cadena de burbujas en el oscuro azul del cielo. Desde la playa de Gotland había visto muchos como ese antes, y Fredrik le había enseñado todo lo que sabía sobre aviones. Pero ninguno de los dos había volado nunca en uno, y ella apenas sabía lo que era un aeropuerto.

Desdobló el papel que le habían dado. Las instrucciones estaban en inglés, pulcramente divididas en puntos, con tiempos precisos. Cogería el autobús del aeropuerto hasta el de Arlanda, luego volaría a París, y en el Charles de Gaulle alguien estaría esperándola con un cartel con su nombre.

Cuando llegó el autobús, Elin estaba leyendo los puntos una y otra vez, con el corazón martilleándole en el pecho. Volvió los ojos al campo, hacia el número 38 y el apartamento de Lasse. El sol era demasiado fuerte como para que pudiera distinguir algo, pero tal vez él estuviera allí, observando cómo ella subía al autobús. O tal vez seguía roncando.

Las puertas del autobús se abrieron y el conductor señaló su maleta con la cabeza y sonrió.

—¡Ajá! Hora de vacaciones —dijo.

Elin se estiró y sonrió vacilante. Solo iban a ser dos semanas de prueba. Pronto estaría de vuelta.

—Sí, voy a Arlanda —respondió.

AHORA

VISBY, 2017

Un olor familiar la golpea al salir del avión. El olor a tierra, a mar y a lluvia. Y siente el fuerte viento en el rostro. Se detiene en seco y respira hondo. Sobreviene el caos, Alice choca con su bolso de mano y quien la sigue choca con Alice. Pero Elin es incapaz de dar un paso, es como si hubiera echado raíces en el último escalón de las escaleras metálicas. Disculpándose, Alice empuja a Elin hacia la barandilla para permitir que pasen otros pasajeros.

—Mamá, tienes que bajar —susurra.

—Siento que me voy a desmayar.

—Es un paseo corto, la terminal está ahí al lado. Nos sentaremos al llegar. No tenemos prisa.

Alice coge a Elin de la mano y se adelanta para bajar los escalones. Elin la sigue despacio.

La sala de llegadas es espartana, un cuarto pequeño con una cinta transportadora. No hay sillas. Esperan pacientemente de pie, junto a muchos otros, a que salga su equipaje. Todo el mundo está en silencio.

—¿Por qué nadie habla? —susurra Alice—. ¿Hay un voto de silencio nacional?

Elin le sonríe.

—Urbanitas —dice.

Una pareja se besa apasionadamente frente a ellas, el sonido chasqueante de su saliva resonando en la sala. Alice empieza a cantar y Elin le da un codazo en el costado.

—¿Qué? —susurra—. Alguien tiene que hacer algo. Hay demasiado silencio aquí. Me estoy volviendo loca.

Alice deja de cantar, pero sus caderas siguen moviéndose al compás. Elin la ve también mover los labios. Siempre hay música en ella, alegría.

Por fin están sentadas en un coche de alquiler, todo su equipaje guardado en el maletero. Alice se apoya en la ventanilla, estudiando el paisaje en movimiento: los campos vallados con ovejas aquí y allá pastando en la tierra yerma, los árboles, los pequeños pinos torcidos de los que le hablaba Elin. Las casas, pocas y alejadas unas de otras, rodeadas por extensiones de bosque. Elin sabe exactamente a dónde va, las carreteras no han cambiado nada. Cuando llega a la rotonda de Norrgatt, gira hacia Norderport y Alice grita y señala con la mano la hermosa muralla de la ciudad. Los edificios del interior parecen casas de juguete, sacadas de otro tiempo.

—¿Vive gente aquí? —pregunta asombrada haciendo reír a Elin.

—Tal vez sea buena idea haber venido, así puedes ver algo más que rascacielos. Sí, vive gente en esas casas.

Apenas son las tres de la tarde, pero ya está oscureciendo. Ligeros copos de nieve flotan en el aire bajo el resplandor de las farolas. Elin serpentea por calles angostas entre el puerto y el hotel. En su interior, todos sus órganos se revuelven y se agitan, hasta que siente una oleada de náuseas y frena el coche en seco, apoyando la cabeza en el volante. Alice se desabrocha el cinturón de seguridad y abre la puerta.

—No, todavía no hemos llegado —dice Elin.

—¿Por qué has parado entonces?

—¿Por qué estamos aquí?

—Porque tienes que hacerlo.

—No quiero. No quiero hacerlo, de verdad.

El viento atrapa la puerta del coche, que se abre de golpe.

Alice la agarra y tira de ella para cerrarla, aunque no antes de que el interior se llene de aire frío con olor a mar.

—Conduce. Lleguemos al hotel y podremos descansar un rato.

—Vive aquí, creo. A solo unas calles de distancia.

—¿Quién?

—Fredrik.

—Háblame de él. ¿Era tu novio?

—Solo un amigo. Como un hermano casi.

—Podemos parar y llamar a su puerta si quieres.

Elin arranca de nuevo el motor y parte, con los neumáticos girando contra los resbaladizos adoquines.

—¿Estás loca? Por supuesto que no quiero.

El resto del camino lo hacen en silencio. Solo ven a un puñado de personas, encorvadas contra el viento gélido, con gruesos abrigos y bufandas y gorros calados sobre sus pálidos rostros. Aquí es donde viven sus vidas, aquí es donde llevan a cabo sus quehaceres cotidianos. Se pregunta qué hace Fredrik en su día a día, a qué se dedica. Sigue viviendo en la isla, de modo que no puede haberse convertido en astronauta, como quería de niño. Tal vez tenga mujer e hijos. Se pregunta si él piensa en ella a menudo, si la echó de menos cuando desapareció o si estaría enfadado con ella por haberle quitado a su padre.

El pensamiento le hace estremecerse.

—Elin. *Är det du?*

Están de pie en el vestíbulo del hotel, rodeadas de maletas, cuando una mujer del personal se detiene de repente frente a ellas. Elin la mira extrañada.

—Eres tú, ¿verdad? ¿Elin Eriksson? Nunca pensé que volvería a verte.

La mujer parece haber visto un fantasma. Elin vuelve a ponerse las gafas de sol, pero Alice se acerca y se las quita.

—Sí, soy Elin —dice en inglés, y asiente con la cabeza—. ¿Quién eres?

Ella empieza a hablar vacilante en inglés, pero enseguida cambia al sueco.

—Soy Malin, ¿no te acuerdas de mí? Estábamos en la misma clase. Bueno, hasta que te mudaste, tras el incendio. Qué alegría verte después de todos estos años. Siempre me he preguntado a dónde fuiste. Nadie nos lo dijo nunca. —Malin inclina la cabeza y estudia a Elin—. Estás igual y diferente a la vez.

La cara de Elin se tensa, se le forman arruguitas alrededor de la boca. Evita mirar a la mujer a los ojos y coge su bolso.

—Lo siento, no te recuerdo, debes de estar equivocada —murmura en sueco.

Alice le da un codazo.

—¿Qué dices? ¿Quién es esa? ¿No puedes hablar en inglés para que yo lo entienda?

—No lo sé, no la conozco. Olvídalo.

Elin tira de su maleta hacia la recepción, pero Malin y Alice no se mueven. Elin las oye hablar, pero no acierta a entender lo que dicen. Se registra, ansiosa por llegar a su cama.

—Mamá, tienes que dejar de huir. Habla con ella, ibais a la misma clase, tienes que recordarla. No seas tan grosera —le dice Alice entre dientes nada más llegar al mostrador.

Elin le tiende una tarjeta llave y le da la espalda.

—Toma, tienes tu propia habitación. Haz lo que quieras, si tienes hambre, pide algo al servicio de habitaciones. Necesito descansar un poco, estar sola.

Sin encender las luces, se sienta en el sofá de su habitación. Resulta difícil desconectar y descansar cuando todos los sonidos le son tan familiares. Una de las ventanas está entreabierta y entra la brisa fresca del mar. Huele a sal y a algas. El silencio es total.

Malin. Claro que la recuerda. Una chica tranquila y amable que de vez en cuando lanzaba miraditas a Fredrik. ¿Cuántas otras caras del pasado verá durante estos días en la isla? ¿Seguirán todos viviendo aquí? ¿Serán todos amigos?

Un escalofrío le recorre el cuerpo y se deja caer de costado sobre la cama y se acurruca en posición fetal.

Se oye un golpe en la puerta y Elin alarga el brazo aturdida tratando de alcanzar el teléfono. Aunque solo ha pasado media hora, ha dormido profundamente. Alice debe de haber perdido ya su llave. Suspira al bajar la escalera de caracol de la *suite* dúplex para abrir la puerta. Da un brinco cuando ve por la mirilla quién aguarda afuera. Es Malin. Lleva una bandeja entre las manos con una taza de café y un trozo amarillo de tortita de azafrán.

—He pensado que estarías hambrienta y cansada después de tu viaje —sonríe tendiéndole la bandeja.

Elin duda.

—Me has reconocido, ¿verdad? —dice Malin.

Elin asiente con la cabeza y acaba cogiendo la bandeja.

—Es muy amable por tu parte —dice con voz queda.

—Quiero que te sientas bienvenida, todos te echamos de menos cuando te fuiste. Fue horrible lo que pasó, y más horrible aún que ella te echara.

Elin niega con la cabeza.

—¿Quién? ¿Mi madre? No, eso no fue lo que pasó, ella no me echó.

—Se rumoreaba que vivías en el ático, ¡que estabas tan quemada que ella te escondió!

Elin vuelve a sacudir la cabeza y ríe.

—Oh, Dios mío, no, por supuesto que no fue eso lo que pasó. Me fui a vivir con mi padre.

Malin ríe también.

—Sí, supongo que en realidad lo sabíamos. Pero ya sabes cómo hablan los niños. Nunca oímos nada, así que nuestra imaginación se disparó.

Ninguna de las dos dice nada más y permanecen frente a frente un rato, hasta que Malin se encoge de hombros.

—Bueno, supongo que será mejor que me vaya. Solo quería ver cómo estabas un momento, asegurarme de que te encontrabas bien.

—Gracias, es muy amable por tu parte —vuelve a repetir Elin.

Malin vacila, como esperando que Elin la invite a entrar. Pero ella no lo hace. Empuja despacio la puerta para cerrarla y, cuando apenas queda una rendija, levanta la mano a modo de despedida.

—Espero verte pronto —le dice.

Malin estira el cuello para verla a través del hueco.

—Podría invitar a algunas personas a casa si quieres, podríamos reunirnos. Sería divertido, ¿no crees?

Elin sacude la cabeza con vehemencia y cierra la puerta apoyando la espalda en ella, el corazón palpitándole con fuerza.

Todavía es de noche. Aunque el reloj se empeña en señalar la madrugada. Elin apenas ha pegado ojo y ha renunciado a intentarlo. Siente como si el cielo negro se desplomara sobre ella al pisar los adoquines. Hacía tiempo que no pensaba en la oscuridad, había olvidado lo negro que podía ser todo aquí. Aquellas noches de tormenta en que volvía a casa del colegio a oscuras, recorriendo a pie la calle principal con una débil linterna en la mano, con el frío y el viento como únicos compañeros. Se abrían paso a través de cada una de las fibras de su ropa, de sus chaquetas siempre demasiado ligeras, de los pantalones, rígidos por el frío, y de los zapatos de suela demasiado fina como para protegerla del hielo. Recuerda los blancos dedos de las manos y los pies que tenía que descongelar lentamente frente a la estufa. Le picaban mientras el frío se iba; a veces le dolían tanto que lloraba.

En el puerto, los amarres se vacían y finos témpanos de hielo flotan en la superficie inmóvil, protegidos de las olas por el espigón. Elin camina hacia el parque de Almedalen, pasando por delante de casas que nunca había visto. Nuevos edificios de hermosa arquitectura con grandes y relucientes ventanales. Está completamente desierto y las escasas farolas que encuentra en su camino no alumbran lo suficiente. Siente cómo el frío le atraviesa los zapatos de piel y aprieta y afloja los dedos para calentarlos. Su gruesa cazadora de plumas es aislante y solo desearía tener algo igual de cálido para sus pies.

Avanza por el paseo marítimo. La luz empieza a filtrarse por el horizonte: amanece. El viento se apodera de ella, la parte superior de su cuerpo se ve obligada a avanzar muy por delante de sus piernas. El mar está surcado por grandes olas y las gaviotas juegan con el viento en contra. Ella contempla cómo dejan de volar, vuelven a flotar y, luego, vuelan de nuevo. Como en una danza interminable.

Respira lenta y profundamente. El aire fresco llena sus pulmones. Huele tal y como ella lo recuerda. Han pasado más de treinta años desde la última vez que despertó aquí y, sin embargo, todo sigue exactamente igual.

Atraviesa la Puerta del Amor, la pequeña abertura hacia el mar. Se detiene y se apoya en la pared. Sonríe al recordar las veces que estuvo allí con Fredrik, cómo bromeaban sobre que se casarían algún día.

«Si ninguno de los dos está casado después de los cincuenta, lo haremos. Tú y yo. Nos casaremos al atardecer».

Él lo decía así, sin más, y ella se reía de él. Parece que fue hace tanto tiempo… Que ella recuerde, en realidad nunca cerraron el trato. Y ahora están a punto de cumplir cincuenta años; Fredrik dentro de un año y ella de dos.

Fredrik. Ella se aleja de la puerta, pero el rostro de Fredrik sigue en sus pensamientos. Ve sus pecas, sus grandes dientes delanteros, su sonrisa. Esos dientes que hacían que el labio se le subiera hasta la nariz cuando reía.

Se cala el gorro hasta las orejas y silba una melodía, su melodía. Recuerda cada nota, y el recuerdo le acelera el corazón. Siempre solían correr, dondequiera que fueran. Corrían rápido y descalzos, sobre piedras y raíces.

Echa a correr, y el viento casi le arranca el gorro de la cabeza. Corre deprisa por la orilla, como si alguien la persiguiera. Pierde el control de sus brazos, deja que se agiten libremente. Corre hasta que el muro muere dando paso a profundas zanjas, cruza el gran campo que hay detrás. En el espigón del hospital se detiene. El largo y feo espigón donde se dice que el desagüe del hospital en otros tiempos coloreó el agua de rojo con sangre. Avanza por él con cautela, tratando de mantener el equilibrio. La superficie está cubierta por una fina capa de hielo y cada paso requiere una concentración total. Las crestas de las olas arrojan sobre ella una lluvia intermitente de agua de mar. Todo se balancea a su alrededor. La superficie del mar es negra y amenazante. Se sienta justo al final, el mar infinito la rodea.

El teléfono vibra en el bolsillo, pero lo deja sonar. Sus pantalones están mojados y tiene tanto frío que le tiemblan los labios y los hombros.

Qué fácil sería dejarse caer a un lado. Dejar que el plumón de su abrigo se empapara y el peso la llevara con todos sus recuerdos al fondo del mar. Así su alma y su cuerpo descansarían por fin.

Un hombre le grita, pero el rugido de las olas y el viento ahoga sus palabras. Ella le oye, pero no alcanza a entender lo que dice. Sus pantalones están calados, la cazadora también. Tiembla de frío. El lugar en el que está sentada es resbaladizo e inhóspito. No se atreve a darse la vuelta, no se atreve a levantarse por miedo a resbalar.

Siente una mano en un hombro, luego otra en el otro.

—No puede sentarse aquí, morirá de frío —le dice delicadamente.

La sujeta por los brazos con las manos y tira de ella con cuidado hasta ponerla de pie. Llorando, camina lentamente hacia atrás guiada por él. Parece fuerte y ella se siente segura. Cuando llegan a tierra y el agua a ambos lados del espigón es menos profunda, ella se da la vuelta y se derrumba en sus brazos. Él la abraza y le acaricia la espalda tratando de calmarla. Ella advierte que es un policía, de uniforme, su coche está aparcado en el arcén y un colega le espera en la playa.

—Eso podría haber acabado muy mal —dice él con severidad, apartándola con la mano.

—Pensaba que…, solo quería… —se traba con un idioma ahora desconocido; no encuentra una explicación adecuada.

—Está completamente empapada. ¿Dónde vive? Creo que será mejor que la llevemos a casa.

Ella asiente con la cabeza y lo sigue hasta el coche. El compañero le pone una mano protectora en la cabeza cuando ella se agacha para subir al asiento trasero. Es un Volvo. Ella acaricia el asiento.

—Mi padrastro tenía un Volvo —murmura, pero los policías hacen caso omiso.

Quieren saber a dónde va y cuando les dice que al Hotel Visby sueltan una risita como si ella viniera de otro planeta.

—Elegante —dice uno de ellos.

—En verano tenemos nuestra cuota de turistas locos aquí, pero no es tan común en invierno —dice el otro riendo.

—No estoy borracha, lo prometo, pueden hacerme un test. Solo necesitaba tomar un poco el aire —protesta Elin.

Entran en el vestíbulo con ella. Tiene los labios azules y la cara pálida. Los pantalones se le pegan a las piernas y el agua gotea sobre el suelo de piedra dejando un estrecho reguero a su paso. Los zapatos le rechinan por la humedad. Ve a Alice, que da un grito tan fuerte que resuena en el vestíbulo.

—¿Dónde has estado?

Mira a los policías en busca de una respuesta con ojos suplicantes. Ellos sueltan los brazos de Elin y la dejan caminar sola.

—Dice que está bien, pero no estamos seguros. ¿Quieres que la llevemos al hospital? —pregunta uno de ellos en un inglés con marcado acento extranjero.

Alice sacude la cabeza, Elin se apoya en ella.

—Estoy helada ¿podemos subir ya? —susurra.

—¿Qué has hecho, mamá?

El policía que habla inglés se apresura a tranquilizarla:

—No ha hecho nada. La encontramos al final del espigón, junto al hospital. Las olas le salpicaban las piernas, hay tormenta ahí fuera. De no haberla traído, se habría congelado.

—Gracias —dice Alice con fervor.

Elin se dirige al ascensor sin dar las gracias ni despedirse de los policías. Alice se disculpa con ellos y corre detrás de su madre. Elin está apoyada en la pared, mirando su teléfono.

—¿Por qué ha llamado Sam tantas veces? Nunca me llama.

Levanta el móvil. Tiene ocho llamadas perdidas suyas. Alice se encoge de hombros y mira hacia otro lado.

—Podrías haber muerto, mamá. ¿Qué hacías ahí fuera?

Las puertas del ascensor se abren.

—No has hablado con él, ¿verdad? —respondiendo a la pregunta de Alice con una propia, Elin entra. Tiene las manos tan frías que el teléfono se le escapa, cae al suelo de piedra y se rompe la pantalla. Ella lanza un juramento y se agacha estirando el cuerpo fuera del ascensor para cogerlo, tratando de aferrarlo con sus dedos entumecidos.

—Sí, llamó esta mañana —dice Alice—. Se preguntaba dónde estaba.

—¿Acaba de enterarse de que no estás?

—Fue a la escuela a saludarme y le dijeron que me había tomado unos días libres por una emergencia familiar. Eso lo asustó.

—¿No le habías dicho nada?

—Le he dicho que estábamos aquí.

—¿Pero no por qué?

—Le dije que te estaba ayudando en un proyecto. Él ya sabía que habías nacido aquí. ¿Cómo podía saberlo?

—No todo se puede ocultar. Nos casamos. Lo vio entonces. Le dije que mis padres estaban de vacaciones y que casualmente había nacido aquí.

Las puertas del ascensor se cierran y empieza a subir. Elin tiembla de frío y Alice se quita el jersey y lo coloca alrededor de los brazos de su madre. Elin ríe.

—¿Qué haces? Se va a mojar. Mírame.

—La lana te mantiene caliente incluso cuando estás mojada. Estás congelada, no paras de temblar.

—Eres tan dulce…, me ayudas tanto…

Ambas se meten en la cama, bajo gruesos edredones de plumas. Elin tiene la *suite* y las paredes de color ocre inspiran una extraña calma. Alice llama al servicio de habitaciones para pedir chocolate caliente y galletas.

—Cuéntame más sobre el incendio, mamá, ¿qué pasó?

Elin murmura y se tapa la cara con el edredón.

—Vi el cuerpo —dice, y luego se queda en silencio.

—¿El cuerpo de quién?

—Edvin estaba conmigo, detrás de mí, estaba allí tumbado, en el campo. Vi a Micke, estaba muerto. Y mamá gritaba, no paraba de llorar. Estaba de rodillas en el patio y aún puedo oír sus chillidos.

—¿Fue esa la última vez que la viste?

—Sí, estábamos en el mismo hospital, pero no llegué a verla allí.

—Pero ¿por qué dijiste que era culpa tuya? Aún no lo entiendo.

—Como ya te dije, solíamos hacer una fogata en la playa, Fredrik y yo. Esa noche yo estaba sola, él había vuelto a casa de su madre en Visby. Avivé el fuego demasiado y luego me quedé dormida. Jamás debería haberme dormido.

—Y el fuego se extendió —terminó diciendo Alice.

Elin asiente, la voz se le quiebra y los ojos se le llenan de lágrimas.

—Erik estaba en su guarida. El edificio entero se derrumbó sobre él. Podría haberlo salvado, pero no podía con los dos, pesaban demasiado, así que saqué a Edvin primero.

—¿Por qué escapaste?

—Todos los que amaba se habían ido y era culpa mía.

—Pero tu madre…

—Tú no lo entiendes, nunca lo entenderás. Me habría matado. No sabes cómo se enfadaba.

—No puedo imaginar la vida sin ti. No te dejaría por nada del mundo.

—Entonces era diferente. Era muy joven cuando me tuvo, nunca me quiso.

—¿Cómo puedes decir eso? ¿Sobre una madre y su hija? Claro que te quería.

—No, así era. Nunca se lo oí decir. Las palabras. Ni una sola vez.

—¿Que te quería?

Elin asiente y se gira hacia Alice, se acerca y le acaricia el pelo. Calla.

—Tú tampoco me lo dices a mí —dice Alice.

Elin prosigue retirándole la mano.

—Por supuesto que sí.

—No, no lo haces, casi siempre dices «ídem».

Elin no responde. Vuelve a girarse, dando la espalda a Alice. Ambas yacen inmóviles, la una al lado de la otra, Elin sigue con la mirada la moldura blanca del techo, la maraña de patrones que alguien tallara a mano en su día.

—¿También me abandonarías a mí si hubiera hecho algo malo?

La abrupta pregunta de Alice hace que se sobresalte. Está a punto de decir algo cuando un fuerte golpe en la puerta la salva. Alice desaparece escaleras abajo para abrir mientras Elin espera que le traiga el chocolate caliente, pero vuelve con las manos vacías y corre hacia la cama.

—Hay un hombre fuera que quiere verte —dice.

Elin se incorpora apresuradamente.

—¿Has dejado entrar a un extraño?

Alice sacude la cabeza con impaciencia, mechones despeinados de cabello rizado le caen sobre el rostro.

—Está fuera esperando. Date prisa.

ENTONCES

PARÍS, 1984

La mayoría de los días estaban bien, salvo los domingos. Los domingos eran siempre los peores. Ese era el día en que más le afectaban la soledad y la nostalgia. Dos semanas en París se habían convertido en cuatro meses, las sesiones fotográficas de prueba se habían convertido en trabajos propiamente dichos, y el montón de billetes que había ganado crecía a marchas forzadas en el bolsillo interior de su maleta, donde los escondía para que sus compañeras de piso no pudieran encontrarlos. Elin había aprendido enseguida a mirar a la cámara para resaltar sus mejores rasgos, a entrecerrar un poco el párpado inferior y a empujar la nariz hacia abajo para hacer que la boca parezca más llena. La ropa raída que había traído de Farsta había sido reemplazada por otra nueva.

No había brisa marina en París, era tan incómodo y sofocante como Farsta. Todo edificios y asfalto. Ella iba al parque de vez en cuando y luego, al Bois de Boulogne, pero apenas había flores silvestres, solo parterres con plantas y césped escrupulosamente cortado. Además, alguien le había dicho que era peligroso, que el bosque estaba lleno de prostitutas con sus clientes.

Paseaba a menudo por el Sena. Los barcos ponían el agua en movimiento y su sonido le recordaba todo lo que anhelaba. Pero tenía un olor desagradable y la basura se acumulaba en los márgenes.

Aquel domingo estaba sentada en un banco, oculta tras las

gafas de sol rosas que le recordaban su antigua vida. El sol de otoño ya no calentaba, el viento se había vuelto frío de repente. Estaba agotada.

La gente caminaba por la acera frente a ella. Nadie estaba solo; caminaban en parejas o en grupos de familias enteras. De la mano, del brazo. Oyó risas y palabras que no entendía. El francés seguía siendo un misterio para ella. Podía decir hola y adiós, frases sencillas. Pero nada más. Los fotógrafos hablaban en inglés, con un acento tan marcado como el suyo. Anhelaba escuchar sueco, añoraba la playa y a Fredrik. A Edvin y a Erik. La posibilidad de dejarse el pelo alborotado y dejar de ser por un momento el objeto de todas las miradas.

Pensar en sus hermanos hizo que algo se quebrara en su interior y las lágrimas por lo que había perdido le inundaron súbitamente las mejillas. Tenía unas monedas en el bolsillo. Las usaba una vez a la semana, cuando llamaba a Lasse. Fue él quien informó al colegio de que ella no volvería, quien le había dado permiso para estar allí. Por lo general, cuando lo llamaba, él estaba borracho, balbuceaba, no escuchaba. Tal vez debía llamarla a *ella*, a Marianne. El domingo siguiente tal vez. Jugueteó con las monedas. Pensar en su madre acrecentó su llanto y se encorvó, temblando y sollozando. Lo que más deseaba era hablar con Fredrik, escuchar su voz. ¿Pero qué le iba a decir? ¿«Lo siento»?

«Siento haber matado a tu padre».

No vio llegar a la mujer, solo sintió el ruido sordo cuando esta se sentó en el banco. Lo cierto es que permanecía sentada completamente en silencio, pero su respiración profunda y regular le transmitía una suerte de calma. Llevaba un vestido verde de lana gruesa. Sus manos, nudosas y arrugadas, descansaban sobre sus rodillas.

Dijo algo en francés, pero como Elin se limitó a mover la cabeza, cambió al inglés.

—Llevo viéndote demasiadas veces aquí sentada sollozando. ¿Por qué lloras tan desconsolada? ¿Qué pude ser tan terrible?

Elin no respondió, pero la pregunta le hizo llorar de nuevo.

Entonces la mujer se puso en pie y la cogió de la mano, tirando de ella para levantarla.

—Ven conmigo. No puedo dejar que sigas aquí sola. Ya es suficiente.

Elin alzó la mirada y se encontró con unos brillantes ojos verdes y un pelo rojo y rizado. La piel bajo los ojos sin maquillar de la mujer estaba hinchada y formaba un abanico de arrugas en los extremos cuando sonreía.

—Me llamo Anne —susurró rodeando a Elin con el brazo. Señaló con el dedo el edificio que tenían delante—. Y esa es mi librería, dentro hay libros y chocolate caliente. Estoy convencida de que necesitas ambas cosas.

Las paredes estaban cubiertas de estanterías de madera oscura, empotradas del suelo al techo. Se necesitaba una escalera para llegar a los estantes más altos. En el suelo, entre ellas, había mesas con más pilas de libros, y Elin les pasó la mano por encima. Todavía tenía la nariz hinchada por el llanto y moqueaba cada dos por tres. Todos los libros estaban en francés y ella deletreaba los títulos en voz baja sin entender su significado.

—También hay libros en inglés —Anne sonrió y señaló un estante hacia el fondo de la tienda—. Pero si quieres aprender francés, te recomiendo que empieces con un libro para niños y un diccionario. No hay mejor manera de aprender un idioma.

Se alejó rauda, con la amplia falda balanceándose alrededor de sus voluminosas caderas, y volvió con un delgado libro en la mano.

—Aquí tienes, empieza con este, te va a encantar. *El principito*.

Le dio el libro a Elin. Tenía la cubierta amarillenta, llena de estrellitas, y un príncipe con el cabello dorado se balanceaba sobre un minúsculo planeta. ¡Estrellas! Elin lo apretó contra su pecho.

—Puedes leerlo gratis aquí sentada —dijo Anne—. Puedes leer cualquier libro de la librería y preguntarme todo lo que quieras.

Elin asintió y lo abrió por la primera página. Pasó el dedo por el príncipe, los pájaros y las estrellas, y una lágrima le resbaló por la mejilla. Anne se quedó en silencio, observándola. Elin levantó la vista y se limpió la barbilla con el dorso de la mano.

—¿Cómo lo has sabido? —dijo.

—¿Saber qué, querida? —Anne no entendió la pregunta. La tomó del brazo y la condujo hasta un sillón. Sobre la mesa contigua había un diccionario. Del francés al inglés.

—¿Tienes de francés a sueco? —preguntó Elin con voz ronca.

Anne asintió y se subió a una de las escaleras. Sostenía en el aire un librito muy manoseado, con el lomo roto y algunas de las páginas dobladas.

—Los mejores años de este han quedado atrás, pero probablemente te sirva. No todo lo que hay aquí es nuevo —rio tan fuerte que le entró tos, luego volvió a bajar la escalera no sin esfuerzo.

El sillón era muy suave. Elin se hundió en él y empezó a leer las primeras frases. Buscaba el significado de cada palabra, aprendiendo cómo decir «sombrero» y «elefante» y «boa constrictor». Anne le sirvió una taza de chocolate caliente y el líquido la calentó por dentro. Anne le puso una manta sobre las piernas arropándola concienzudamente.

—Estás mucho mejor aquí sentada que en ese frío banco. Además, puedes aprender un par de cosas. Promete que la próxima vez vendrás aquí en lugar de sentarte ahí sola a llorar. Nadie debería tener que hacer eso.

Anne siguió hablando sola. Elin dejó de responder y el ruido se convirtió en un murmullo de fondo. Los clientes iban y venían. Algunos se quedaban, sentados en otros sillones, hojeando libros.

Sobre la caja registradora había un cartel que rezaba:

Un hogar sin libros es como un cuerpo sin alma.

AHORA

VISBY, 2017

Una prenda tras otra cae al suelo mientras Elin rebusca entre la ropa de su maleta. Alice está de pie tras ella.

—Coge algo, vamos.

Al final se mete un vestido negro por la cabeza. Tiene las piernas y los pies desnudos, y los dedos están todavía azulados, un recordatorio de todo lo que acaba de ocurrir.

—Pero ¿quién es?

—No lo sé. Está esperando, vamos. No he entendido lo que decía. Tu nombre y luego un montón de palabras. Es guapo.

—¿Qué aspecto tiene?

—No lo sé, el de un hombre normal, más o menos. Tiene una gran sonrisa.

Elin se detiene. Contiene la respiración.

—Va a tener que esperar un poco más —dice finalmente y luego desaparece en el cuarto de baño.

Se pasa el cepillo por el pelo y lo sujeta cuidadosamente en un nudo. Se empolva la cara con pequeños movimientos circulares y se da un poco de colorete en las mejillas. Alice se pasea nerviosa junto a la puerta, siguiendo cada movimiento con la mirada. Por fin baja las escaleras con Alice a su espalda. Cuando llaman de nuevo a la puerta, Elin la abre de golpe y casi derriba al camarero que aguarda fuera con una bandeja. En ella hay dos tazas humeantes con un plato de galletas en medio.

—¿No podías haberlo subido tú? ¿Para qué tenía que levantarme? —musita con el corazón aún latiéndole con fuerza en el pecho. Sus nervios han sido sustituidos por la ira.

Alice se lleva el dedo a los labios haciéndole callar. Coge la bandeja del camarero y luego le señala el pasillo con la cabeza.

—No era él, era este tipo —susurra.

Elin se asoma y allí está, apoyado en la pared, con unos vaqueros y una desgastada cazadora de cuero marrón. No es pecoso ni tiene el pelo despeinado y decolorado por el sol: de hecho, no le queda nada, su cuero cabelludo es calvo y brillante, y una tupida barba le cubre la barbilla. Sin embargo, la mira con los mismos ojos y, cuando sonríe, no hay duda de quién es.

Los sonidos cesan, los pensamientos se silencian. La distancia entre ellos parece haber entrado en un túnel. Se miran fijamente.

—Así que eso es lo que valen las promesas y un pacto de sangre —dice él en voz baja, y levanta una mano a modo de saludo.

Se quedan mirándose el uno al otro hasta que, finalmente, él da un paso adelante y extiende los brazos. Entonces Elin se arroja a su abrazo. No es un abrazo reservado y educado. No es suave y tranquilizador. Es como si él acabara de volver de entre los muertos. Ella se abalanza sobre él aferrándose a su vida con los brazos y las piernas.

—Jamás pensé que te volvería a ver —le susurra al oído.

—Mi pequeña bobalicona, ¿por qué desapareciste? —responde él riendo, y le acaricia la espalda. Respira hondo—. No me puedo creer que estés aquí ahora. Por fin.

Elin no lo suelta. Entierra la cara en su pecho y siente los latidos de su corazón en la mejilla. Su olor es el mismo, incluso después de tantos años. Lo aspira profundamente.

Por fin, él la aparta con las manos. Se topa con su mirada cuando él toma su rostro entre las palmas y la examina.

—¿Por qué nunca te pusiste en contacto conmigo? —pregunta. La suelta y se apoya de nuevo en la pared.

En lugar de responder, Elin dice:

—¿Cómo me has encontrado? —Extiende el brazo para tocarle la mejilla, pero él le coge la mano y entrelaza sus dedos con los de ella.

—Vi tu foto en una revista en la peluquería. Fue solo una coincidencia. Y luego empecé a buscarte en Google. Elin Boals. Famosa. Justo como dijiste que serías.

—Me refiero a ahora. ¿Cómo sabías que estaba aquí?

—¡Ah! Visby es una ciudad pequeña. Malin llamó y me dijo que estabas aquí. Así que imagino que ya lo sabrá todo el mundo. —La mira de arriba abajo—. Pareces una estrella de Hollywood —dice.

—Pero no lo soy.

—Bueno, de todos modos, ahora eres una estrella ahí arriba —señala el techo con la cabeza.

—Gracias, fue un gesto muy bonito de tu parte. Pero las estrellas no se pueden comprar, ¿no? No se puede ser dueño de todo. ¿No solías decir que las estrellas eran patrimonio de todos?

—Cierto. Pero quería enviarte algo, y eso fue lo mejor que se me ocurrió.

—En cualquier caso, tú y yo siempre hemos vivido bajo las mismas estrellas.

—En realidad, no. ¿Cómo has podido llegar tan lejos?

—Lo siento —susurra ella.

—¿Lo sientes por qué? Celebro que estés aquí. Te he echado de menos.

—Por el incendio.

—¿A qué te refieres?

—Por iniciarlo. Por… matarlos a todos.

Elin se estremece. Se topa con su mirada de incomprensión mientras él da un paso atrás.

—¿Qué? ¿Fuiste tú quien prendió fuego a la casa de Aina? ¿Por qué ibas a hacer eso?

Ella sacude la cabeza con vehemencia. Alice asoma la cabeza por la puerta y Elin, turbada, recorre con la mirada los rostros de los dos.

—¿No me vas a presentar? —Fredrik se vuelve hacia Alice tendiéndole la mano.

—Sí, lo siento —dice Elin cambiando al inglés—. Alice, este es Fredrik, mi amigo de la infancia. Y ella es Alice, mi hija.

—¿Por qué no subís y os sentáis? Hay chocolate caliente. Fredrik, puedes usar mi taza.

Elin la silencia con un gesto sin apartar la vista de Fredrik.

—Yo no prendí fuego a ninguna casa, ¿por qué iba a hacer eso? Encendí una gran fogata en la playa y se extendió.

Él ríe.

—¿Nuestra pequeña fogata? ¿Crees que eso fue lo que originó todo? No, no, el fuego empezó en la casa de Aina y luego se propagó por el bosque y a las casas de Gerd y Ove. No había nadie en casa para dar la alarma, así que pronto se convirtió en un río de llamas que devoraron todo lo que encontraron a su paso. Bueno, tú lo viste, estabas allí. Esas tres granjas estaban alineadas en la dirección del viento,.

Elin se hunde hacia el suelo intentando apoyarse con la mano en la pared. Los recuerdos desfilando cual destellos ante sus ojos.

—¿No estaban en casa? —susurra.

—No, estaban cenando fuera, esa noche habían salido antes. Cuando volvieron a casa todo había desaparecido, las motos de Ove estaban totalmente destruidas y la casa era una ruina carbonizada. Terrible.

—¿Las motos? No entiendo… ¿Siguen vivos?

—No, ya no. Murieron, pero ha sido hace poco, un par de años. Ove de un ataque al corazón y Gerd al poco tiempo. Probablemente no podía vivir sin él. Ya sabes lo unidos que estaban, siempre juntos los dos.

A Elin le falta el aire, se le hace un nudo en la garganta, no le salen las palabras. Alice se inclina hacia ella y le acaricia la espalda tratando de confortarla.

—¿Qué pasa mamá, qué dice? ¿De qué estáis hablando? ¿Ha muerto la abuela? ¿Qué pasó?

Alice mira a ambos suplicándoles que le expliquen. Fredrik se inclina hacia delante, introduce los brazos bajo las axilas de Elin y la levanta con cuidado hasta ponerla de pie.

—Ven. Será mejor que nos sentemos —le dice en un precario inglés.

Se sientan en el sofá, Alice sostiene la mano de Elin. El chocolate caliente y las galletas están sobre la mesa y Fredrik sonríe al verlas.

—¿No tenéis galletas en América?

Elin tiene la mirada perdida.

—Con todo, muchos murieron.

Fredrik niega con la cabeza.

—No, Edvin no, no murió. Solo Micke y Erick. Aunque probablemente no debería decir «solo».

—¿Encontraron a Edvin? —La voz de Elin apenas es audible.

—Sí.

Está vivo. Edvin está vivo. Elin no termina de creérselo. Son tantos los pensamientos que le pasan por la cabeza… Su hermano pequeño. Todos estos años. Lasse tenía que saberlo, ¿por qué no se lo dijo? ¿Por qué dejó que pensara que estaban todos muertos?

—Ya será un hombre.

Fredrik ríe y vuelve a hablar en sueco.

—Sí, ya no es ese pequeño descarado con ojos de ardilla que recuerdas.

Elin sonríe. Se vuelve hacia Alice.

—Tengo un hermano —dice orgullosa.

—Siguen viviendo ahí, en Heivide. En tu vieja casa —dice Fredrik.

—¿Siguen?

—Sí, Marianne y Edvin.

—Pero Edvin… ¿No vive por su cuenta?

Fredrik saca su teléfono, desbloquea la pantalla y se desplaza por sus contactos.

—No, no la llames, no le digas que estoy aquí. Aún no, no ahora. Cuéntame de ellos, quiero saber más.

Elin intenta quitarle el teléfono, pero Fredrik se lo impide.

—Pero tienes que verla ahora que estás aquí. Lo sabes, ¿verdad? Nunca ha dejado de hablar de ti.

Elin siente cómo los ojos se le llenan de lágrimas. Fredrik extiende la mano para enjugárselas pasándole los dedos cuidadosamente por la mejilla. Ella siente sus manos ásperas y secas, pero cálidas. Huele a taller, igual que Lasse en su día, a madera y aceite. Ella cierra los ojos.

—Eres la misma, lo eres, dulce como el azúcar —dice él.

—¿Cómo sabes que el fuego empezó en la casa de Aina? Allí no vivía nadie. —Los ojos de Elin se abren de golpe. Fredrik se encoge de hombros y hace una pausa sosteniéndole la mirada, sus almas fundidas en una suerte de abrazo.

—La investigación sobre el incendio lo demuestra, parece que se sabe. Estaba en los papeles. Los arboles de la playa no se quemaron. Así que no tuviste ninguna culpa. Eso lo sé seguro.

—Siempre he pensado…

—Era un error. Estabas equivocada… Dios mío, ¿por eso has estado fuera tanto tiempo? —Ha levantado la voz angustiado.

—Pensé que había asesinado a tu padre y que no querrías volver a verme.

Fredrik suspira y se acaricia la tupida barba. Se retuerce, como si de pronto el sofá le resultara incómodo.

—Nunca he echado mucho de menos a mi padre. ¿Y tú? —le pregunta.

—Fue hace tanto tiempo… Apenas le recuerdo, solo su ira.

—Sí, exacto. Su ira —Fredrik la estrecha contra él—. Tú eras la difícil de perder, lo que tú y yo teníamos era mucho mejor que nuestros padres. ¿No crees?

Ella apoya la cabeza en su hombro. Alice, que ha renunciado a intentar entenderlos, trastea absorta con el móvil en uno de los sillones. La habitación está en silencio. Fredrik descansa su mejilla en la cabeza de Elin.

—Pensé que no volvería a verte nunca —murmura, acariciándole el pelo con ternura.

Madre e hija permanecen sentadas cuando Fredrik se va. Alice baja su teléfono al oír que la puerta se cierra y lanza a Elin una mirada acusadora.

—¿Vas a juntarte con él ahora? —dice en tono airado.

Elin da un respingo y se incorpora en el sofá, con la cabeza alta. Se alisa con cuidado las arrugas del vestido.

—Era mi mejor amigo de la infancia, como un hermano casi. O podría decirse que *era* mi hermano…, es complicado.

Alice asiente con la cabeza, todavía un tanto contrariada.

—Sí, realmente parecíais grandes *amigos* —susurra.

Elin se levanta y se dirige hacia el cuarto de baño.

—Necesito aire —dice.

—Nunca he visto que tuvieras esa intimidad con papá.

Elin se detiene abruptamente, se da la vuelta y suelta en tono bronco:

—¡Ahora, escúchame bien! De ser por mí, ahora estaría con tu padre, no aquí. Eres tú quien me ha arrastrado hasta aquí.

Alice abre mucho los ojos, sobresaltada por la repentina ira de Elin.

—¡Mamá! —exclama.

Elin no dice nada. Alice se acerca y la abraza, pero los brazos de Elin cuelgan inertes a los costados. Su respiración se acelera.

—Mamá, lo siento, pensaba que…

—Era mi mejor amigo de niña. Mi amigo del alma.

Elin se zafa del abrazo de Alice y continúa hacia el cuarto de baño

—Tenemos tiempo para dar un paseo antes de encontrarnos con Fredrik en Heivide, ¿quieres venir? Tengo que salir, aquí no puedo respirar —dice mientras camina.

Alice aparece en el espejo detrás de Elin y asiente con la

cabeza. Elin interrumpe el cepillado unos segundos con el cepillo aún enganchado en el pelo.

—Ve a tu habitación a prepararte entonces —dice enérgicamente, pero Alice enarca las cejas sin comprender.

—¡Estoy lista! Llevo ropa puesta, ¿no?

Elin acaricia la cabeza de su hija, acomodándole unos rizos rebeldes detrás de las orejas, pero ella la sacude para sacárselos de nuevo.

—Me gusta ir despeinada. Es mi aspecto, no puedo ser alguien que no soy.

—No puedes ser alguien que no eres —repite Elin en voz baja y se pasa la mano por el pelo. Está liso y peinado, pero se quita la cinta del pelo y lo deja caer, sacudiéndolo.

—Cuéntame más cosas de tu padre —dice Alice—. ¿Por qué no vivía aquí?

—¿Mi padre?

—Sí, dijiste que vivía en Estocolmo, antes de que te fueras a París.

—No sé por dónde empezar —Elin la aparta al pasar y se pone el abrigo.

Abandonan el hotel en silencio, Alice unos pasos detrás de su madre. Elin está inquieta, siente el impulso de seguir hacia delante, de alejarse.

El sol se asoma entre las nubes y ella entrecierra los ojos. En Donners Plats, hay un par de hombres recostados en uno de los bancos. Llevan chaquetas gruesas y zapatos viejos, y gorros de lana calados casi hasta la barba. Entre ellos hay una bolsa de plástico. Elin se detiene y los mira, y Alice se acerca por detrás y le apoya la barbilla en el hombro.

—¿Qué haces? ¿Por qué paras? —pregunta.

—Así es como era mi verdadero padre —dice Elin señalando el banco con la cabeza. Reanuda la marcha a paso rápido, de modo que Alice tiene que correr para darle alcance.

—¿Qué quieres decir? ¿Era un vagabundo?

—No, pero era un alcohólico, ya te lo conté. Vivía aquí en la isla, era carpintero. Solía pasar el rato en Visby, en esos bancos, bebiéndose todo lo que ganaba. Un día cogió un rifle y entró a robar en una tienda. Borracho como una cuba. Accidentalmente disparó a la dependienta. Así fue como dejó la isla, y a nosotros. En un furgón de presos, para cumplir condena en Estocolmo. Y terminó quedándose allí.

Elin se detiene de nuevo y se vuelve hacia su hija.

—¿Hay algo más que quieras saber?

—Sí —dice Alice con gravedad—. ¿Era bueno?

Elin se queda desconcertada.

—¿Qué clase de pregunta es esa?

—Una simple. ¿Era bueno?

Elin reflexiona un momento.

—Tenía manos cálidas y abrazos grandes. Me llamaba Número Uno, como si yo fuera lo más importante del mundo para él.

—Tal vez lo eras.

—No. La bebida era más importante. La bebida siempre, por más que lo intentara. Y entonces ya no era tan bueno.

—Pero no entiendo. ¿No hablabais entre vosotros, no hablabas con tu madre? Él tuvo que enterarse de lo que les sucedió a sus otros hijos, a tus hermanos.

Elin mira a Alice, se acerca a ella y la abraza con fuerza al tiempo que le besa la mejilla.

—No lo sé, Alice. No me acuerdo. Supongo que lo sabría, pero no era el tipo de persona con la que se puede hablar. No hablaba. Hay tantas cosas que no entiendo.

—Podemos preguntárselo a la abuela, cuando la veamos.

—No sé si quiero. Ya no aguanto más. Solo quiero volver a casa, quiero volver a la normalidad, hacer fotos, volver al trabajo.

Alice se escabulle entre sus brazos.

—¿Volver a la normalidad? ¿Volver a tu mentira, quieres decir?

ENTONCES

PARÍS, 1986

Elin corría por la calle con un sobre en una mano y el bolso colgándole de la otra. Le faltaba el aire y gotas de sudor le brotaban de la frente. No podía dejar de sonreír y, al llegar a la librería, se lanzó directa a los brazos de Anne, haciéndole retroceder unos pasos riendo. Elin sacó un papel del sobre y lo agitó delante de ella.

—Tengo un trabajo —resolló, apoyándose en el mostrador con una mano.

Anne no entendía nada.

—Pero trabajas a tiempo completo ¿no? ¿Qué tiene eso de especial?

—De asistente —Sonrió.

—¿Asistente de quién?

—Voy a ser fotógrafa. No volveré a ponerme delante de una cámara, solo detrás —sonrió orgullosa.

Anne tomó las manos de Elin entre las suyas.

—¿Pero no te encantan los libros? Pensé que podría convencerte para que estudiaras.

—Sí, pero me gusta más la luz, la luz mágica. La luz es para los fotógrafos lo que las ideas para los autores, lo sabes ¿verdad? Y pienso pasar el resto de mi vida persiguiendo la luz, la luz perfecta.

Elin hablaba tan emocionada que daba la impresión de que estaba cantando. Su francés ya era relativamente fluido. Anne reía.

303

—¡Pareces tan llena de pasión! Eso es bueno, la pasión es lo más importante. Yo creo en ti, siempre lo haré. Siempre y cuando me prometas seguir viniendo para que pueda mimarte un poco, es como si fueras casi una hija para mí.

La cara de Elin se descompuso en cuanto Anne se dio la vuelta y, automáticamente, empezó a ordenar los libros que había en la mesa a su espalda, colocándolos en montones perfectos.

—Y tú como una madre para mí —dijo Elin en un susurro apenas audible.

Anne no respondió. Había empezado a hablar sola de nuevo, como acostumbraba a hacer cuando se ponía a trabajar. Su cabello pelirrojo había empezado a encanecer y lo llevaba recogido en un moño en la base del cráneo. Se paseaba entre las estanterías moviendo libros, enderezándolos.

Elin se hundió en uno de los sillones con un grueso libro a medio leer en la mano. Los otros sillones ya estaban ocupados. Lo especial de la librería de Anne era que también hacía las veces de biblioteca. No daba la impresión de que a ella le importaran mucho las ventas y nunca parecía agobiada por el dinero. Pegaba pequeñas notas escritas a mano sobre los libros que más le gustaban. Ayudaba a los estudiantes con sus tareas. Por las tardes, organizaba charlas de autores. Y servía chocolate caliente con una gotita de esencia de menta y malvaviscos cuando más se necesitaba. Pero esta tarde no le llevó una taza a Elin. Llevaba en cambio una pila de pesados libros entre los brazos.

—Si vas a ser fotógrafa, hagámoslo bien —informó a Elin al tiempo que ponía el montón de libros sobre la mesa junto a ella—. Aquí tienes un poco de historia de la fotografía. Repásalos todos. Y aquí tienes una lista de fotógrafos que deberías conocer. Estudia la luz… o lo que quiera que sea tan importante.

Le tendió una nota escrita a mano. Elin leyó los nombres, encantada con el entusiasmo de Anne.

—Puedes leer cómo hacer la mayoría de las cosas, pero no todas —dijo Elin riendo.

Anne la miró sin comprender.

—¿Qué quieres decir?

—Pienso tener mi propio estilo, ser única.

Anne asintió complacida.

—Bien, así es como debe ser.

Al menos este domingo tenía algo que contar. Llamaba todos los domingos, pero si notaba que él balbuceaba demasiado, colgaba sin mediar palabra. La primera cabina que vio apestaba a orines, el fuerte hedor la hizo girar en la puerta y dirigirse a otra, un poco más abajo en esa misma calle. Nunca llamaba desde casa, siempre desde una cabina telefónica. Se había convertido casi en un ritual.

Llamó, pero no hubo respuesta. Colgó, pero no se movió. Otro número parpadeó en su cabeza, el de su antigua casa en la granja. Empezó a marcarlo, pero se detuvo a mitad de camino y volvió a marcar el número de Lasse.

—¡Hola!

La voz que contestó le resultó desconocida.

—¿Quién eres? —preguntó.

—Soy Janne, ¿quién llama?

—Soy Elin, la hija de Lasse. ¿No está en casa?

Silencio.

—Hola ¿sigues ahí? —dijo Elin. Oyó cómo él se aclaraba la garganta—. ¿Dónde está papá?

—¿No lo sabes?

Elin estaba desconcertada. ¿Qué debía saber?

—¿Se ha mudado? —preguntó.

Él se aclaró la garganta de nuevo. Ella no podía saber si estaba o no borracho. Si era un amigo o si era un extraño.

—Se ha ido —murmuró finalmente.

—¿Qué quieres decir?

—Bueno, que está muerto.

Elin se quedó sin habla. Muerto. Desaparecido. No más llamadas, no más preguntas. No volverían a verse nunca. Se tragó el nudo que le crecía en la garganta y, sin mediar palabra, volvió a colocar lentamente el auricular en su gancho.

El sol había salido de entre las nubes y algunos rayos se abrieron paso hasta la cabina telefónica. Ella levantó la vista y saludó. Las luces de Dios. Así llamaba Lasse a los rayos del sol.

—Adiós, papá —susurró.

AHORA

VISBY, 2017

Elin da vueltas y más vueltas lentamente, contemplando cómo el mar y la muralla de la ciudad desparecen y vuelven a aparecer, sintiendo el viento en sus mejillas. Alice está sentada en la playa, frente a ella, jugando con las piedras. Al cabo de un rato, Elin se deja caer a su lado. Está mareada y tiene las mejillas sonrosadas. Alice le tiende un guijarro. Es suave y blanco.

—Mira, tiene forma de corazón —sonríe.

Elin lo coge y se lo coloca en la palma de la mano, lo encierra con los dedos.

—¿Sabías que una piedra como esta fue lo que me hizo enamorarme de tu padre?

Alice enarca las cejas.

—¿Qué quieres decir? Él nunca ha estado aquí ¿no?

—No, aquí no. Pero, en nuestro primer paseo juntos, se agachó y cogió una piedra con forma de corazón. Cuando me la dio, lo supe.

—¿Saber qué?

—Ah, nada.

Alice coge la piedra y se la mete en el bolsillo.

—¿Pero por qué le mentiste?

—No era tan sencillo, al principio no le mentí. Se llevó una impresión equivocada desde el comienzo y nunca terminé de decirle cómo eran las cosas en realidad. Temía perderlo, que se enfadara conmigo. Pasaron los meses, los años… Formamos una familia y todo lo demás pasó a segundo plano.

Elin se pone en pie, rodea a Alice con el brazo y las dos empiezan a caminar despacio.

—Lo siento, mamá —dice Alice apoyando la cabeza en el hombro de Elin—. Esto es duro para ti y aquí estoy yo, haciéndote todas estas preguntas tan difíciles.

Elin parece realmente triste.

—Tienes que entender cómo era mi vida cuando conocí a tu padre. Tenía a Anne, tenía mi carrera, mi vida cotidiana en París. Todo esto era tan lejano… Pero supongo que así son las cosas, la verdad siempre te alcanza —Elin busca a tientas el reposabrazos de un banco del parque y se arrellana en el asiento, encorvando los hombros y cruzando los brazos sobre el pecho.

Alice se sienta a su lado, tan cerca como puede. Se sientan en silencio y contemplan los patos que flotan en el borde del pequeño estanque del parque. El sonido del mar es relajante. No hay ruido de tráfico, todo está quieto.

—De alguna manera, Sam me recordaba a todo esto —dice Elin finalmente.

—¿Qué? ¿A Gotland? Solías decir que era un chico de ciudad.

—Sí, pero en cierto modo sigue teniendo los pies en la tierra. Es un hombre tan sosegado… Advertía hasta el más mínimo detalle de la naturaleza.

Extiende la mano hacia el bolsillo de Alice.

—Dame la piedra —dice.

Alice rebusca en su bolsillo y la saca. Parece más un triángulo que un corazón, pero se adivina ligeramente la hendidura, y los bordes están suavemente redondeados. Elin lo sostiene en la mano y saca el teléfono, toma un primer plano y se lo envía directamente a Sam.

—Me pregunto si él también se acuerda —dice.

* * *

El coche avanza demasiado lento por las curvas de la angosta carretera rural. Ha formado una cola de tres vehículos que le siguen impacientes. El sol de noviembre está bajo en el horizonte, la luz es dorada. Hay mucho verde a pesar de la estación, los bosques que atraviesan siguen estando densamente poblados de pinos. Elin recuerda de repente los viajes en coche de su infancia, entre el campo y la ciudad, cómo solía fingir que sostenía un cuchillo con el que derribaba los árboles que encontraba en su camino. Caían invisibles a su paso y ella nunca se atrevía a volverse por miedo a que la ilusión se disipara.

La carretera se endereza y los coches que llevan detrás las adelantan veloces, uno detrás de otro. Elin pisa el freno y reduce aún más la velocidad. Sus manos agarran el volante con tanta fuerza que tiene los nudillos blancos. Se detiene a un lado de la carretera con los neumáticos medio metro sobre la grava blanca junto al asfalto. Un silencio compacto se extiende a medida que cesa el ruido del motor. Ningún ruido exterior se cuela en el coche. Solo el leve tictac del motor caliente al enfriarse.

Elin vuelve a girar la llave, entra en una estrecha calle lateral y da la vuelta.

—¿Qué haces? Fredrik nos está esperando —dice Alice, repentinamente alerta.

Elin sale a la carretera y acelera en dirección contraria. Alice le dice con firmeza que se detenga, y ella obedece, frenando en seco en medio de la carretera. El coche que viene detrás, obligado a dar un volantazo, toca el claxon al pasar.

—No puedo hacerlo. Hoy no.

—Tienes que hacerlo.

—Tiene que ser a mi ritmo. Es lo único en lo que no puedo ceder.

Elin se vuelve hacia Alice, que extiende la mano y le quita las gafas de sol. Elin parpadea para enjugarse una lágrima, la atrapa con el dedo índice.

—Mañana no será más fácil —dice Alice—. Solo lo estás posponiendo. No se va a enfadar, se alegrará. Puedes quedarte aquí un rato, pero luego tienes que dar la vuelta. Tienes que hacerlo.

Elin se recuesta en el asiento y cierra los ojos. Su respiración se vuelve más profunda y relajada por momentos... Finalmente, se sienta de nuevo y pone ambas manos en el volante.

—Puedes hacerlo, mamá —susurra Alice.

El coche reanuda la marcha en la dirección correcta. Cuanto más se acercan, más casas reconoce Elin, e incluso puede recordar los nombres de las personas que viven o vivieron allí. Thomas de la escuela, Anna, su profesora Kerstin... Pronto verán los edificios de la granja de Grinde elevándose más allá de los campos. O lo que quiera que haya en lugar de la granja que se quemó.

—Imagina por un momento que piensa que fue culpa mía —susurra reduciendo la velocidad.

—No fue culpa tuya. Nadie lo piensa. ¿No lo entiendes?

—Eso es lo que dice Fredrik, lo sé, pero las chispas pueden recorrer un largo camino. Y yo hice un gran fuego.

—Yo creo que él tiene razón. Debes de recordarlo mal, eras muy joven.

—Ella estaba enamorada de él.

—¿Quién? ¿De quién?

—Mi madre, de Micke, el padre de Fredrik. Lo adoraba, aunque la vida con él era dura.

—¿Y tú? ¿Qué pensabas de él?

—Era un hombre difícil. Incluso me pegaba. Todavía puedo recordar sus grandes palmas planas. Solo hace poco me di cuenta de que no todo el mundo sabe lo que se siente al ser golpeado.

—¿Qué quieres decir?

—Que no todo el mundo sabe cómo reacciona tu piel, esa sensación de tirantez y escozor. Que esa sensación se queda contigo, a veces durante varios minutos. No todo el mundo sabe que el golpe se propaga por la médula ósea y que el dolor se siente en todo el cuerpo, no solo donde te han pegado.

—Oh, mamá, ¡qué horror!

—Los que lo sabemos, los que sabemos lo que se siente, pisamos juntos el mismo terreno oscuro. Completamente ajenos al otro.

—¿Lo sabe Fredrik?

Elin asiente con la cabeza.

—Fredrik lo sabe, por supuesto, él se llevó la peor parte. Dice que no le ha echado de menos, y en cierto modo le entiendo. Micke era mucho más difícil que mi verdadero padre. Papá nos pegaba alguna vez, pero de él recibía muchos más abrazos que bofetadas.

—Los hombres que usan la violencia deberían ser deportados a Marte, todos ellos —dice Alice.

—Las mujeres también —responde Elin.

Los campos que se deslizan a su paso están congelados y desnudos, los mismos campos por los que una vez corrió Elin. Puede ver a lo lejos el camino que los atraviesa. El camino de grava que lleva a la granja de Grinde sigue flanqueado por árboles desnudos, aunque son más bajos y escasos que los viejos tilos que ella recuerda. Vislumbra una casa al final del camino, blanca, pero desconocida. El corazón le late con fuerza en el pecho al pasar por el desvío.

—Tendrías que ver esto en verano. Cuando el arcén se cubre entero de flores —dice señalando la cuneta embarrada.

—¿Tus flores? Son las que siempre estás dibujando, ¿no? Siempre me lo he preguntado, no reconozco casi ninguna. Pensaba que eran flores imaginarias.

—Supongo que también pueden serlo —Elin sonríe.

Más adelante, ven la tienda. El edificio de piedra de dos plantas tiene el mismo aspecto que la última vez que lo vio, estuco beige y marcos de ventana rojos. Ahora, como entonces, el escaparate está recubierto de carteles de descuento que anuncian comida barata. La furgoneta de Fredrik está aparcada en una esquina, con el rótulo *Construcciones Grinde* escrito en gruesas letras negras en un lateral. Se baja al oírlas llegar y se acerca al tiempo que Elin baja la ventanilla.

—Habéis tardado mucho, pensaba que te habías perdido, que quizá ya no conocías el camino.

—Imagínate, la tienda sigue aquí —dice Elin asombrada.

—Todo sigue aquí, todo como siempre.

—Nada es como siempre —replica ella al salir del coche. Lleva unos tacones altos y finos que se hunden en la suave grava. El negro de sus zapatos está teñido de polvo gris. Se sube las gafas de sol a la altura de la nariz y se retoca distraídamente los labios con la barra roja que ha sacado del bolso. Un viento frío sopla desde el mar y Alice se encorva temblando con él de cara.

—¿Entramos a comprarle algo? ¿Unos bombones? —pregunta.

—A Edvin le gustan los *Lakrits* salados —dice Fredrik. Intenta hablar en inglés, pero se hace un lío y dice la palabra sueca para regaliz.

—¿Qué es eso?

—¿Quieres que te lo enseñe?

Fredrik señala la tienda con el dedo y Alice le sigue dubitativa. Se queda un rato fuera y respira hondo, escuchando el movimiento de las ramas en el viento, su familiar repiqueteo. El rugido de las olas. El aroma de la tierra.

La puerta sigue siendo la misma, la puerta de cristal. Con el mismo tirón hacia atrás cuando tira del picaporte de acero, justo tal y como lo recuerda. Tira con fuerza y entra. El suelo es nuevo, al igual que las estanterías. Las paredes están pintadas de otro color. Pero el olor es el mismo. A pan fresco, a carne y café recién hecho. Fredrik está en el mostrador, charlando con la cajera. La conoce, ríen. Alice se acerca a Elin con una caja roja de bombones. La coge y la gira entre sus manos, examinando cada uno de sus lados.

—Siempre teníamos una caja de estos en Navidad —se maravilla. A mamá le encantan, lo recuerdo.

Sigue deambulando por la tienda, pasa la mano por los envases de las estanterías. Puré de patatas en polvo, salsa bearnesa, sopa de guisantes, mostaza, macarrones de cocción rápida. Todo le resulta familiar, pero diferente. Se acerca al mostrador de golosinas, coge una bolsa tras otra de los sabores de su infancia.

—Pero si nunca comes azúcar, ¿no? —Alice ríe.

—Hoy pienso comer de todo —Los brazos de Elin rebosan de dulces y sonríe tanto que las mejillas le empujan hacia arriba sus gafas de sol.

—Un día bastante soleado hoy —Fredrik le hace un gesto significativo con la cabeza y le guiña un ojo.

Ella se pone las gafas en el pelo.

—¿Nunca lleváis gafas de sol aquí?

—No en noviembre. Nos alegra ver el sol de vez en cuando.

La coge de la mano y tira de ella hacia el interior de la tienda, las puertas del almacén y del despacho están entreabiertas.

—Ven, quiero enseñarte algo —dice.

Lo sigue escaleras arriba, el piso superior huele a polvo y humedad. Hay cajas y cartones apilados en el suelo y las paredes están cubiertas de carteles antiguos, fijados con chinchetas multicolores. El viejo y pesado escritorio de roble, detrás del que Gerd se sentaba a contar el dinero, sigue aún en el despacho. Fredrik abre un armario cuyo interior está cubierto de fotos pegadas con cinta adhesiva.

—Mira esto. Nadie se ha olvidado de ti aquí.

Ella se acerca. En la puerta del armario hay algunos recortes de revistas francesas. Una joven Elin sonríe ingenua al lector.

—¿Cómo…?

—Gerd sabía exactamente lo que pasaba. Cuando se enteró de que te habías mudado a París y te habías convertido en modelo, empezó a comprar revistas francesas. Por lo general, no aparecías en ellas, pero se gastaba mucho dinero en esas revistas, las pedía directamente a Francia.

Pero de vez en cuando, ahí estabas. Inquietantemente hermosa, yo solía quedarme aquí mirándote durante horas. Te he echado tanto de menos.

—¿Las ha visto también mi madre?

Fredrik vuelve a cerrar cuidadosamente el armario con llave.

—No lo sé —dice—. Es de suponer. Gerd siempre me avisaba cuando encontraba una nueva foto. Estaba muy orgullosa de ti. La famosa del barrio.

—Eso fue hace mucho tiempo. Estoy mucho más feliz detrás de la cámara.

Fredrik yergue la espalda y toma una de sus manos entre las suyas, su tono repentinamente serio.

—Eh, hay algo que debo decirte. Antes de que vayas a su casa —dice.

Elin siente cómo este súbito contacto le acelera el corazón. Da un paso, sus rostros se acercan, puede sentir su aliento, como una corriente de calor acariciándole la mejilla.

—¿Qué?

Él retrocede, desvía la mirada.

Encontraron a Edvin en el campo gracias a ti. Fuiste tú quien lo salvó. Pero nunca volvió a ser el mismo. Se envenenó con el monóxido de carbono.

—¿Qué significa eso?

—Su cerebro quedó gravemente dañado por el humo. Tiene dificultades para andar y hablar. Es un poco… lento, por así decirlo.

Elin se apoya hundida en el escritorio, él le suelta la mano.

—¿Cómo que lento?

—Es discapacitado. Pronto verás a qué me refiero, solo quería que lo supieras antes de verlo.

Elin juguetea distraídamente con unos folletos sobre el escritorio y Fredrik le acaricia la espalda. Ella levanta la vista hacia él.

—¿Entonces no está ahí realmente? ¿Me recordará al menos?

—Creo que sí, es inteligente. Él sigue ahí, dentro de su cabeza. Son solo la voz y sus movimientos lo que no funciona. Creo que piensa mucho.

—Estaba equivocada en todo.

—Sí, lo estabas.

Le coge la mano de nuevo y se la lleva a la mejilla, su barba le hace cosquillas en la palma.

—Mi niña —sonríe mirándola a los ojos.

—No sabía lo mucho que te había echado de menos hasta que te vi —susurra Elin.

—Es fácil olvidar.

—No, no fue fácil. Tuve que desconectar completamente para sobrevivir. Pasaron los años y, al final, todo esto no parecía más que un sueño.

Elin mira la pared detrás de Fredrik. Hay clavada una esquela rectangular. La hoja de periódico está amarillenta. Se acerca y la lee.

GERD ALICE ANNA
ANDERSSON
26 de marzo de 1929 - 2 de abril de 2015

Ha encontrado
ahora el descanso.
Muy querida,
muy añorada.

En la muerte
tan pacífica
como en la vida.

Marianne
En la amistad

Pasa el dedo por las palabras. Gerd ya se ha ido, está muerta y enterrada. Su dolor se desborda de nuevo. Tantos días, tantos años extrañándola y sufriendo innecesariamente… Y ella estuvo siempre aquí. De repente ve el rostro de Gerd ante sí. Sus rizos grises, su risa, su vientre redondeado, todo claro como el día. Alice entra, arrancándola de sus pensamientos.

—¿Quién era?

Elin no contesta y se vuelve hacia Fredrik.

—Murió hace tan poco. Cómo puede estar muerta, ¿por qué no he podido verla?

Alice y Fredrik la abrazan.

—Su segundo nombre era Alice —susurra Elin a su hija—. De pequeña era para mí el nombre más bonito del mundo, así que te lo puse a ti.

Alice se tensa.

—¿Cómo has podido ponerme el nombre de alguien y no decírmelo?

—Ella significaba mucho para mí —dice Elin—. Como tú. Era el nombre más bonito que te podía poner. No te pido que lo entiendas. Pero prometo hablarte de ella a partir de ahora, te contaré todo lo que quieras saber, todo lo que pueda recordar.

—Quítate ya las gafas —masculla Alice entre dientes agarrándose del brazo de su madre—. Por favor, es de noche, está oscuro. Estamos en el campo. No puedes llevarlas puestas cuando ella abra la puerta —Alice sigue dándole la lata mientras camina pegada a su espalda.

Elin hace caso omiso y se las deja puestas, recolocándoselas sobre la nariz de modo que le cubran del todo los ojos. Se abre paso con cautela por el barro, caminando de puntillas y saltando los peores charcos. Su mirada se centra en la puerta azul. Es más clara de lo que recuerda; ¿la habrán repintado quizá? El enlucido está tan desgastado como antaño y se cae a trozos. Uno de los dos faroles de la pared está roto y en su interior parece haber un nido de pájaros, con las ramitas asomando entre las grietas. El otro farol brilla débilmente.

Ella pone la mano en la aldaba de la puerta pero la mantiene sin llamar. Fredrik y Alice la miran en silencio hasta que Fredrik se acerca y coloca la suya encima. Tiran juntos de la aldaba y la sueltan. En ese mismo instante, la manilla gira. Alguien los espera dentro. Elin da dos pasos atrás y, apenas se abre la puerta, da media vuelta y corre en dirección al coche.

—Mamá, ¡para! —dice Alice corriendo tras ella.

Su mirada oscila entre la espalda de Elin, que se aleja veloz hacia el coche, y la anciana encorvada que está en la puerta. Marianne da un paso, levanta la mano y saluda.

—Elin, ¿eres tú? —llama. Debe de tener la boca seca, las palabras parecen atascársele en la lengua.

Elin se detiene en seco al oír la voz de su madre. Se mira los pies, los zapatos embarrados. Todo está húmedo, todo está frío, todo está mojado, oscuro como la noche. Marianne vuelve a llamarla, implorándole que vuelva, y Elin gira sobre sus talones y corre hacia ella. El agua le salpica las piernas a cada paso, los talones se le hunden en el suelo blando.

—Ya estoy aquí —dice deteniéndose frente a su madre.

Se miran a los ojos. Marianne tiembla de frío, pero mantiene los brazos inertes. No hay abrazo, no hay saludo. Solo se miran la una a la otra. Nadie dice nada. Alice da un codazo a Elin en el hombro.

—¿No vas a darle un abrazo? ¿No vas a entrar? —susurra.

Elin da un paso sin apartar la vista de su madre.

—Ya estoy aquí. He vuelto a casa. Esta es tu nieta Alice —Elin empuja a su hija hacia delante.

Marianne asiente y acaricia suavemente la mejilla de Alice. Luego se hace a un lado indicándoles que pasen al recibidor. Fredrik se adelanta para darle un abrazo, pero ella se aparta.

—Sí que hace frío aquí —dice para romper el silencio, y busca el termostato.

Marianne se esfuma sin mediar palabra a la cocina, y Alice y Elin se quedan de pie en el pasillo mientras Fredrik ajusta la calefacción.

En la cocina hace más calor, la estufa de leña crepita. Elin se estremece al ver las llamas ardientes bajo el fogón y huele el humo. Marianne se ha preparado para su visita: su mejor juego de café está sobre la mesa, con tazas y platitos de fina porcelana decorados con preciosas rosas azules y una delicada servilleta rosa debajo de cada uno.

—Un largo viaje el que hiciste —dice, tomando finalmente la mano de Elin entre las suyas y acariciándola con movimientos repetitivos: tiene la mano áspera y las yemas de los dedos tan agrietadas como Elin recuerda.

—Sí, acabó siendo bastante largo —susurra Elin.

Se sientan, Elin y Alice en sillas separadas, pero una al lado de la otra, y Fredrik en el banco de la cocina. Salvo el crepitar de los troncos, en la cocina solo hay silencio. Elin levanta cuidadosamente el mantel de encaje: sigue siendo la misma mesa en la que cientos de veces comió hace tiempo. Pasa la mano por la superficie, palpando las cicatrices con las yemas de los dedos, las quemaduras de cigarrillo.

—¿Qué estás haciendo, mamá? —pregunta Alice con voz queda, inclinando la cabeza para mirar bajo el mantel.

Elin toma la mano de su hija y la pasa sobre la madera.

—¿Puedes sentirlos? ¿Puedes sentir todos esos agujeritos?

Alice asiente con la cabeza.

—Mamá los hacía con los cigarrillos cuando se enfadaba. Solía apagarlos en la mesa.

Marianne se vuelve hacia ellas. En una mano lleva un bizcocho con un grueso glaseado blanco que se ha derramado por los lados, y en la otra, una antigua tetera de café. La boquilla está humeante.

—Pero he dejado de hacerlo, ya ni siquiera fumo —dice con severidad.

Elin se sonroja al advertir que Marianne entiende el inglés suficiente como para comprender lo que está diciendo.

—Entonces, ¿podrías regalarte una mesa nueva? —Elin sonríe, pero no recibe ninguna sonrisa en respuesta y decide cambiar de tema—. Las tazas buenas, ¡es increíble que aún las conserves! —Levanta su taza y la sostiene mientras Marianne le sirve el café. El borde es fino como una hoja, y sopla con cuidado el líquido caliente antes de dar un sorbo.

—Sí, hubo muchas cosas que no llegué a llevar a casa de Grinde. Y menos mal, porque allí no quedó prácticamente nada.

—¿Se quemó todo?

Marianne sacude la cabeza.

—No todo, consiguieron sacar algunas cosas. Pero la mayor parte, sí. Micke y Erik se quemaron vivos. ¿Lo sabías?

Tiene la mandíbula apretada y la voz fría. No muestra ningún signo de tristeza, es más bien la constatación de un hecho. Elin intenta en vano tragase el nudo que se le ha hecho en la garganta.

—Sí, lo vi con mis propios ojos. Estaba ahí cuando el fuego se los llevó. ¿No lo recuerdas? Nunca olvidaré la imagen del cuerpo calcinado de Micke.

Marianne se hunde en una silla a su lado y suspira profundamente.

—Todo sucedió tan rápido. De pronto, simplemente… se habían ido. Todos ellos.

—Edvin no —protesta Elin.

—Sí, Edvin también. Lo verás. Ahora está descansando, lo verás luego. Tuvimos que quedarnos en el hospital durante meses.

Elin extiende la mano, intenta tocar la de Marianne. Pero su madre la aparta y la pone sobre su regazo, entrelazada con la otra, luego las retuerce ansiosamente.

—¿Por qué estás aquí y no en casa de Grinde? —pregunta Elin—. He visto que la granja ha sido reconstruida.

—La granja era de Micke, no mía. Fue para él —dice mirando a Fredrick.

—¿Pero no tenías la mitad? ¿Con el dinero de Aina?

Ella sacude la cabeza.

—No, no había nada escrito. Y, de todos modos, qué más daba, todo eran deudas y escombros quemados. ¿No es así, Fredrik?

Fredrik asiente con la cabeza.

—Pero Fredrik nunca me ha defraudado —continúa diciendo Marianne.

—No, él no es como yo —responde Elin con voz queda.

Haciendo oídos sordos, Marianne hace rodar la esquina del mantel entre los dedos con los ojos clavados en la mesa. Elin hace girar una cuchara de plata en su mano. El bizcocho permanece intacto sobre la mesa. Al final, Fredrik se corta un trozo y comenta lo delicioso que está, pero todos le ignoran.

—¿Cómo te las has arreglado? Con Edvin y todo lo demás. ¿Has conocido a otro hombre? —Elin trata de captar la mirada de su madre, pero la anciana sigue con los ojos clavados en la mesa.

—Fredrik me ha ayudado todos estos años —responde.

Elin deja caer la cuchara de plata sobre su platito, el sonido rompe el silencio de la habitación. Se pone de pie, choca contra la mesa y hace vibrar las tazas y los platitos.

—Es hora de irnos. Estaremos aquí unos días más, alojadas en el Hotel Visvy. Puedes localizarme ahí si quieres.

Marianne le tiende la mano.

—No, no te vayas. Por favor, Elin, tienes que perdonarme.

—¿Perdonarte por qué?

—Por no ir a casa de Lasse y traerte de vuelta. No me sentía capaz. Pasaban los días, los meses… No me atrevía a hablar con él. No quería verlo. Y, entonces, un día, cuando finalmente llamé, ya te habías esfumado en el mundo. Sola en París. Sentí una punzada en el estómago al enterarme, pero Lasse me aseguró que había gente cuidando de ti.

Elin mira fijamente al suelo, vacilante. Nadie le había dicho nunca que hablasen entre ellos, que Marianne se preocupara.

—Es verdad, tuve una buena vida allí. Mejor que en casa de papá al menos, ya sabes cómo era. Amable, pero, en fin, nunca dejó de beber, así que no hay necesidad de que te sientas así.

—Estás tan elegante… —dice su madre de repente—. Como sacada de una película.

Elin juguetea nerviosa con la manga de su chaqueta. Luego respira hondo.

—Mamá, soy yo quien debería pedirte perdón. Puede que la culpa de todo haya sido mía. Esa noche encendí una hoguera en la playa. Es probable que las chispas de mi fogata fueran las que iniciaron el incendio. Fui yo quien los mató. Yo maté a Micke y a Erik.

El silencio se apodera de la habitación mientras las dos se miran fijamente. Fredrik se acerca a ellas y rodea a Elin con el brazo.

—Dejadlo ya, las dos. Dejad de buscar un chivo expiatorio —dice—. Lo que pasó, pasó. Ahora estáis aquí. Tendréis volver a empezar.

Marianne se inclina hacia delante y agarra a Elin por los hombros.

—¿Fue por eso por lo que te escapaste?

Elin asiente y Marianne empieza a zarandearla. Elin se encoge sobre sí misma tratando de protegerse de la furia de su madre. Consigue agarrar a Marianne de las manos y apartarlas.

—Mamá, ¡para! —dice.

Marianne obedece. Su boca no es más que una fina línea, respira con dificultad. Se apoya en la encimera y rompe a llorar.

—Te buscamos durante días. En todas partes. Pensábamos que estabas muerta —dice entre sollozos.

—Mamá, lo siento, creí que era lo mejor, pensé que estarías enfadada, que me culparían por el incendio, por la muerte de Micke y Erik. Pensaba que estaban todos muertos, Edvin, Gerd, Ove. Eso es lo que he creído durante todo este tiempo

Marianne se enjuga las lágrimas de las mejillas.

—¿Qué? ¿Cómo podías pensar eso? ¿De qué se te iba a culpar? Nos despertaste, me salvaste.

—Entonces ¿no estabas enfadada conmigo?

—No, ¿por qué iba a estarlo? Solo estaba triste. Triste cuando la carta de Lasse llegó por fin y supimos dónde estabas. Triste porque habías huido y me habías dejado cuando más te necesitaba. Cuando más te necesitábamos.

Elin se yergue y lanza a Marianne una mirada acusadora.

—Entonces, si era tan importante, ¿por qué no viniste a buscarme?

—No. Fue hace mucho tiempo —susurra Marianne.

Elin se vuelve dando la espalda a Marianne.

—Vale, no lo haré —dice con la voz entrecortada. Cambia al inglés para dirigirse a su hija—. Alice, vamos, es hora de irse.

Fredrik se acerca y ayuda a Marianne, que parece estar a punto de desmayarse, a volver a su silla. Alice se detiene en la puerta.

—Volveremos, abuela, volveremos pronto —dice antes de abandonar la casa.

Elin arranca el coche sin dar tiempo a Alice para que pueda cerrar la puerta del copiloto. El barro la salpica al girar los neumáticos. Acelera en dirección a la carretera. Todo está oscuro y ni siquiera las luces largas alumbran el camino como es debido. Alice trata de calmarla, pero Elin no la escucha.

—Ya ves, no me quiere, ni siquiera estaba contenta cuando llegamos. No deberíamos haber venido —dice, y luego sube tanto el volumen de la radio que conversar resulta imposible.

Más de treinta años. Han pasado muchos años, tallando arrugas y cicatrices en los rostros de todos. Elin mira al techo, devanándose la cabeza por todo lo sucedido. Las luces están apagadas y solo una débil franja de luz de la calle atraviesa la oscuridad. Su ropa está amontonada en el cuarto de baño, las perneras del pantalón son un recuerdo embarrado del campo que tan apresuradamente ha abandonado.

Juguetea con el teléfono, leyendo antiguos mensajes de Sam. Él no ha contestado. Quizá no recuerde la piedra con forma de corazón, quizá no entienda por qué se la envió. Debería escribir algo más, pero ¿qué? Ya no tienen nada de qué hablar. Solo de Alice. Intenta pensar en un motivo para escribirle, pero el teléfono se le cae sobre el pecho con el cuadro de mensajes en blanco. Debería contárselo todo, pero no sabe por dónde empezar.

Se ha quedado dormida cuando suena el teléfono de repente. El tono de llamada la despierta, la vibración propagándose por su cuerpo, y ella contesta sin mirar la pantalla para ver quién es.

—¿Sam? —dice esperanzada.

—No, soy yo, Fredrik. ¿Quién es Sam?

—Mi...

—¿Tu marido? ¿Estás casada?

—El padre de Alice —dice ella súbitamente despejada—. Es un poco complicado.

—¿No lo es siempre?

Se sienta en la cama y enciende la luz.

—Y tú, ¿estás casado? —pregunta conteniendo la respiración.

Ríe sonoramente, le suena el pecho al toser y hace una pequeña pausa para recuperar el aliento.

—Sí, sí, por supuesto. No voy a vivir solo en una isla desolada como esta.

—¿Cómo se llama?

—Miriam.

—¿Tienes hijos?

—Sí, aquí hay muchas piedras.

—¿Piedras? ¿A qué te refieres?

—¿No te acuerdas? Las que solíamos lanzar.

—Cada vez salía una cosa diferente.

—Sí, supongo que las junté todas. Cinco por ahora —vuelve a reír.

Ella se aleja un poco el auricular del oído, hace una pausa antes de responder.

—Hola ¿estás ahí?

—Pensé que tú y yo nos íbamos a casar —susurra.

—¿De veras? —De repente Fredrik parece serio.

—No, tal vez no. O… no me acuerdo.

—Ha sido un placer verte. Siempre te he echado de menos, nunca he dejado de pensar en ti.

—Yo también pensaba en ti, siempre —Los ojos de Elin se llenan de lágrimas. Suspira—. Aunque creo que nunca nos hemos besado —dice.

Fredrik ríe.

—No, éramos demasiado pequeños para eso.

—Pero estuvimos cerca, ¿no? ¿Tengo razón?

—Sí, la tienes. Estuvimos muy cerca. Éramos tú y yo.

—Y las estrellas.

—Sí, tú, yo y las estrellas. Acuérdate de todas esas noches en la playa, lo genial que era todo.

Elin se enjuga las lágrimas y cambia de tema.

—¿Puedo conocer a tu familia?

—Por supuesto, por eso te llamo.

—No ha ido muy bien en casa de mi madre.

—Ya sabes cómo es.

—No, en realidad no. No la he visto en treinta años.

—Dale una segunda oportunidad, la merece. Debajo de esa cáscara dura tiene su corazoncito. Es un poco como si desconectara cuando las cosas se ponen difíciles. Sé que te ha echado de menos todos estos años, que ha pensado en ti a diario. Quiere invitarte a cenar. Iremos Miriam y yo, con los niños. Mañana por la noche. Ni siquiera has podido ver a Edvin, él también quiere verte.

—Ni siquiera sabe quién soy, ¿no?

—Veremos. Es más inteligente de lo que la gente cree.

Se dan las buenas noches y cuelgan, la habitación vuelve a estar en silencio. Es noche cerrada, pero sus pensamientos son demasiado caóticos como para poder conciliar el sueño, demasiadas cosas que procesar. Se levanta y se acerca a la ventana. La luna se refleja en el mar, la superficie plateada y brillante. Se viste con varias capas de ropa de abrigo y sale a la calle desierta.

Inclinando la cabeza hacia atrás, estudia las estrellas del cielo, negro como el carbón, una maraña de motas plateadas. Está tan oscuro que las puede ver, pese a la escasa iluminación de la calle. Susurra los nombres de las constelaciones dando vueltas sobre sí misma para ver el cielo al completo, descubriendo más y más. Como viejos amigos perdidos.

—Mamá, ¿qué haces? ¿Qué haces aquí sola?

Es Alice. También está fuera, aunque es tarde. Lleva el gorro de lana calado hasta las orejas y la punta de su nariz está roja y húmeda. Se ha detenido un poco más adelante. Elin camina hacia ella.

—¿Cómo sabías que estaba aquí?

—No lo sabía. Salí a buscar una cafetería para tomar una taza de chocolate caliente. Luego fui a dar un paseo. Esto es tan bonito… Es como caminar en un cuento de hadas. —Elin entierra su brazo bajo el de Alice—. ¿No te parece? Es como caminar en otra dimensión, en otro tiempo.

—¿Quieres que caminemos un poco más? Creo que aún conozco el camino. Puedo mostrarte la iglesia, es grande, preciosa.

Se alejan lentamente, acurrucadas muy juntas. Hace frío y el aliento que sale de sus bocas se convierte en nubes de vapor.

ENTONCES

PARÍS, 1999

Las cajas estaban apiladas en la acera. Cientos de cajas llenas de libros. Un camión se detuvo frente a ella, el motor chisporroteó cuando el conductor quitó el contacto. La saludó secamente, luego dio la vuelta y bajó la plataforma de carga. Elin llevaba su cámara colgada del cuello y lo documentaba meticulosamente todo a medida que las cajas iban desapareciendo una tras otra en el interior del camión. Contempló las estanterías, ahora vacías, mientras deambulaba lenta por la librería. Parecía tan pequeña ahora, una sola habitación. Recordó lo grande que le había parecido la primera vez que entró por la puerta, como si contuviera el mundo entero y más.

El mostrador había sido limpiado de bolígrafos y libretas. Levantó la placa de su gancho. *Un hogar sin libros...* Ahora era una librería sin libros. Su alma pronto desaparecería.

Podía ver claramente a Anne ante ella, tal y como la había visto la primera vez que se vieron. Cuando su pelo era todavía rojo, su busto grande y suave, y sus vestidos largos y holgados. En los últimos tiempos estaba flaca y canosa, pero sus ojos nunca perdieron el brillo y su corazón seguía siendo igual de cálido y abierto. Nunca dejó de ir a trabajar, nunca se jubiló. Una noche se acostó y ya no despertó.

Ahora estaba muerta y había que cerrar y vaciar la librería. Eran varios los que ayudaban: en su testamento había tres nombres. Ninguno de ellos era pariente de Anne y apenas se conocían entre sí, pero los tres eran sus ángeles. Así los llamaba ella. Las almas perdidas que habían hecho de su pequeña librería su refugio.

La sección de fotografía fue la última que recogieron. Elin se quedó con un ejemplar de cada libro, que iba metiendo con cuidado en una caja junto a otros recuerdos. Su propio libro también estaba allí, en la estantería, y Elin recordó lo orgullosa que se había sentido Anne al ver la primera edición. Cómo le había insistido en que la dedicatoria fuera de carácter personal, que se la pensara bien y se tomara su tiempo para escribírsela como es debido.

Pronto la acera volvió a estar vacía y el camión se alejó. La caja de Elin, repleta de recuerdos, quedó en el suelo para otro día. Pegó una nota para avisar de que la librería estaba cerrada y echó la llave a la puerta con cuidado. Sin embargo, no podía irse aún. Se sentó en el banco de enfrente, con la mirada puesta en el río y los barcos que pasaban. Era el mismo banco en el que se había sentado cuando Anne fue a buscarla la primera vez que se vieron. Ahora volvía a estar ahí sentada, sola y llena de pena.

Los vendedores ambulantes estaban apostados a lo largo del muro, con sus pinturas y postales. Parejas de enamorados caminaban de la mano y padres de familia corrían detrás de sus pequeños. Ella los seguía con la mirada.

Los pensamientos se agolpaban en su cabeza. Cogió la cámara de su regazo. Luego se levantó y comenzó a tomar fotografías, capturando la belleza de la luz, liberándose de sus recuerdos.

Estaba apoyado en el pretil del paseo fluvial un poco más allá, con la barbilla sobre una mano y los ojos fijos en el agua. Elin se acercó discretamente, parapetada tras su cámara. Su pelo castaño era espeso y brillante, y la luz le caía maravillosamente sobre la mejilla, haciendo que su incipiente barba rojiza brillara como el oro. Parecía una estrella de cine, su esbelta sombra se extendía por la acera, una silueta negra recortándose en el gris. Cuando se hizo un hueco en la corriente de paseantes y consiguió captarlo solo, dejó que el obturador hiciera clic. Estaba completamente quieto. Perfecto. Solo la luz cambiaba a medida que ella movía meticulosamente la cámara, apenas unos centímetros cada vez.

Se acercó unos pasos y enfocó su rostro. De pronto él se volvió, la miró y esbozó una amplia sonrisa. Elin seguía con la cámara ante el ojo, pero el dedo se le había deslizado del obturador y permaneció absolutamente inmóvil, pillada in fraganti. Él avanzó unos pasos hacia ella, los ojos le brillaban.

—¿Hablas inglés? —preguntó en un francés vacilante.

Ella asintió con la cabeza y bajó la cámara avergonzada.

—¿Crees que saldrá bien? —continuó él señalando la cámara con los ojos.

Elin se sonrojó e, incapaz de sostenerle la mirada, optó por clavar la vista en sus zapatos. Eran de piel marrón brillante, combinados con un pantalón de traje gris oscuro.

—Lo siento, no he podido evitarlo. Quedaba tan bien contigo ahí de pie, que seguro que ha salido perfecta —dijo ella.

Elin levantó la vista y lo miró a los ojos. Él sonrió.

—¿Puedo probar? —dijo tendiéndole la mano para coger la cámara. Ella se la entregó a regañadientes y él se la acercó al ojo, pero Elin se apartó. Él la rodeó; ella siguió girándose; y él detrás. Hasta que finalmente se rindió y bajó la cámara.

—Vale, tú ganas. Pero estarías mucho mejor en la foto que detrás de la cámara. Sé quién eres. Eres la hija de esa maravillosa mujer de la librería. Te he visto allí, te reconozco.

Elin no respondió; nunca había reparado en él. Lo recordaría.

—Siempre he querido hablar contigo. Parecíais llevaros tan bien tu madre y tú… —continuó.

Ella asintió con la cabeza, y la tristeza la invadió de nuevo. No se atrevió a decirle que Anne no era su verdadera madre.

Él le tendió una mano, como si notara que estaba triste. Ella extendió la suya y él la tomó.

—Sé que ya no está. Lo siento. Mi empresa ha comprado la propiedad. Elin, ¿no es así como te llamas?

Ella asintió.

—Lo vi en el contrato. Vamos, caminemos un poco —dijo él cogiéndole la mano con ternura.

Se alejó unos pasos de ella y los brazos de ambos se estiraron. Elin lo siguió con cautela.

—¿Podré ver la foto algún día, verdad? Cuando la reveles.

Ella asintió con la cabeza.

—Tal vez también puedas recomendarme algunas lecturas, me encantan los libros. Es un sueño pasear con la hija de una librera. Me llamo Sam. Sam Boals.

Elin se detuvo, le soltó la mano.

—Pero la librería ya no existe. El camión se llevó todos los libros. Anne los donó a una escuela. Las estanterías están vacías. Todo se acabado.

Elin parecía tan triste que él se detuvo y le puso una mano en el hombro.

—Pero lo tienes dentro, todas las palabras que has leído. Nadie te las puede quitar. Tu madre te ha dado lo mejor que se le puede dar a un hijo.

Elin asintió. Él le dio una palmadita en el hombro sin mediar palabra, sus ojos rebosaban compasión. Permanecieron en silencio, uno al lado del otro, apoyados en el muro.

—¿Qué va a pasar con la librería? —susurró ella finalmente.

Él se encogió de hombros.

—No lo sé. Trabajo con propiedades, comprando y vendiendo. No caben los sentimientos. Pero esta vez ha sido más duro. He ido muchas veces a la librería, me gustaba mucho.

Se agachó, rebuscando algo en el suelo. Tenía una pequeña piedra en la mano al levantarse. Se la puso a Elin en la palma de la suya y le cerró el puño.

—Guarda esto en el bolsillo y no lo mires hasta que llegues a casa. Si estás de acuerdo, nos veremos de nuevo. Prométemelo —dijo él.

—No entiendo —Elin enarcó las cejas.

—Ya lo verás. Confía en mí. Así que, guárdatela ya —dijo con una sonrisa de oreja a oreja.

Ella hizo lo que le dijo y sintió el peso de la piedra al metérsela en el bolsillo del abrigo. Una vez más, él le tomó la mano y caminaron despacio, uno al lado del otro. Charlaban con entusiasmo, las palabras fluían.

Empezó a llover con fuerza, como si se hubiera abierto el cielo, y él se quitó la chaqueta y la sostuvo sobre las cabezas de ambos. Elin se acercó a él, su olor le resultó reconfortante. La calle se vació de gente, pero los dos siguieron caminando.

AHORA

HEIVIDE, GOTLAND 2017

La mesa está puesta con una vajilla desconchada, atestada de platos. Cinco a lo largo del banco de la cocina, donde los niños esperan ya sentados. Son rubios, de pelo largo, desaliñados y alegres. Se sientan apiñados por orden de tamaño, desde los más pequeños hasta los adolescentes. Son todos chicos y todos tienen la nariz salpicada de pequitas. Están quietos, pero de vez en cuando alguno recibe un codazo en el costado o un pellizco en el muslo, entonces toda la masa de cuerpos se mueve al unísono, como si fueran uno solo. Hay tres platos más espaciados entre sí en el otro lado de la mesa, y dos a los extremos.

Fredrik está de pie rodeando a su mujer con el brazo. Parecen encajar juntos, como si fueran una sola persona. Ella es hermosa, con las mejillas regordetas y sonrosadas. Lleva unos vaqueros y una sencilla camiseta de algodón a rayas, la barriga se le hincha suavemente en la cintura. Su pelo es como el de Elin cuando acaba de salir de la ducha y no ha hecho nada con él: brillante y rizado, con la raya al medio. Es ella quien cocina, removiendo la olla con un cucharón de madera.

La cocina se queda en silencio cuando entran, y Elin, pese a que Alice está su lado, se siente repentinamente sola. Los niños las miran ojipláticos y Fredrik suelta a Miriam y clava sus ojos en Elin. Ella le sonríe y levanta la mano a modo de saludo.

Marianne está de pie detrás de ellas, cargando impaciente el peso de su cuerpo ora en un pie ora en el otro, como tratando de empujar a Elin y Alice para que entren de una vez en la cocina. Elin examina la mesa desde el quicio de la puerta, cuenta los platos y se vuelve hacia Marianne.

—¿No va a venir Edvin a cenar con nosotros? —pregunta

—Monta tanto lío… —responde Marianne.

—Y se estresa cuando hay demasiada gente —añade Fredrik.

—No importa, tengo muchas ganas de verle.

Elin vuelve a salir al pasillo.

—¿Dónde está? ¿En su habitación de siempre?

Manianne sacude la cabeza y se adelanta.

—No puede subir las escaleras, tiene la mía.

Es entonces cuando Elin se da cuenta de que los umbrales de las puertas han desaparecido. Siente cómo se le acelera el pulso a medida que se acercan a la habitación.

Al ver una vitrina llena de fotografías antiguas en el pasillo, Elin se detiene a mirarlas.

—¿Te reconoces? —pregunta Marianne cogiendo uno de los marcos.

Es un retrato escolar con fondo gris, en un pequeño marco ovalado de color dorado. Elin llevaba entonces flequillo, cortado con las tijeras de cocina de Marianne. Las puntas de sus dientes delanteros son onduladas y las pocas pecas que motean su nariz están tan marcadas como puntos de tinta. Marianne acaricia la fotografía con la yema del dedo, recorriendo la mejilla de Elin.

—Te he mirado todos los días.

Elin le quita el marco y lo coloca bocabajo en la vitrina.

—Mira aquí, en cambio, mírame ahora. —Coge la mano de Marianne y se la lleva a la mejilla. La siente fría y huesuda, con los nudillos hinchados—. Estoy aquí, mamá. Estoy aquí de verdad.

Marianne retira la mano de nuevo. Elin ve cómo los ojos se le llenan de lágrimas antes de volverse y dirigirse a la habitación de Edvin. Elin la sigue.

Esta sentado de espaldas, en una silla de ruedas de respaldo alto. Una de sus manos apunta retorcida hacia su cuerpo y el codo le cuelga del reposabrazos. Su cabeza se mueve ligeramente. Al oírlas, empieza a hacer un ruido, un lamento monótono. La habitación está fría. Hay una cama ajustable con barandillas altas y una manta de lana roja que la cubre. Marianne le pone las manos sobre los hombros y le habla alto y claro.

—Edvin, ya está aquí, tu hermana ha vuelto a casa por fin.

Chilla, notas agudas entran y salen con cada respiración. Patea el suelo con el pie.

—Mira qué contento estás, sí, piensa en el tiempo que llevamos esperándola —continúa Marianne. Le cierra la rebeca granate y le limpia la boca con un trozo de papel de cocina que se ha sacado del bolsillo de su vestido. Luego hace un gesto a Elin con la cabeza, que avanza con un paso vacilante.

—Oye, aquí estás por fin —susurra ella acariciándole la mano. Él la mira con sus ojos color avellana, que se iluminan de alegría mientras sonríe con la boca torcida. Un hilo de baba se le escapa por la comisura de la boca y Marianne le limpia de nuevo.

—¿Se da cuenta de que soy yo?

Edvin da un fuerte golpe con el pie al oír a Elin, la sonrisa se le borra de los labios.

—Creo que sí. Ya lo ves, entiende lo que dices.

—Pero ha pasado mucho tiempo ¿cómo puede acordarse?

Vuelve el ruido monótono y Edvin mira al suelo, el pedernal de sus ojos se ha apagado.

—¿Me recuerdas? —susurra Elin agachándose a su lado. Se inclina sobre la silla de ruedas y apoya la cabeza en su pecho—. ¿Recuerdas cómo te acercabas a mí, así, cuando tenías miedo?

Él golpea el suelo con el pie, le pone la mano en la espalda y se la palmea enérgicamente. Ella le aprieta la mano y le besa en la mejilla.

—¡Oh, Edvin, no puedo creer que estés vivo! Ven a comer con nosotros, ven a estar con nosotros! —Quita el freno a la silla de ruedas y la empuja hacia la cocina. Marianne no protesta; los deja pasar y se queda un rato en el pasillo, jugueteando con las fotografías de la vitrina.

Elin coloca a Edvin en un extremo de la mesa y se sienta junto a él. No puede dejar de mirarlo, de acariciarle los brazos, la espalda, la cabeza.

Miriam posa la cacerola humeante en el centro de la mesa y el aroma del guiso se extiende por la mesa.

—Es un guiso de carne y rebozuelos. Todo de Heivide.

Alice abre la boca para decir algo, pero Elin sacude la cabeza y habla en inglés: «Cómetelo».

—También hay alternativa vegetariana. No eres la única con ideales —dice Fredrik señalando el banco con la cabeza—. Creo que ya es hora de presentar al equipo. Este es Erik, vegetariano cuando le conviene; Elmer, solo come jamón y Wotsits* con queso; Esbjörn, odia el pepino; Emrik…, Emrik es más normal, sigue comiendo casi de todo. Y el pequeño Elis. ¿Están todos los E o me dejo a alguien? —Fredrik y Miriam ríen.

—¿Hablas inglés? —le pregunta Alice a Erik, que asiente con ganas.

—Soy *gamer* —dice en un inglés fluido—. Tengo muchos amigos en Estados Unidos con los que juego.

Un murmullo llena la cocina, el calor empaña el cristal de la ventana. La olla se vacía lentamente. Edvin golpea el plato con la cuchara y Elin le ayuda cuidadosamente a llevársela a la boca.

—Dale también un poco de leche, le gusta la leche —dice Marianne señalando con la cabeza el vaso vacío.

—Lo sé —susurra Elin.

* * *

---

* Marca británica de hojaldres de maíz con sabor a queso. (N. de la T.)

—Mamá, Erik dice que hay vacas en el establo. Nunca he acariciado una vaca. ¿Podemos ir? —pregunta Alice desde el otro extremo de la mesa mirando a Elin suplicante.

Elis da saltitos en el banco. Sus finos pantalones de chándal se le han desgastado por la zona de las rodillas y le cuelgan hasta la mitad del trasero. Miriam se los sube casi levantando al pequeño en el aire.

—Marianne, lleva a la muchacha fuera para que conozca a las niñas —dice.

—Yo también voy, así traduzco —Elin sonríe—. Vacas, ¿eh? Se vuelve hacia Marianne y levanta las cejas con expresión interrogante.

—Sí, no muchas, pero nos dan un poco de leche. De algo tenemos que vivir Edvin y yo.

Caminan juntas por el corral en dirección al establo. Elin abre la puerta con mano experta, levantándola con facilidad y girando la gran llave. El calor y el olor los golpean cuando Marianne enciende la luz del techo y las vacas se agachan a modo de bienvenida.

—Ahora creen que les vamos a dar de comer —refunfuña.

Alice y Elin se pasean entre las enormes cabezas de las vacas. Una lengua se extiende de repente y roza la mano de Alice haciéndole gritar. El equipo E se ríe de ella y Elis se sube a la valla y extiende la suya hacia el hocico de la vaca. La lengua larga y áspera vuelve a salir y él suelta una risita cuando le lame.

—Alice nunca había visto una vaca —explica Elin.

Elis la mira perplejo, como si alguien le acabara de decir que Papá Noel no existe.

—Ellas viven en una gran ciudad, donde los edificios son más altos que los acantilados, donde todos viven unos encima de otros —explica Erik con autoridad y dibuja una torre con las manos. Elis sacude la cabeza desconcertado.

—Nunca ha visto una vaca. Menos mal que has venido —dice Marianne negando con la cabeza—. La muchacha está casi crecida. ¿Qué va a ser de ella si nunca ha estado en el campo ni ha visto cómo son realmente las cosas?

Elin sale hacia el coche a la carrera y coge la cámara que había metido en el bolso, la más pequeña que tiene. Se siente extrañamente en calma y ya no le importa el barro que le salpica las piernas.

Fotografía a Alice junto a las vacas, luego a Alice y a Marianne juntas y sonrientes. A los chicos, colgados de las vigas. Fotografía los detalles: las paredes, los zuecos de Marianne, los cabestros que cuelgan de los ganchos. Quiere captarlo todo, salvar un momento que, de otro modo, desaparecería. Le enseña las fotos a Marianne directamente en la pantalla. Marianne las inspecciona con interés y posa con gusto más veces, aunque le ruega espantada que no le enseñe a nadie las fotos.

Alice y Marianne se ríen íntimamente, como si hubiera una conexión entre ellas. No pueden hablarse, ninguna de las dos entiende del todo las palabras que la otra utiliza para describir el mundo, pero hablan igualmente, con gestos, con sonrisas.

De repente, una voz llama desde el patio. Es Fredrik. La palabra «postre» hace que los chicos vuelvan en estampida a la cocina. Elin sonríe al ver cómo Marianne y Alice se acercan caminando hacia la puerta cogidas del brazo.

Elin se queda rezagada. Retrocede unos pasos levantando la cámara e intentando conseguir un ángulo más amplio del pequeño establo y de las vacas que hay en su interior. De repente tropieza con un borde afilado, se tambalea unos segundos y recupera el equilibrio apoyándose en la pared. Mira al suelo. Sus pantalones y zapatos están cubiertos de polvo y heno.

Se agacha y pasa lentamente la mano por las tablas, ásperas y llenas de astillas, que le raspan la palma. Se detiene en una parte que sobresale, moviendo cuidadosamente la tabla. El licor sigue ahí debajo, el mismo licor que Lasse dejó hace tantos años. Saca las botellas una por una, desenrosca los tapones y deja que el contenido caiga sobre la tierra compacta que hay bajo la tarima. El líquido gorgotea con un sonido hueco contra el cristal, el olor es tan fuerte que le hace cosquillas en la nariz. El líquido no tarda en desaparecer dejando solo tierra húmeda y oscura.

Debajo de las botellas hay un frasco, enterrado tan profundamente que apenas distingue la tapa dorada captando la luz. Intenta sacarlo, pero está atascado, así que desenrosca la tapa, mete la mano y saca las pequeñas notas cuidadosamente dobladas que escribió hace tantos años. La escritura es tan tenue que apenas se distingue, engullida por las ávidas fibras del papel. Solo lee medias palabras, alguna que otra letra. ¿Qué fue lo que escondió aquí hace tanto tiempo? ¿Cuáles eran esos secretos que no quería compartir con nadie? No lo recuerda.

Saca todas las notas del frasco y se las mete en el bolsillo de la chaqueta.

Elin se siente como en una burbuja. Mira a los comensales, sus ojos saltan de uno a otro sin llegar a entender lo que dicen. Todos hablan, todos se mueven, todos sonríen. Manos pequeñas se extienden hacia el gran bol de helado, merengue, plátano y salsa de chocolate. Los niños se pelean por los últimos restos del postre raspando la porcelana con las cucharas. Las risas se elevan por encima de cualquier otro sonido.

Es la misma mesa, son las mismas paredes. Incluso el cuadro que una vez pintaron juntos cuelga en el mismo marco, en el mismo lugar. El perro, el árbol, las huellas del tractor, los pájaros. Lo pintaron los cuatro, ahora falta Erik.

Edvin parece feliz, el hecho de que sean tantos a la mesa no le estresa en absoluto. Sacude la cabeza y las manos, pero parece que está escuchando y sus labios se estiran en una sonrisa.

En un extremo de la mesa, Erik y Alice hablan de algo que les resulta divertido. Ambos ríen y Alice gesticula. Parece que tienen la misma edad. Ella se inclina hacia Fredrik.

—¿Cuántos años tiene Erik?

Él los mira.

—Pronto cumplirá dieciocho. ¿Y Alice?

—Diecisiete.

Los dos adolescentes se levantan de la mesa a la vez. Alice se detiene junto a Elin.

—Va a enseñarme algo fuera un momento. Volvemos enseguida.

Elin asiente y acto seguido ambos desaparecen. Se acerca a la ventana y observa sus espaldas alejándose lentamente hacia la carretera, iluminadas por la tenue luz del farol del patio. Se detienen y miran al cielo durante un buen rato. Tal vez él le esté mostrando las constelaciones. Sonríe.

Marianne está de pie junto al fregadero, donde hay una pila de platos y cuencos, aclarando uno tras otro en el agua corriente. Elin se coloca a su lado y se los pasa.

—Mi pequeña ayudante —dice Marianne sin mirarla.

—No tan pequeña ya.

—No. Han pasado unos cuantos años.

Se oye el traqueteo de los platos. Elin no sabe qué más decir y las dos permanecen en silencio, una al lado de la otra. Los más pequeños se han cansado de estar quietos y corretean ruidosos por la casa, y Fredrik y Miriam están sentados a la mesa con vasos de vino. Llaman a Elin y ella vuelve la cabeza, con las manos todavía dentro del balde.

—Elin, deja el lavado, ¡Marianne puede hacerlo! Ven y cuéntanos cosas de Nueva York. ¿Son todos los edificios tan altos como dicen? ¿Es verdad que no hay árboles?

—Tendréis que venir de visita alguna vez. —Se sienta al lado de Fredrik. Él le pone la mano en el hombro.

—Éramos muy buenos amigos Elin y yo —le dice a Miriam.

—Amigos para siempre —murmura Elin con una voz apenas audible.

—Y desde siempre —dice Fredrik confirmando que él sí la ha oído.

Marianne aún tiene las manos húmedas de fregar cuando, de repente, agarra a Elin del brazo y la aparta de la conversación de la mesa. Elin sube con ella las escaleras y entra en la que en su día fue su habitación. Ahora es rosa: paredes rosas, colcha rosa, cortinas rosas rematadas con encaje rosa. Incluso las puertas del armario son rosas.

—Qué bonito lo has puesto —miente reprimiendo un escalofrío.

Huele a humedad, a perfume rancio y a laca. En el tocador, los frascos polvorientos se agrupan en hileras ordenadas sobre un paño de ganchillo. El espejo ovalado está oxidado. Elin se inclina hacia él y se mira: su cara está cubierta de manchas negras donde la superficie del espejo está deteriorada.

—No puedes maquillarte aquí. Tendremos que comprarte un espejo nuevo —dice Marianne—. ¿Me ayudarás ahora? ¿Volverá a estar todo bien? —Ella sonríe, pero parece confundida, recorre la habitación con la mirada mientras se aferra al extremo de la cama.

—¿Qué quieres decir? —pregunta Elin—. No estaba tan bien la última vez que estuve aquí, ¿verdad?

—Todo era mejor.

Elin se hunde en la cama y se sienta en silencio, con la vista clavada en el suelo, estudiando las manchas del linóleo y el destartalado rodapié. Se acuerda.

—¿Podría ser peor? —murmura.

Coge la mano de Marianne para que se siente a su lado.

—No, ven conmigo, quiero enseñarte algo —Marianne se suelta y se acerca a uno de los armarios. Cuando abre la puerta, Elin jadea. Sus cosas siguen ahí. Una estantería tras otra de rompecabezas. Marianne saca un grueso fajo de dibujos. Se los tiende a Elin.

—Toma, los hiciste tú. Nunca he dejado de mirarlos. Son tan bonitos…, tenías mucho talento a pesar de ser tan joven.

Elin le quita los dibujos de las manos y sonríe al contemplar su obra. Perros, gatos, árboles, flores, sus queridas flores silvestres. Dibujos de la naturaleza, cosas que entonces tenía muy cerca y ahora le quedan lejos.

—Sigo dibujando flores. Echo de menos las flores que teníamos aquí.

Elin sostiene un boceto casi idéntico al que dibujó para Fredrik semanas atrás en Nueva York.

—Como los ramos que solías coger para mí. ¿Te acuerdas de eso? —Marianne le quita el dibujo.

—Sí, amarillo para la alegría, azul para la paz y rosa para el amor. Tenías algunas ideas divertidas, ¿no?

—Son ese tipo de ideas las que te mantienen vivo aquí en el campo —Marianne ríe de repente.

—Humm, ideas y sueños —dice Elin hojeando todavía los dibujos.

—Yo solo tenía un sueño.

—¿Y cuál era? —Elin levanta la vista y se encuentra con la mirada de su madre.

—Que volvieras —susurra al tiempo que una lágrima le corre por la mejilla.

Marianne se tumba en la cama junto a Elin, la respiración le produce pitidos en los pulmones y Elin le acaricia la espalda.

—No lo entiendo. ¿Por qué no intentaste ponerte en contacto conmigo?

—¿Por qué me dejaste? ¿Por qué nunca me llamaste? —replica Marianne.

Las dos se quedan en silencio. Los sonidos de la habitación crecen, las paredes crujen, el viento gime al otro lado de la ventana, los niños corretean abajo. Marianne apoya la cabeza en el hombro de Elin y esta le pasa la mano por el pelo.

—Estoy aquí, mamá, estoy aquí. Intentemos olvidar y empezar de nuevo —susurra.

Al final es Fredrik quien las interrumpe abriendo la puerta y metiendo la cabeza.

—Se hace tarde. Los niños tienen que llegar a casa y acostarse. Los más pequeñines al menos, porque si no empezarán a lloriquear en breve.

—Los más pequeñines —corean al unísono Elin y Marianne recordando divertidas la obsesión de Aina por los elfos y los diablillos.

Bajan los tres. Miriam está preparada para irse y tiene al más pequeño en brazos. Elin le acaricia la cabeza.

—Ha sido un placer conoceros a todos. Será mejor que nosotros también volvamos al hotel. Esto está siempre tan oscuro…, no sé cómo podéis soportarlo.

Elin coge su abrigo negro del banco del recibidor y se lo abotona hasta la garganta. Marianne la sigue y se detiene a su lado. Es más pequeña de lo que Elin recuerda y tiene el pelo tan fino que parece casi quebradizo. Sus mejillas y su nariz están cubiertas de pequeñas venas rotas. Extiende una mano vacilante y Elin la toma inmediatamente entre las suyas.

—Bueno, ya es hora de que nos despidamos —dice Marianne. Su mirada vacila sin alcanzar la de Elin.

—Entonces, adiós, mamá. Pero nos veremos pronto, nos quedaremos unos días más, tenemos mucho de qué hablar —responde Elin.

Le suelta la mano y la abraza, pero no recibe ningún abrazo a cambio: los brazos de Marianne cuelgan inertes a los costados y Elin puede sentir que tiembla ligeramente. La suelta y abraza a Fredrik y a Miriam, mientras Marianne se queda clavada en el sitio con la mirada perdida.

Oyen a Edvin golpear con el pie en la cocina, el sonido es cada vez más fuerte. Elin vuelve rauda dentro. Aunque el brazo que él le tiende está rígido y ligeramente torcido, se esfuerza por acercarse a ella. Elin se inclina hacia delante y le da un abrazo. Su olor es fuerte, mohoso, como si llevara mucho tiempo sin ducharse. Él le pasa la mano por la espalda despacio, presionándola con fuerza.

—Adiós entonces, hermanito, nos vemos pronto —susurra ella enjugándole una lágrima de la mejilla.

Cuando Elin sale al patio, Alice y Erik no aparecen, tampoco responden cuando los llama. El exterior está extrañamente silencioso, como si estuviera en un vacío infinito. Dobla la esquina de la casa, donde la oscuridad es total y apenas puedes distinguir tu mano delante de la cara. El suelo es irregular. Observa la parte trasera preguntándose cómo estará ahora. La luz de su teléfono es demasiado tenue, solo alcanza a ver tierra, agujas de pino y las densas ramas de los arbustos de enebro.

Una débil luz se balancea de un lado a otro del camino. Ve cómo los dos adolescentes se detienen a poca distancia del corral, donde creen que nadie puede verlos. Elin los oye hablar, pero no alcanza a distinguir lo que dicen. Alice recibe un rápido abrazo y una caricia en la mejilla antes de que Erik corra hacia el coche que le espera. Alice saluda con la mano cuando este arranca, un minibús con espacio para todos. Típico de Fredrik, piensa Elin riendo para sus adentros, hacer un equipo de fútbol completo.

Elin camina hacia Alice por el suelo irregular y húmedo. Alice sonríe cuando ve de quién se trata y extiende los brazos. Elin tira de ella y las dos se quedan quietas un momento mirando la casa.

—Me gusta esto —susurra Alice con la mejilla pegada a la de su madre.

—¿A qué te refieres? ¿A la oscuridad?

—Todo, tu antigua vida. Es maravillosa.

—Hmm, pero oscura. Y fría. Salgamos de aquí.

Elin sube el volumen de la radio del coche, pero Alice lo vuelve a bajar.

—¿No podemos hablar un poco? —dice.

—¿De qué?

—De todo lo que estabas diciendo ahí dentro. No he entendido nada. Solo he hablado con Erik.

—No es fácil hablar —dice Elin—. Quizá no debería haber venido, ha despertado muchos sentimientos en todos.

—¿Lo dices en serio?

—No, me alegro de haber venido. Es que es muy triste. Todo. ¿No lo crees?

—No, en absoluto. Me encanta esto. Las vacas y la granja. Y Erik es muy divertido, y tan amable… Me ha mostrado las estrellas. Volveremos pronto, ¿verdad? ¿En verano? Así podré ver por fin todas tus preciosas flores y nadar en el mar. Erik quiere enseñarme. Siento que tengo una nueva familia —Alice sonríe feliz.

—Es que nunca me llamó, nunca me escribió, es tan extraño… Mi propia madre —dice Elin con voz queda, las palabras son tan afiladas que le duelen. Vuelve a subir el volumen de la radio.

Alice está tranquila a su lado, le acaricia el pelo de vez en cuando. Está desordenado por el viento y desprende un fuerte olor a corral y a cocina.

—Te quiero, mamá.

Al principio Elin no responde, pero cuando Alice vuelve a pasarle la mano por el pelo, susurra:

—Ídem.

—Haces exactamente lo mismo que ella, ¿sabes?

—¿Quién?

—Tu madre, mi abuela. Te callas. Eres exactamente igual.

Elin no dice nada, pero la cabeza sigue dándole vueltas sin parar. Pisa el acelerador atravesando las curvas cada vez más a prisa. Solo cuando entra en Visby por la Puerta Norte, Alice interrumpe su silencio.

—Apuesto a que ahora mismo echas de menos tu cámara —dice.

Elin asiente con la cabeza.

—Tienes que reconocer que te escondes detrás de ella —dice Alice—. Ha sido bueno; trabajar duro es bueno para ti.

Alice resopla.

—Suena como si fueras una alcohólica.

Elin detiene el coche en medio de la carretera. Incapaz de contener la emoción por más tiempo, rompe a llorar y se dirige a Alice.

—Te quiero —solloza—. No me parezco en nada a ella, no vuelvas a decir eso.

Alice franquea la palanca de cambios y la abraza; las dos se estrechan en un largo abrazo.

—Lo siento —susurra por fin Elin.

—Promete dejar de huir ahora. Prométemelo —responde Alice.

Las dos atraviesan el vestíbulo del hotel con los zapatos embarrados y el pelo desordenado cuando Elin se detiene en seco.

—Tengo que comer algo, apenas he tocado ese guiso.

Alice sacude la cabeza.

—Yo no, tengo que dormir. Casi no me sostengo en pie.

Bosteza y señala el bar con el dedo al tiempo que se abren las puertas del ascensor.

—Oh, mira, ¿ves a ese tipo de ahí? Casi podría ser papá.

Alice pulsa el botón de su planta, lanza un beso a su madre y deja que las puertas del ascensor las separen.

Elin se queda donde está, con los ojos puestos en la barra. Alice tiene razón: el pelo corto y grueso se parece al suyo, castaño entremezclado con vetas de gris. También su cuello, la forma en que lo dobla hacia la barra mientras toca el borde de su copa de vino. La camisa negra se le ciñe a los hombros exactamente igual que a él, las mangas remangadas con descuido. Brota en ella la nostalgia, siente de pronto que su soledad se puede palpar.

Una suave música de piano llena la sala y una máquina de café expreso emite un zumbido sordo al otro lado de la barra. Elin avanza unos pasos tímidamente. El hombre está sentado a solas en la barra, en un taburete alto. Los demás taburetes, vacíos, se alinean a la perfección con el suyo. El jardín de invierno está prácticamente vacío de clientes. De repente, vuelve la cabeza y mira al otro extremo de la sala. El corazón de Elin da un salto al verle el perfil y se detiene en seco.

—Sam, ¿eres tú?

Su voz es demasiado trémula, él no la oye. Se acerca un poco más.

—¡Sam!

Él se levanta tan pronto como la oye, tiene el semblante serio al caminar hacia ella. Se detiene delante de Elin y le pone la mano en la mejilla. Ambos permanecen en silencio mirándose.

—Nunca te había visto llorar. Ni con un aspecto tan desaliñado. Eres tan hermosa —dice por fin.

—¿Por qué has venido?

—Me enviaste el corazón.

—No respondiste cuando lo envié.

—No, pero me despertó algunos recuerdos. Llamé a Alice y me lo contó todo.

—¿Así que ahora lo sabes?

Sam asiente y respira profundamente.

—¿Por qué, Elin? ¿Por qué nunca me lo has contado?

Elin se retuerce.

—No lo sé, simplemente fue así. Pero ahora estoy aquí, estoy de nuevo en casa —dice rápidamente en un suspiro.

—No, no lo estás, no del todo —susurra él besándola en la mejilla. La estrecha contra él y le acaricia la espalda—. *Ahora* estás en casa.

Son tantas las cosas que pasan en una vida.
Los acontecimientos se convierten en recuerdos que se acumulan en nuestro interior.
Que nos construyen. Que cambian nuestra forma de ser y las cosas que hacemos. Que nos dan forma.
Las palabras que alguien te dijo una vez.
Amables.
Estúpidas.
Palabras que tú le dijiste a alguien.
Que nunca podrás perdonarte haber dicho.
Las veces que hiciste el ridículo.
Las veces que otro hizo el ridículo.
Recordamos los pequeños detalles. Y los recuerdos se graban en nosotros.
Algunos cobran fuerza con el paso de los años. Otros nos afectan para siempre.
Quizá más de lo que creemos. Tal vez sin razón.
¿Estás seguro de que recuerdas las cosas tal y como fueron realmente?

AGRADECIMIENTOS

Trabajar en una novela es una invitación a un viaje a través de los sinuosos pensamientos de tus personajes. No siempre son claros, no siempre son lógicos. A menudo son fáciles de escuchar, pero no siempre resultan fáciles de entender. Gracias a Karin Linge Nordh y Johan Stridh, por ayudarme a navegar y encontrar la dirección correcta. Gracias a Julia Angelin y Anna Carlander por creer siempre en mí, por guiarme siempre en la buena dirección. Gracias a todos los miembros de Forum y de la Agencia Salomonsson, por trabajar tan duro y con tanto entusiasmo en mis libros. Gracias a Carl, por su inspiración y sus brillantes reflexiones. Gracias mamá, papá, Helena, Cathrin y Linda por vuestro incondicional apoyo. Y gracias a mi maravilloso y encantador Oskar por aguantar a una mamá despistada.